Corvus Vesta

Die Vedanischen Kriege

Roman

Chroniken Veserias

Auflage 1

Corvus Vesta

Die Vedanischen Kriege

www.corvusvesta.de

© 2023 Corvus Vesta
Herstellung und Verlag: BoD – Books on Demand,
Norderstedt
ISBN: 9783757823665

Prolog

Die Sirenen ertönten. Blinkendes rotes Licht durchflutete das Zimmer. Kaum war Seraphina aufgewacht, schnellte sie auf. Mit einem Donk knallte ihr Kopf gegen die Metalldecke über ihr. Dort ruhte noch eine andere Tigerin. Insgesamt sechs der Elitekriegerinnen waren dort untergebracht. Drei Nischen übereinander. Der Kopf der jungen Frau dröhnte, ein pulsierender Schmerz in ihrem Schädel.

»Seraphina ... alles in Ordnung?«, fragte ein Kopf, der von oben herunterkam. Braunes, langes Haar fiel herunter. Doch die schwarzhaarige Frau konnte nicht antworten, da wurde schon die Tür aufgerissen.

»Antreten«, rief ein Mann in blau-goldener Militäruniform wie Schirmmütze ... auf seiner Brust das Löwenwappen des Kaiserreichs und auf seinen Schultern goldene Polster. Auf der Mütze das runde veserianische Kreuz. Seraphina wusste nicht, was los war, noch was sie davon halten sollte. Was sei wohl passiert? Doch ihr blieb nichts anders übrig, als ihren Schmerz zu vergessen und aufzustehen.

»Hop raus da, wir haben hohen Besuch.«

Seraphina rieb sich den Schlaf aus den Augen, schwang die Beine aus dem Bett und tastete schlaftrunken nach dem Spind, der gegenüber ihres Bettes stand.

Sie wollten gerade Spinde an der gegenüberliegenden Seite des kleinen, ja einer Abstellkammer gleichendem Raum öffnen. Als die erste blonde Frau die Hand an der Tür hatte, schnellte ein eiserner Gehstock gegen die Tür.

Seraphina zog ruckartig die Hand zurück und blickte in die strengen Augen des Wärters neben ihr.

»Keine Uniform. Wie gesagt, wir haben hohen Besuch. Er wird euch begutachten und vielleicht wird er sogar eine von euch mitnehmen.«

Das Geflüster unter den Mädchen war groß. Wer ist denn jetzt schon wieder da? Wird man mich vielleicht auch endlich mitnehmen?

Schnell wandte sie sich zu ihrer Kameradin und flüsterte: »Weißt du, wer kommt?« Doch bevor eine Antwort zu vernehmen war, ertönte der nächste Schrei: »Ihr sollt nicht schwätzen, sondern da rauskommen.«

Die Mädchen zuckten etwas zusammen, aber nach und nach setzten sich die jungen Frauen in Bewegung.

»Nicht einschlafen. Los, los«, kam es von dem Offizier mit einem Deuten auf die Tür.

Schnell machten sich die jungen Damen auf aus der Tür. Seraphina sah den kargen Gang, ein kalter Windzug kam herein, sie fröstelte etwas. Die Tigerinnen wurden von ihrem Ausbilder durch den kalten Betongang geführt. Nur einige Rohre und Leitungen waren an den Seiten, wie Lampen und Sirenen an der Decke. Ansonsten war es nur nackter Beton. Bald schon kamen sie an einem Aufzug an. Auf der Tafel über den Türen war gerade noch die Ziffer 35 zu sehen. Kaum hatte der Offizier den Knopf gedrückt, verkleinerte sie sich rasend schnell, bis sie bei -22 angekommen war.

Der Aufzug stoppte und die Türen gingen auf. An der einen Seite hing ein großer Spiegel. Auf der anderen ein Kontrollpult mit blinkenden Knöpfen, mit den dutzenden Ziffern und Symbolen. Und gegenüber der Tür war ein Plakat zu sehen, auf dem eine blonde Frau in einer blauen Militäruniform stand, hinter ihr erhob sich erhoben ein veserianischer Adeliger, dessen Hand auf ihrer Schulter ruhte. Beide blickte in die linke obere Ecke des Plakats, wo ein Kreuz zu sehen war.

Zwei kleinere Aufschriften waren darunter zu lesen: »Dient dem Reich, dient dem Herrn.« Darunter etwas größer war »Die stolze Tigerin«.

Dahinter, in weis hinterlegt war das Wappen der Tiger zu sehen. Ein Tigerkopf mit dem Olivenkranz des Kaiserreiches umgeben. Auf Befehl drückten sich alle in den Aufzug, wie es immer in der Anstalt war eng, gehorsam und auf Befehl. Kaum war der Knopf gedrückt, ging es schon nach oben, immer schneller und schneller. Die Zahlen rasten nur so nach oben, bis sie bei -3 angekommen waren.

Als die Türe sich öffnete, konnte Seraphina bereits sechs andere Tigerinnen am Boden kniend, die Hände hinter dem Rücken verschränkend sehen.

»Abmarsch«, gab er das Kommando und sie stellten sich neben die Knienden. »Position einnehmen«, kam es erneut.

Sie knieten sich ebenfalls nach unten. Es war ein kalter Gitterboden, auf dem ihre Knie ankamen. Die Struktur schnitt sich in Seraphinas Fleisch. Unter dem Gitter gingen Kabel und Leitungen voran. Das Metall schnitt sich in immer tiefer in das Fleisch der jungen Frau.

Langsam verzog sich die Miene Seraphinas, als sie das Gatter immer mehr und mehr spürten. Doch ihre Ausbilder, nun drei an der Zahl, vor ihnen in Uniform, hatten keine Gnade.

»Eine echte Tigerin des Kaiserreichs muss das aushalten«, hatten sie schon tausendmal bei den verschiedensten Dingen gehört. Seien es nun die Abhärtung oder die Menschen nahezu unmöglichen Übungen und Trainingseinheiten.

»So ...«, begann der Älteste ihrer Peiniger. Ebenfalls in der Uniform, das Haar bereits ergraut und wie Seraphina vermutete auf einem Auge blind. Das Auge war weiß und glasig. Darüber eine Narbe. »Heute kommt hoher Besuch, zeigt euch von eurer besten Seite. Wenn ihr euch heute gut anstellt und dem Gast gefallt, dann habt ihr ausgesorgt.«

Spannendes Schweigen erfüllte die Luft. Sie schien fast

greifbar zu sein.

»Unser Gast ist ... seine Gnaden, der junge Prinz, Damian. Herzog des Ostgebirges, Herr der Grenzfeste und Erbe des Reiches.«

Kaum hatte er die Worte gesprochen, hörte man aufgeregtes Tuscheln von den Kriegerinnen.

»Werdet ihr wohl still sein«, brüllte der Alte, ehe er mit seinem metallenen Gehstock auf den Boden schlug. »Er kann jederzeit eintreffen.«

Nun sah man es.

Die Zahlen des Aufzugs veränderten sich wieder. Langsam ging sie nach oben, bis sie die hundert erreicht hatte. Kurz darauf wieder nach unten.

»Alles ruhig, alle auf Position, gleich ist es so weit« verlauteten die letzten Anweisungen vom Vorgesetzten.

Direkt im Anschluss öffnete sich die Tür. Dort stand er. Der Prinz des Reiches. Er hatte die blonden Haare und blauen Augen der Kaiserfamilie. Sein Körper war in einen blauen Mantel gehüllt, auf diesem einige silberne Ornamente und groß auf der linken Seite das Wappen des Reiches. Darunter trug er ein weißes Hemd und die passende blaue Hose. An seiner Seite hing ein Schwert und sein Haupt krönte ein silberner Reif.

»Heil dir, Kronprinz«, ließen die Offiziere verlauten.

Kurz darauf erwiderten dies die Knienden.

»Mein Prinz, das sind die zwei besten Gruppen unserer Mädchen, wie ihr es gefordert habt.«

Mit einer Handbewegung deutete er einladend auf die Zwölf. Kein Wort verließ die Lippen des Prinzen. Nur ein Nicken war seine Antwort. So trat er langsam an die erste der Zwölf und begutachtete sie. Nach kurzer Zeit war nur ein Winken in die Ferne seine Antwort. Ein Ausbilder deutete der jungen Frau darauf, sich zu erheben und zu ihm zu kommen. Dieses Spiel ging so weiter, bis er die ersten Acht aussortiert hatte.

»Steh auf«, waren die ersten Worte, die sie vom jungen Löwen hörten. Herrisch und fordernd. So tat die Angesprochene, wie gesagt, und erhob sich. Mit einem Wink schickte er sie dann doch wieder weg.

Die Gedanken Seraphinas überschlugen sich.

Bin ich gut genug? Was, wenn er mich auch sofort wegschickt? Was wird er von mir halten?

Die Nächste erhob sich. Dieses Mal musste sie sich einmal drehen, bevor er sie wegschickte.

Dann war endlich Seraphina an der Reihe.

»Aufstehen«, sagte der Prinz einmal mehr. Sofort folgte sie dem Befehl. »Drehen«, bellte der Befehl durch den Raum.

Er nickte nur zufrieden.

In Gedanken freute sich die schwarzhaarige Frau. Sie war die Erste, bei der diese Geste zum Vorschein gekommen war.

Schnell folgte sie auch diesem Befehl.

Langsam trat der Prinz auf sie zu, begutachtete sie von oben bis unten. Dann entfernte er sich wieder, deutete ihr, sich wieder zu setzen. Doch ihre Vorgesetzten hatten es nicht richtig gesehen. Giftig kam ein: »Komm schon her«, vom alten Herrn.

»Nein«, zischte der Prinz sofort. Schnell wechselte er die Tonlage wieder. »Sie bleibt.«

Er ging zur Nächsten. Ohne dass sie sich erheben musste, schickte er sie fort. Seraphina konnte das Ganze gar nicht fassen. Es sah so aus, als würde sie wirklich die Auserwählte sein. Verstohlen blickte sie zu ihren Gefährtinnen. Diese lächelten ihr zu und machten kleine Gesten, versteckt vor den Augen ihrer Lehrer. Endlich dieses Pissloch zu verlassen und das noch an der Seite des Prinzen und nicht einem kleinem Landadeligen wäre ein Traum.

»Sie.« Dieses Wort riss die Tigerin aus ihren Gedanken. Als sie zu Damian blickte, konnte sie seinen Finger auf ihr ruhen sehen. »Sie ... sie will ich!«

»Jawohl, mein Prinz«, sagte der Alten mit einer Verneigung. Seinen zwei Männern gab er die Anweisung, die restlichen

Frauen wieder auf die Zimmer zu bringen, so war es nur noch er, der Prinz und Seraphina.

Als sie alleine waren, durchlöcherte der Prinz sie mit Fragen.

»Geburtsname?«

»Santia.«

»Jetziger Name?«

»Seraphina«

»Alter?«

»19 Jahre, 3 Monate und 11 Tage.«

»Nummer?«

»1305529700«

»Geburtsfamilie?«

»Manden«

»Ach«, begann der Prinz nun einen längeren Satz, »eine Manden habe ich mir ausgesucht. Was ein Zufall. Die alte Königsfamilie Kantias. Das wievielte Kind bist du?«

»Das Fünfte«, sagte sie ruhig, auch wenn sie innerlich etwas aufgebracht war.

»Und dann schicken sie ihre Tochter zu den Tigern. Um eine Dienerin der Reichen und Schönen zu werden. Den Reichen und Schönen über deiner Familie.«

Schweigen. Totenstille.

»Nein ... bitte verzeih mir. Ich mache nur meine Scherze ... erhebt euch«, ertönte es nun völlig anders von Damian. Sie tat, wie ihr geheißen wurde. Noch einmal umrundete er seine neue Dienerin. »Welches Training habt ihr erhalten?«, fragte der Prinz.

»A16«, erwiderte Seraphina mit gesenktem Haupt.

»Das Beste der Besten, sehr gut.«

Der Prinz nickte anerkennend, was Seraphinas Herz einen Sprung machen ließ. »Ausrüstung?«

»Ausbildung an jeder Waffe des kaiserlichen Militärs. Fernkampf auf das IPL-Gewehr 125, Nahkampf auf den Speer wie Kurzschwert spezialisiert.«

»Kampfform?«

»Löwe.«

Damian grinste dreckig. »Oho, eine Löwin im Fell des Tigers. Gefällt mir ... Ausbildung in der Schule Agande?«

»Höchste Stufe.«

Ein Lachen kam vom Prinzen: »Das ist ja fast zu gut, um wahr zu sein. Es reicht mit der Fragerei. Steckt sie in ihre Uniform und bringt sie mir nach oben.«

Mit diesen Worten drehte er sich um und verließ den Raum.

1 – Ein neuer Anfang

Nur ein Schnippen kam von Alten und zwei Frauen, in vollständig schwarzer Robe, packten die Tigerin und zerrten sie in einen weiteren Raum.

Er war vollständig mit weißen Ziegeln gedeckt. An der Wand, am Boden und an der Decke. Ein paar Abflüsse befanden sich an der Unterseite. Es waren Mitglieder der Schwarzen Schwestern, an der Maske zu erkennen. Sie ketteten die Arme der Tigerin an die Decke.

Seraphina war panisch. Warum wurde sie an die Decke gekettet? Was passierte nun? Fragen über Fragen fluteten ihren Kopf.

»Was geht hier vor sich?«, fragte sie.

Eine der verschleierten Frauen gab ihr eine Ohrfeige und ging Richtung Wand.

Bald schon kamen beide mit einem gewehrartigen Instrument, welches sie von der Wand genommen hatten.

»Was bei der Göttin ist das?«, fragte Seraphina hysterisch. »Was wird das?«

Doch einmal mehr wurde sie ignoriert.

Nur Sekunden später folgte ein hochkomprimierter Wasserstrahl in ihren Mund.

»Ruhe«, war das erste zischende Wort, welches eine der Schwestern dunkel von sich gab.

Direkt ging es weiter nach unten. Sie strahlten sie an allen Seiten ab. Es brannte, wo sie trafen. Das Wasser schoss mit einer solchen Wucht auf die Haut, dass sie errötete. Doch sie hatte keine andere Wahl als die Tortur über sich ergehen zu lassen.

Seraphina versuchte, sich etwas wegzudrehen und selbst zu schützen, doch sie hatte keine Chance.

Als sie endlich fertig waren und sie von den Ketten erlöst wurde, fand sie sich bald schon in einem Nebenraum wieder.

Der gleiche Raum. Einige Türen waren in der Wand und ein Rollwagen war darin positioniert. Eine der beiden Schwestern nahm einen Rasierer und befreite sie von all ihren größeren Haaren, mit Ausnahme der Kopfbehaarung.

Die andere ein Gerät, welches nach und nach jede noch so kleine Unreinheit und Stoppeln am Körper entfernte.

Darauf wurden mehrere Schalen geholt. Verschiedenfarbige Cremes waren darin. Nach und nach wurde sie am ganzen Körper einbalsamiert.

Unterschiedliche Cremes, an unterschiedlichen Teilen des Körpers. Als sie damit fertig waren, nahmen sie Kleidungsstücke aus dem Schrank.

Enge knielange Panzerung kam an ihre Füße wie Unterschenkel. Schwarz wie die Nacht. Der Rest der Beine blieb frei.

Eine silberne Titanpanzerung an die Brust, wie ein Halsring mit dem Zeichen des Prinzen darüber.

Seraphina konnte das alles noch nicht so ganz verarbeiten, heute sollte also der Tag sein, an dem sie die Anstalt, die Heimat der letzten Jahre verlassen sollte. Doch all das interessierte die Schwester nicht.

Gepanzerte Kunststoffärmel im Blau des Reiches wurden ihr angelegt. Hier und da mit Metallplatten versehen. Dazu schwarze Handschuhe, mit Platten gepanzert.

Nun kam noch etwas darüber. Eine weiße Bluse und darüber ein blaues Oberkleid aus dickem, festem Stoff.

Nun ließen die beiden von ihr ab, öffneten ihr nur noch eine Tür.

Dahinter verbarg sich ein schwarzer Raum. An der Wand hingen Speer und Kurzschwert, beide aneinander, mit einer

Rückenhalterung.

Der Stab wie der Griff war aus schwarzem, hartem Kunststoff. Die Klinge des Kurzschwerts aus feinstem Stahl.

Daneben ein 125er IPL-Gewehr mit einem Gürtel, an dem es hing.

An diesem waren dazu noch Granaten und Munition. Als sie alles umgelegt hatte und die Lanze samt Schwert schulterte, bemerkte sie den Aufzug. Die Gedanken kreisten darum, was wohl oben auf sie warten würde.

Auf Knopfdruck öffnete sich die Tür.

Es war eine karge Metallbox, nur ein einziger Knopf lachte ihr glänzend entgegen.

Mit einem mulmigen Gefühl in der Magengegend drückte sie ihn.

Die Tür schloss sich und die gesamte Kammer schoss mit einem Zischen in die Höhe.

Ein Ruckeln. Wenige Momente später stand alles still.

Als sich die Türen wieder öffneten, sah sie das Äußere.

Das große, gestaffelte Dach des Turmes. Dutzende Landeplätze waren hier so angebracht.

Es stürmte, wie so oft hier auf dem Meer. Der Regen peitschte auf den grauen Boden.

Die Wellen brachen sich an den steilen Klippen um die Insel.

Schwerer Platzregen kam von oben herab, wie sie ihn so oft in den Jahren ihres Aufenthaltes erlebt hatte.

Vor dem Aufzug wartete bereits jemand auf sie.

Es war ihr neuer Herr.

»Gebieter«, ließ sie nahezu ehrfürchtig verlauten, ehe sie, einen Knicks machte.

»Dienerin«, sagte der Prinz leicht schmunzelnd. »Komm«, war die einzige karge Antwort und drehte sich in Richtung Treppe zur Spitze. Dort oben stand ein stromlinienförmiger Jäger. Die Form eines Schwertes. Hinten ein Hauptantrieb. Etwa fünf Meter hinter dem Heck ging er noch einmal auseinander und jeweils ein

Hilfsantrieb an den Seiten war angefügt. Bis er dann vorne wieder spitz zusammenfuhr.

Seraphina war aufgeregt, es war seit Jahren die erste Situation, in der sich nicht wusste, was auch nur im Ansatz folgen würde.

»Das ist euer Flugzeug?«, fragte Seraphina etwas schüchtern, als sie ihrem neuen Herrn nachlief.

»Ein Jäger, der Silberfalke, ein modifizierter A510 Kampfjäger. Überschallantrieb, Antigravitationstorpedos und Plasmaschilde. Dazu noch ein Streubomber an der Unterseite des Flugzeugs.«

»Sind diese Bomber nicht verboten?« Kaum hatten die Worte den Mund der Tigerin verlassen, bereute sie auch schon wieder.

»Na ja ...«, begann der Prinz etwas verlegen. »Nach den Vereinbarungen nach dem letzten wertanischem Krieg ja. Sie wurden von den meisten anderen Nationen übertragen und gelten als Kriegsrecht. Nur das Kaiserreich hat sie nie anerkannt. Des Weiteren existiert die Hälfte der Gründungsnationen gar nicht mehr.«

Schweigen von der Dienerin während sich auf den Lippen des Prinzen ein Lächeln bildete.

Mit einer Handgeste deutete er ihr einzusteigen. Eine Tür öffnete sich nach außen, eine Treppe war an dieser verbaut und sie kamen in das Innere des Jägers.

Im hinteren Bereich war der Maschinenraum, davor ein kleines Gemach des Prinzen.

Ein Zwischenraum für alles Mögliche und vorne das Cockpit.

Damian ging vor und trat an die Wand gegenüber des Eingangs.

»Komm her«, orderte er seine Dienerin. »Die Hand darein.«

»Worein?«, fragte die Tigerin nach, als sie nichts entdecken konnte.

»Darein«, sagte er erneut. Kaum hatte er es gesagt, öffnete sich eine Klappe.

Zögerlich ließ sie ihren Arm hineingleiten.

Sorge erfüllte sie, was das für ein Ding sei.

Ein kurzer Schmerz und ein Kribbeln unter der Haut später.

Blitzartig zog sie die Hand heraus.

»Was ist das?«, fragte sie ihren Herrn mit entsetztem Gesicht.

»Ein Chip. Damit kannst du die Türen öffnen, die du öffnen können sollst. Ebenfalls Standort und Biowerte werden mir übertragen«, mit diesen Worten deutete er auf ein Touchpad, welches an seinem linken Arm geschnallt war.

Zögerlich blickte Seraphina an ihm hoch, doch es blieb ihr wohl nichts anderes übrig, als es zu akzeptieren.

Weil er so ja nicht schon genug Kontrolle über mich hat, dachte die junge Frau.

Der Prinz ging an ihr vorbei und setzte sich in das Cockpit. Nach einer auffordernden Geste nahm auch seine Dienerin Platz. Damian legte ein paar Schalter um, zog einen Hebel nach vorne und einen Knopfdruck später starteten sich die Triebwerke.

»Anschnallen«, kam es kalt vom Prinzen, ehe er selbst den Gurt anlegte.

 Er legte einen kleinen Schalter über sich um. Die Düsen richteten sich nach unten aus. Der Jäger stieg auf. Als sie auf der richtigen Höhe waren, schaltete er die Triebwerke weiter hoch. Die Düsen schalteten sich aus.

Doch er flog nicht gleich weg.

»Eine Ehrenrunde für dich. Ein letzter Blick auf deine Heimat vieler Jahre.«

Keine Antwort.

Seraphina blickte nur durch die großen Fenster des Cockpits. Sowohl Seiten auch der vordere Teil waren aus Kristallglas.

Nur vor dem Piloten war die Nase und ein Bedienelement. Darauf einige Knöpfe, Hebel, Schalter, Lampen und Bildschirme. An der Decke noch mehr technisches Zeug.

Doch Seraphinas Blick lag draußen. Auf den Felseninseln im zersplitterten Meer.

Auf einer der tausenden und abertausenden Flecken stand der

gewaltige Graue Turm. An der Spitze die Landeplätze. An den Seiten waren einige Gewächshäuser wie ein Außengelände. Auch wenn es wenige gab, die das Bedürfnis hatten dies zu benutzen. Erst jetzt merkte sie, dass sie Agrasith für immer verlassen würde, ohne sich von ihren Kameradinnen zu verabschieden.

Sie wollte erst noch etwas an den Herrn richten, doch dann merkte sie, dass sie weder Recht noch Position hatte so etwas zu fordern. Und selbst wenn würden es ihre alten Herren nicht zulassen.

Erneut wurde sie von Damian aus den Gedanken gerissen: »So ... dann aber mal los.«

Er betätigte einen Regler über sich und der Rückstoß drückte die beiden in die weichen Sitze.

»Der Überschallantrieb ist drin. Das ist was, ne ordentliche Geschwindigkeit, was?«

Nur ein Nicken kam von der Dienerin. So schnell war sie noch nie geflogen, sie war überhaupt noch nie geflogen.

Ihr Weg in die Anstalt war lang und schwer. Sie wurde erst von einem Schnellzug über das Meer in das alte Land Veserias gebracht. Bis zum Gebirge, was sie von der Wüste trennte. In dieser kam sie nur mit schweren Fahrzeugen voran. Ein Zug, der solche Mädchen wie sie an ihren Ort der Bestimmung brachte, begleitete sie bis an die Küste des zersplitterten Meers. Dort ging es dann mit dem Schiff weiter.

Der Blick nach draußen, die Inseln schienen nur so an ihnen vorbeizurasen.

Währenddessen hielt der Prinz den Steuerknüppel fest und gerade.

Nach etwa einer Viertelstunde kamen sie an der Küste an.

»Einst war dieses Land unfruchtbar, öde, karg. Die dunklen Aiochean hatten es mit ihren ketzerischen Künsten vernichtet, durch ihren Untergang das zersplitterte Meer geschaffen. Doch das Kaiserreich konnte dieses Land und das jenseits des Meeres fruchtbar machen.«

»Lang lebe Veseria«, sprach Seraphina schüchtern. Sie wusste nicht, was sie sonst hätte sagen sollen. Die gesamte Situation war ihr unangenehm.

Nur ein Schmunzeln war die Antwort. Sie hatte wohl richtig reagiert.

»Du gefällst mir immer besser. Ich glaube, ich habe mich richtig entschieden«

So ging es über blühende Landschaften, Weiden, Felder und Wälder. Die Felder waren auf maximale Effizienz ausgelegt. Automatische Maschinen waren an den Grenzen angeschlossen und Sprinkleranlagen waren überall montiert. Menschen mussten sich lediglich noch um die Wartung kümmern. Von den Maschinen wurde die Ernte in eine Magnetschwebebahn geleitet.

Viele der Wohnungen und Produktionsstätten waren so in dutzenden Etagen unterirdisch.

Hin und wieder konnte man die Gräben sehen, welche in den Untergrund führten.

Ebenso durchzogen Bahnen das Land.

Als sie langsam ins Landesinnere kamen, sah man hin und wieder gigantische Schlote mit riesigen Rauchwolken darüber. Die Fusionskraftwerke, die Energie erzeugten. Die fortschrittlichste Energietechnik der Welt.

Bald schon ging es über den großen Strom, der den fruchtbaren Kontinent von der Wüste trennte.

In dieser waren ein paar Felder und Siedlungen entlang der Flüsse oder Kanäle.

Viele Teile der restlichen Wüste waren mit Solarplatten und Windkraftanlagen bestückt. Eine weitere Energiequelle des Reiches.

»Beeindruckend«, begann die Tigerin. »Ich hab so einiges ja bereits von unten gesehen, aber nun von oben. Klarzusehen, dass sich Veseria den Ruf als beste und fortschrittlichste Nation mehr als verdient hat.«

Sie hoffte, ihre Lobpreisungen würden ihm gefallen. Sie erhoffte sich ein besseres Leben unter dem Prinzen.

»Ja, unser Volk hat viel geschafft. Die meisten der weltverändernden Innovationen stammen von unseren Wissenschaftlern. Lediglich im ketzerischen, unnatürlichen Bereich sind uns die Feinde voraus. Den menschlichen Körper bis zur Unendlichkeit entstellen, ja das können sie«, sagte der Prinz spöttisch.

Seraphina schwieg.

Sie konnte aus dem Gesicht des Prinzen die Wut lesen.

Doch nach wenigen Minuten schien sie wie weggeweht.

»Soeben passieren wir das Gebirge, wir kommen nun in Alt-Veseria an.«

»Das Land eurer Vorväter«, sprach die Dienerin ehrfürchtig. »Von dort aus hat sich Vincent der Große vor Jahrhunderten auf in Richtung Osten gemacht.«

»Richtig«, war die Antwort Damians.

Bald schon sahen sie wieder die Städte, Gräben und Felder. Aber auch viele Wiesen, Waldflächen wie einige Gewässer.

»Sobald wir das Meer erreicht haben, dauert es nicht mehr lange ... dann sind wir bald bei deinem neuen Zuhause angekommen.«

Langsam nickte die junge Frau, ein Schlucken als ihre Gedanken wieder abdrifteten. Sorgen, aber auch Freude machten sich in ihr breit, ja ein Gefühl der Unsicherheit.

Währenddessen bemerkte sie gar nicht, wie sich langsam die rechte Hand des jungen Löwen vom Steuerknüppel löste und durch die linke ersetzt wurde.

Diese rechte Hand wanderte zielstrebig auf den linken Oberschenkel der Tigerin, dort fing er an, sich zusammenzuziehen.

Erst dann bemerkte es Seraphina. Sie zuckte leicht zusammen, doch ließ es dann geschehen, sie hatte ja keine andere Wahl.

Während Damian immer weiter nach oben fuhr, kam es noch

einmal von der Dienerin.

»Mein Herr, wenn ich fragen darf, wie alt seid ihr eigentlich?«

»Hat man euch das nicht gesagt?«, sagte der junge Löwe mit einem verwunderten Unterton.

»21, meine Liebe, 21.«

Nach einem kurzen Schweigen war es dann so weit.

Der Ozean öffnete sich, als sie gerade links neben einer weiteren Megametropole vorbeiflogen.

»Da wären wir, das Meer.«

Das waren die letzten Worte, die die Tigerin hörte, bevor sie einschlief.

2 – Die Ankunft im Osten

»Na, meine Schlafmütze?«, wurde sie mit einem Rütteln geweckt.

Mit der einen Hand war der Prinz an ihrer Schulter, mit der anderen am Steuerknüppel. Sie erschreckte sich etwas. In der Anstalt wäre sie für so etwas hart bestraft worden.

»Wir sind im Landeanflug«, kam es noch, ehe er sich wieder auf das Fliegen konzentrierte.

Sie waren nun in einer gigantischen Spalte im Bergmassiv des Ostens. Ein großer Turm war an einer der Seiten angebaut. Darum herum eine runde Ringmauer mit sechseckigen Türmen. Auf den Türmen standen Geschütze. Unter diesen waren die Schildgeneratoren. Eine etwas kleinere Mauer verschloss den gesamten Pass.

Dahinter, die alte Befestigung, noch aus den Zeiten der Aiochean. Die große Mauer, die einst vom ersten Kaiser mit seinem Golem durchbrochen wurde. Der Spalt war bis heute noch der Weg durch das Massiv. Doch das war nicht das einzige Hindernis. Mehrere Pfosten, die bis zur Höhe der Berge ragten, standen davor. Es waren die Generatoren für ein großes Kraftfeld, welches den Pass zusätzlich schützen sollte.

Langsam flog Damian den Jäger in Kreisen in Richtung Festung.

Im Innenhof war ein großer Platz, an den Seiten noch einige Gebäude. Alleine die Mauer war gut und gerne bereits 100 Meter hoch und die Türme noch höher.

Einen Knopfdruck später schwebten sie in der Luft und die Hilfsdüsen waren aktiviert. Ein Tor öffnete sich im Turm und in dieses flog er langsam und sachte mit der Maschine.

Seraphina war zutiefst beeindruckt, von solcher Pracht, solcher Größe. Sie hatte noch nie so etwas gesehen.

Sie schwebten in einen kleinen Hangar, in dem noch ein weiterer Jäger des Prinzen stand.

In dem großen, schwarzen Hangar wurde alles mit blauem Licht beleuchtet. Lange Streifen zogen sich über die Wände und Decke. Langsam setzte der Jäger zum Landen an. Die Füße des Flugzeugs fuhren sich aus und mit einem kleinen Ruck setzte der Jäger auf.

Kaum war alles im Stillstand, schnallte sich Damian ab und erhob sich.

Doch Seraphina blieb weiter sitzen.

»Na komm«, ließ der Prinz verlauten.

Schnell erhob sie sich und lief ihrem Herrn hinterher. Beide gingen in Richtung des Aufzuges. Davor standen zwei Soldaten. Alle beide in der typisch blau-silbernen Titanpanzerung, das goldene Visier sowie den bekannten Plasmawerfer in der Hand.

»Seid willkommen, mein Prinz«, begrüßten sie ihren Herrn.

Nur ein Handzeichen war die Antwort. Einer der beiden Männer drückte auf den Knopf des Aufzuges und er kam herunter.

Bald schon öffneten sich die schwarzen Aufzugtüren. Ein Unterschied zwischen Tag und Nacht. Im Hangar war alles schwarz mit dem Kontrast der blauen Beleuchtung.

Doch der Aufzug, der Aufzug war anders.

Gegenüber der Tür, ein großer Spiegel, an den Seiten goldene Umrandungen und in der Ecke gelbe Beleuchtung. Der Boden war aus Marmor. So poliert, dass es glänzte. Links war die Schalttafel. Die Wand aus feinstem Edelstahl, ebenfalls mit Gold umrandet. Die Knöpfe des Aufzugs waren aus Elfenbein, innerhalb einer Silberumrandung.

Gegenüber ein Bildschirm, der die schönsten Aufnahmen der Festung zeigte.

Als beide eingestiegen waren, drückte Damian auf einen Knopf, auf dem das Wappen der Wenzels war.

»Autorisierung erforderlich«, kam es von einer Blechstimme aus dem Inneren des Aufzugs.

»Probiere es«, sagte Damian. Er zeigte auf einen Scanner.

Ein schwarzes Glasfenster, das von links nach rechts von einem roten Lichtbalken überwandert wurde. Etwas zögerlich nahm Seraphina ihren rechten Unterarm und hielt ihn vor den Scanner. Der Lichtbalken fuhr über ihren Arm und kurz darauf hörte man:

»Zugang gewährt«, von derselben Blechstimme wie vorher.

»Na, siehst du«, sagte Löwe. Bald schon begann die rote Zahl der Stockwerke rasant zu steigen.

Seraphina dachte, was sie wohl jetzt erwarten würde, ihr neues Zuhause.

Wieder kalter Metallboden?

Die Zahl des Aufzugs stieg immer weiter an. Bis auf 74 zählte die Tigerin, ehe sich die Zahl in das Wappen der Wenzels änderte.

»Stockwerk erreicht«, verkündete die Blechstimme.

Die Türe öffneten sich und sie betraten das Gemach des Prinzen.

So etwas Prachtvolles hatte sie noch nie gesehen. Man kam in einen Gang, der in die anderen Zimmer mündete. Der Boden war aus schwarzem, poliertem Marmor. In der Mitte ein tiefblauer Teppich mit silbernen Fransen an den Seiten. Links und rechts standen kleinere Tische und Vitrinen, in denen allerlei Relikte und Kunst zu finden war. An den Wänden hingen Gemälde und Propagandaplakate des Reiches. Gegenüber der Tür war ein gigantisches Wandgemälde. Es zeigte einen blonden Mann mittleren Alters. Die Augen dunkelblau glühend, mit schwarzen Brandwunden umher. Das Gemälde bildete ihn nur bis zur Brust ab. Vor dieser stand eine Frau mit langen schwarzen Haaren und grauer Haut. Unter dem Gemälde stand ein goldener Tisch mit Kerzen und einigen Symbolen.

»Ist das ...?«, kam es von Seraphina, als sie den Raum betrat und sofort in Richtung Gemälde lief.

»Ja ...«, antwortete es in ihrem Rücken. »Das ist das Originalgemälde von Vincent dem Großen und seiner Sklavin Kandria. Auf Öl vom berühmten Endbrand.«

Voller Ehrfurcht blickte sie auf das Gemälde. Erst als ihr Herr nach rechts ging, löste sie ihren Blick und folgte Damian.

Ihre Gedanken überschlugen sich. Bei all dem Luxus fragte sie sich immer mehr, wo sie wohl untergebracht werden würde. Ob es alles nur Schauspiel war, und es genau so weitergehen würde wie vorher.

Er geleitete sie in ein weiteres Zimmer. Gegenüber der massiven Eichentür befand sich ein großes Himmelbett. Blaue Leinen und Bezüge zierten es. Das Gestell aus altem Holz und die Vorhänge blau-silbern mit dem Wappen der Wenzels darauf. Links war ein großer Wandschrank, in dem das Hab und Gut des Prinzen eingelagert war. Daneben eine weitere Eichentür. An der rechten Wand war ein großes Wandgemälde. Das Letzte, was den Raum vollendete, war das große Wappen an der Decke.

»Da wären wir ... Dein neues Zuhause ... die rechte Seite gehört mir.«

»Und ... und ...« begann die Schwarzhaarige stotternd »Und wo schlafe ich?«

»Natürlich auf der linken Seite. Wo sonst?«, fragte der Prinz etwas ungläubig.

Verwirrung machte sich im Kopf der jungen Frau breit. Sie sollte in seinem Bett schlafen? Als Dienerin? Dazu ... war der Prinz nicht verlobt?

»Seid ihr nicht verlobt?«, fragte die Tigerin nach.

»Eine Verlobte ja ...«, zischte er hasserfüllt. »Die alte Tarantel hab ich seit Monaten nicht gesehen. Eine politische Verlobung und das gute Fräulein hat nichts anderes im Sinn, als sich durch das ganze Reich und seine Grenzen hinaus zu huren. Verprasst das Geld ihres Vaters und bleibt nie lange an einem Ort. Man könnte fast meinen, sie sei aus dem Freistaat.«

Ein trauriger Blick richtete sich gen schwarzen Boden. »Das tut mir leid.«

Bedrückt ergriff sie die Hand des Herrn.

Es war wohl nicht alles Gold, was glänzte. Schoss es ihr durch den Kopf.

»Kein Grund zu Sorge«, setzte er wieder die freundliche Miene auf. »Ich hoffe mein Vater erkennt es noch und wenn nicht, wird das Ganze mit meiner Krönung aufgelöst. Denn ... zur Hochzeit wird es mit der alten Schlampe eh nicht kommen ... aber etwas anders.«

Mit diesen Worten trat er zum Bücherregal und zog eines der Bücher heraus. Plötzlich öffnete sich das Wandgemälde, klappte auf. In der Mitte war ein leerer Platz in Form eines Schwertes. Dort war der Platz für die Klinge an der Seite des Prinzen. Darüber war ein kleines, mehreckiges Metallschild. Ein Plasmaschild.

Daneben zwei Hochleistungsgewehre. An einer der geöffneten Türen hingen noch ordentlich Vorräte. Munition, Granaten und allerlei andere Spielereien. Die linke Seite war frei.

»Da ... links kannst du deine Waffen unterbringen.«

Schnell nahm sie ihren Gürtel und die Schulterhalterung ab und hing sie in den Waffenschrank. Erst als der Prinz auf einen Knopf drückte und die Wand sich erhellte, der Schrank sich wieder schloss, merkte Seraphina, dass die Wand, an der das Bett stand, gar keine Wand war. Sondern ein Fester, welches in einem Zustand geschlossen, im anderen lichtdurchlässig war.

Schnell lief sie an das Fenster und blickte in den Hof. An den großen Mauern waren Statuen und die das Wappen eingefügt. Aber auch einige Fenster und Erker.

Die Sonne war dabei unterzugehen und das Abendrot erstrahlte über dem Hof. Langsam fielen die letzten Strahlen in das Innere der Mauern.

3 - Hoher Besuch

Als sie am nächsten Morgen ihre Augen öffnete, war ihr Herr bereits dabei ein Tablett ins Zimmer zu tragen.

»Na, auch schon wach?«, kam es scherzhaft von ihm.

Er trug eine schwarze Trainingshose und ein dunkelblaues Achselshirt.

»Zieh dich an«, sagte er, ehe er in das Zimmer gegenüber des Ganges trat.

Langsam erhob sich Seraphina, ihre Haare hingen wild herab. So gut es ging, machte sie sich mit den Händen fertig. Dann sah sie, was auf dem Bett lag. Eine schwarze Trainingshose und ebenso ein Achselshirt. Schnell zog sie sich die enge Hose an und das Achselshirt über.

»Komm rüber«, kam die nächste Anweisung von der anderen Seite des Ganges.

Schnell folgte sie dem Befehl. Ging durch den Gang in das Zimmer gegenüber. Dort befand sich ein Speisezimmer. Eine lange Tafel, mit Silber-goldener Tischdecke, darauf Besteck und Teller ebenso aus Silber.

Damian saß an einem kleinen Tisch an der Wand.

Seraphina schritt an Gemälden und auf kleinen Regalen stehenden Büsten verschiedenster Kaiser entlang.

Sie konnte den Prinzen erkennen, der auf einem Barhocker saß, an der Wand ein Holoprojektor.

»Na .... Nicht so schüchtern, komm schon her«, ließ der Prinz verlauten, ehe er den Projektor anwarf.

Eine Kapuzengestalt erschien in blauen Pixeln.

»Die Rebellion an der Westgrenze geht weiter«, kam es von

dieser. »An der Grenze des Reiches kämpfen weiter die Bewohner Urands für einen unabhängigen Staat, nachdem ihr Gesuch auf Anschluss beim kandarischen Reich abgelehnt wurde. Unser Kaiser kämpft weiter tapfer an der Front mit den Truppen des Reiches.«

Kurz darauf wurden Bilder gezeigt, wie neue Panzer durch Ruinen einer Grenzstadt fuhren, darauf folgte das Bild schwerer Artillerie, die einen Schuss nach dem nächsten feuert. Die letzte Aufnahme war die des Kaisers, der mit seinen Generälen an einer Holokarte stand.

»Das ist mein Vater«, sagte der junge Löwe, als er auf das Hologramm zeigte. Interessiert blickte Seraphina nach oben. Es war ein Herr mittleren Alters. Kurzes Haar wie ein leichter Bart. Das Gesicht war kantig und ernst.

»Aber sei es drum. Der alte Teufelskerl hat mehr Kriege als ich Jahre überlebt, der Brocken schafft das ... komm, setz dich, iss etwas.«

So ließ sich die Tigerin neben ihm auf einem Stuhl nieder. Sie sah auf eine Platte voller Köstlichkeiten. Feiner Schinken, Lachs, Käse. Sogar Kaviar. Dazu Brot und Semmeln. Auch etwas Obst war dabei.

»Ich ... ich darf mir davon einfach etwas nehmen?«

Mit einem Schinkenbrot im Mund ließ er verlauten. »Nurp ... zuh ...«, wenn es mit dem Mund voller Essen etwas schwer zu verstehen war, konnte sie es erahnen.

»Ich ... ich weiß nicht, wann ich das letzte Mal so gut gegessen habe. Ob ich überhaupt schon einmal so gegessen habe.«

»Na siehste, ist schon mal ne Besserung«, sagte der Prinz, als er ihre Hand nahm. »Ab jetzt speist du mit mir und das bedeutet nur Gutes.«

Als er den Satz vollendet hatte, führte er ihre Hand zum Tablett. Schnell nahm sie eine Scheibe Brot, strich sich etwas Butter darauf und legte sich etwas Schinken und Kaviar darauf.

Als sie den ersten Bissen nahm, entfaltet sich der Geschmack wie eine Explosion in ihrem Mund, eine völlig andere Welt im Vergleich zu den Pillen der Akademie.

Währenddessen plapperte das Holo unaufhörlich weiter.

Bilder von Festen und Militärparaden wurden gezeigt. Alles, was neu im Reich war wurde gesendet. Auch die neusten Errungenschaften in der Forschung. Vor allem neue Waffen wurden gezeigt. Noch größere Haubitzen und Panzer.

»Und nun auch das Monstrum«, kam es aus dem Holo.

Das Bild eines gigantischen Kettenpanzers wurde gezeigt.

»Ganze Eintausend Tonnen purer Stahl und Titan«, kam es mit epischer Stimme aus den Lautsprechern, danach eine Pause. »Fünfunddreißig Meter lang, fünfzehn Meter breit und Elf Meter hoch. Dreizehn beim größten Geschützturm. Ausgestattet mit zwei M10 Granatwerfer an den Seiten. Ein Luftabwehrgeschütz in der Mitte. Hinten zwei schwere MGS. An der Vorderseite links und rechts jeweils eine 150 MM Haubitze und in der Mitte ein 300 MM Geschütz. Alleine mit den Ketten und der gepanzerten Vorderseite können sie ganze Städte niederreißen. Höchstgeschwindigkeit 60 Stundenkilometer dank des neuen Fusionsantriebs.«

»Ein gigantisches Teil, nicht?«, fragte Damian. »Eine Meisterleistung veserianischer Ingenieursarbeit.«

»Gigantisch auf alle Fälle«, witzelte Seraphina. »Ich würde gerne einmal einen aus der Nähe sehen.«

Der junge Löwe zwinkerte ihr zu. »Dazu wirst du bald Gelegenheit haben. Eines der ersten Modelle wird demnächst mit einem Transporter hergebracht.«

»So ein riesiges Teil? Mit einem Transporter?«

Ein Nicken vom Löwen: »Ja, von einem der neusten Schiffe der Luftwaffe. Ein gigantischer, schwebender Kasten für eben solche Gerätschaften. Wir mussten die Bewaffnung und Panzerung zwar höllisch reduzieren, um es zum Fliegen zu bringen und mit einem Monstrum ist das Ding schon voll, aber immerhin.«

»Beeindruckend«, raunte die Tigerin. »Wahrlich eine

Meisterleistung unserer Wissenschaftler.«

»Und hier neben mir sehe ich eine Meisterleistung des veserianischen Genpools«, lachte der Prinz.

Und Seraphina wurde rot. Warum sagt er nur so etwas, fragte sie sich.

»Aber, es kommt nicht nur auf die Gene an. Deswegen haben wir auch das hier an. Es geht zum Training.«

Mit diesen Worten erhob sich der junge Mann. Als auch die Tigerin aufgestanden war, reichte ihr der Kaiser ein silbernes Band.

Ein kleiner Silberreif, der funktionieren sollte wie ein Haargummi. Seraphina sah den Reif an. Er war wie alles, was sie seit ihrer neuen Uniform erhalten hatte, schöner als alles, was sie je besessen hatte.

Schnell machte sie sich einen Dutt und packte den Reif darum.

»Dann komm.«

Über den Gang ging er wieder zum Aufzug.

Mit einem Knopfdruck war er sofort da. Die beiden stiegen ein und fuhren wenige Stockwerke nach unten.

Als die Tür sich wieder öffnete, kamen sie in einer großen Halle heraus.

An der linken Seite verzierte Fenster, durch die Licht hereindrang. Auf beiden Seiten kleinere Tribünen und in der Mitte allerlei Gerät und Ausrüstung an den Wänden.

»Da wären wir«, sagte der Löwe. Doch sie waren nicht alleine. Einige andere Krieger trainierten noch im Raum. Sei es nun an einer Hantelbank, an einem Boxsack oder im Kampf gegeneinander.

»Das sind Mitglieder meiner Prinzengarde«, kam es vom Prinzen, als er die Verwirrung in ihrem Blick bemerkte.

»Lass dich von ihnen nicht stören.«

Als die Ersten sie bemerkt hatten, ertönte Pfeifen in der Halle.

»Da hat sich der werte Herr Prinz mal wieder das Beste vom

Besten ausgesucht, was?«, kam es von einem muskulösen blonden Mann.

Während ein andere seine Hände in Schalen formte, unter seine Brust hielt und sie auf und ab bewegte. Klar die Brüste der jungen Frau symbolisierend.

Seraphina spürte Fremdscham. Es war ihr unangenehm. Auf all das reduziert zu werden.

»Halt die Klappe, Martin. Und du, Julius, lass den Scheiß«, schrie er quer durch den Raum.

»Hör nicht auf die Idioten. Sie sind wegen ihrer Kampfeskraft und nicht des Hirns hier«, wieder an seine Trainingspartnerin gewandt.

»Das hab ich gehört«, kam es von Martin.

»Ist auch gut so«, war die schnelle Antwort des Prinzen.

Kurz darauf nahm er etwas von der Wand.

Einmal zwei Boxhandschuhe und große quadratische Kissen, ebenfalls an Handschuhen.

»Dann zeig mal, was du drauf hast.«

Die Boxhandschuhe flogen durch die Luft und kaum hatte sie diese gefangen, waren die Gegenstücke bereits an ihren Händen.

Seraphina zweifelte. Sollte sie wirklich ihren Herrn schlagen?

»Na komm schon.«

Schneller als er sehen konnte, prasselten die Schläge auf den Prinzen ein. Nach kurzer Zeit gab er den Befehl zum Stoppen.

»Sehr gut, ich sehe, die Schule hat ganze Arbeit geleistet.«

Nachdem sie noch ein paar mehr Übungen hinter sich hatten, trat der Prinz dieses Mal auch mit Handschuhen in den Ring.

»Hoch mit dir«, winkte ihr der Löwe zu.

Über die Treppen ging sie nach oben. Ein mulmiges Gefühl kam ihr im Bauch auf. Sie sollte nun gegen ihren Herrn kämpfen. Er stand ihr gerade gegenüber. Bereits in Angriffsstellung.

»Los ...«, forderte er.

Sie tat, wie befohlen. Ein Frontalangriff. Doch geschickt wich er aus und ein Schlag in die Rippen war die Antwort. Er stand wieder ihr gegenüber. Ein weiterer Angriff, wieder wich er aus. Die junge Frau lag am Boden.

»Willst du denn nicht auch mal angreifen?«

Direkt darauf stürmte er auf sie zu. Mehrere Schläge regneten auf die Tigerin nieder und sie ging zu Boden. Der Prinz schwebte schnell über ihr.

»Gibst du auf?«

Nur ein verschmitztes Grinsen war zu sehen.

»Was grinst du so blöd?«, fragte Damian verwirrt.

Bereits Sekunden später hatte er die Faust Seraphinas zwischen den Beinen und als er sich vor Schmerz krümmte, drehte sie den Spieß um.

Schon thronte sie über ihm.

Sie saß auf seiner Brust. »Gibst du auf?«, fragte nun die Tigerin provokant.

»Miese Kleine ...«, mit diesen Worten erhob er sich mit all seiner Kraft und sie fiel von ihm herab.

Wieder war er an der Oberseite. Ein böser Blick des Prinzen und schnell kamen die Worte:

»Nun gut ... ich ergebe mich«, von seiner Dienerin.

»Geht doch.«

Als der Prinz von ihr abließ und die junge Frau sich wieder erheben konnte, sah sie die Soldaten um sie herum, die belustigt dem Anblick beigewohnt hatten.

»Das hier ist kein Schauspiel, widmet euch wieder dem, wofür ihr hier seid«, sprach der Prinz mit herrischer Stimme.

Mit Seraphina an seiner Seite verließ er daraufhin schnell die Halle. Es ging noch kurz hinauf ins Zimmer. Damian warf sich seinen Anzug und die Tigerin in ihre Uniform um.

Der Prinz das Schwert, die Dienerin ihr Gewehr am Gürtel. Mit dem Aufzug fuhren sie hinab bis in die unterste Etage. Mit einem Ruckeln kam er am Boden auf.

Die beiden kamen in einer großen Halle an.

Weiße Kristallkronleuchter hingen herunter. Die Decke

schwarz mit weißen Pfeilern gestützt. Die Mauern aus altem Stein. Bildhauereien und Banner an den Seiten. Der Boden aus poliertem Granit. Über dem Aufzug war eine Treppe auf eine Empore. Auf dieser stand ein schwarz-goldener Thron. An den Seiten standen jeweils fünf Soldaten in der typischen blau-schwarzen Rüstung mit dem silbernen Wappen auf der Brust.

»Heil dir Kronprinz«, schrien sie im Chor und schlugen ihre geballte Faust auf die linke Brust.

»Heil Veseria«, antwortete der Prinz. Schnell, aber etwas leiser plapperte auch Seraphina diese Worte nach.

Durch ein gigantisches, mit weißen Säulen umrahmtes Tor ging es nach draußen. Als sie langsam in Richtung Gebäudeöffnung gingen, öffnete sich dieses mit einem Rauschen.

Die dicken Steindoppeltüren öffneten sich langsam.

Licht strömte durch die Öffnung und blendete die beiden leicht.

Seraphina hielt sich eine Hand über die Augen, während Vincent unbeirrt weiterging. Sie kamen etwa zehn Meter über dem Boden heraus. mehrere weiße Säulen hielten ein kleines Vordach über dem Tor.

Eine steinerne Treppe führte hinab in den runden Platz. Rechts war das Tor, welches in die Festung führte.

In der Mitte war ein rundes, schwarzes Podest mit einer etwa 20 Zentimeter hohen Umrandung.

Gegenüber des Tores war der Aufstieg. Rund um den Platz war eine sechseckige Gartenanlage, einmal um den Platz herum. Dahinter waren noch etwa zwei Meter Pflaster, bevor sich die Mauer erhob. Mehrere Aufgänge und Stahlgerüste befanden sich an dieser. Hin und wieder ein kleines Gebäude.

Kaum waren sie auf dem Platz angekommen, blickte die Tigerin die Mauern empor. Gigantisch erstreckten sie sich in den Himmel. Am Morgen, wie gegen Abend, konnte das Sonnenlicht nicht mehr richtig auf den Boden fallen.

Mit schweren Schritten trat er über den Platz, dicht gefolgt von seiner Dienerin. Mit direktem Blick ging er in Richtung Treppe und erklomm das Podest. Er hielt seine rechte Hand über die Mitte des Podestes.

Ein blaues Licht kam von unten und mehrere Holobildschirme öffneten sich darauf.

Seraphina konnte nur noch sehen, wie ihr Meister etwas auf ihnen herumtippte und bald schon ertönte ein Alarm aus den Sirenen der Festung.

Binnen weniger Minuten kamen Hunderte Soldaten aus der Festung heraus und stellten sich in mehreren, rechteckigen Formationen im Kreis um das Podest auf.

»Heil dir Kronprinz«, hallte es wieder mit dem altbekannten Gruß.

»Heil Veseria«, erwiderten nun Prinz wie Dienerin gleichzeitig.

Es war Appell.

»Hundertste?«, schrie Damian fragend in die Menge.

»Hier«, antworteten die Männer im Chor.

»Hundertzweite?« … So ging das Spiel weit, bis alle zehn Einheiten abgefragt waren.

Als alles beendet wurde, kam der Befehl.

»Helme ab.«

Kaum hatten sich die Soldaten den Helm unter den Arm geklemmt, wurde der Prinz entspannter.

»Rühren, Soldaten.«

Und die angespannte Haltung wurde gelöst.

Der junge Mann trat an die Umrandung und ging einmal um sie herum.

»Da haben wir sie ja«, sprach er mit einem Lächeln und beugte sich etwas nach unten.

»Julius und Martin, die beiden Dreckskerle, meine Unruhestifter. Heute wieder einen Clown gefrühstückt, was?«

Die Menge lachte, auch auf den Gesichtern der beiden bildete sich ein Lächeln, auch wenn eher gezwungen.

»Jetzt nicht mehr so vorlaut was? Ist das nicht etwas ungewöhnlich? Fühlt ihr euch in der Gruppe nicht stark?«, langsam verschwand das Lächeln und eine Pause setzt ein.

Man merkte die Anspannung der beiden, Julius schluckte.

Doch plötzlich begann der Prinz lauthals zu lachen.

»Ihr seid ja leicht zu erschrecken, ich mach doch nur Spaß. Doch verschreckt mir meine neue Dienerin nicht gleich, jetzt wo ich doch so einen guten Fang gemacht habe.«

Ein erneutes Lachen erschien unter den Soldaten und die Blicke richteten sich auf Seraphina, dieser war das Ganze sichtlich unangenehm. Röte stieg langsam in ihr Gesicht.

Der junge Mann drehte sich wieder zu seiner Begleitung.

»Na, fühlst du dich schon gläsern?«, nur ein schüchternes Nicken kam von ihr.

Als Damian gerade wieder etwas sagen wollte, ertönte ein kurzer Ton. Noch einmal. Schnell öffnete der Prinz ein Fenster und las etwas vom Bildschirm.

Als er fertig war, erhob er die Stimme: »Herhören«, schrie der junge Löwe, um die Aufmerksamkeit seiner Leute zu gewinnen.

»Mein Vater, der Kaiser, wird sich gleich per Hologramm zuschalten. Er hat uns etwas zu sagen. Ich erwarte bestes Benehmen und Gehorsam ... verstanden?«

»Jawohl«, kam es von der Menge zurück.

Einen Knopfdruck später sah man das Abbild des Kaisers auf dem Projektor. Ein mittelalter Mann in seiner Uniform. Kordeln gingen an ihr herunter und Schulterpolster schmückten ihn. Das Wappen auf der Brust. Kurze aufgestellte Haare und ein Stachelbart zierten seinen breiten Schädel.

»Meine Krieger ... Sohn«, begrüßte sie der Kaiser, als er sich einmal drehte und auf alle Versammelten blickte.

Im späteren Verlauf ruhte der Blick auf dem Prinzen.

»Heil dir Kaiser«, grüßten sie ihn.

Eine Pause.

»Nun …«, begann der alte Löwe.

»Ich befinde mich momentan von meinem Weg von der Westfront in eure Richtung. Der RGD hat uns beunruhigende Neuigkeiten überbracht.«

»RGD?«, fragte Seraphina ihren Herrn leise.

»Reichsgeheimdienst«, flüsterte er zurück.

»Ich werde in etwa zwei Wochen persönlich mit drei Divisionen der Reichswehr, wie dem neuen Monstrum bei euch eintreffen. Es gibt beunruhigende Neuigkeiten von den Befestigungen im Osten. Der RGD hat mir Berichte vorgelegt, dass der Freistaat mobil macht um gegen uns ins Feld zu ziehen. In diesem Fall ist es eure Aufgabe, die Armee in Richtung Osten zu führen und unseren Feind ein für alle Mal zu vernichten«, in den letzten Worte lag Abscheu, wie sie ein Mann nur für seinen Todfeind aufbringen konnte.

Rauen machte sich der Menge breit. Seit langen Jahren hatte es keinen Krieg mehr gegeben. Mit der Ausnahme der Rebellion im Westen.

Lange herrschte der Frieden, nachdem das Kaiserreich gnadenlos Nirus zerschlagen hatten.

Viele verstanden es nicht. Das Reich war noch nie stärker, warum sollten sie jetzt angreifen?

»Ruhe«, schrie der Prinz.

Schnell stellten die Soldaten ihre Gespräche ein und blickten wieder auf das Podest.

»Ich erwarte bestes Verhalten und eine organisierte, einsatzbereite Truppe bei meiner Ankunft«, kam es als Letztes vom Kaiser.

»Wegtreten«, schrie er und schnell löste sich die gesamte Versammlung auf. Die Formationen zerstreuten sich und liefen durch die Tore und Erker zurück, aus denen sie gekommen waren.

Das Hologramm wurde kleiner, etwa zwei Meter groß.

Der Kaiser wandte sich zu seinem Sohn: »Ich vertraue auf dich, wenn ich mich dann wieder auf den Westen konzentriere, musst du hier im Ernstfall die Stellung halten. Genaueres dann aber, wenn ich persönlich hier bin. Es wird schön sein dich, nach langer Zeit mal wieder in den Arm zu nehmen. Natürlich freue ich mich auch, deine Tigerin kennenzulernen.«

Nachdem er diese Worte gesprochen hatte, verbeugte er sich leicht.

Seraphina errötete und tat es ihm schnell und unbeholfen gleich.

Sie wusste nicht ganz, wie ihr geschah. Vor wenigen Tagen noch war ihre größte Hoffnung, von einem etwas einflussreicheren Landadeligen als Spielzeug gebraucht zu werden. Und nun, nun war sie die persönliche Leibwache des jungen Prinzen und sollte bald den Kaiser höchstpersönlich treffen.

Ein Nicken war die Antwort des Prinzen.

»Wann wirst du ankommen?«

»Nun, wir werden aufgrund des Monstrums etwas länger mit dem Verladen und der Reise brauchen. Wir sollten am frühen Morgen in etwa zwei Wochen bei dir sein.«

»Gut«, sagte der Prinz und nickte einmal mehr. »Dann bis in zwei Tagen.«

»Bis in zwei Wochen«, kam es vom Vater, ehe er auf etwas vor sich drückte und das Hologramm verschwand.

»Mein Vater ...«, sagte Damian leicht schmunzelnd.

Seraphina war sichtlich verwirrt. Gerade wurde ein vielleicht drohender Krieg verkündet und der Prinz lachte.

»Herr?«, fragte sie.

»Ja? ... Was gibt es?«, war die Antwort.

Seraphina machte einen Schritt auf den Prinzen zu, legte eine Hand auf seine Schulter.

»Warum lacht ihr?«

»Ach, mein Vater ... Das würdest du nicht verstehen ... Mach dir keine Gedanken darum.«

Mit diesen Worten löste sich der Prinz und trat vom Podest

herunter. Die Tigerin folgte ihm auf dem Fuß. Auch wenn sie nicht ganz wusste, was los war.

Damian führte sie zurück in Richtung des Tores.

Zu diesem Zeitpunkt stand es weit offen. Gut einen Meter breit aus glänzendem Metall, vermutlich Titan. Über eine kleinere Tür am Torhaus gelangten sie in das Innere des Gebäudes.

Im Vorraum war nur eine kleine Kammer, links an der Seite, ein Fenster blickte herein, in dem ein Soldat saß.

»Heil dir Kronprinz«, grüßte er ihn und sprang überrascht von seinem Stuhl auf. Auf dem Tisch vor ihm war noch eine Zeitung zu sehen.

Nur ein Handzeichen war die Antwort.

Gegenüber des Fensters hing noch ein Propagandaplakat. Links davon wieder silberne Aufzugtüren.

Kaum war der Knopf gedrückt, sprang die Tür auf und die beiden traten in die karge Metallbox.

Als Damian das Stockwerk ausgewählt hatte, ging es schnell nach oben. Die Zahl auf der Anzeige ging immer weiter nach oben, bis die Kammer wieder zum Stehen kam und die Türen aufsprangen.

Ein kräftiger Windzug wehte herein. Seraphina musste ihr Kleid unten halten.

Mit ruhig, festem Schritt trat der Prinz nach draußen. Bereits sein kürzeres Haar wehte enorm im starken Wind, doch bei dem langen der Dienerin war es noch extremer.

Warum mussten die mir auch ein Kleid geben, schwirrte es ärgerlich in den Gedanken Seraphinas.

»Heil dir Kronprinz«, ertönte es plötzlich und ein Soldat stand auf der anderen Seite.

Doch der Prinz ignorierte ihn vollständig. Er ging zur Brüstungsmauer und lehnte sich darauf. Erst blickte er auf die Türme, Geschütze und Soldaten. Dann wendete er seinen Blick nach unten. Auf die Ebene vor der Festung.

Bald schon gesellte sich auch Seraphina zu ihm. Sie lehnte sich ebenfalls auf die Brüstung und blickte auf das Gesicht ihres Herrn. Der Wind wehte ihre langen schwarzen Haare in das Gesicht des Prinzen.

Dieser lachte und wendete seinen Kopf der Tigerin zu.

Fing ihre Haare und drückte sie etwas nach unten.

Seraphina blickte in seine tiefblauen Augen. Sie hatten fast etwas von den Augen Vincent des Großen, von denen sie so viele auf Gemälden gesehen hatte. Auch er hatte die Kräfte seiner Familie geerbt. Auch wenn er sie ihr bis jetzt noch nicht gezeigt hatte.

»Was schwirrt denn da so in deinem hübschen Köpfchen umher?«

»Ach ... nichts, nichts«, sagte sie schnell.

»Sieht nicht so aus ... na ja ... sei es drum«, folgte es von ihm.

Er legte seinen Arm um die junge Frau und drückte sie an sich. Mit seinem rechten Arm zeigte er hinab auf die Ebene. Dort stand, vor der großen Mauer, der alten Aiochean. Ein etwas kleinerer Wall. Wahrscheinlich auch etwa 40 bis 50 Meter hoch, mit mehreren speerspitzenförmigen Ausläufen, auf denen Geschütze stationiert waren.

Dahinter ein großer Platz. Mehrere hundert Meter hinter der Mauer waren rechteckige Erhebungen. Einen halben Meter hoch, zwei Meter breit und dutzende Meter lang. Auf ihnen etliche Fahnenmasten, an denen das Banner des Reiches hing.

Darauf ruhte der Arm des Prinzen.

»Auf dem großen Platz da unten, werden die Transporter ankommen. Landen und ausladen. Und auf diesen Erhöhungen werden wir stehen, den Kaiser und seine Begleiter begrüßend.«

Mit einem Schlucken nickte Seraphina.

»Du brauchst nicht aufgeregt zu sein. Auch wenn mein Vater der Kaiser ist, ist der doch nur ein Mann. Auch wenn ich das in der Hauptstadt nicht zu laut sagen würde«, sprach er mit einem Zwinkern.

»Du wirst ihm sicher gefallen.«

»Das sagst du ... jetzt.«

Ein Seufzer war zu vernehmen und Seraphina spürte eine Hand auf dem Kopf.

»Was mach ich nur mit dir? Vielleicht war meine Wahl doch nicht die Richtige.«

Scheiße, ging es ihr durch den Kopf.

»Herr, bitte schickt mich nicht zurück. Ich tue alles, was ihr verlangt, doch schickt mich nicht zurück.« Bettelte sie und fiel auf die Knie.

Lachen kam vom Prinzen. Herzhaft begann er zu lachen und ließ Seraphina in Verwirrung zurück.

»Ich mach doch nur Spaß. Hoch mit dir.«

Verunsichert erhob sich die junge Frau wieder und stellte sich neben ihn.

»Keine Sorge, ich hab dich einmal genommen, jetzt muss ich dich auch behalten. Die Alten nehmen dich nicht mehr zurück. Die Garantie ist bereits abgelaufen.«

Mit einem Schmunzeln auf den Lippen stieß er sich von der Brüstung ab und ging die Mauer entlang. Mehr Soldaten standen auf dieser Wache und grüßten ihren Herrn. Nur eine Handbewegung war immer die Antwort.

Bis sie dann an einem der Türme angekommen waren. Der Prinz öffnete die Tür und er und Seraphina betraten das Untergeschoss. Über eine Wendeltreppe ging es nach oben. Dort stand eines der Geschütze. Auf vier Beinen war es im Boden verankert. Eine digitale Zieleinheit über dem das Geschützrohr mit einem Stuhl, der dahinter schwebte, thronte. Darauf saß ein Soldat in seiner Rüstung. Vor ihm eine Kontrolltafel. An den Seiten waren zwei Plasmaschilde, welche den Soldaten vor Geschossen schützen sollten.

Wieder wurde der Prinz gegrüßt und die Handbewegung war die Antwort.

Damian tippte auf die Schulter des sitzenden Soldaten.

»Kurz runter da«, folgte sein harscher Befehl.

Schnell sprang er vom Geschütz. Mit einer Geste deutete er seiner Begleiterin auf dem Stuhl Platz zu nehmen. Doch sie zögerte einmal mehr.

»Ja komm. Trau dich. Das Geschütz wird dich nicht beißen.«

Zaghaft und aufgeregt erklomm sie die paar Sprossen und setzte sich auf den Stuhl. Damian trat auf die Leiter und erklärte ihr die Funktion.

»Mit diesem Hebel fährst du das ganze Ding nach links und rechts wie oben und unten. Auf dem Bildschirm vor dir siehst du, wohin du zielst. Mit dem großen Knopf neben dem Bildschirm löst du das Geschütz aus. Ein Plasmageschoss wird abgefeuert. Es dauert ein paar Sekunden, dann ist das nächste bereit.«

Damian nickte ihr zu, doch sie wusste nicht, was er wollte.

»Drück darauf. Wenn du in die Luft schießt, passiert doch nichts.«

Sie drückte den Kopf, ein Rückstoß drückte das Geschütz etwas nach hinten. Seraphina erschreckte sich, ein blaues Etwas schoss aus dem Rohr und in die Luft, bis es am Horizont verschwand.

»Na siehste, war doch gar nicht so schlimm«, sagte der Kronprinz.

Immer noch etwas zitternd erhob sich Seraphina, schnell machte sich ihr Herr aus dem Weg, so dass sie das Geschütz verlassen konnte.

»Das überlasse ich mit Freuden den anderen Soldaten.«

Ein zaghaftes, unsicheres Lachen der Tigerin.

Seraphina fühlte sich unwohl. Das Ganze war ihr sichtlich unangenehm.

»Du bist gut«, sagte der Prinz, ehe er sich wieder schnell heruntermachte und auf die Mauer trat. Direkt hinter folgte ihm die Tigerin.

Sie liefen wieder zum Aufzug. Als auch Seraphina in diesem war, drückte er den Knopf nach unten, es ging rasant abwärts.

»Ich möchte mir die Front im Osten ansehen. Wie es aussieht und ob man bereits Truppen an der Grenze sieht«, kam es von Damian.

Nur ein Nicken war die Antwort seiner Dienerin. Auch sie war interessiert, was da wohl vor sich gehen würde.

Schnell marschierte der junge Prinz über den Platz. Dicht gefolgt von Seraphina, die versuchte Schritt zu halten. Sie gingen eilig über die Treppen hinauf in die Festung. Durchquerten den großen Saal. Das Aufkommen der Stiefel hallte auf dem polierten Marmor wieder.

In Richtung des Aufzugs, der unter dem Thronplateau stand. Bereits wenige Sekunden später öffnete sich die Tür. Beide traten ein.

Damian drückte auf einen der Knöpfe.

»Berechtigung erforderlich«, kam es wieder von der Blechstimme.

Der Prinz hielt genervt seinen Arm an den Sensor.

Kaum war der rote Lichtbalken über diesen gefahren, ertönte erneut: »Zugriff gewährt.«

Der Aufzug setzte sich in Bewegung. Bald schon kamen sie im Hangar an.

»Heil dir Prinz«, ertönte es sofort von den zwei Wachen, als er den Aufzug verließ. »Heil mir«, sagte Damian mit einem ironischen Lachen wie Kopfschütteln.

Über die Treppe ging es nach unten. Dort stand bereits der Jäger.

Damian drückte etwas auf dem Bildschirm an seinem Arm herum und die Tür öffnete sich einmal mehr.

Mit einem Surren fuhr die Klappe nach unten. Treppenstufen ermöglichten den Aufstieg, über die Tür war der Einstieg möglich.

Schnell erklomm Damian den Jäger und ließ sich auf seinen Platz fallen. Auch Seraphina saß bald auf ihrem Sitz.

Wieder begann das Schauspiel.

Damian drückte einige Knöpfe, zog an Hebeln und alles begann zu leuchten. Langsam erhob sich der Jäger und schwebte vor das Tor.

Ein weiterer Knopfdruck und dieses öffnete sich.

Kaum konnte man den Himmel sehen, drückte er einen weiteren Antrieb und der Jäger wurde etwas schneller.

Damian flog aus dem Hangar und hoch hinauf. Über der Festung, über die Berge.

Dann wurde der Überlichtgeschwindigkeitsantrieb aktiviert. Schnell war der Bergpass überquert und es ging auf die Hochebene. Ehemals von den Aiochean kontrolliert.

Sie rasten über die Ebene, einige Felder, Wälder und Städte, bis sie am Ende des Plateaus ankamen. An den Kanten stand eine gigantische Verteidigungsanlage. Oben eine große Mauer mit quadratischen Türmen, auf denen Geschütze standen.

In der Kante waren dutzende Eingänge in Bunker und andere Anlagen. Doch das waren nicht die einzigen Befestigungsanlagen. Auf mehrere hundert Meter vor dem Wall waren dutzende Bunker mit Verteidigungsanlagen, kleineren Mauern verbunden. An vielerlei Orten Stellungen für Artillerie.

Auch ganze Betonbunker mit stationären Geschützen waren dort zu finden.

Als die befestigten hunderten Meter zu Ende waren, folgte etwas Unglaubliches. Auf mehreren Kilometern waren Schützengräben errichtet. Tausende, wenn nicht gar Millionen Soldaten tummelten sich in diesen Gräben. Bereit ihr Leben für das Vaterland zu lassen.

Seraphina war beeindruckt. Die Umgebung war zwar tot, kaum ein Baum stand noch. Kein Gras wuchs noch. Doch die Befestigung stand. Als nach mehreren Kilometern die Schützengräben endeten, war nur noch Niemandsland zu sehen.

»Das da unten …«, begann Damian. »Das ist das Niemandsland zwischen den beiden Fronten. Dort verläuft die Grenze, auch wenn keine genaue bestimmt ist. Doch weiter können wir nicht fliegen, ansonsten würden wir gegen geltendes Recht verstoßen.«

Der Prinz drehte das Flugzeug und blickte an seiner Seite nach draußen. Gegenüber des Niemandslands konnte man die Befestigungen des Feindes sehen.

»Da siehst du?«, fragte Damian und zeigte auf die Front, während das Ding in der Luft schwebte.

»Da sind sie. Wie mein Vater sagte. Sie ziehen sich zusammen.«

Schnell streckte sie sich und versuchte, nach draußen zu sehen. Sie sah in den Gräben viele, viele gelbe Rüstungen. Ein mulmiges Gefühl machte sich breit. Krieg war im Anmarsch.

Als Damian sich wieder zurückdrehte, kollidierte sein Kopf fast mit dem seiner Dienerin.

Ein Schmunzeln, ehe er sich wieder seinem Kontrollpult zuwandte. Ein wenig flogen sie noch entlang der Front, ehe es wieder zurückging.

Zwei Tage später war es so weit. Draußen war es noch dunkel, als Seraphina aufwachte. Ein Armband an ihrer Hand vibrierte. Langsam und schlaftrunken richtete sie sich auf.

Sie saß auf der Bettkante und rieb sich den Schlaf aus den Augen. Langsam erhob sie sich vom Bett. Sie tappte im kalten, dunklen Licht der drei Monde zum Wandschrank und nahm ihre Uniform heraus. Als sie diese angezogen hatte, ging sie in den großen Gang. Dort spendeten ihr die Kerzen etwas Licht. Die Tigerin ging an eine Luke, die im Gang war, drückte einen Knopf daneben und bald schon erschien ein Tablett mit Frühstück im Lastenaufzug. Sie nahm es und trug es in den Speiseraum.

In den Gedanken war sie bereits dabei ihren Herrn aufzuwecken, als sie das Tablett abstellte.

Kurz darauf ging sie zurück in das Schlafzimmer. An die Seite Damians und begann leicht an ihm zu rütteln.

»Herr ...?«, sagte sie leise.

Langsam rührte sich der Prinz und drehte sich zu Seraphina.

»Ist es schon so weit?«, fragte er verschlafen.

Nur ein Nicken war ihre Antwort.

Mit einem Streich schlug er die Decke zurück und sprang aus dem Bett.

»Bring mir meinen Anzug«, befahl er.

Schnell begab sie sich zum Schrank und brachte ihrem Herrn ein Stück nach dem anderen und half ihm teilweise, dieses anzuziehen. Als letzte folgte der Umhang, welchen sie ihm umlegte.

»Das Schwert«, sagte der Prinz fordernd.

»Natürlich.«

Wie konnte ich das nur vergessen, dachte sich Seraphina, holte das Schwert und machte es dem Prinzen am Gürtel fest.

»Das hätte ich auch selbst gekonnt, aber danke«, sagte der Prinz mit einem Schmunzeln. Er nahm ihren Hinterkopf, drückte ihn zu sich und gab ihr einen Kuss auf die Stirn.

Es ging wieder in den Speisesaal. Kaum hatte sich Damian gesetzt, lief wieder der Projektor.

Während die beiden etwas aßen, plapperte dieser fröhlich.

»An der Ostgrenze des Reiches sammeln sich die Truppen des Freistaats. Der RGD gibt an, dass es Berichte über baldigen Angriff gibt. Steht uns der nächste Krieg bevor?«, fragte die Kapuzengestalt, ehe Bilder von den Ansammlungen an der Front gezeigt wurden.

Momentan ist unser geliebter Kaiser auf dem Weg in Richtung Westen, zum Kronprinzen. Er wird im Notfall tapfer die Verteidigung des Reiches leiten.«

Ein Propagandabild war zu sehen. Eine Darstellung Damians, der mit erhobenem Blick in Uniform stand. Darunter eine marschierende Menge Soldaten.

»Reih dich ein. Zum Schutz des Reiches«, stand darunter.

»Drei Divisionen wie ein Monstrum werden ihm als Unterstützung gegeben.« Eine kleine Pause trat ein.

»Ich denke, wir können uns auf den Prinzen verlassen.«

Nach diesem Satz brach das Bild in sich zusammen. Seraphina blickte überrascht zum Projektor. Damian hatte ihn ausgeschaltet.

»Lass uns gehen. Es wird Zeit.«

Schnell legte sie ihr Brot weg und sprang auf.

»Jawohl«, kam es von ihr, ehe sie sich Richtung Tür aufmachte. Die beiden begaben sich wieder zum Aufzug und fuhren nach unten.

»Heil dir Kronprinz«, ertönte es wieder von den dortigen Soldaten.

»Heil Veseria«, war die Antwort der beiden. Es ging durch den prachtvollen Thronsaal und die Treppen hinab. Dort hatte sich bereits die Prinzengarde versammelt. Als die beiden durch die Menge gingen und langsam das Tor erreicht hatten, ertönte ein Pfiff vom Prinzen.

Die Soldaten drehten sich einheitlich zum Eingang der Festung und folgten den beiden. Über eine große Straße ging es auf dem Bergpass in Richtung des Landeplatzes. Während der Prinz mit Seraphina wie ein paar seiner Elitekrieger auf das Podest traten, blieb der Rest hinter diesem in Formation stehen.

»Und jetzt?«, flüsterte Seraphina unsicher ihrem Herrn zu.

Damian wendete seinen Kopf in Richtung der Dienerin. »Wir warten ... bald dürfte mein Vater kommen.«

Seraphina war aufgeregt. Sie wusste nicht, wie sie sich verhalten sollte, was sie erwarten sollte. Wann trifft man schon einmal den Kaiser Veserias? Naja... jetzt öfter...«, dachte sie selbst und musste leicht schmunzeln.

Langsam konnte man Antriebe hinter sich hören. Als Seraphina sich umdrehen wollte, griff Damian nach ihrem Arm.

»Nicht ... es wäre ein Zeichen der Respektlosigkeit sich zu wenden. Auch wenn er es vermutlich nicht sehen würde«, flüsterte der Prinz.

Langsam über ihren Köpfen zogen fünf der Transporter. Es

waren große eckige Kästen mit mehreren Düsen an den Seiten. Blaues Feuer kam aus den Öffnungen. Langsam drehten sich die fünf Transporter in Richtung der Truppen. Schwebten in Richtung Boden und setzten auf.

Mehrmals war ein lautes, metallisches Knallen zu hören. Wenige Sekunden später ging eine große Klappe an jedem der Transporter auf. Der größte stand direkt vor der Tribüne, die vier anderen jeweils zu zweit dahinter. Im Transporter ganz vorne war das Monstrum. Als die Klappe vollends aufgefahren war, kam der Kaiser heraus.

Seraphina war beeindruckt. Vom Monstrum und vom Kaiser.

Als der Monarch am Boden stand, schlug sich der Prinz mit der rechten Faust auf die Brust. Seine Soldaten folgten einig dem Beispiel.

»Heil dir Kaiser«, ließ der Prinz verlauten.

»Heil dir Kaiser«, wiederholten die Soldaten hinter dem Podest.

Es hörte sich an, wie eine einzige Einheit. Eine laute, dunkle Stimme.

»Heil dir Veseria«, erhob sich die Stimme des Kaisers. Sie erschien lauter, dunkler, herrischer als jede, die sie je gehört hatte.

Auf ein Schnipsen des Kaisers marschierten die Truppen aus dem Transporter. Nun konnte man die Truppen sehen. Sie waren in einer schwarz-blauen Titanrüstung. Der große Helm mit einer Stahlmaske für das gesamte Gesicht und eine Gasmaske für den Mund. Doch nicht nur eine Gasmaske. An den Seiten war jeweils ein Filter, doch vorne daran, war ein Einlass. Ein Einlass für einen Schlauch einer Gasflasche, die an ihrem Rücken befestigt war.

Die Tigerin hatte davon gehört. Es war neuste Technologie. In diesen Gasflaschen war eine Mischung aus hundertprozentigem Sauerstoff und dazu ein bestimmtes Gas aus den kaiserlichen Manufakturen.

Das gesamte Gemisch sollte leistungsfördernd, wie

schmerzhemmend, ja ganz ausblendend wirken. Ja, viele behaupteten sogar, sie würden in eine Art Blutrausch fallen und alles andere vergessen. So war es nur das äußerste Mittel.

»Das Haus des Prinzen grüßt den Kaiser«, schrie Damian und ließ die rechte Faust von der Brust sausen und streckte sie nach vorne in Richtung seines Vaters.

»Das Haus des Kaisers grüßt den Prinzen«, erwiderte sein Vater.

5 - Ruhe vor dem Sturm

Bald schon machte sich auch das Monstrum aus dem Frachter.

Dahinter stieg langsam der Herrscher des Reiches von der Rampe und in Richtung des Podests.

Aufregung machte sich in der Tigerin breit, sie begann etwas zu schwitzen, doch versuchte, sich selbst zu beruhigen.

Der Herr mittleren Alters erklomm die Treppen. Als er gegenüber seinem Sohn stand, schlugen die beiden rechten Arme aufeinander, griffen nach der Hand des anderen und zogen sich gegenseitig an die Brust.

»Schön dich wiederzusehen, Sohn«, sagte der Vater, als er ihn noch etwas fester drückte.

»Das Gleiche gilt für dich ... hast du Mutter auch mitgebracht?«, fragte Damian.

Langsam löste der Monarch die Umarmung und deutete hinter sich. Eine Frau, ganz in Schwarz gekleidet, nur mit einem silbernen Wappen über dem Herzen, kam auf sie zu. Ganz im Gegensatz zu ihrem Gatten. Gekleidet in seinem prachtvollen gold-blauen Anzug.

Als die zierliche, kleine Kaiserin mit hellen, blonden Haaren und schwarzem Schleier das Podest betrat, wollte ihr Sohn sie umarmen. Doch die Frau blockte mit einer Handbewegung ab.

Das Gesicht des Prinzen wurde steinern. Die Mundwinkel gingen nach unten.

»Mutter ...«, kam es nur kalt von ihm.

Seraphina war verwirrt. Was ging da vor sich? So ging doch keine Mutter mit ihrem Sohn um.

»Und ...?«, fragte der Vater. »Stellst du uns vor?«

Nur ein Nicken vom Prinzen.

»Nun, Vater, Mutter. Das ist Seraphina. Seraphina, das sind meine Eltern. Mein Vater Adrian und meine Mutter Mina.«

Seraphina verbeugte sich, aus der Verbeugung wurde fast ein Knien.

»Aber ... aber ... erhebe dich«, kam es vom Kaiser. »Wir sind keine Götter. Weder Mutter noch Vater. Wir sind genauso Menschen wie du.«

»Verzeiht«, kam es mit einem leichten Nicken von ihr.

»Die Wenzels ehren diejenigen, die treu an ihrer Seite stehen. Solange du meinem Sohn treu dienst, hast du nichts zu befürchten«, eine kurze Pause, Adrian blickte in den Himmel.

»... Wie dem auch sein«, wechselte er das Thema. »Ich werde mich mit deiner Mutter etwas frisch machen und dann reden wir über alles. Schau mal in die Transporter und lass dich von unseren Wissenschaftlern etwas beeindrucken. Es schadet sicher nicht, wenn du dich damit auskennst.«

Mit diesen Worten nahm er seine Frau an der Hand und ging in Richtung der Treppe auf der anderen Seite.

Etwas verwirrt blickte der Prinz ihnen nach, doch winkte Seraphina dann zu, ihm zu folgen. Über die Treppe ging es nach unten, am ersten Frachter vorbei zu einem der hinteren. Kaum hatten sie die Rampe betreten, konnten sie einige Geschütze mit Wissenschaftlern in grauen Uniformen umherwuseln sehen.

»Heil dir Kronprinz«, blieben sie stehen und grüßten den Prinzen.

»Heil Veseria«, erwiderte Damian.

»Was soll ich mir jetzt hier nun anschauen?«

Eine der Männer trat nach vorne. Er fiel auf. Seine Uniform war prachtvoller und er hatte mehrere Auszeichnungen an der Brust.

Groß an der Brust thronte das Zeichen der Chemikanten, der orange Querschnitt einer Giftkapsel.

Seraphina blickte sich jetzt erst im Schiff um. Es war ein

großer, karger Laderaum. Die Wände und Decken aus festem Stahl mit LED Lichtern an den Streben der Halle befestigt. Am Ende dieser war ein kleiner Ausbau, in dem einige der Forscher saßen.

Der Mann begann zu reden: »Mein Prinz, die neusten Geschütze unseres Ordens.«

»Ah …«, kam es emotionslos von Damian.

»Bringen mir die Stahlzahnräder wieder neues Spielzeug?«

Der Forscher wurde etwas angespannt. Der Orden hasste diesen Namen.

»Jawohl«, sagte er leicht grimmig. »Es handelt sich um Gasartillerie.«

»Bitte was? Haben wir das nicht schon lange?«, fragte Damian nach.

»Giftgasartillerie. Die Geschosse explodieren und setzten eine giftige Nebelwolke frei. Außerhalb des direkten Radius des Giftes verunreinigt er den Sauerstoff. Die Soldaten innerhalb eines zehn bis zwanzig Meter Umkreis um den Wirkbereich werden ebenfalls schwere Folgen erwarten.«

»Interessant …, nützlich«, sagte der Prinz sichtlich uninteressiert, als er sich durch den Bart strich.

Interessant? Dachte sich Seraphina. Wohl eher grausam

»Wie viele von diesen Geschützen bringt ihr mir?«

»Momentan haben wir 24 dabei. Etwa 500 werden noch mit der Magnetschwebebahn kommen.«

Nicken.

»Weitermachen.«

Mit diesen Worten drehte er sich um und machte kehrt.

»Herr …«, eine Frage noch.

»Ja …«

»Was ist da zwischen euch und eurer Mutter? Es scheint irgendetwas vorgefallen zu sein.«

Ein Seufzen war zu hören: »Hast du den Ring an ihrem Finger gesehen? Mit dem Helm und der Blume darauf?«

Seraphina schüttelte betroffen den Kopf.

»Es ist ein Hinterbliebenring, den Kindern, Partner oder Eltern Verstorbener bekommen. Sie hat ihn für meinen Bruder, Magnus erhalten. Meinen älteren Bruder. ... Er ist vor vier Jahren im Westen gefallen. Seitdem bin ich Thronfolger und jedes Mal, wenn sie mich sieht, muss sie an ihn denken... sagt sie zumindest. Dass sie ihn mehr mochte, ist kein großes Geheimnis.«

»Verzeiht. Das hätte ich nicht fragen dürfen. Es tut mir leid.«

Schuldgefühle überschwemmten sie.

»Mach dir keine Sorgen. Du kannst ja nichts dafür.«

Schweigend gingen die beiden zurück in die Festung.

Sobald sie am Podest angekommen waren, stellten sich die Soldaten wieder hinter ihnen auf.

Nachdem sie wieder vor ihrem Kommandanten Stellung bezogen hatten, verschwanden sie auf dessen Befehl.

Auch Seraphina und Damian gingen über die Treppen in den großen Saal und zurück ins Zimmer.

Warteten auf das Kaiserpaar, einige Diener hatten bereits den Tisch angerichtet.

Nach etwa einer halben Stunde konnte man den Aufzug hören. Bald schon traten die beiden herein und nahmen Platz.

Der Kaiser am Kopf der Tafel. Seine Frau rechts neben ihm.

Ihr gegenüber, der Prinz und links davon Seraphina

Bald brachten Bediensteten das Essen herein. Still begann man zu speisen.

Der Tigerin war das Ganze unangenehm. Sie wusste nicht, was sie jetzt tun sollte, das Ganze war komisch. Sie hatte nicht gedacht, dass auch die obersten solche Probleme hätten.

Als die Diener abgeräumt hatten, begann der Kaiser. Er holte ein schwarzes Holopad aus seiner Tasche, legte das kreisförmige Ding auf den Tisch.

Sofort sprangen die Bilder heraus. Zeigten den Frontverlauf mit dem güldenen Freistaat.

Vom Nordmeer bis zum Gebirge in den Süden.

»Also ...«, begann er, »für den Start haben wir vermutlich mit einem gigantischen Atomschlag auf die Front zu rechnen. Über die Berge kommen sie nicht, wenn dann vielleicht noch auf ein paar der grenznahen Städte, aber ich würde nicht davon ausgehen.«

»Dann sollten wir die Truppen evakuieren, nicht?«, unterbrach ihn sein Sohn.

»Das ist nur bedingt eine gute Idee. Unsere Luftabwehr ist ganz gut. Wir können viele der Bomben herunterholen. Doch wenn sie sich weiter aufs Inland konzentrieren oder gar nicht benutzen und einmarschieren, dann sind wir schutzlos. Haben keine Truppen an der Grenze. Sie würden alles überrollen.«

»Aber ist es dafür gerechtfertigt, Hunderttausende Soldaten zu opfern?«, fragte sich Seraphina selbst.

»Nun, das stimmt auch wieder. Und wenn wir zuerst angreifen?«, fragte der Prinz.

»Nein, auch wenn das Volk auf einen neuen Krieg fiebert, ich möchte nicht der sein, der ihn lostritt.«

»Und dann?«, fragte Damian, ein klein wenig respektlos, nach, als er etwas näher an den Tisch rückte.

»Das kommt jetzt.«

Er spielte etwas an dem Projektor herum und eine Karte mit Markierungen wurden gezeigt.

»Hier ...«, begann der Kaiser. Er zeigte auf die blauen Punkte. »Haben wir die Schutzbunker. Sobald die Explosion vorbei ist, können sie mit ihrer Ausrüstung wieder heraus, ohne großartige Verstrahlung.« »Dort«, er deutete auf die roten Punkte. »Dort werden wir weitere Abschussvorrichtungen einsetzen. Sie sind zu weit von den Bunkern entfernt. Deshalb werden wir mehr Raketen stationieren.«

»Und du bist dir sicher, dass ein Krieg unvermeidbar ist?«, fragte der Prinz.

»Nun, sicher nicht, aber höchstwahrscheinlich.«

Ein deprimierter Blick richtete sich gen Tisch.

Seraphina hörte den beiden aufmerksam zu, folgte dem Gespräch und versuchte alles zu verstehen.

»Nun gut, wenn es denn nötig ist, werde ich mit den Truppen im Freistaat einfallen ... wenn sie wirklich dumm genug sind und angreifen.«

Erst jetzt kam Seraphina der Gedanke, wie der Feind nur denken könnte, es wäre eine gute Idee anzugreifen. Es sollte ihnen doch klar sein, dass sie scheitern würden.

»Das wollte ich hören«, sprach Adrian und klopfte seinem Sohn auf die Schulter.

»Du wirst meine Truppe führen.«

»Dann werden wir wieder mit den Frachtern aufbrechen.«

Ein Schock war im Gesicht des Prinzen zu sehen.

»Du willst schon wieder gehen?«, fragte er ungläubig und erhob sich von seinem Stuhl.

Auch der Kaiser stand auf, nahm den Holoorb und legte ihn einen Arm um die Schulter.

»Es hat mich wirklich gefreut, dich wiederzusehen. Aber die Pflicht ruft.«

In diesem Moment stand auch seine Mutter wortlos auf und verließ den Raum.

Traurig blickte der Prinz drein, auf seine verlassende Mutter und seinen Vater.

»Nun gut ...«, kam es von ihm.

»Aber pass auf dich auf, wenn du wieder an die Westfront gehst.«

»Und du, sollte der Krieg kommen ... Machs gut«, waren die letzten Worte, eine feste Umarmung und er ging zu seiner Frau im Aufzug.

Momente später waren sie verschwunden.

Über den großen Gang ging Damian durch die vierte Tür. Dort war eine große, sich über zwei Stockwerke übergreifende Bücherei. Man kam im oberen Teil an.

Der Prinz ging über eine Treppe hinab. In einer Ecke in den Bücherregalen stand ein großer Schreibtischstuhl.

Zwei Bildschirme, dazu Maus und Tastatur. Darüber ein Wandholoprojektor.

Erschöpft ließ er sich in den Stuhl fallen.

Seraphina stand auf der Empore.

Der Prinz tippte etwas auf seiner Tastatur herum. Bald erschienen die Bilder von Kameras vor ihm.

Er blickte auf den Kaiser, der mit einer kleinen Truppe die Festung verließ und langsam in Richtung der Landfläche trat. Bald schon sah er ihn in den Frachter des Monstrums steigen.

Einen kurzen Moment später hob der Transporter ab.

Damian hatte seine Ellenbogen auf den Tisch gedrückt und sein Gesicht darin vergraben.

»Herr? Was ist los?«, fragte Seraphina mit Zittern in der Stimme.

In Gedanken konnte sie sich ausmalen, was vor sich ging.

Keine Antwort.

Langsam kam sie ihm näher, schob den Stuhl etwas zurück. Seine Arme fielen nach unten.

Sie setzte sich auf die Beine ihres Herrn. Ihm zugewandt. Die Arme in ihren Händen.

»Damian ...?«, begann sie selbst etwas traurig.

»Was ist los?«

Langsam erhob er seinen Blick wieder und sah ihr direkt in die Augen.

»Vergiss es ..., ich, ich ... sage nur, es ist nicht alles Gold, was glänzt. Meine Mutter habe ich das letzte Mal vor vier Jahren auf der Beerdigung gesehen. Das Einzige, was sie mir jetzt zu sagen hatte, war: ... Sohn ...«

Voller Mitgefühl blickte sie in die Augen ihres Herrn.

Von der Familie weggegeben, in Hoffnung auf eine bessere Zukunft ist die eine Sache. Die andere Sache ist es, die Familie zu haben, doch sie kaum zu sehen, oder nicht gewollt zu sein.

»Das wird schon wieder. Lasst euch nicht runterziehen. Ich bin mir sicher, ihr werdet es eines Tages besser machen«, sagte die Dienerin.

»Ja, ich und besser ... nur mit wem?«, antwortete der Prinz.

Die Tigerin wusste nicht, was sie darauf sagen sollte.

Gerade als Seraphina noch näher kommen wollte, erhob sich der Prinz.

Schnell erhob sich die Tigerin, damit sie nicht am Boden landete.

»Verzeih ...«, kam es nur noch von ihm, ehe er sich erhob, einmal seinen Kopf schüttelte. Die Mine wurde wieder ernst.

Damian stürmte aus dem Mann.

Sie hörte nur noch den Aufzug und er war verschwunden.

Was war das jetzt?

Sie stand noch einige Minuten ratlos in der Bibliothek, ehe sie sich entschloss, eines der Bücher zu nehmen und etwas zu lesen.

Erst gegen Abend konnte man das Geräusch des Aufzugs wieder hören. Schnell sprang sie auf und rannte die hölzerne Treppe nach oben.

Dort stand er, der junge Prinz. Im geöffneten Aufzug.

Zögerlich blickte Seraphina aus der Tür und in die Augen ihres Herrn.

Langsam trat Damian auf sie zu. Nahm ihr Kinn langsam und zärtlich in die Hand.

Kurz darauf wanderte der Griff an ihre Hand und zog sie aus der Tür heraus. Hinüber in das Schlafzimmer.

Mit leichtem Druck zwang er Seraphina, sich zu setzen. Er selbst ließ sich neben ihr nieder.

Die eine Hand lag auf ihrem Oberschenkel. Die andere nahm die ihrigen.

Sie wurde Rot.

»Das war falsch von mir. Ich ... Ich sollte meine Gefühle unter Kontrolle haben, wie es sich gebührt. Du bist schon genug damit gestraft, dass du zu diesem Leben verdammt bist. Du sollst auch nicht noch ...«, mit diesen Worten erhob er sich.

»Aber Herr ... ich ...«, versuchte Seraphina noch etwas zu sagen.

»Kein Wort mehr.«

»Aber ... Aber ...«

Einen strengen Blick später war sie leise.

6 - Krieg

»Zieh dich an und komm mit«, war der Befehl plötzlich inmitten der Nacht.

Seraphina war noch etwas benommen, erhob und rieb sich den Schlaf aus den Augen.

Sekunden später stand sie bereits im Raum.

Damian wartete bereits am Aufzug. Und kaum war Seraphina angekommen, öffneten sich die Metalltüren. Beide traten wieder in die Kammer. Die Bildschirme an der Seite zeigten nun die Festung bei Nacht. Wie einige Soldaten, die mit ihren Lampen über die menschenleeren Mauern patrouillierten.

Mit einem leichten Surren bewegte sich das gesamte Konstrukt nach oben.

Was hat er wohl jetzt vor?

Doch bevor sie weiter überlegen konnte, ertönte ein leichtes Rumpeln und der Aufzug hielt an.

Langsam öffnete sich die Doppeltür.

Der Prinz trat aus dem Aufzug heraus. Seine Dienerin folgte ihm sogleich.

Sie waren auf dem Dach des Turmes angelangt. Alles war schwarz. Nur vereinzelt erhellten blaue Streben die nächtliche Umgebung. Schwarz glänzte der Boden in diesem Licht. In der Mitte war ein kleines Podest, auf dem ein weiteres Geschütz stand.

Der Prinz legte seiner Dienerin einen Arm um die Schulter und drängte sie leicht an die Kante der Brüstung.

Ein flaues Gefühl machte sich im Magen der Tigerin breit.

Von ihrer Position aus konnten sie den ganzen nördlichen Pass sehen, wie auch die alte schwarze Mauer, die so aussah, als würde sie jeden Moment in sich zusammenbrechen. Durch den Spalt und das Kraftfeld dahinter konnte man sogar noch etwas von der Hochebene sehen. Im Schein der zwei silbernen Monde, wie dem roten Licht Ombrins, dem Mond der Göttin, leuchteten die Berge.

Am Horizont konnte man noch das Flachland sehen und gelegentlich eine Verteidigungsanlage erahnen.

Langsam drückte Damian Seraphina an sich.

Sowohl ein etwas mulmiges, als auch behütetes Gefühle kamen in ihr auf.

Ein Arm schnellte nach vorn. Der Prinz zeigte auf etwas in der Ferne.

»Ist es nicht wunderschön?«, fragte er mit einem tiefen Blick in die Augen seiner Dienerin.

Der Augenkontakt ihres Herrn war ihr unangenehm und sie ließ ihren Blick den Turm hinab schweifen. Erst jetzt bemerkte sie die Reflexion des Mondlichts an den schneebedeckten Gipfeln des Gebirges. Und das Lichtspiel der Städte hinter dem Gebirge.

Nach langem Schweigen kam es dann von ihr:

»Ja ... da habt Ihr recht.«

Ohne ein weiteres Wort starrten die beiden in Richtung Norden, genossen die natürliche Schönheit ihres Vaterlandes.

Plötzlich trat Seraphina etwas näher an ihn heran.

Sie war selbst über sich verwundert, diese Art kannte sie noch gar nicht an ihr.

Damian legte einen Arm um die Tigerin und bald schon ruhte ihr Kopf auf den Schultern des Prinzen. Ihre Haare schmiegten sich an seine Seite.

Plötzlich war etwas komisch. Gelbes Licht war in der Ferne zu sehen. Bunte Lichtblitze sausten durch die Luft.

»Was zum ...?«, entfuhr es Damian.

Schrittweise baute sich ein mehrfach gelber Wall in der Ferne auf.

Kurz darauf ertönten die Sirenen der Festung.

»Gottverdammt ...«, ließ der Prinz verlauten und löste sich blitzschnell von Seraphina.

Sie fing sich gerade noch so an der Brüstung auf.

Mit schnellen Schritten eilte Damian zum Geschütz, einen Moment später saß er darauf.

Surren war zu hören und die Haubitze bewegte sich.

Der Prinz, er suchte etwas.

Die Angst machte sich in Seraphina breit. Mit einem erneuten Blick in Richtung Ferne konnte sie sich schon denken, was los war. Die Vorhersage des Kaisers, die vor zwei Wochen noch von allen für so unwahrscheinlich gehalten worden wurde, war eingetroffen.

Die gelbe Mauer, das waren die nuklearen Sprengköpfe, welche an der Front einschlugen.

Während der Prinz weiter den Himmel absuchte, hörte man ein Rauschen. Sie blickte zu den Seiten der Festung und sah dutzende Raketen aus dem Boden, wie dem Gebirge aufsteigen. Auch aus den Städten im Norden.

»Da ...«, ertönte es vom Prinzen.

Die Tigerin drehte sich ruckartig um und konnte sehen, wie der Prinz verkrampft auf dem Geschütz saß, sein Gesicht zu einer Fratze verzerrt und den Auslöser drückend.

Ein Plasmageschoss nach dem Nächsten kam aus dem Rohr und zierte den Himmel.

»Treffer«, schrie er und eine Explosion war im Himmel zu sehen.

Sofort erneutes Surren und das Geschütz riss herum. Zwei weitere Geschosse holte er noch vom Himmel, ehe aus den Spitzen des Berges kleine Raketen kamen. Mehrere kleine Explosionen waren in der Luft zu sehen.

Einen Sprung später landete Damian wieder am Boden.

»Krieg«, war das Erste, was von Prinzen kam.

Seraphina war nach wie vor zur Salzsäule erstarrt.

Mit schnellen Schritten trat er zum Aufzug.

Als die Tigerin sich immer noch nicht bewegt hatte, wurde der Prinz aggressiv.

»Ja komm. ... Hopp«, schrie er ihr hinterher.

Schnell löste sie sich von der Brüstung und trat in den Aufzug. Rotes Licht flutete das Metallgehäuse.

Sie holten ihre Waffen, ehe es hinunter in den Saal ging. Von allen Seiten und Türen stürmten Soldaten in die Halle und aus dem großen Tor heraus. Auch dort, rotes Licht und eine Sirene. Schnell schlossen sie sich der Menge an, die nach draußen lief.

Auf dem Platz hatte sich ein Sog gebildet, der nach draußen führte. Auf dem Podest in der Mitte war ein rotes Hologramm.

»Angriff«, stand groß darauf.

Darunter das Zeichen des Militärs das Schild umgeben von einem goldenen Kranz.

Als sie die Straße auf die Hochebene passierten, konnte man es bereits sehen. Die Soldaten, welche in Formation auf dem großen Platz standen. Vor zwei Wochen hatten dort noch die Frachter gestanden.

An vorderster Front stand das Monstrum. Eine Besatzung wie ein Schlachtkreuzer. Neben ihm dutzende der Panzer und dahinter die mobile Artillerie.

Die Panzer waren massiv gerüstet, sie hatten ein großes Geschütz an der Vorderseite, einen Plasmawerfer darunter und MGs an den Seiten. Hinten war noch ein leichter Granatwerfer.

Die Schützenpanzer waren fahrende Artillerie. Ein gigantisches Rohr stellte sich aus der gepanzerten Mitte. Etwa um 60 Grad verstellbar.

An der Menge der Soldaten in voller Rüstung vorbei, alle mit einem Gewehr in der Hand, den Gasflaschen auf dem Rücken wie Granaten und Munition an der Seite.

Ihr Ziel war das Monstrum. Durch eine Klappe an der Rückseite liefen gerade noch Soldaten hinein. Als sie dabei waren, den Panzer zu betreten, konnten sie hunderte Jäger und Bomber über ihren Köpfen hinwegfliegen sehen.

Mit einem lauten Rauschen rasten sie über den Himmel.

Erst dieses Bild ließ Seraphina begreifen, dass es sich hier nicht um eine Militärparade, sondern einen Kriegsmarsch handelte. Das erste Mal seit Langem verspürte sie ein Gefühl der Angst. Nicht bloß der Unsicherheit.

Was wird mich im Feindesland wohl erwarten?

Von hinten kamen noch Versorgungsfahrzeuge wie die MRGs. MRG, das stand für mechanisch-robotischer Golem. Es waren durchschnittlich etwa fünf Meter große Giganten. In der Mitte war ein Mensch untergebracht, der sie steuerte.

»Die Giganten ...«, flüsterte der Prinz, ehe er das Monstrum betrat. Sie kamen in einem kleinen rechteckigen Raum an.

Die Einziehvorrichtung der Klappe endete in der Decke. Ansonsten war nur die Beleuchtung und mehrere Kisten im Raum.

Eine Tür stand offen. Zu sehen eine Treppe wie ein Gang drumherum.

Als der Prinz selbstsicher hineintrat, von seiner Dienerin gefolgt, konnte man eiliges Umherwuseln sehen. Etliche Offiziere rannten durch die Gänge. Verschiedenste Räume daran angebunden.

Im einen ein Quartier und im anderen, ja man glaubte es kaum eine Art Gewächshaus.

Doch die Zeit zum Schauen fehlte. Eilig erklomm der Prinz die Treppen über den zweiten Stock in die Kommandozentrale.

Drei große Bildschirme waren gegenüber dem Aufgang. Darunter je zwei Offiziere in der blau-silbernen Uniform des Reiches an ihren Konsolen. Es waren sogar zwei Frauen dabei. Ein eher seltener Anblick in der Reichswehr.

Der Kommandant, ein etwas jüngerer Mann, mit braunem Haar, ebenfalls in Uniform, saß auf dem Kommandantenstuhl.

Kaum hatte er Damian gesehen, sprang er auf.

»Kronprinz an Deck.«

Die gesamte Besatzung erhob sich.

»Heil dir, Kronprinz«, schrien sie mit gewaltiger Lautstärke, als sie die Faust auf die Brust sinken ließen.

»Heil Veseria«, kam es deprimiert vom jungen Löwen.

Er ließ sich auf den Stuhl fallen.

»Bericht«, ertönte es.

Ein blaues Holo erschien vor dem Sessel. Es zeigte eine Karte des Kontinents.

»Die Einschläge der feindlichen Raketen sind gelb markiert, die abgeschossenen mit Rot. Unsere Treffer sind blau und die abgeschossenen türkis«, kam es von einer blechernen Stimme aus dem Off.

Die Front war von allen Farben nur so übersät. Auch wenn einige Stellen der veserianischen Seite durch die Abwehrsysteme verschont blieben.

Die Städte und Festungen hinter der Front waren größtenteils gut verteidigt worden. Beim Feind sah es anders aus.

Die Ballungszentren an der Front waren allesamt getroffen. Von den Bomben auf die Hauptstadt hatten zwei überlebt. Eine verfehlte ihr Ziel komplett, die zweite detonierte in den Außenbezirken.

»Verlust?«, fragte Damian kalt.

»Zivilisten ...«, wollte eine der Frauen an der Konsole beginnen.

»Zivilisten interessieren mich nicht. Soldaten«, schrie er durch den Raum.

Verängstigt blickte die Rothaarige drein, doch machte dann weiter.

»Von eineinhalb Millionen Truppen meldet der Chip kein Lebenszeichen mehr. Etwa fünfhunderttausend sollten in den Bunkern sein. Und zwei Millionen scheinen verletzt oder verstrahlt zu sein. Etwa drei Millionen noch intakt.«

Eine Pause.

»Unsere KI schätzt die Verluste des Feindes auf etwa eineinhalb bis zwei Mal so hoch.«

»Bis die feindliche Verstärkung eintrifft, sollen sie auf alle Fälle auskommen können«, führte der Mann neben ihr fort.

»Gut, vorrücken, unseren Kameraden zur Hilfe«, kam es vom Prinzen mit einem besorgten Blick auf die Karte.

Er erhob sich.

Doch noch tat sich nichts.

»Volle Kraft voraus«, schrie Damian.

Knöpfe und Hebel wurden gedrückt. Man hörte einen Generator aufheulen.

Erst ruckelig und dann flüssig begann sich das Monstrum in Bewegung zu setzen.

Die restlichen Panzer nahmen Formation hinter dem Monstrum ein. Anders würden sie es nicht durch den Riss in der Mauer schaffen.

Über die gigantische Straße ging es in Richtung Westen.

Während das Monstrum sich die Straße entlang kämpfte, ächzend und tuckernd, erhob sich der Prinz vom Stuhl, ließ die Kommandozentrale alleine.

Seraphina folgte ihm schnell. Das Ganze war ihr nicht geheuer. Das Ding schaukelte, von überall hörte man die Geräusche des Fahrzeugs.

Der Prinz ging über eine der Treppen hinunter. Ein karger Metallgang. Leitungen und Rohre waren an den Seiten.

Eine Stahltür stellte sich ihnen in den Weg. Damian öffnete sie mit einem Zischen. Dahinter erstreckte sich ein kleiner Raum. Gegenüber der Tür zwei Spinde an der Wand und links und rechts jeweils eine Pritsche, die an Ketten hingen.

»Unser neues Reich«, witzelte der Prinz spöttisch. »Zumindest für die nächste Zeit.«

Das Zimmer erinnerte sie an ihr altes Quartier. Nur dieses war noch kleiner. Langsam ließ sie sich auf ihr Bett fallen.

Es war hart, aber immer noch besser als das in der Akademie.

Der junge Löwe öffnete die zwei Spinde, im einen waren Uniform des Prinzen und in der anderen die Ausrüstung Seraphinas.

»Es ist alles vorbereitet«, sagte er mit einem Schmunzeln.

Nun fiel ihr noch etwas ins Auge.

Eine Ausdehnung an der Wand neben der Tür. Es war ein Touchpad wie ein Ausgabemodul.

Nun schnellte der Finger des Prinzen darauf.

Ein Knarzen war zu hören.

Verzerrtes Rauschen.

»Ja mein Prinz ... was gibt es?«, fragte eine dumpfe Stimme aus dem Lautsprecher.

»Wann werden wir ankommen?«

»Sechs Stunden.«

»Sehr gut.«

Der Prinz löste den Finger vom Knopf.

»Sonst noch etwas?«, fragte die Stimme aus dem Off.

Einen Knopfdruck später brach das Rauschen ab.

Die Verbindung war getrennt.

Erschöpft ließ sich der junge Löwe auf die Pritsche fallen.

Der Prinz zog seine Stiefel aus, hob seine Füße auf das Bett und lehnte sich etwas gegen die Wand.

»Ich werde mich noch etwas hinlegen. Dir würde ich es auch empfehlen.«

Das waren die letzten Worte, ehe er sich drehte und die Augen schloss.

Wie kann er nur jetzt schlafen? Alles bewegt sich, ächzt und rattert. Unmöglich auch nur die Augen zu schließen.

Doch sie wollte dem Rat ihres Meisters folgen. Sie ließ ihren Blick auf Damian gerichtet und langsam schlossen sich die Augen.

Als sie wieder aufwachte, blickte sie auf eine Uhr an ihrem Handgelenk.

Es war gerade mal drei Stunden vergangen.

Als sich die Dienerin aufrichtete, knarzte die Pritsche.

Das ganze Monstrum, der Boden rumpelte.

Damian wurde etwas aufgeworfen.

Ein Ächzen war von ihm zu hören, dann ein Murren.

»Was ist denn jetzt los?«, fragte er noch halb im Schlaf.

»Alles in Ordnung?«, fragte Seraphina besorgt.

Ein Grunzen verlautet.

»Jaja.«

Bevor sich der Löwe wieder aufrichtete, rieb er sich die Augen.

Erneut meldete er sich am Terminal.

»Was zum Teufel ist da draußen los?«, brüllte er in das Mikro.

»Ist das Ding hier ein Panzer oder ein Flugzeug? Wo zur Hölle fahren wir gerade?«

Lange Stille, nur ein Knistern aus dem Lautsprecher.

Die geballte Faust des Prinzen schnellte gegen die Wand.

»Na wird's bald ... was ist los?«, kam es nur noch aggressiver.

»Mein Prinz ...«, erklang es langsam und eher leise aus dem Lautsprecher.

»Wir fahren gerade durch Anticha ...«, wieder Schweigen.

»Sie hat es nicht geschafft. Mehrere nukleare Sprengkörper müssen in einer zweiten Welle explodiert sein ... große Teile der Stadt liegen in Schutt und Asche. Auf den Straßen Schutt und Geröll.«

Das Gesicht Damians verzerrte sich.

Ein weiter Schlag folgte und die Anlage verstummte.

Seraphina konnte es gar nicht fassen, was sie gehört hatte. Eine Stadt in Trümmern.

Der Prinz öffnete die Tür und stürmte aus dem Zimmer. Die Treppe empor in den Kontrollraum.

Die Dienerin direkt dahinter.

In der Kommandozentrale konnte man die vollständigen Ausmaße der Zerstörung sehen.

Auf den Monitoren sah man die fünf-spurigen Straßen in

beide Richtungen voller Schutt.

Links und rechts Gebäudegerippe, die Fenster gesprengt und größtenteils eingebrochen.

An den Straßen konnte man etliche Leichen sehen. Auf ihnen ausgebrannte und verlassene Fahrzeuge, die unter dem Monstrum zermalmt wurden.

Immer größer und größer wurde die Zerstörung.

Bis sie es dann sahen. Ein gigantischer Krater in der Innenstadt. Wohl einen Quadratkilometer groß und nahezu hunderte Meter tief. Nur wenig Land trennten Straße von Loch.

Nun fiel auch etwas anderes auf.

In der Luft lag gelber Staub, gar Nebel.

»Gottverdammt ...«, entfuhr es dem Prinzen, als er sich zwischen zwei der Kommandanten auf das Modul stützte.

»Was haben sie nur für Zerstörung über uns gebracht?«

»Unsere Panzer sind aber schon dicht, oder nicht?«, fragte er besorgt.

Nur ein Nicken des Kommandanten war die Antwort.

Der Blick Seraphinas schweifte ins Leere.

Sie wollte die ganzen Ausmaße dieser Katastrophe nicht begreifen.

Langsam sammelte sich der junge Löwe wieder.

»Gut ... unsere Panzer können hier durch. Wie sieht es mit den Soldaten aus?«

»Die Rüstungen unserer Krieger halten die Strahlung aus. Mithilfe der Gasmasken der neusten Generation sollte es keine Probleme geben. Doch wir müssen davon ausgehen, dass der Feind die gleiche Technologie hat, sonst hätte er die Bomben nicht auf die Front geworfen.«

Nur ein verständnisvolles Nicken Damians.

»Dann sollten wir schauen, dass wir so schnell wie möglich aus dieser Stadt kommen.«

Nicken der Uniformierten.

»Drei Stunden, mein Prinz.«

»Wir werden uns vorbereiten«, sagte er und deutete seiner Dienerin zu folgen.

Die Anwesenden schlugen die Faust auf die Brust.

Ohne ein weiteres Wort verließen die beiden die Brücke über die Treppe.

Damian führte seine Dienerin in einen Raum gegenüber ihrem Zimmer.

Sie kamen in eine kleine Kammer, gerade mal einen auf einen Meter groß, eine kleine Bank an der Seite.

»Ausziehen«, kam der trockene Befehl ihres Herrn.

Verwirrt blickte Seraphina in die tiefblauen Augen des Prinzen.

Doch sie tat wie geheißen.

Bald schon begann auch Damian sich zu entkleiden.

Ein weiterer Ruckler.

Seraphina war fast umgefallen. Gerade so konnte sie sich noch halten.

»Beim Kaiser ... hoffentlich sind wir bald aus dieser Ruine einer Stadt raus.«

Als beide dann entkleidet standen, öffnete sich eine Tür in der Wand. Ein abgeschotteter Raum aus hellerem, glänzendem Metall.

Am Boden ein Ablauf.

Schnell betrat der junge Löwe die Kammer und zog auch Seraphina hinterher. Kaum war die Tür geschlossen, kam Wasser herunter. Feste Wasserstrahlen spritzten aus der Decke.

Seraphina konnte das Atmen ihres Herrn im Nacken spüren.

Zu spät bemerkte sie, dass dem Wasser bereits Seife hinzugefügt wurde.

Ein Brennen in ihrem Auge.

Der Prinz begann sich zu waschen und Seraphina tat es ihm gleich. Plötzlich ...

Plötzlich begann sich der Panzer sich zu neigen.

Beide riss es von den Beinen, drückte sie an die Wand.

Das Wasser sammelte sich und floss nach unten hin ab.

Die Dienerin lag auf ihrem Herrn.

Ihr Schädel dröhnte leicht, als sie sich an der Brust Damians wiederfand.

»Scheiße«, sagte der Prinz, als er sich an den Kopf fuhr und daran rieb.

Eine verzerrte Stimme ertönte.

»Das Monstrum hat soeben ein über der Straße kollabierte Gebäude am Stadtrand passiert und verlässt nun die Stadt.«

Ein leichtes Rauschen und alles war wieder still.

Ein Kopfschütteln kam vom Prinzen, als er sich wieder erheben wollte.

»Danke für die Vorwarnung«, spie er giftig aus.

Das Wasser versiegte und eine weitere Tür öffnete sich.

Ein ganz und gar schwarzer Raum.

Kaum hatten ihn beide betreten, blies Druckluft aus Düsen der Decke.

Als sie etwas abgetrocknet waren, kamen mehrere Greifer aus dem Raum und packten beide an Armen und Beinen.

»Was ... was geht hier vor sich?«, fragte sie ängstlich.

»Keine Sorge«, sagte der Prinz mit beruhigender Stimme. Schrittweise kamen weitere Arme heraus.

Etliche Rüstungsteile waren daran befestigt. Sie wurden auf die Körperteile der beiden gesetzt und allmählich bildete sich eine Panzerung auf ihrer Haut.

Seraphina war als Erstes fertig. Eine schwarze Titan-Kunststoffschicht mit blauen Streifen lag auf ihrer Oberfläche. Das silberne Wappen auf der Brust.

Ihre langen schwarzen Haare fielen an der Panzerung herab.

Kurze Moment später landete auch der Prinz wieder auf dem Boden. Sein Anzug war tiefblau. Ein paar schwarze Streifen darüber und ebenfalls das Wappen auf der Brust.

»Da wären wir«, verlautete der Prinz.

»Wenn ihr mir diese Frage erlaubt ...«, begann Seraphina.

»Warum das Ganze. Ich habe doch schon eine Rüstung.«

Leichtes Schmunzeln vom Löwen.

»Nun ja, die mag ja ganz schön für die Öffentlichkeit aussehen, doch im Kampf nutzlos. Vor allem, wenn es dann in die Giganten geht, können wir damit nichts anfangen.«

»Giganten?«, fragte Seraphina ungläubig.

»Ich soll in so ein Ding?«

»Mhm ...«, kam es vom Prinzen. »Wir beide. Es geht an die Front.«

Etwas Angst machte sich in ihr breit.

»Ich ... Ich habe noch nie in so einem Teil gesessen.«

»Das wird schon«, sagte der Prinz, »Und um ganze genau zu sein, man steht und sitzt nicht darin«, ein spöttischer Ton in seiner Stimme, ehe er den Raum verließ.

Mit lautem, metallischem Klacken folgte ihm auch Seraphina über die Metallplatten.

Sie standen wieder im Kommandoraum.

Bereits wenige Stunden später konnte man erneut den gelben Staub in der Umgebung sehen. Dahinter die Mauern und Befestigungen, die an der Grenze standen.

An der rechten Seite war ein Einschlag einer weiteren Atombombe festzustellen.

»Wir sind angekommen«, sagte der Kommandant.

»Das sehe ich selbst ... Macht die Giganten bereit«, antworte Damian.

Nur ein Nicken.

Die beiden machten sich nun unter der Führung des Prinzen zur Rampe.

Dort gab man den beiden noch einen Helm, dem der Soldaten ähnlich, der sie vor Strahlungen und Staub schützen sollte.

Während der Fahrt öffnete sich die Klappe nach unten mit einem Surren.

»Sollen wir da jetzt runterspringen?«, fragte Seraphina ungläubig.

»Jawohl«, kam es nur karg vom Prinz und einen Sprung später rollte er am Boden.

Seraphina zögerte noch etwas, doch als ihr Herr sich immer weiter entfernte, sprang auch sie.

Die Dienerin flog, landete auf dem Boden, fiel auf die Seite, rollte durch den Staub.

Dort blieb die Tigerin liegen.

Bis der Helm ihres Herrn über ihr schwebte.

»Na komm, hoch mit dir«, bot er ihr seine Hand an.

Die Stimme, metallisch durch den Lautsprecher hörbar.

Seraphina nahm die Hand ihres Meisters und zog sich an dieser hoch.

Ein Zischen in der Ferne und zwei rechteckige Metallkasten wurden aus dem Panzer geschossen.

»Da müssen wir hin.«

Mit diesen Worten begann er über die öde Landschaft und durch den gelben Nebel zu laufen.

Seraphina seufze.

Ein leichter Schreck durchfuhr sie, als eine Roboterstimme aus dem Helm kam.

»Visier auf Nachtsicht umstellen?«, fragte das System des Anzugs.

»J ... Ja«, antworte Seraphina mit unsicherer Stimme.

Das Visier erhellte und erlaubte deutlich bessere Sicht.

Es fiel der Tigerin schwer unter dem Helm zu atmen, die gereinigte Luft, etwas komisch schmeckend, machte sich unter ihrem Helm breit.

Viele Anzeigen waren an der Innenseite des Helms.

Zu Luftfeuchtigkeit, den Wetterbedingungen, Temperatur, eine kleine Karte und noch viel mehr.

Doch sie konnte sich gar nicht mehr alles anschauen, bevor sie vor den zwei Kisten stand.

An die Rechte trat der Prinz heran, legte seine Hand darauf und das gesamte Ding begann sich zu entfalten.

Die Gerätschaft klappte auf und wurde zu einem roboterartigem Konstrukt.

Ein großer Brustkörper erhob sich, zwei metallische Arme, welche hauptsächlich aus einem Titangestell bestanden.

An beiden Armen schwere Bewaffnung.

Als letzten erhoben sich die Beine.

Schnell kletterte der junge Löwe an der Maschine hinauf und stellte sich in das Loch in der Brust.

Greifarme packten Arme und Beine Damians, verbanden sich mit der Steuerung des Giganten.

»Jetzt du«, kam es metallisch verstärkt aus dem Inneren des Giganten, wie eine Handbewegung.

Kaum hatte Seraphina ihre Hand auf das Paket gelegt, entfaltete sich auch ihr Gigant. Genauso schwarz-silbern wie der Damians. Selbe Bewaffnung, selbe Größe, etwas mehr als drei Meter.

Auch sie kletterte nach oben und schnell schnappten einige Krallen an Armen und Beinen zu.

Ein unterdrückter Schrei kam von ihr.

Die Anzeige des Giganten öffnete sich auf ihrem Visier.

»Mach dir keine Sorgen, gleich wird sich ein Ring um deinen Hals schließen, erschrecke dich nicht«, hörte sie die Stimme ihres Herrn aus dem Helm kommen.

Ein Schlucken der Tigerin.

Und wie es gesagt wurde, schloss sich ein eiserner Ring an den Halsbereich der Rüstung.

»Nun versuch dich mal etwas zu bewegen«, kam es weiter, blechern aus den Lautsprechern des Helms.

Langsam versuchte sie, einen Schritt nach vorn zu machen. Das gesamte, metallische Bein bewegte sich mit. Nach und nach machte sie einen Schritt nach dem anderen im Metallgestell des Giganten.

Plötzlich hielt sie etwas zurück.

Die große Metallhand des Prinzen ruhte auf der Schulter des

Giganten. Der rechte Arm mit dem Schwert neben ihr.

»Ich würde vorschlagen, wir machen uns auf in die richtige Richtung«, sie konnte ein Lachen über die Verbindung hören.

Schnell blickte die Tigerin auf und konnte sehen, wie der Prinz an die Front deutete.

Sie nickte mit hochrotem Kopf, als sie sich einmal um 180 Grad drehte.

Durch eines der Tore fuhr gerade das Monstrum.

»Nicht so langsam«, spottete der Prinz und begann zu laufen.

Schnell folgte ihm auch die Dienerin. Auch wenn sie etwas Angst hatte zu fallen.

7 – Die Front

Bald schon hatten sie den Panzer eingeholt und verlangsamten sich etwas.

Über ein großes Tor wie eine Rampe ging es gemeinsam hinab in Richtung des weiten Niemandslandes.

Langsam konnte man die Soldaten sehen. Wenn auch wenige, so weit hinter den Linien.

Einige waren auf den Mauern und an den Geschützen. Der Großteil der kaiserlichen stand an den vordersten Fronten des Kampfes. Plötzlich trat ein weiterer Gigant am Boden der Rampe hervor. Als sie näher kamen, konnte man einen kräftigen Körper in schwarz-oranger Rüstung im Giganten hängen sehen. Das Zeichen der Kommandotruppe, das X gekreuzt vom doppelten Pfeil, prangte auf seiner Brust.

»Heil dir Kronprinz«, schrie er mit Verstärkung des Giganten und schlug sich die rechte Faust auf die Brust.

Der Gigant tat es ihm träge nach.

»Heil Veseria«, erwiderte der Prinz und reichte dem Soldaten seine metallische Hand.

»Wie sieht es aus?«, fragte er.

»Nun ...«, begann der Soldat. »Der Großteil der Truppen ist an der Front. Etwa 60 % sind noch einsatzfähig.«

Ein Grunzen des Prinzen.

»Wie sieht es mit direkten Kampfhandlungen aus?«

Der Krieger tippte auf seinem Arm, bis ein kleines Bild aus seiner Brust projizierte, es war der Frontverlauf, mit einigen Truppenbewegungen eingezeichnet.

»An diesen Stellen sind unsere Soldaten am Vorstoßen, bis

jetzt mit gutem Erfolg.«

Nur ein stummes Nicken kam von Damian. Langsam ging seine Hand an den Hinterkopf seines Helms. Auch der Roboterarm folgte dem Befehl und schwebte über dem Konstrukt. Der Kopf fehlte dem Giganten.

»Gut«, begann Damian. »Dann schickt das Monstrum mit einigen der Panzer zum Vorstoß. Den Rest der Division verteilt ihr über die Front. Ich schließe mich dem Monstrum an.«

Nur ein Murren war über die Verstärker des Giganten zu hören. Kurz darauf. »Gut … dann machen wir das so. Ich werde euch mit meinem, Verband begleiten.«

»Wenn es euch genehm ist«, fügte er schnell hinzu.

Nur ein Nicken des Prinzen.

Ein Pfeifen aus den Lautsprechern später öffnete sich ein Spalt in der Betonbefestigung, welche zu seiner linken war. Heraus kamen, mehrere Soldaten, ebenfalls in Giganten. Sie stellten sich zu ihrem Kommandanten.

»Heil dir Kronprinz«, ertönte das Gebrüll der Meute, ehe sie sich auf die linke Brust schlugen.

Nur ein Nicken Damians. Langsam setzte er sich wieder in Bewegung, in Richtung Osten.

Schwer neben ihnen wälzte sich der Panzer über das verdorrte und tote Land. Der Generator brummte laut und unaufhörlich. Dahinter direkt die kleineren Panzer in einer Dreierreihe.

Das Land gab unter dem Vorreiter nach. Das Monstrum versank im Schlamm, ließ große Spuren zurück und riss den ein oder anderen alten Schützengraben nieder.

Daneben stapften weiter unaufhörlich die Giganten voran.

An der Spitze der Prinz mit seiner Begleitung und dem Kommandanten des Verbandes.

»Wie heißt ihr eigentlich?«, fragte der junge Mann, als er sich an den Verbandsführer wandte.

»Petran … Petran van Ban.«

Erstaunt verzog sich das Gesicht Seraphinas unter ihrem

Helm.

Ein Ehrenkrieger?

»Einer der Unverwundbaren. Meinen Respekt. Es ist mir eine große Ehre, an eurer Seite in die Schlacht zu sehen.«

»Was soll ich da erst sagen?«, fragte der Van mit einem leicht, spöttischem Unterton.

Die Vans, die Ehrenkrieger. Was hatten Seraphina über sie gelernt.

Immer wieder und wieder wurden sie ihnen als Vorbild eingetrichtert. Die meisten der Van Familie sind, mehrere jahrhundertealt. Es waren Bürgerliche, welche sich freiwillig gemeldet hatten, ihr Leben für das Reich zu geben. Sie hatten sich einem der Volksregimenter angeschlossen und geschafft, in der demokratischen Struktur bis an die Spitze zu kommen. Sie hatten sich hohe Positionen erarbeitet und in einer der größten Schlachten des Reiches, der Schlacht um den Westen unmenschliches geleistet.

Eine plötzliche Frage ihres Herrn riss sie aus den Gedanken.

»Dazu noch ein Ban. Was hat euer Vorfahre getan, um auch noch diese Ehre zu erhalten?« kam es interessiert von Damian.

»Nun, der vor mir war Adolf van Ban. Als die Schlacht sich zu unseren Ungunsten entwickelte, wurde er samt seiner Legion eingekesselt. Standhaft hielten sie einen Berg in der Formation des Feindes. Bis sie wieder von den kaiserlichen Truppen erreicht werden konnten, war beinahe die gesamte Division aufgelöst. Als einer der letzten kämpfte mein Vorfahr und zermalmte die Feinde.«

»Eindrucksvoll«, raunte Damian und stapfte weiter durch das Land.

Nach einigen weiteren Stunden des Marsches konnte man bereits das Feuer an der Front sehen und hören.

Explosionen, Feuerstürme aus den Geschützen. Man hörte die Einschläge feindlicher Artillerie und das Rattern von MG-Feuer. Aus so manchem Betonbunker an der vordersten Front feuerten große Geschütze von mehreren Zentimetern Durchmesser in Richtung Feind.

Viel weiter als die vorderster Frontlinie konnte man in dem gelben Staub nicht sehen. Nur das Geräusch von feuernden Geschützen, wie stellenweise einige Feinde, die über das Niemandsland liefen, wiesen auf die andere Seite hin.

Abrupt kam das Monstrum zum Stehen, seine Gefolgschaft stellten sich daneben auf. Währenddessen, ging der Prinz weiter in Richtung Front. Plötzlich erstreckte sich ein Schützengraben vor ihnen, so groß, dass selbst die Giganten darin Platz fanden.

An der Vorderseite eine Erhöhung für die regulären Soldaten.

Etwa alle 500 Meter erhob sich ein sechseckiger Bunker aus dem Boden. Darin war ein Geschütz stationiert, wie zwei MGS an den Seiten.

Dahinter schwere Artillerie in einer Vertiefung.

»Abteilung halt«, schrie Petran auf Signal des Prinzen.

Nur mit seiner Dienerin betrat er den Graben. Etliche Soldaten standen auf dem erhöhten Teil und dutzende andere stürmten an ihnen vorbei. Sie steckten in keinen Giganten. Die Soldaten trugen die Rüstung des Kaiserreiches, mit bekannter Gasmaske und Flasche.

Währenddessen, folgte Seraphina in aller Ruhe Damian, der weiter bis an einen der Bunker trat.

Damian beugte sich nach unten, klopfte mit seiner metallischen Hand an die Luftschutztür. Ein dumpfes Hämmern war zu hören.

»Wer zum Teufel steht nun an dieser scheiß Tür«, ertönte es durch einen Lautsprecher.

»Der Kronprinz«, sagte Damian trocken.

»Was?«, schrie es metallisch aus dem Kasten.

»Verzeiht meine Hoheit ... Ich ... Ich«, war die verlegene Antwort, ehe sich die Tür öffnete und ein kleiner Krieger stand im Rahmen.

Er steckte in einer grauen Rüstung, am Bauch eine kleine

Ausbeulung für seine etwas voluminöse Gestalt.

An der Seite hing ein altes Photonengewehr.

»Beim Kaiser, ihr seid es wirklich«, sagte er ehrfürchtig.

»Ich bitte euch, verzeiht mir, mein Prinz ...«, begann er. »Ich wusste nicht ... Ich wusste, nicht, dass ihr ...«

Damian winkte ab. »Alles gut, macht euch keine Sorgen, dafür seid ihr mir keine Rechenschaft schuldig.«

Ein erleichtertes Seufzen bildete sich auf den Lippen des älteren Herrn.

»Doch ... mir wurde gesagt, ein Vorstoß sei hier im Gange und jetzt sind hier alle in den Gräben. Wie geht das?«

»Mein Prinz«, begann der alte etwas zaghaft auf ein Neues. »Unsere Truppen wurden von starkem Artilleriefeuer eingeschränkt und auch der Atomstaub, der nach wie vor in der Luft liegt, war nicht gerade zu unserem Vorteil.«

Ein Seufzer kam vom Prinzen.

»Alles muss man selbst machen. Gebt die Order, dass, wenn die Panzer das Feuer eröffnen, auch eure Artillerie zu feuern hat.«

Ein Nicken war die Antwort, ehe der Prinz im Giganten wieder verschwand.

Er stellte eine Verbindung mit dem Kommandanten auf dem Monstrum her.

»Mein Prinz«, erschallte es sofort etwas verzerrt, als die Verbindung stand.

»Jaja, lasst das ganze Getue, es ist an der Zeit, dass wir hier etwas vorankommen. Auf meinen Befehl hin eröffnen sowohl das Monstrum als auch die Panzer das Feuer. Feuerwinkel 30 Grad.«

»Jawohl«, ertönte es unterwürfig aus dem Comnetz.

Als der Prinz gerade wieder den Graben verlassen wollte, konnte man ein Surren vom Himmel hören. Artillerie regnete vom Himmel herab. Die Geschosse explodierten mit Wucht neben dem Graben.

Die Granaten, welche den Graben erwischt hatten,

explodierten am Energieschild, welche diesen schützten.

Nur an wenigen Stellen war die Explosion so heftig, das Schild zu durchbrechen.

Direkt über ihnen explodierte eines der Geschosse am Schild.

Seraphina erschreckte sich, wich vom Graben zurück und stürzte. Damian konnte gerade noch so ihren Giganten auffangen.

Angst machte sich in ihr breit, als die Explosion sich über ihr auffächerte und der Rauch zu allen Seiten wichen.

Im selben Augenblick ertönte ein wutentbrannter Schrei aus der Kehle des Prinzen. Durch die Lautsprecher wurde er noch verstärkt und klang nahezu unmenschlich.

Seraphina wusste nicht, wie ihr geschah.

Wenige Momente später hörte sie ihren Herrn über eine öffentliche Verbindung sprechen.

»Hier spricht der Prinz. An alle Soldaten entlang der Frontlinie 310. Macht euch bereit für einen erneuten Angriff«, direkt im Anschluss ein Knacken, die Verbindung war beendet.

Seraphina konnte noch leicht einen weiteren Befehl hören.

»An die Luftwaffe … sofortiger Angriff auf die feindlichen Stellungen.«

Nur kurz darauf schossen dutzende Jäger über den gelben Himmel. Blaue und orange Feuerschwänze flammten aus ihren Triebwerken. Mit rasender Geschwindigkeit zogen sie über das Niemandsland. Und bald schon eröffnete sich ein wahres Inferno über den feindlichen Stellungen. Von der Linie Veserias konnte man nur die Umrisse der Explosionen sehen. Der gelbe Nebel schluckte fast alles.

Die kaiserlichen Bomber warfen ihre Ladung ab und ließen die Gräben explodieren.

Ein paar der Kampfjäger ließen mit großen Geschützen an der Unterseite ihrer Flieger das Höllenfeuer auf Erden regnen.

Ein Geräusch, welches dem Heulen von Dämonen gleichkam, ertönte, als einige der Bomber nach unten stürzten und ihre todbringende Ladung auf den Feind niederregnen ließen. Gerade so, im letzten Moment zogen die Flieger noch nach oben und stiegen wieder weit in den Himmel hinauf. Flogen eine weite Runde über dem Schlachtfeld.

Seraphina blickte auf die Explosionen am Horizont. So grausam das ganze Spektakel auch war und wie viele hundert auch dort drüben sterben mochten, irgendwie empfand sie das Ganze als ästhetisch.

Doch nicht einen Gedankengang später ertönte es laut.

»Jetzt«, aus ihrem Helm, an den Kommandanten des Monstrums.

Ein Knall ertönte, eine Feuerwalze kam aus dem Rohr und ein gigantisches Geschoss flog in Richtung Feind.

Ein Panzer zog nach und feuerte seine Ladung ab. Auch die Artillerie begann kurz darauf mit ihrem tödlichen Sperrfeuer.

Erneut, ein Knarzen von den Lautsprechern und die Stimme ihres Herrn.

»Hiermit hat der zweite Vorstoß auf feindliches Gebiet begonnen.«

Die Generatoren der Panzer heulten einmal mehr auf und begannen ihre todbringende Fahrt in Richtung Feind.

8 – Der stürmende Tod

Die Kriegsmaschinen fuhren vor ihnen durch die Wüste des Schlachtfelds, gruben sich in den Schlamm. Im ersten Moment drehten die Ketten durch, doch dann griffen sie und donnerten in Richtung Feind.

Nichtsdestotrotz unterstützten sie weiterhin das Artilleriefeuer, das über ihre Köpfe hinwegflogen.

Kurz darauf setzte sich der Prinz in Bewegung, mit ihm der Verband der anderen Giganten.

Als sie den Schützengraben über das Schild passiert hatten, stürmten auch die Soldaten heraus und folgte ihnen mit Gebrüll in die Schlacht.

Etwas mulmig war Seraphina zumute. Dies war nun das erste Mal, dass sie wirklich in die Schlacht ziehen sollte.

Wird schon schiefgehen, dachte sie und stürmte ihrem Herrn hinterher.

Während sie so hinter den feuernden Panzern hermarschierten, zogen die Jäger noch einmal mehr über den Himmel.

Ein Donnern, und noch eins und noch eins. Die Geschütze des Feindes begannen auf ihre Panzer zu schießen. Aus vier Bunkern, kurz hinter den feindlichen Linien. Langsam änderte das Rohr des Monstrums seine Ausrichtung. Ein Schuss, eine Explosion, Seraphina erschreckte sich und der erste Bunker stand in Flammen. Dieses Schicksal sollten nach und nach alle anderen ereilen.

»Sobald wir die Linien erreicht haben, werden die Panzer weiterfahren, die Soldaten springen in die Gräben und erledigen den Feind«, ertönte es einmal mehr mit dem Knacken in ihrem Helm.

»Jawohl«, kam es etwas unbehaglich vom Seraphina zurück.

Bald schon ertönte das Rattern einiger MGs, doch hinter den Panzern waren die Truppen sicher.

Die im Vergleich zu den Panzern kleinen Geschosse blieben in ihrer Hülle stecken.

Immer näher und näher kamen sie den feindlichen Stellungen, über ihren Köpfen flogen erneut Artilleriegranaten in Richtung Feindlinien. Mit einem Knall schlugen sie wie Hammerköpfe im Boden ein.

Das nächste explodierte nur wenige Meter vor dem Monstrum.

»Beschuss einstellen«, schrie Damian. »Ihr bringt uns noch um.«

Langsam konnte man die Schreie der Feinde in ihre Gräben hören, doch nicht nur diese hatten Angst.

Seraphina war kurz davor auszurasten, ihr Kopf überschlug und ihr Magen drehte sich. Es schien ihr, als müsste sie sich gleich übergeben.

Jahrelanges Training, aber als es nun doch zur Schlacht ging, hätte sie ohne Anwesenheit ihres Herrn einen Rückzieher gemacht.

Dieser sah währenddessen in ihren Augen so heroisch aus. Unbeirrt stapfte er mit kräftigen Schritten nach vorn, vorn in Richtung Feind.

Doch dann ertönte ein Signal, das Monstrum hatte den Graben erreicht. Mit seiner gigantischen Last fuhr der Panzer über den Graben, riss einige der Randmauern nieder und so brach das Schild. Weiter drängte der Titan mit seinen kleineren Begleitern weiter nach vorn und schoss unentwegt weiter.

Bunker und Anlagen weiter hinten gingen in Flammen auf.

Die inzwischen folgenden, wenig besetzten Gräben sollten ein Leichtes zu bezwingen sein.

Kaum hatten die fahrenden Festungen den Graben passiert, sprang Damian und seine Truppe hinein.

Das erste Mal überhaupt aktivierte Seraphina ihr MG und schoss wie wild auf die Soldaten des Feindes.

Der Großteil von ihnen trug eine orange Rüstung, mit goldenen Streifen geschmückt. Der Helm war ein karges Gerippe mit nur zwei kleinen Löchern für die Augen und einem Filter an der Unterseite.

Schneller als sie reagieren konnten, war eben jene Rüstung von den Geschossen Seraphinas durchbohrt. Der Prinz hinter, aktivierte seine Klinge, die Plasamaschicht bildete sich.

Plötzlich wurde Seraphina von den Beinen gerissen, von ihrem Herrn, beide landeten in einer Ecke des schlammigen Schützengrabens. Kurz darauf raste eine Rakete durch den Korridor und traf in eine Menge hereinstürmender Giganten.

Ein Knall, eine Explosion und mehrere von ihnen lagen zerrissen am Boden.

Blut spritzte und Körperteile flogen und selbst diejenigen, welche leicht verletzt im Graben lagen, hatten bereits jegliche Chance verloren. Und sei es auch nur eine leichte Wunde, die Strahlung würde sie binnen weniger Minuten töten.

»Scheiße ... Scheiße ...« halten die Schreie Petrans, ehe er nach unten sprang und den eingebauten Granatwerfer aktivierte. mehrere der explosiven Geschosse flogen aus der Apparatur an seinem Rücken in Richtung des Angreifers.

Rollten den Gang entlang und explodierten auf dem Boden.

Ein Beben, Rauch stieg auf und Teile der Wände brachen in sich zusammen.

Als Seraphina wieder nach hinten blickte, sah sie Petran über den Verletzten stehen. Jedem Einzelnen trieb er eine Kugel in den Kopf. Sie sollten nicht noch länger leiden.

»Ich hab auf einen anderen Kanal gewechselt ...«, ertönte es plötzlich wieder in ihrem Helm. »Kanal 2«

Nur Damian und Seraphina konnten auf ihn zugreifen.

Kaum waren die Sätze beendete, verließ er den kleinen Erker wieder. Stieg über die Leichen des Feindes und wandte sich dem nächsten Graben, weiter nach hinten zu. Dicht gefolgt von Seraphina und einigen der Giganten. Das Letzte, was sie noch von vorderster Front sehen konnte, waren die regulären Truppen, die nun in den Graben gesprungen kamen.

Die Strategie war eine einfache. Die Panzer trieben einen tiefen Keil in die feindliche Formation, während die Soldaten die Front von den Soldaten säubern sollten.

Der Einmarsch sollte so breit wie möglich erfolgen.

»Komm«, erklang ein einmal mehr metallisch aus den Lautsprechern in ihres Helms.

Seraphina riss herum, blickte zu Damian und konnte sehen, wie er sich vom Hauptgraben in einen der Seitengänge stürzte. Über diesen gelangte man ins Hinterland.

Kaum war sie hinterher gestürmt, hörte sie Schritte hinter sich. Weitere Soldaten in den Giganten wie reguläre Krieger waren zu erkennen, als sie kurz ihren Kopf drehte.

Plötzliches Feuer, eine Salve Schüsse war zu hören.

Schnell riss sie ihren Kopf wieder zu ihrem Herrn und konnte sie sehen, wie dieser das Feuer auf den Feind eröffnet hatte. Schüsse trommelten und leere Patronenhülsen fielen auf dem Boden. Die Soldaten, die in den Eingang des Grabens liefen, wurden geradezu durchlöchert, ein leichtes Zucken und sie fielen leblos zu Boden.

Als die zwei Läufe wieder erkalteten und nur etwas Rauch aus den Hälsen dampfte, lagen nur noch mehr Fleischfetzen, umgeben von Metall am Boden.

Das Ganze erinnerte fast an eine geplatzte Einheit Dosenfleisch.

»Weiter«, brummte es aus den Außenlautsprechern des Anzugs.

Sie erreichten den zweiten Graben hinter den Linien.

Mit einem Rauschen flogen die Jäger wieder ihre Runden und

bombardierten gezielt die feindlichen Befestigungen. Auch direkt vor den beiden explodierte ein Bunker an der Verbindungsstelle der Graben.

Vorher, ein runder gigantischer Steinklotz, ein großes Rohr stand bei etwa vier Metern Höhe hervor. Wenige Sekunden darauf, eine Explosion, Trümmer flogen durch die Luft und nur noch ein brennende, eingestürzte Ruine stand an der Stelle.

Rauch strömte durch den Gang, die Sicht war gleich null.

Das Einzige, was Seraphina wahr nahm, war ein kaltes Lachen aus dem Off.

Seraphina fand das Ganze nicht so lustig. Während ein Knallen ertönte und Artilleriefeuer über ihre Köpfe flogen, war sie voller Sorge. Sorge um sich und den Prinzen. Auch ein Gefühl der Aufregung überkam ihren Geist.

Als mit einem Surren erneut die Photonenklinge ihres Herrn aktiviert wurde, wurde sie aus diesen gerissen. Es war keine Zeit mehr dafür. Die Zeit des Tötens war gekommen.

Beide rannten den Gang entlang.

Plötzlich stürmte ein Monstrum aus einer Flucht rechts neben ihnen.

Ein gigantischer Mensch, wenn man ihn noch als solchen bezeichnen konnte.

Das einzige Menschliche, was man von ihm noch erkennen konnte, war der Kopf, welcher hinter einer Glaskuppe verschlossen war. Umgeben von einer gelb-grünen Flüssigkeit.

Es waren sogenannte Maschinenmensch, Transhumanisten. Die ihren Körper bis zur Unendlichkeit entstellt hatten. Immer mehr und mehr des Fleisches durch Metall ausgetauscht. Bis nur noch der Kopf übrig war. Und selbst dieser wurde oft künstlich verbessert.

Sie waren eines der großen Feindbilder des Kaiserreiches, die ketzerische, unnatürliche Veränderung des menschlichen Körpers. Sei es nun die Transformation zur Maschine oder der Umformung des Menschen durch Operationen, gerade nach Lust und Laune.

Die Götter hatten jedem Menschen seinen Körper gegeben und dabei sollte es belassen werden.

Damian stürmte auf den Mann zu. Die Roboterarme seines Körpers hatten eine Kreissäge und Plasmawerfer inne. Die Beine waren nur lose Metallgestelle.

Für seine Kanone war es bereits viel zu spät, so begann das Sägeblatt mit einem Aufheulen seine Umdrehung.

Der Gegner schwang es nach dem Prinzen und versuchte es, in die Schulter des Prinzen zu treiben.

Mit einer Hand griff Damian nach dem Arm der Kreissäge. Ihm gelang es, vor der Säge anzupacken, und riss die Waffe mit einem Schwung vom Körper herab.

Funken flogen und lose Kabel und Metallteile schauten aus dem Stummel hervor.

»Friss das« spuckte es aus den Lautsprechern heraus, ehe er ihm eine Faust über den Schädel zog.

Einen Schlag später hatte er die Faust des Transhumanen in der Magengegend des Giganten, direkt dort, wo Damian lag.

Er erschütterte, fiel nach hinten in den Schlamm. Als der Gegner gerade sein Gewehr laden wollte, um auf den Prinzen zu schießen, gab Seraphina hinter ihm einen Feuerstoß.

Über den Prinzen flogen die Plasmaladungen und trafen den Feind am Hals. Langsam taumelte er zurück. Öl spritzte, weitere Funken.

Genug Zeit für Damian, um sich wieder aufzurappeln und einen Moment später bohrte sich die Klinge des jungen Löwen durch die Brust des Hybriden.

Er riss sie nach oben und teilte den Feind von Brust bis Kopf.

Langsam ging er zu Boden, knallte auf den kalten Stein und fiel rücklings um.

»Das war erstaunlich leicht, einer geschafft, zigtausend bleiben noch«, ertönte es in Seraphinas Helm.

Sie blickte auf den Leichnam und sah einige Lichter blinken, etwas piepte.

Schnell sprang sie zu ihrem Herren und riss ihn zu Boden, gerade noch rechtzeitig bevor der Schrotthaufen explodierte. Maschinenteile wie Öl wurden umhergeschleudert und euch die grün-gelbe Pampe fand ihren Weg an die Wände.

»Ich danke dir«, kam es vom Prinzen, ehe er sich wieder aufrappelte und auch so die Tigerin zum Aufstehen bewegte.

Er trat wieder in den Gang und schritt über den am Boden zerfetzten Leichnam. Am Ende des Ganges erschienen wieder Feinde.

Damian setzte die trägen Metallbeine in Bewegung und stürmte mit voller Kraft in ihre Richtung, während er sie mit Blei aus seinem MG vollstopfte. Seraphina und die übrigen Truppen dicht auf den Fersen.

Einige Zeit stürmten sie durch die Gänge, metzelten alles nieder, was ihnen in den Weg kam. Ihr Pfad war von Leichen gepflastert. Das Blut floss in Strömen. Die Kugeln blieben in der Panzerung des Giganten des Prinzen stecken, schützte so den Großteil seiner Männer.

Als sie bei der nächsten Kreuzung angekommen waren, stürmte Damian voran heraus. Der Graben war breiter an dieser Stelle. Durch den gelben Staub konnten sie Munition, Granaten, und einige Bomben sehen. An den Wänden des Grabens waren Leitungen und Kabel, einige Knöpfe und Schaltschränke.

Links von ihnen stand der Feind. Sie hatten mehrere Metallplatten und Barrikaden als Schutz vor dem feindlichen Feuer aufgestellt.

Dahinter die Soldaten in gelb-oranger Rüstung, die feindlichen Soldaten. Noch hatte sie der Feind nicht bemerkt. Unaufhörlich schossen sie so auf die veserianischen Soldaten. Trommelfeuer der feindlichen Gewehre erschallte. Immer wieder eine Pause zwischen den Feuerstößen und dem Nachladen.

»Wir schleichen uns an, wenn sie nicht mit uns rechnen. Wenn alle auf Position sind, Feuer eröffnen«, knarzte es über die

Comverbindung.

Damian gab ein paar Handzeichen von sich und seine Soldaten verstanden, teilten sich auf.

Schnell eilten die Truppen hinter dem Rücken des Feindes vor.

Kaum standen die Truppen des Prinzen in Position, schallte es durch die Lautsprecher. »Feuer.«

Gerade als die Feinde sich schreckhaft umdrehten, wurde das Feuer eröffnet. Die Kugeln schossen unter Knallen und Explosionen nur so aus ihren Läufen hervor. Nur Zucken kam von den Truppen am hinteren Ende. Leblose Körper fielen zu Boden.

Von Kugeln gespickt endete ihr Widerstand, nachdem die letzten feindlichen Soldaten gefallen waren.

»Vorwärts«, brüllte Petran und die Soldaten auf der anderen Seite der Befestigung rannten nach vorn, als sie ihren Herrn sehen konnten.

Der Trupp zog gemeinsam in Richtung Norden. Angeführt vom Prinzen.

Eine gigantische Ansammlung war in einem der Gräben zu sehen. Feuer wurde eröffnet. Die Veserianer verschwanden in den Erkern und Gängen an den Seiten, dem Feuer zum Schutze.

»Beim Kaiser«, konnte man über die Verbindungen von Damian hören. Die rechte Hand des Giganten fuhr an den linken Unterarm. Zog einen Hebel und ein leeres Magazin fiel auf den Boden. Schnell folgte ein neues. »Wie soll das ganze hier nur enden?«, sagte er, während er eine weitere Salve in den Graben abgab.

»Ich regle das«, sagte der Kommandant.

Mit einer Hand schlug Petran auf seinen rechten Arm. Einer der gigantischen metallischen Finger drückte er auf dem Arm herum. Mehrere Granaten flogen aus dem Rücken und in Richtung des Feindes.

Die Granaten zogen über den Himmel, schlugen in den Reihen des Feindes auf.

Kurze Zeit darauf, Explosionen.

Rauch stieg auf.

»So, das war's jetzt mit meinen Explosionen«, sagte er über die Verbindung.

Als dieser verflogen war, konnte man nur noch Tod und Zerstörung sehen. Der gesamte Graben war an der Stelle der Einschläge zerstört. Die Betonwände gesprengt oder mit Rissen überzogen.

Klaffende Löcher in Boden und Wänden.

Gerade als Damian wieder aus der Nische hervorkam, konnte man Flugzeuge hören. Bald schon erschienen Transporter am Himmel. Doch nicht etwa die klobigen, in denen das Monstrum transportiert wurde, sondern stromlinienförmige, windschnittige Teile, die nur so im Blau und Silber glänzten.

An den großen Träger hingen jeweils sechs Panzer.

Als sie über der Front ankamen, wurden die Panzer abgeworfen. Wenige Momente sah man dutzende kleiner Punkte herauskommen. Es waren die Himmelsjäger, eine Einheit der Sturmtruppen, welche mit ihren Raketenrucksäcken langsam nach unten schwebten.

Auch die Panzer aktivierten ihre Düsen und verlangsamten sich so immer weiter, bis sie auf dem Boden aufsetzten.

Es waren mehrere hundert Panzer, die da vom Himmel kamen und gut und gerne zwei Armeegruppen, 200.000 Mann.

»Die zwei 175. Und 112 sind hier«, sagte der junge Prinz knarrend über die Comm Verbindung.

Seraphina fiel ein Stein vom Herzen.

Langsam kamen die Soldaten von Himmel herunter.

Wenige Minuten später standen sie an der Seite des Schützengrabens und mähten die Feinde unter ihren Salven nieder.

»Da kommt die Verstärkung.« War es über die Lautsprecher

im Helm der Tigerin zu hören.

Kaum diese Worte gesprochen, drehte sich Damian um. Mit erhobenem Haupt schritt er dem Strom der Truppen entgegen.

Um ihn herum bildete sich ein Strom, seine Soldaten rannten an ihm vorbei in Richtung des Feindes.

Dicht auf den Versen des Prinzen, Seraphina. Sie nutzte die Gasse, die er in die Menschenmassen schlug und folgte ihm.

Der Prinz wurde immer schneller und schneller. Nach und nach fiel Seraphina zurück, konnte den Keil nicht mehr nutzen.

Schulter der marschieren Soldaten schlugen gegen sie, die Menge trug sie mit sich.

»Herr ...«, schrie sie verzweifelt in das Mikrofon ihres Helms, ehe sie langsam zu baumeln begann.

Mit einem Scheppern drehte sich der Gigant des Prinzen um. Einige Soldaten um den Prinzen wurden fast zu Boden gerissen. So blickte er nach hinten und konnte seine Dienerin sehen.

Seraphina dachte, sie könnte ein Seufzen über die Verbindung hören, ehe sich der gigantische Robo in ihre Richtung aufmachte. Langsam schlug er sich zu ihr durch.

Als die beiden Giganten aufeinandertrafen, packte die gigantische Metallhand nach dem der jungen Frau und zog sie hinter sich her.

Sie musste sich anstrengen, um mit dem jungen Prinzen Schritt zu halten und das, obwohl es nicht ihre Beine waren, die sich durch den Graben kämpften.

Langsam waren auch die Truppen der zwei neuen Armeegruppen zu sehen.

Sie trugen sogenannte Berserkerrüstungen.

Es waren voll mechanisierte, etwa fünf Zentimeter dicke Panzerungen. Dutzende Leitungen und Kabel verliefen durch das kalte Metall, meist tiefblau oder schwarz lackiert. In ihren Händen einer der neusten Plasmawerfer, am linken Arm ein kleines Plasmaschild. Am Rücken der Raketenrucksack mit integrierter Gasflasche.

Der Helm war stromlinienförmig, im blau, beziehungsweise schwarz-silber. Eine Art Spieß, der schief vom oberen Hinterkopf ging und wenige Zentimeter lang war, war ihr Erkennungszeichen.

Das Visier tiefschwarz.

Die Tigerin war beeindruckt von der Eleganz der Rüstungen, die mit metallischen Klängen den Graben entlang stapften. Fast sah es so aus, als würden ihre Stiefel den Beton sprengen.

Doch so anmutig die kaiserlichen Elitetruppen auch wirkten, sie waren gnadenlos und ohne Vorsicht.

Sie marschierten in Reih und Glied im Gleichschritt in Richtung Feindes. Wer nicht zur Seite ging, wurde von den Kriegern zu Boden oder Seite gedrängt. Wer nicht wich, konnte später vom Boden gekratzt werden.

Nur beim Prinzen, da war es anders. Ehrfürchtig machten sie dem Prinzen platz, doch schlossen ihre Reihen kurz darauf sofort wieder. So kam es, dass Seraphina ein paar Mal mit den kaiserlichen Soldaten in Kontakt kamen.

Erst dort bemerkte sie die Kraft der Rüstung. Obwohl sie in einem Giganten saß, rannten sie die Berserker, wie sie genannt wurden, fast um.

Kurze Zeit später griff der Arm Damians einmal wieder nach hinten, packte die Gelenke des Roboters und zog sie samt Gigant hinter ihm her. In einen Seitengang des Grabens.

Sofort verstummte der Trubel, das metallische Marschieren.

Über eine Treppe des verließen sie den Gang und kamen auf das flache, tote Niemandsland.

»In diese Richtung sind die Panzer«, kam es vom Prinzen, als er in eben jene Richtung ging.

»Woher wisst ihr das?«, fragte Seraphina nach.

»Die Spur der Zerstörung«, er deutete auf die brennenden Befestigungen, den Rauch, der in den Himmel stieg. »Und den Spuren des Monstrums.«

Einen Blick später sah sie, wenige Meter von sich, die gigantischen Abdrücke der Panzerkette.

Um sie herum sammelten sich langsam die Berserker, die noch immer am Landen waren.

Einer tat sich besonders vor.

Das Silber in seiner Rüstung war nicht dort. Anstelle davon war goldenes Metall zu sehen. Mit schweren Schritten trat er in Richtung der beiden. Er drohte, mit den Stiefeln im Niemandsland einzusinken.

Als er näher kam, konnte man das Wappen der Kaiser auf seiner rechten Brust sehen. Auf der linken ein ebenso im ganzen Reich bekanntes Wappen. Es ähnelte dem der Kaiserfamilie sehr.

Ein silberner Siegeskranz, darin der goldene Kopf eines Bären, darüber ein Helm.

Es war das Wappen der Estaks.

Seit Jahrhunderten stellten sie die Leibwächter und elitärsten Soldaten des Kaiserreiches.

Der Beginn der Linie liegt bei Belarius Estak, dem Leibwächter des großen Kaisers Vincent.

Er gründete die Familie, die nun in fast allen Reihen des Militärs ihre Mitglieder hatten. Sei es nun der Reichsgeheimdienst, die Reichswehr, die Militärpolizei oder anderen Organisationen, mehr oder weniger offiziell.

»Ariald ... du alter Bastard ...« tönte es aus den Lautsprechern des Giganten, als Damian ihm mit schweren Schritten entgegentrat.

9 – Stellung in den Gräben

Seraphina konnte einige der Zeichen auf seiner Panzerung sehen. Mit weißer Farbe war ein veserianisches Kreuz, eine Reichstriangel und einige andere Symbole darauf gemalt.

»Na ... mein Prinz«, begann der Gegenüber in einem spöttischen Ton. »Ich würde ich ja fragen wie es dir geht, doch schlechten Menschen geht es doch eigentlich immer gut.«

Ein metallisches Lachen erklang aus den Lautsprechern des Prinzen. Kaum war Estak in Nähe des Prinzen, schnallte die metallische Hand auf seinen Rücken und fegten den im Vergleich zu ihm fast kleinen Krieger von den Beinen. Gerade noch konnte ihn der Prinz packen und zurück nach oben ziehen.

»Obacht ...«, sagte der Prinz. »Die schlechten Leute können dich im Handumdrehen erledigen.«

Innerhalb von Sekunden schnellte sein Gewehr nach oben. Direkt dort, wo der Prinz in seinem Giganten hing.

»Aber auch der Riese sollte sich vor den Zwergen in seiner Umgebung in Acht nehmen. Zumindest wenn sie genug Wumms haben«, ertönte es mit einem weiteren dreckigen Lachen vom Soldaten.

Plötzlich sah Seraphina blaue Partikel in der Luft schweben. Sie flogen um den Krieger herum, bildeten Klingen, die um seinen Kopf kreisten, wie ein Schild, das über dem Rohr seines Gewehres thronte.

»Wie war das?«, fragte Damian nach, bevor er seinem Gegenüber mit geübtem Handgriff die Waffe aus der Hand riss.

Plötzlich wurde das Visier durchsichtig. Man konnte ein

hartes, vernarbtes Gesicht sehen, ein kleiner Schnauzer über den Mund, welcher zu einem Grinsen geformt war. Als seine Arme langsam abgewinkelt nach oben gingen, sagte er: »Nun gut, ich gebe mich geschlagen.«

»Besser so«. Ließ der Prinz verlauten, ehe er ihm seine Waffe zuwarf, die er schnell fing?

»Aber, wer ist denn deine Begleitung da? Hast du dir doch endlich mal eine Tigerin geholt?«

Seufzen des Prinzen.

Ein Nicken.

»Jawohl«, sagte er nur trocken. »Das ist Seraphina.«

»Angenehm«, sprach der Berserker, als er ihre Hand reichte.

Langsam wollte Seraphina mit ihrer metallenen Hand den Händedruck annehmen, doch kurz bevor sich die beiden trafen, zog Ariald seine Hand hinfort.

»Ahhh .... Zu langsam«, schrie er.

Ein Kopfschütteln des Prinzen.

»Lass den alten Narren«, richtete er an Seraphina. »Solche Späße mag der Gute.«

Mit diesen Worten drehte er sich wortlos um.

Die metallenen Stelzen hoben sich wieder und stampften in den schlammigen Boden des Niemandslands.

»Alle mir nach«, schrie es aus den Lautsprechern heraus.

Seraphina und Ariald stellten sich hinter sie. Die Berserker, die in Grüppchen verteilt über der Ebene standen, begannen ihren gleichmäßigen, monotonen Marsch in Richtung des Prinzen.

Als sich die Truppen der Umgebung hinter dem jungen Monarchen versammelt hatten, gab er den Befehl zum Abmarsch. Das gleichmäßige Trampeln im Schlamm war zu hören. Etliche Füße setzten ihre Füße gemeinsam auf und erhoben ihn auch wieder gemeinsam.

Als sie weiter über das Schlachtfeld marschierten, konnten sie etliche Tote sehen, veserianische Krieger, wie Abschaum des Freistaats. Alle lagen sie gleich leblos am Boden, in ihren eigenen

Gedärmen. Lachen aus Blut oder Löchern der Granaten.

Sie passierten den zweiten Schützengraben. Dort, wo das Monstrum übergesetzt hatte, war einmal mehr alles in sich zusammengebrochen. Auch ansonsten waren viele Krater und Explosionsspuren von den Geschützen des Panzers. Die Gräben, mit Flammenspuren überzogen. Schwarz vor Ruß.

Nicht nur die Panzer waren hier, auch der Inferno-Trupp. Giganten extra für das Kämpfen mit Flammen ausgerüstet. Sie führten die Traditionen aus den ersten großen Kriegen des Reiches fort und räucherten die Gräben aus.

Ein Schmunzeln entfuhr Seraphina, als sie die verbrannten Überreste des Feindes, wie die geschmolzenen Rüstungen im Graben liegen, sehen konnte.

Verdammte Bastarde, sie haben es nicht anders verdient.

Doch es verschwand sofort wieder mit dem Gedanken. Wie konnte nur so etwas durch ihren Kopf gehen?

Wer war sie, dass sie so etwas zum Lächeln brachte. Es war zwar notwendig, aber dennoch grausam. Andere Menschen, wie ketzerisch und falsch ihre Ideale auch gewesen sein mögen, hatten unvorstellbaren Qualen erlebt.

Als könnte er ihre Gedanken lesen, stellte der Prinz eine Direktverbindung zu ihr her.

»Du brauchst kein Mitgefühl für diese Bastarde empfinden. Hättest du sie nicht getötet, hätten wir sie nicht getötet, hätten sie uns umgebracht. Unser Vaterland überrollt und wofür? Für ihre teuflische Zivilisation, die unsere Rasse in den Abgrund führen wird. Die unsere ganze Existenz zugrunde richten wird. Wir haben keine andere Wahl als sie zu vernichten.«

Schwere und wahre Worte ihres Herrn. Doch den letzten Zweifel konnten sie nicht ganz beseitigen.

Sie wollte noch etwas sagen, doch ließ es dann im Halse stecken.

Einen Moment später prüfte Damian mit einem Schritt nach vorn, ob das Kraftfeld des Grabens vor ihnen noch aktiv war. Sein

Fuß schwebte etwas, dran hinein.

»Das Kraftfeld ist aus«, ertönte es vom Prinzen, der mit einem Sprung in der Senke verschwunden war.

Das orange Sonnenlicht warf langsam seine letzten Strahlen auf die Mauern im Osten.

»Genug für heute«, kam es aus dem Mund Damians und wurde eisern über die Lautsprecher in die Helme der Kommandanten übertragen.

»Wir haben viel geschafft.«

Mit diesen Worten riss er eine Kontrolleinheit neben einer Bunkertür auf. Damian trat nah an die offenen Kabel heran und bastelte etwas mit seinen eigenen Händen daran herum.

Die Tür öffnete sich.

Frische Luft wurde nach draußen gezogen, der Atomstaub gelangte nach innen. Ein großer, weißer Raum erstreckte sich vor ihm.

»Hol die besten deiner Männer, die Elite, sie sollen in die Kammer. Der Rest soll bereit, sich zu verteidigen in den Gräben Stellung nehmen«, sagte er in Richtung Ariald. Auch wenn sein Drehen aufgrund der Comverbindung sinnlos war.

Ein Nicken war unter seiner schweren Rüstung zu erkennen. Man konnte das Knacken seines Helms, der eine Verbindung aufbaut, hören und einige seiner Krieger machten sich aus der Formation heraus und stellten sich zum Kommandanten.

500 Männer standen nun an seiner Seite.

»Der Rest, hier draußen Stellung beziehen, ruht euch etwas aus, doch bleibt wachsam.« Kaum hatte er diese Worte gesagt, betrat er die große Kammer. Damian wie Seraphina mussten ihren Giganten beugen.

Als auch der Berserker ihrem Kommandanten gefolgt waren, schlug die große Hand des Prinzen auf einen großen runden Knopf an der Wand.

Ein Surren ertönte, die Luft wurde von Ventilen ausgesaugt. Von oben spritzte es eine Flüssigkeit von der Decke.

»Dekontamination im Gang«, erklang es aus einem Lautsprecher.

Nach wenigen Minuten war die Luft vom gelben Staub gesäubert, die Flüssigkeit stoppte.

»Dekontamination beendet«, ertönte es.

Eine gigantische Stahltür auf der anderen Seite öffnete sich innen.

Damian trat vor, blickte als Erstes durch die Tür. Seraphina konnte sehen, wie seine Waffe wieder zu rotieren begann, Schüsse fielen und drangen in das Innere ein.

Ein paar Schreie waren zu hören, ehe Seraphina samt Ariald und einiger seiner Männer ebenfalls folgten und zu schießen begannen.

Dutzende Stockbetten befanden sich im Inneren des Bunkers. Zwischen diesen kauerten noch einige Soldaten des Freistaats, welche versuchten Gegenwehr zu leisten, doch sie hatte keine Chance. Bald schon lagen sie als blutüberströmte, zerfetzte Leichen am Boden.

Als keine Bewegung mehr in der Kammer zu sehen war, trat Damian vor.

In den Raum, Wände aus kaltem Beton, der Boden gepflastert. Nur die eisernen Stockbetten und die Waschbecken am Ende des Raumes hoben sich davon ab.

Als er langsam durch den Gang zwischen den Betten ging, prallte plötzlich etwas an ihm ab.

Als Damian seinen Arm hob und darauf blickte, sah er ein Geschoss, welches in einer kleinen Mulde steckte.

Der junge Löwe blickte nach unten.

Dort lag ein halb toter Soldat. Er saß auf dem Boden, der Bauch durchsiebt und auslaufend.

Der Prinz blickte zu ihm herab. Führte langsam seinen Arm mit der Plasmawaffe an den Schädel des Feindes.

Plötzlich war ein Zischen zu hören, der gelbe Helm fiel ihm von den Schultern. Das karge, haarlose Gesicht blickte in

Richtung Damians. Blut blubberte aus seinem Mund.

»Bitte ...«, kam es krächzend von ihm. »... Töte mich.«

In Seraphina kam etwas Mitleid mit dem Armen auf, doch vom Prinzen kam nur ein dunkles Lachen.

»Dein Wusch, ist mein Befehl.«

Mit diesen Worten begann der mechanische Arm des Giganten aus mancher Ritze blau zu leuchten und ein Lichtgeschoss feuerte heraus. Der Kopf platzte, Gehirn und Schädelteile spritzten. Kochendes Blut verdampfte in der Luft. Wenige Sekunden später war nur noch ein abgebrannter Stumpf dort, wo einst der Hals lag.

Ein Rutschen, ein Reiben war zu hören und mit einem metallischen Klang schlug die Rüstung auf dem Boden auf.

Ein Schmunzeln auf dem Gesicht Seraphina.

Die gerechte Strafe für den versuchten Mord am Herrn

Als nun alle den Raum betreten hatten, machte Damian ein Handzeichen, die Bunkertür schloss sich.

Der Gigant zischte und langsam löste sich die Rüstung des Prinzen aus der riesigen Kriegsmaschine. Kaum war er herausgesprungen, zischte es erneut, weißer Dampf kam aus dem Übergang zwischen Rüstung und Helm. Die Hände fuhren nach oben, du bald klemmte der Helm unter seiner Achsel.

Das Zischen ertönte im ganzen Raum. Die Berserker lösten sich aus ihrer Maschinenrüstung und traten in einem Kunststoffanzug heraus.

Inzwischen stand nur noch Seraphina in ihrem Giganten. Hektisch begann sie die Knöpfe in ihrer Reichweite zu drücken.

Das gesamte Monstrum schaltete sich aus. Panik machte sich breit. Doch im letzten Moment fand sie doch noch den richtigen Knopf, um sich zu befreien.

Ein Zischen, ein Quietschen und langsam öffneten sich die Arm- und Beinklammern und sie sprang heraus.

Sie konnten ihren Herrn gegenüberstehen sehen. Ein Schmunzeln auf seinen Lippen.

Kaum hatte sie ihren Helm abgesetzt, konnte man sehen, wie hochrot er war.

»Alles mit der Ruhe ...«, kam es mit einem Lachen vom Ariald.

Ein schwerer Blick des Prinzen und er schwieg.

Ohne ein weiteres Wort zu sagen, trat er an eines der Hochbetten.

Einen Schwung später lag er in der oberen Etage.

»Ja hopp ...«, rief er. »Ab in die Betten, Licht aus, ich bin hundemüde«, die Soldaten eilten auf den Gängen und schwangen sich in die Betten. Seraphina lag unter und Ariald neben ihm. Nur kurze Zeit später gingen die Lichter aus.

Keiner der Berserker traute sich, etwas zu sagen. Die Autorität des Prinzen war unantastbar. Auch Seraphina war leise, während der Tag noch einmal in ihren Gedanken ablief.

10 - Vorstoß ins Feindesland

»Da wären wir«, sagte er, als Damian vor den Füßen des Metallkolosses stand. »Dann schauen wir mal rein.«

Er ließ seinen Giganten stehen und sprang herunter.

Langsam erklomm der Prinz den Fuß.

Kaum hatte er seine Hand auf die Außenseite gelegt, öffnete sich eine Tür im Fuß mit etwa einem Durchmesser von zwei Metern.

Der junge Löwe trat ein. Seraphina stand immer noch im Giganten.

»Na komm«, war die Antwort.

Schnell sprang auch sie aus dem Giganten, kletterte den Fuß hinauf und begab sich in den Aufzug. Im Inneren des Fußes waren Leitungen und Kabel an den Seiten. Blinkende Lampen und Schaltschränken, umgeben von Gittern.

Auf einer Plattform stand ihr Herr bereits.

Einen Knopfdruck später schloss sich die Tür und die Plattform bewegte sich mit rasender Geschwindigkeit nach oben. In Seraphina machte sich das Gefühl der Angst breit. Schnell klammerte sie sich an den rechten Arm des Prinzen.

Nach wenigen Sekunden waren sie oben angelangt. Betraten eine kleine Kammer. Erneute Desinfektion in der Dekonterminationskammer. Als sich eine Doppeltür dahinter öffnete, kamen sie in die Kommandozentrale. Im Kopf des R.I.E.S.E.n über die Augen des Kolosses konnte man nach draußen sehen.

Die gigantischen Wolkenkratzer waren teilweise schon zerstört, mit Löchern in der Fassade. Flammen loderten aus Seiten und Decke heraus.

Vor ihnen, zwei große Betongiganten, verbunden mit der Mauer auf welcher das Geschütz gefürchtete stand.

»Geh an die Konsole und überprüfe die Werte, schau das alles in Ordnung ist«, sagte er, als er nach oben auf das Podest trat.

»Wie ... wie mache ich das? Ich hab‹ so ein Ding noch nie gesteuert ...« kam es zögerlich von Seraphina.

»Mach dir keine Sorgen. Das ist recht einfach. Alles ist beschriftet und recht selbsterklärend.«

Nur ein Nicken der Dienerin, ehe sie sich wieder auf den Stuhl an der Steuerungseinheit sinken ließ. Sie war etwas nervös und aufgeregt, als sie die blinkenden Lichter und Anzeigen sehen konnten.

Doch bei genauerer Betrachtung konnte man sehen, dass alles gut beschriftet war. Auch die Knöpfe.

Damian trat auf die Plattform und stellte sich in die Mitte.

Von oben kamen zwei Arme herab und packten ihn an der Rüstung, vereinten sich mit dieser. Auch aus dem Boden lösten sich zwei der Greifarmen und verbanden sich mit seiner Panzerung.

Ein Surren ertönte, auf der Schalttafel blinkten Lampen und eine Leiste füllte sich nach oben.

»R.I.E.S.E bereit«, kam es aus einem großen Lautsprecher.

»Schau auf die Tafel«, sagte der Prinz, nun etwa einen Meter über dem Boden hängend. »Du müsstest ein rotes Druckfeld mit dem Titel Starten sehen.«

Die Tigerin suchte kurz danach, fand dann aber ein rotes, rechteckiges Feld. Einen Knopfdruck später bebte der gesamte Metallkoloss.

»Generator wird hochgefahren. R.I.E.S.E startet.«

»Sehr gut, im Rest geht es eher darum, dass du schaust, dass alle Werte im Normbereich werden, das geht über die Anzeigen vor dir.«

Ein Nicken.

Langsam hob Damian sein Bein, der Metallarm ging mit und der Koloss bebte erneut. Seraphina konnte beobachten, wie sich auch das große Bein bewegte und nach vorn trat.

Ein Rumpeln, ein Knall und Rückstoß ging durch die gesamte Maschine.

Eines der Geschosse hatte die Hülle getroffen. Rotes Licht im Kontrollraum.

»Wie ist der Status?«, schrie der Prinz durch den Raum.

Seraphina tippte wie wild auf dem Bildschirm umher, bis einige Anzeigen vor ihr erschienen.

»Sieht gut aus, die Panzerung wurde nur leicht beschädigt.«

Ein Schmunzeln auf dem Mund des jungen Löwen.

Seraphina fand das Ganze jedoch nicht so amüsant. Ihr Kopf war voller Aufregung und Angst. Doch es musste weitergehen.

Langsam und träge setze sich das metallene Wesen in Bewegung. Schwere Schritte halten durch die Straßen.

Die Soldaten zu den Seiten jubelten und gaben Salutschüsse in den Himmel ab, während es weiter durch die in Trümmer liegende Stadt ging. Der linke Arm des Roboters erhob sich, klappte in drei verschiedene Teile auf.

Blaues Leuchten erstrahlte heraus. Eine Kugel bildete sich, ehe ein Geschoss auf die Mauer abgefeuert wurde.

Rauch, Explosionen, eine Erschütterung. Trümmer flogen durch die Luft. Einige Minuten kam gar nichts.

Als sich der Rauch dann auflöste, konnte man nur noch einen Krater sehen, wo einst die Mauer war. Auch die Gebäude nebenan waren etwas beschädigt, bröckelten herab und fielen teilweise in sich zusammen.

»Das wäre geschafft«, ertönte es monoton vom Prinzen, ehe er erneut zu marschieren begann. Mit schweren und festen Schritten ging es weiter in die Richtung Zentrum. Bald schon passierten sie die zwei Türme ins Innere der Stadt. Panzer und Geschütze im Inneren feuerten von den Straßen, Haubitzen aus den halb verwüsteten Wolkenkratzern.

Die rechte Hand ballte sich zur Faust. Während Damian in die Luft schlug, schmeckte die Faust des R.I.E.S.E die Fassade einer der Gebäude, in denen Haubitzen stationiert waren. Trümmer folgten, ehe das Gebäude wackelte, die Fassade kollabierte und der obere Teil stürzte in sich zusammen.

Hinter ihnen folgten die Panzer und Soldaten, die sich in die Nebenstraßen verzogen, während der Kolosses sich weiter in Richtung Stadtmitte bewegte.

Das Ziel war ein großer, runder Platz in der Mitte der Stadt. Das Herz des Platzes war ein großer, sich staffelnder Turm.

Der R.I.E.S.E marschierte durch die Straßen und Hochhäuser der Stadt. Hier und dann ein Tritt in feindliche Stellungen unter sich und Schläge, welche die Truppen in den Häusern zermalmte. Hinter ihnen die Soldaten.

Kurz darauf konnten sie den großen Turm bereits sehen. Ein rundes Grundgebäude, das flach endete. Kleine Gartenanlagen waren vor dem eckigen Gebilde, was sich weiter in den Himmel streckte.

Wieder zwei Einschläge. Alles wackelte. Seraphina feil vom Stuhl und auch Damian wurde in seinen Armen hin- und hergerissen.

Ein Geschütz schoss vom Turm aus. Ein weiteres von einer großen Mauer, welches den großen Platz abschirmte.

Seraphina blickte nach hinten und sah ein Lächeln auf seinem Gesicht. Als er ihren Blick bemerkte, sagte er nur: »Ich hab da schon so ne Idee.«

Er begann wieder, sich zu bewegen. Erst langsam und dann immer schneller stürmte der R.I.E.S.E nach vorn. Von allen Seiten Geschützfeuer.

Mehrere Kaliber schlugen auf der Panzerung ein. Der gesamte Koloss begann zu wackeln, Sirenen ertönten und rotes Licht flutete den Raum. »Kritischer Hüllenschaden. Mehrere Einschläge an der Außenseite«, kam es aus den Lautsprechern.

»Damian«, schrie Seraphina panisch.

»Ruhe«, war die Antwort ihres Herrn.

Der Koloss näherte sich der Mauer immer näher und näher. Durch den Kopf der Tigerin schwirrte der Gedanke, was ihr Herr wohl tun würde, wenn sie die Befestigung erreicht hätten. Doch das sollte nicht ihre Sorge sein.

Bereits kurz darauf standen sie vor der Befestigung. Zwischen zwei Hochhäusern erstreckte sich die große Befestigung. Ein gigantischer Betonwall, mehrere Meter dick und von Männern und Geschützen bemannt. Doch selbst als sie immer näher kamen, der Prinz wollte nicht verlangsamen.

Einen Moment krachte. Das Brechen von Beton war zu hören.

Ein Rumpeln und sie schlugen an der Mauer auf. Bruchstücke fielen herunter, auf die Hauptstraße und auf den Koloss.

»Hüllenschaden kritisch, Integrität bei 60%«, ertönte es wieder von der metallenen Stimme.

»Leitet die Energie um. Vom Antrieb in Schilde in die Regeneration«, schrie Damian.

»Wie ... wie ... mache ich das?«, fragte Seraphina panisch nach.

»Die Balken, einmal mit Antrieb und zwei mit Schilde und Regeneration. Den einen runter, die zwei hoch.«

Nur ein Nicken.

Weiter ging es.

Der Wall noch nicht durchbrochen, nur beschädigt. Die rechte Faust schlug auf die Mauer ein. Weiter bröckelte es. Einige der feindlichen Soldaten fielen beim Rumpeln herunter und klatschten auf dem Boden auf.

Nun wurde auch die Linke aufgefahren. Erneut leuchtete es blau draus, ein Schuss baute sich auf.

Wenige Sekunden später feuerte das Energiegeschoss mit voller Wucht gegen die Mauer. Der Rückstoß schleuderte den Koloss etwas nach hinten. Die Mauer wackelte und mehrere Teile brachen herunter, ein Loch entstand.

Ein weiterer Schlag und es war ein Spalt.

Langsam ging der Prinz nach hinten, mit etwas Anlauf wurden die Reste der Anlage dann zerschmettert. Eine Schlucht durch die Befestigung, gerade so groß genug für den R.I.E.S.E und die Panzer. Das Monstrum musste sich selbst den Weg bahnen.

»Mauer zerstört. Verschieb die Energie wieder auf den Antrieb«, befahl der Prinz, ehe es weiter ging

Schnell folgte Seraphina dem Befehl, ehe sich die Maschine durch die Mauer machte. Beide Arme ausgestreckt fuhren über die Mauer und den Feind hinwegfegten. Kaum war die Befestigung passiert, konnte man dutzende Einschläge, Erschütterungen spüren.

»Was zum Teufel geht da vor sich?«, fragte der Prinz schreiend.

Seraphina blickte aus den Fenstern, wie auf die Sensoren ihres Kontrollpults.

»Dutzende feindliche Panzer auf dem Platz, wie Geschütze aus dem Hauptturm.«

»Verdammte nochmal«, kam es aggressiv vom Prinzen, ehe er das ganze Konstrukt wieder in Bewegung setzte.

Über den großen Platz. Überall waren kleine Panzer und Geschütze, welche auf den R.I.E.S.E.n feuerten. Eine Druckwelle nach der nächsten, das Rütteln wollte gar nicht mehr aufhören. Sie gelangten immer mehr in Richtung des Turmes, es waren wohl 500 Meter zwischen Mauer und dem Hauptgebäude.

»Schild ausgefallen«, schrie Seraphina, während sie panisch versuchte, die Energie von anderen Systemen in die Schilde umzuleiten.

Wütendes Stirnrunzeln beim jungen Löwen.

Einige Stampfer und Panzer waren am Boden zerquetscht. Das Geschoss lud sich wieder auf und ein Schuss wurde in den Turm gefeuert.

Nach und nach kamen immer mehr der Panzer, fuhren dicht

an den Koloss heran. Schlossen sich vor ihm zusammen.

»So blöd muss man auch erst mal sein. Direkt vor unsere Füße zu fahren«, ein paar weitere Schritte und die Füße des Kolosses drückten die Panzer nach unten.

Langsam konnte man das Knacken der Panzerung zu seinen Füßen hören. Eine Explosion und das gesamte Gerät flog in die Luft.

Ein Knall, eine Erschütterung durch das gesamte Konstrukt. Die Arme, an denen der Prinz befestigt war, rissen herum, drohten zu brechen.

»Stabilisierung vollendet«, klang es von der Metallstimme, als das Raum wieder zur Ruhe kam.

»Kritischer Hüllenschaden«, sagte Seraphina. »Der Fuß ist schwerbeschädigt, ich schicke alle unsere Bots nach unten, doch ich denke nicht, dass sie es wieder vollständig wiederherstellen können.«

Schweigen vom Prinzen.

Während die Geschosse weiter draußen auf die Außenhülle einprasselten, setzte die Maschine langsam und vorsichtig einen Fuß nach dem anderen. Versuchte, möglichst viele der Panzer zu umgehen, doch eine weitere Explosion, eine weitere Erschütterung. Sie standen nun wenige Dutzend Meter vor dem Gebäude.

Plötzlich begann die Tafel wie wild zu leuchten, etliche Meldungen erschienen auf dem Bildschirm.

»Herr ... es ... es sind ...«, druckste sie umher.

»Ja, was?«, schrie Damian gereizt durch den Raum, als er weiter in Richtung Turm marschierte.

Weitere Druckwellen, Explosionen an der Seite der Hülle.

»Jäger«, schrie die Tigerin, ehe die Geschosse und Bomben nur so auf sie einprasselten. Einige der Jäger waren noch zu sehen, als sie im Sturzflug auf den R.I.E.S.E.n feuerten.

»Beim Kaiser ...«, Damian versuchte mit den Armen nach den Flugzeugen greifen, doch selbst die im Sinkflug waren zu tief.

Lautes Brechen, ein Knall, noch einer und noch einer.

»Was geht vor sich?«, doch bevor eine Antwort ertönen konnte, war erneuter Lärm, klirren, Explosionen. Die Spitze eines der feindlichen Jäger krachte durch die Gläser in die Kommandozentrale.

Glas zersprang, klirrte und schlug auf dem Boden auf. Metall wurde verbogen und mit einem Kratzen bohrte sich die Jägerspitze über den Boden.

Blitze in den Armen, die den Prinzen hielten, Leuchte. Die Steuerung war beschädigt. Blaue Ströme erreichten seinen Körper. Der Kopf, ja der gesamte Körper schüttelte sich.

Die Augen des Prinzen begann tiefblau zu leuchten, schwarze Brandwunden bildeten sich um seine Augen. Doch er setzte sich wieder in Bewegung.

Alles knackte und barst, doch langsam bewegte sich der Koloss nach vorn.

»R.I.E.S.E beschädigt, Funktionsfähigkeit bei 30 % Stromversorgung ausgefallen. Notstrom aktiviert«, schallte es aus den Lautsprechern.

Ein weiter Schritt, eine weitere Explosion. Die Lampen an der Decke fielen aus und Teile brachen herunter.

»Kritischer Schaden, Abschaltung in 10 Sekunden«, erneut von der Metallstimme

Ein weiter Schritt

»9«

Krächzen, langsam brach alles in sich zusammen. Draußen konnte man gerade den brennenden rechten Arm herunterbrechen sehen, ein Flugzeug stecke in der Schulter.

»8«

Sie waren kurz vor dem Turm.

»7«

Ein Stück des Jägers brach heraus und fiel auf Seraphina, brach das Pult entzwei und klemmte sie unter sich. Ein Schrei ertönte. Doch der Prinz war so in seiner Konzentration, dass sie es gar nicht bemerkte.

»6«

»Füünnnnfffff«, kam es nun als Letztes von der Maschine, komisch lang gezogen. Als das Wort beendet war, waren mit einem Schlag alle Lichter aus, die gesamte Steuerung fiel aus. Das Gleichgewicht wurde nicht mehr gehalten und der gesamte brennende Roboter fiel um, direkt auf dem Turm.

Ein Krachen. Die Wände und Decken gaben nach. Knacken von Beton, Trümmer flogen herab und Staub wirbelte auf.

Ab dem Zeitpunkt war Seraphina weggetreten.

12 – Im Palast

Durch das Geräusch einer herunter brechenden Betondecke, so wie Feuer außerhalb des Turmes wurden sie aus ihrem Schlaf gerissen.

Langsam schlug die Tigerin die Augen auf, blinzelte. Ihr Kopf dröhnte, als sie sich langsam an diesen fasste, war er rot und kochend heiß.

»Da ... das ist das Cockpit«, hörte sie von draußen.

Schnell versuchte sie, sich wieder aufzurappeln, bis sie bemerkte, ihr Fuß steckte immer noch fest. Unter Kommandopult wie Flugzeugteile eingeklemmt.

Schnell packte sie ihren Fuß, zog daran, bis sie ihn endlich mit einem Ruck herausbekam. Langsam und benommen erhob sie sich, Gefühle von Angst und Schock durchströmten sie. Als sie die feindlichen Truppen in der gelb-orangen Rüstung sehen konnte, versteckte sie sich schnell hinter den Trümmern und ließ sie näher kommen. Einen Griff zur Seite und sie hatte ihr Gewehr in der Hand.

Das Geräusch von Füßen auf Geröll hören, die zwei Feinde kamen näher. Als es immer lauter wurde, sprang sie aus ihrer Deckung heraus, riss den Finger an den Abzug. Der Rückstoß erfasste ihre Schulter und drückte sie nach hinten.

Metallisches Klirren der Kugeln auf der Rüstung bald schon durchschlugen sie die Soldaten. Blut spritzte auf den Boden. Einer nach dem anderen fielen nach hinten um.

Der Feuersturm erfasste die beiden immer noch. Als sie schon lange Tod am Boden lagen, schoss sie immer noch auf die zerfetzten Leichen.

Als sie sich dann nach hinten umdrehte, konnte sie ihren Herrn sehen, er hing reglos in seinem Gewirr aus Kabeln und Armen.

Schock

Was, wenn er Tod ist? Schoss es ihr durch den Kopf.

Schnell eilte sie zu ihm. Einer der Arme hatte sich gelöst, Blitzen und Knacken war zu hören.

Die Tigerin kletterte über die Trümmer und erreichte ihn. Die Augen wieder erloschen, doch die Brandwunden erhalten.

Sie riss an den Armen des Roboters.

Einmal, zweimal, dreimal, bis sie einen nach dem anderen gelöste hatte.

Ihr Kopf legte sich auf seine Brust, nichts. Nichts!

Die Gedanken überschlugen sich.

Sie riss auf, raufte sich die Haare und wusste nicht, dass sie nun machen sollte. Noch einmal legte sie den Kopf auf die Brust. Dann endlich hörte sie einen leichten Herzschlag.

Ein Stein fiel ihr vom Herzen.

Schritte, weitere Schritte.

Ein weiter Feuersturm und weitere Feinde lagen Tod am Boden.

Langsam rüttelte die Tigerin an ihrem Herrn, dann immer schneller.

Ein Schlag ins Gesicht folgte. »Komm schon«, einmal mehr das Rütteln

Dann endlich erwachte Damian.

»Was ... was geht hier vor sich? Wo sind wir?«, kam es verwirrt vom jungen Mann, als er sich langsam aufrichtete. Als er sah, wo sie waren, fing er sich wieder.

»Wie ist die Lage?«, fragte der Prinz immer noch etwas benommen.

»R.I.E.S.E in den Turm gekracht, ein paar Feindsoldaten haben sich bereits gezeigt, doch ich konnte sie vernichten.«

Damian packte sein Schwert, ging in Richtung der Lücke des

Turmes. Als er nach draußen blickte, konnte er gerade sehen, wie das Monstrum sich durch die Lücke in der Mauer kämpfte. Der gigantische Panzer drückte sich durch die Mauer und riss sie noch weiter ein. Trümmer fielen auf den Panzer herab, doch sie konnten ihm nichts anhaben.

»Unsere Truppen kommen, bis sie eintreffen, können wir uns schon durchschlagen, vielleicht ihnen sogar das Tor öffnen«, kam es vom Prinzen.

Ein Nicken der Tigerin.

Damian nahm sich sein Schwert aus den Trümmern, zog es aus der Scheide.

»Ich möchte ja nicht unhöflich erscheinen«, begann Seraphina, »Aber ein Schwert, mag es auch mit Photonenklinge sein, denkt ihr, wirklich ihr könnte damit etwas erreichen?«

Ein Schmunzeln auf dem Gesicht des Prinzen. Er drückte auf einen Knopf an der Seite des Griffs.

Die Klinge des Schwertes fuhr auseinander, ein Gewehrlauf kam heraus.

»Von wegen nur ein Schwert, ein Plasmageschütz mit Boreum. Schon mal davon gehört?«

Kopfschütteln der Tigerin.

»Ein neues hyperenergetisches Material, welches wir in den Nordkappen gefunden haben. Gerade noch in der Testphase, doch bereits für ein paar Dinge zugelassen. Deshalb auch unsere Truppen am Nordkap.«

Ein Nicken war die Antwort.

Damian trat nach vorn und kletterte von der Ruine herunter. Sie lagen etwa zehn Meter hinter der Außenmauer, über ihnen wurden dutzende Stockwerke eingerissen.

Als beide heruntergesprungen waren, fanden sie sich in einem kargen Betongang wieder.

Am Boden ein gelber Teppich, an der Decke Lichtröhren, ein paar schlichte Gemälde und Plakate an den Wänden. Doch sonst nur von Türen durchbrochen.

»Was zum ...«, begann Damian. »Was ist das den hier für ne Scheiße.«

Seraphina blickte ihn verwirrt an. »Was meint ihr?«, fragte sie.

»Von außen so ein prachtvolles Gebäude und dann innen? Das?«, kam es ungläubig von ihm, als er seine Arme in die Luft warf.

»Herr ... sollten wir uns nicht um etwas anderen Sorgen machen?«

Das Gesicht des jungen Löwen fiel in sich zusammen. Nur ein grummeliges Nicken war die Antwort, als er nach links tiefer in den Gang vordrang.

»Was suchen wir?«, fragte Seraphina noch einmal.

»Anführer, Kommandoraum, Ausgang, weiß ich nicht. Alles, was von Nutzen sein könnte.«

Daraufhin Schweigen.

Die Situation war angespannt. Immer weiter und weiter traten sich durch den Gang. Hin und wieder eine Erschütterung, Einschläge und Rumpeln. Die Veserianer mussten den Platz eingenommen und nun das Hauptgebäude unter Beschuss genommen haben.

Die Gänge wurden nicht prachtvoller. Aber, auch keine Menschenseele. Die Tigerin fragte sich bereits, wo wohl die gesamten Feinde geblieben waren.

Als sie dann endlich das Ende des Ganges erreicht hatten und um eine Ecke gingen, konnten sie sehen warum.

Als sie die Ecke passiert hatten, waren sie in einem großen Saal. Zweistöckig, auf dem zweiten Stock ein Balkon, auf dem sie sich wiederfanden. Auf diesem und den Boden einen Stock weiter lagen überall Leichen. Manche von Bannern, die von der Wand hingen, gesäumt, andere hatten ihren Mageninhalt auf den Teppich entleert.

»Wa ... was ... was ging hier vor sich?«, fragte Seraphina fassungslos.

Damian ging in die Knie, vor einem der Soldaten, um ihn zu untersuchen.

Der große metallene Helm lag still neben der linken Hand. Die rechte war leblos geöffnet, auf der Handfläche, ein Stab auf Metall, mit einem Knopf an der Halterung. Am Stab eine Metallmaske die Mund und Nase bedeckte.

»Gas ...«, flüsterte der Prinz, als er sich langsam wieder erhob.

»Was?«, fragte Seraphina nach.

»Gas ...«, kam es etwas lauter von Damian. »Ehrenlose Bastarde«, Abscheu war in seiner Stimme. »Die Bastarde haben sich mit Gas das Leben genommen, Feiglinge. Keinen Funken Ehre im Leib.«

Seraphina verschränkte die Arme hinter dem Rücken, blickte zum Toten hinab. Das braune Haar fiel an seinem Kopf an. Der Bereich um den Mund was grünlich.

»Warum ...?«, fragte Seraphina verstört.

»Sie haben Angst vor uns, sie wollen nicht gegen uns im Kampf fallen und nehmen sich vorher das Leben. Als wäre ... wäre daran etwas Heroisches.«

»Heroisch ist es im Kampf gegen den Feind zu fallen ... doch nicht ...«, sagte die junge Frau unverständlich.

»Sie denken anders, komisch als wir, nicht umsonst entstellen sie ihre Körper bis zur Unendlichkeit.«

Ein Kopfschütteln, ehe er über die Leichte stieg.

Etwas weiter entdeckte er einen Eingang mit einer Treppe nach oben. Darüber ein Schild, auf welchem einiges stand. Eines der Schilde war mit »Senator.«

»Da«, ertöntes von Damian noch bevor er die Treppe nach oben stürmte. Ein Aufstieg aus Metall, kaum zwei Meter über dem Boden, ein Knick in der Treppe. Als Damian schnell um diesen stürmte, sah Seraphina noch, wie er sein Schwert hob. Einen Bruchteil einer Sekunde später ertönte das Surren des Gewehrs.

Schnell rannte auch Seraphina hinterher. Sie konnte ihren

Herrn, mit der Waffe in der Hand, Rauch aus dem Lauf aufsteigend sehen. Vor ihm lagen zwei tote Soldaten in den altbekannten gelb-orangen Rüstungen.

Das Geschoss des Prinzen hatte sie allerdings recht mitgenommen. Einer von beiden wurde am Kopf getroffen. An der Stelle, wo das Energiegeschoss auf seinen Helm traf, war das Metall geschmolzen. Dahinter ein verbranntes Loch durch den Schädel, Hirnmasse floss dem am Boden liegenden Krieger heraus. Bei genauerer Betrachtung sah es fast so aus, als sei der Helm mit dem Kopf verwachsen.

»Damian ...«, begann Seraphina mit besorgter Stimme »Alles in Ordnung?«

Ein Lachen des Prinzen

»Seit wann den Damian?«

Seraphinas Gesicht wurde rot. »Ve ... verzeiht.«

Ein verschmitztes Lächeln verblieb auf seinem Gesicht, ehe er die Treppe weiter erklomm. An den Aufstiegen, an denen die Richtung wechselte, waren eiserne Türen, welche in weitere Stockwerke führten, doch Damian stürmte immer weiter nach oben.

Als es erneut um eine Ecke ging, hatte der junge Löwe gerade so seinen Kopf um die Ecke gesteckt, als er ihn auch schon wieder zurückzog. Er kollidierte mit seiner Dienerin.

Erschreckt wollte Seraphina aufschreien, doch da hatte sie schon die Hand des Prinzen auf dem Mund.

»Ruhig, Soldaten«, kam es nur karg vom Prinzen.

Langsam schlich auch Seraphina nach vorn und blickte einmal herum. Sie waren an der obersten Ebene angekommen, die Treppe endete in einem kleinen Saal vor einem eisernen Tor. Davor standen mehrere Soldaten, dicke metallene Rüstungen nur dieses Mal in schwarz-gold. In ihren Händen mehrere Automatische MGs.

»Gegen die komm ich mit einem Schwert nicht an«, sagte er und blickte Seraphina fordernd an.

Nur ein Nicken war die Antwort, als sie um die Ecke sprang. Ein Arm des Prinzen riss hervor und ein blaues Plasmaschild bildete sich. Die Soldaten bemerkten das Surren des Schildes und wandten ihre Blicke Seraphina an. Vor den Feinden eröffnete die Tigerin das Feuer.

Die Geschosse schlugen auf den schwarzen Brustpanzern der Freistaatler ein. Einige wurden von der Wucht nach hinten geschleudert. Ein Helm wurde durchschlagen, Blut und Schädelteile spritzten umher.

Schnell begab sich der Feind in Deckung hinter einigen Streben an der Wand. Von dort ließen sie ihre Feuersalven, ab, die mit einem Prasseln auf das Plasmaschild trafen.

Kleine dunkelblaue Kreise bildeten sich an den Einschussstellen, ehe sie herunterfielen.

Kaum zeigte sich wieder einer der Krieger und zu feuern begann, begann auch der Feuerstoß der Tigerin.

Doch es waren einfach zu viele, langsam färbte sich das Schild in ein helles Orange.

»Weg da ...«, schrie der Prinz und zog an ihrem Arm.

»Noch nicht«, kam es von ihr, als sie seinen Arm wieder wegzog.

Nach und nach verfärbte sich das Schild in einen roten Farbton.

»Es reicht«, schrie Damian und zog sie mit einem Ruck nach hinten. Gerade so konnte er sie noch halten, dass sie nicht die Treppe hinabstürzte. Wenige Momente später fiel das Schild in sich zusammen, löste sich nach und nach auf, ehe es ganz in der Armpanzerung verschwand.

Ein strenger Blick traf Seraphina, ehe sie bedrückt zu Boden blickte.

»Wenn ich sage, reicht ... dann reichts«, sagte er ernst und nahezu emotionslos, die Tigerin wusste sie hatte etwas übertrieben.

»Es reicht«, schnaubte er und riss am Gürtel seiner Dienerin.

Einen Moment später hatte er eine Granate in der Hand.

Er riss den Bolzen heraus und warf die Kugel um die Ecke. Sie sprang ein paar Mal auf dem Boden, ehe sie zwischen den Streben hinter denen sich der Feind versteckte zum Stillstand kam. Einer trat noch aus der Deckung hervor, packte die Granate und nahm sie in die Hände, wie in Trance bewegte der die Kugel in seinen Händen umher.

Eine Sekunde später steckte ein Metallsplitter tief zwischen seinen Augen und die Hand war weggesprengt.

Die Granate hatte es zerrissen und Splitter im ganzen Raum verteilt. Ein Knall, eine Druckwelle in der Luft wie im Boden. Das Licht ging aus und Staub wirbelte auf.

Als man langsam wieder durch den Gang sehen konnte, trat der Prinz heraus.

»Herr...«, entfuhr es Seraphina noch besorgt.

Doch es war zu spät, Damian eilte bereits in Richtung Tür und aktivierte seine Kopflampe. Der Großteil der Soldaten lag von der Splittergranate getroffen Tod am Boden. Einer lebte noch, einen Teil im Bauch. So saß er in einer der Ecken und hielt sich den Eintrittsort.

Als Damian über den von Splittern übersäten Boden passierte konnte er ihn in einer der Ecken sehen.

»Tö.. töte mich...«, die Stimme wie die eines Zombies wirkend.

Langsam zog der junge Löwe sein Schwert, aktivierte die Photonenklinge, setzte es am Hals an und begann zu drücken. Schnell bohrte es sich durch die leichte Panzerung, drang durch die Haut. Der am Boden Liegende spuckte Blut als die Klinge durch den Hals fuhr. Kaum hatte er sie herausgezogen, spritzte es auf den Boden, einen Hieb später rollte ihm der Kopf vor die Füße.

Er beugte sich noch zu den anderen, bis auf einen Soldaten der außer einem Puls kein Lebenszeichen zeigten, waren alle nicht mehr am Leben. Einen Schwertstreich später gab es dann keinen mehr.

Seraphina kam auch an seine Seite.

Langsam legte Damian seine Hand um den Griff der großen eisernen Tür, die anscheinend ins Büro des Herrn führte.

»Es ist offen?«, fragte Seraphina ungläubig.

Er zeigte auf die Granaten, die an ihrem Bein hingen.

»Die können mehr als nur die Explosion. Elektromagnetischer Impuls.«

Als er die Worte gesagt hatte und dabei war die Türe zu öffnen, hörte man ein Knallen von drinnen.

Als beide den Raum betraten, konnte man nur noch ein mechanisches Surren hören.

»Was zum...«, kam es, ehe er die Tür ganz öffnete.

Die beide betraten ein Büro. Länglich gezogen, an den Seiten Regalen. Über der Tür ein Bildschirm, gegenüber der Schreibtisch. An diesem saß, oder besser lag der Senator. Die Hand lag leblos auf dem Tisch, daneben eine alte, vergoldete Pistole. Das Regal neben ihm mit Blut und Gehirnresten befleckt.

Ein Loch quer durch den Kopf. Eine Blutlache war neben dem Kopf auf dem Tisch. Doch weiter hörte man das stumpfe mechanische Surren.

»Wenigstens seine Wachen waren nicht derartige Feiglinge...«, kam es voller Abscheu aus seinem Mund.

Immer weiter das mechanische Surren.

»Und was beim Kaiser macht dieses verdammte Geräusch. Nicht das uns der ganze Laden gleich um die Ohren fliegt«, schrie er quer durch den Raum.

Seraphina, die zum Tisch getreten war, um diesen zu untersuchen räusperte sich.

»Ich habs gefunden...«, sagte sie nur leicht trocken.

»Was ist es?«, fragte Vincent nach, als er in Richtung Tisch trat.

Keine Antwort.

Als Damian hinter den Tisch trat sah er was sie meinte. Ein Stöhnen und ein klatschen an die Stirn folgte.

»Meine Güte, bei den Göttern, was sind das den nur für degenerierte Bastarde.«

In der Leistengegend des Senators befand sich ein Gurt, der zwischen seinen Beinen am breitest war, dort war ein Kolben angebracht, der sich nach und nach auf und ab bewegte.

Damian zog sein Schwert, drückte auf den Knopf und nur einen Atemzug später klaffte ein Loch durch den hölzernen Schreibtisch aus dunkler Eiche, der Lendenbereich des Senators war ebenso durchbohrt, der Rest des Gerätes stellte nach einem etwas kläglich klingenden Surren seinen Betrieb ein.

»Ein ... wie ... ah ... so ein ... gibt sich die Kugel ...«

»Gib mir so eine Granate«, war der nächste Befehl.

Seraphina zögerte.

»Na mach schon.«

Hektisch riss sie eine Granate von ihrem Gürtel und warf sie ihrem Herrn zu.

»Raus«, schnauzte er, zündete die Granate und warf sie auf den Schreibtisch. Direkt hinter der Tigerin stürmte auch er aus dem Zimmer und drückte sich draußen an die Wand. Wenige Sekunden später ertönte die Explosion, eine weitere Druckwelle.

Als Seraphina hinter ihrem Herrn den Raum wieder betrat, war alles verwüstet. Eine Granate hatten den Tisch wie große Teile des Körpers in die Luft gejagt, Organe und Körperreste lagen überall umher, Blut war an Wänden und Boden verteilt.

»So gefällt mir das schon besser«, sagte er, ehe er wieder ins Innere des Raums ging und sich weiter umsah.

Plötzlich ertönte ein Signalton im Raum. Als die beiden sich drehten, erblickten sie ein Gerät an der Wand. Ein großer Bildschirm, daneben ein Hörer. Auf dem Bildschirm mehrere Kameras. Man konnte das gesprengte Tor sehen, durch das die kaiserlichen Truppen vorrückten, ein Feuergefecht hatte sich in der großen Halle gebildet.

Sonst waren es Kameras vom Gang vor dem Büro und einige Außenkameras.

Ein tiefer Blick Damians in die Augen Seraphinas und mit diesen Griff er zum Hörer.

»Senator«, kam es am anderen Ende von einer tiefen Rauen Stimme.

»Die veserianischen Schweine haben das Haupttor durchbrochen und stürmen gerade die Halle. An der Oberseite sind einige dieser fliegenden Bastarde mit ihren Raketenrucksäcke.«

»Ja und jetzt?«, fragte Damian seine Stimme etwas verstellt. »Zaubern gehört nicht zu meinen Fähigkeiten.«

»Befehle Senator, was sollen wir tun«, fragte die Stimme nach.

»Ich sehe es auf den Kameras ... es sieht nicht gut aus. Wir ergeben uns, wir haben keine Chance mehr.«

Die Leitung war totenstill.

»Verstanden?«, fragte Damian etwas lauter nach.

»Ja... Jawohl«, kam es etwas fassungslos vom Feind.

Er konnte auf den Bildschirmen sehen, wie die Krieger des Feindes seinen Befehlen folgten. Sie warfen ihre Waffen hinfort, hoben die Hände und traten aus ihrer Deckung hervor.

Als Damian das auf der Kamera sah begann er lauthals zu lachen.

Seraphina war etwas verwirrt, blickte ihren Herrn an, als er sich vor Lachen fast krümmte.

Als der junge Löwe merkte, dass sie es nicht halb so amüsant fand wie er selbst, begann er immer noch unter Lachen zu reden.

»Jetzt komm schon ... die ... die haben bis vor Kurzem noch gegen mich gekämpft und jetzt ergeben sie sich auf meinen Befehl hin.«

Als er sich wieder etwas beruhigt hatte machte er sich an das Panel.

»Vielleicht können wir damit die Truppe erreichen«, sagte er noch als er etwas auf der Tafel umhertippte.

Ein Zahlenfeld erschien und der junge Löwe gab einen Code

auf. Kurz darauf ertönte ein Knacken.

»Wer ist da?«, kam die Frage aus dem Gerät.

»Der Prinz hier, aus dem inneren des Turmes, Büro des Senators.«

»Ariald«, entgegnete der Gegenüber.

»Gib den Befehl an die Truppe weiter, die verletzten Soldaten werden beiseitegeschafft, die gesunden gefangen genommen, das Kandria-Institut wird sich freuen.«

»Jawohl«, ertönte es von der anderen Seite der Leitung.

»Wir kommen jetzt nach unten«, mit diesen Worten hing er den Hörer wieder ein und die Verbindung wurde unterbrochen. Mit einem Nicken des Prinzen deute er Seraphina ihm zu folgen. Schnell eilten sie die Treppe hinab in die große Halle, bereits auf den Überhängen kamen ihnen die ersten veserianischen Soldaten entgegen.

»Heil dir Kronprinz«, ertönte es einmal mehr mit der Faust auf der Brust.

Sie gingen über eine Treppe an der Seite hinab in die große Halle. Zwischen den Leichen der Selbstmörder waren nun noch die veserianischer Soldaten und Feinden durch Gewalteinwirkung verstorben. Inmitten der Toten, die den Bogen bedeckten, knieten die Gefangenen.

Sie waren in zwei Teile geteilt. Auf der einen Seite alle Unversehrten, auf der anderen Seite die Verletzten. Einschusslöcher in Armen, Beinen, Brust zierten sie, manche hatten Arm oder Bein verloren.

Die meisten waren aufgrund der Strahlung und dem Staub, der ins Gebäude drang, eh nicht mehr zu retten.

13 - Besatzung

Als die beiden am Boden angekommen waren und in Richtung Ariald gingen, stand eine Reihe von Soldaten vor den verwundeten Gefangenen. Noch während sie diese passierten, ertönte der Schussbefehl. Seraphina zuckte zusammen, als das Knallen zu hören war. Sie drückte sich eng an Damian.

Einen Feuerstoß später war alles vorbei. Die Gefangenen fielen mit einem Loch im Kopf zu stumpf klingend zu Boden. Blut, Knochensplitter und Gehirnmasse landeten auf dem Boden.

Unruhe und Schreie unter den Gesunden, den Gefangenen.

»Keine Sorge, die Unversehrten unter euch haben nichts zu befürchten. Das wäre Verschwendung, so seid ihr doch viel nützlicher«, kam es mit einem hämischen Lachen von Ariald.

»Damian«, erklang es freudig aus seiner Kehle. »Du lebst ja auch noch.«

»Unkraut vergeht nicht, was?«, sagte dieser, als er mit Ariald einschlug. »Wie ist die Lage?«

»Mit dem Fall des Turms haben sich einige der Feinde ergeben, der Rest der feigen Bastarde hat die Stadt aufgegeben.«
Ein Nicken.

»Gut, wissen wir, wohin sie sich zurückgezogen haben?«
Ein Kopfschütteln des Mannes in seiner blauen Rüstung.

»Dann sollten wir die Straßen säubern, die Stadt besetzten.«

Der Estak hob warnend seinen Zeigefinger. »Ihr vergesst da wohl was, wir befinden uns immer noch in der verstrahlten Zone, das mit Stadt besetzten wird nichts werden. Der Großteil der Bevölkerung ist Tod oder in ihre Wohnung eingesperrt.«

Ein Seufzen Damians, als er wieder davon trat. »Stimmt, aber vielleicht ist es gut so, wer weiß, ob es nicht besser ist, wenn die Freistaatler sich etwas ausdünnen ... dann schaut, dass ihr den Rest der Straßen säubert, wir beziehen hier etwas Stellung, ruhen uns aus und dann geht's weiter.«

»Jawohl«, sagte Ariald.

Man hörte das Knacken seiner Verbindung. Die Soldaten umher machten sich auf. Eine kleine Gruppe führte die Gefangenen nach draußen, während sich der Rest bereits machte, die Stadt zu durchsuchen.

Draußen war die Sonne gerade dabei, in den Straßen unterzugehen.

Damian war hundemüde, er betrat mit Seraphina an der Seite einen Nebenraum der Halle. Es muss sich um eine Art Anmeldung gehandelt haben, es waren einige Schalter und gegenüber Sofas, eingegangen Topfpflanzen. Ein paar der Soldaten lag auf den Sofas, doch die meisten auf dem Boden.

Kaum waren sie eingetreten, sprangen die Krieger auf und grüßten ihren Herrn.

»Mein Herr ...«, begann einer der liegenden Soldaten und erhob sich von der gepolsterten Bank. »Ruht euch aus, bitte nehmt meinen Platz.«

»Nein, bleibt ihr nur liegen, ihr wart zuerst da.«

Mit diesen Worten sank er neben den Schalter zu Boden und lehnte sich dagegen.

Seraphina stand derweil immer noch.

»Na komm, runter hier.«

Schnell setzte auch sie sich. Nachdem die Truppe sich noch etwas unterhalten hatte, schlief Seraphina langsam ein. Sie sackte langsam in Richtung des Prinzen ab und ihr Kopf fand sich auf der Schulter Damians wieder.

Schwärze.

»Damian ...«, ertönte es dumpf aus der Ferne. »Damian ...«,

einmal mehr etwas lauter und näher. Es wackelte, ein Rütteln und er schlug die Augen auf. Über ihm stand Ariald, versuchte, ihn zu wecken.

»Schlafmütze, dein Vater ... er will mit dir reden«, sagte er. Etwas träge rieb er seine Augen und begann sich langsam zu erheben.

»Was? ... Was ist los?«, kam es leise von ihm.

»Aufstehen, dein Vater ist am Holo.«

Damian nickte. Langsam erhob er sich und ließ Seraphinas Kopf, der immer noch auf seiner Schulter lag, zu Boden sinken.

»Solltest du sie nicht aufwecken?«, fragte der Estak.

»Ach was, lassen wir sie schlafen. Sie hat viel mitgemacht«, kam es nur noch von ihm, ehe er sich in Richtung Ausgang machte. In der Mitte der großen Halle war bereits das gut drei Meter große Hologramm seines Vaters.

»Damian, mein Lieblingssohn, da bist du ja«, kam es vom Hologramm mit einer einladenden Handbewegung.

»Als hättest du noch andere Söhne«, sagte der Prinzen, doch im Andenken seines verstorbenen Bruders bereute er es sofort.

Langes schweigen

»Nun, was gibt es?«, fragte Damian dann endlich nach.

Ein kurzes Zögern des Kaisers. »Ich wollte dir meine Glückwünsche mitteilen. Du hast die erste Stadt eingenommen.«

Ein Schmunzeln des Prinzen. »Ich danke dir, Vater ..., doch das wird nicht der einzige Grund deines Anrufs sein, oder?«

»Die befestigte Front wurde eingenommen, die ersten Vorstöße auf andere Städte und Befestigungen sind im vollen Gange.«

Ein Nicken des Prinzen, langsam trat auch Ariald an seine Seite.

»Wie sollen wir weiter vorgehen?«, fragte dieser.

»Unser Generalstab meint, ihr sollt die Stadt etwas befestigen, eine kleine Truppe hierlassen und dann weiterziehen.

Der R.I.E.S.E wird euch von großem Vortei ...«

Er wurde von Ariald unterbrochen: »Der R.I.E.S.E ist zerstört, beim Angriff auf den Turm.«

Eine ungläubige Miene des Kaisers.

»Was? ... Wie?«, fragte Adrian, er konnte es nicht fassen.

»mehrere Piloten haben ihre Jäger direkt in den R.I.E.S.E gelenkt.«

Der Kaiser fasste sich mit seinem Arm an den Kopf.

»Beim Reich, das darf doch nicht wahr sein ... warum wurde mir das nicht gesagt? Warum wurde mir das verheimlicht?«, schrie er wütend. »Das Gerät war eine unserer beste Superwaffen und nun, nun soll sie vernichtet sein?«

»Meine Männer werden sich darum kümmern«, Ariald trat einen Schritt vor. »Meine Mechaniker sind gerade schon dabei, ein Gerüst aufzubauen, wir werden ihn aufrichten und wieder reparieren.«

Ein Stöhnen des Monarchen.

»Einmal sollte etwas glattlaufen ... einmal ... Ich schicke euch einige Ingenieure und Facharbeiter ... dem Monstrum geht es aber schon noch gut?«

»Jawohl«, sagte Damian

»Na wenigstens etwas, dann wie gesagt, lasst einen kleinen Trupp hier und mach dich auf in Richtung Feindesland. Bestenfalls mit den Jägern.«

»Und natürlich mit dem Monstrum«, fügte er schon schnell hinzu.

Ein Seufzer des Prinzen, »Gut ... machen wir so, doch in welche Richtung?«, fragte er.

»Du machst dich auf in Richtung Pax ... dein Cousin zieht an der Küste entlang, auf die Ina Insel. Der Rest der Truppen einfach querfeldein in den Osten.«

Ein skeptischer Blick des Prinzen auf seinen Vater. Man konnte an Adrians Mine sehen, dass er darüber nicht gerade erfreut war.

»Hast du etwas zu sagen?«, fragte er mit einem ernsten, leicht bedrohlichen Unterton.

»Bist du dir sicher, dass das eine gute Idee ist? Wenn wir einfache blind darauf losmarschieren?«

Ein kleines, ungläubiges Lachen des Kaisers.

»Was soll den schon groß passieren? ... Der Feind hat alleine jetzt schon große Verluste. Alleine bei unserem Konterschlag sind 40 % seiner Armee gefallen und auch durch die Angriffe ist das Ganze nicht besser geworden. Alleine in der Schlacht um Annag sind wie viele gefallen? 300.000? 400?«, fragte der Monarch fordernd.

»Knapp eine halbe Million«, sagte der Prinz widerwillig und leise.

»Wie viel?«, fragte er provokant noch einmal nach.

»Eine halbe Million«, sagte er aggressiv, etwas lauter.

»Da haben wir's ja. Der Feind hat große Verluste erlitten.«

»Vater«, kam es energischer von ihm. »Du vergisst etwas, auch wir hatten beim Atomalarm wie im Kampf selber große Verluste.«

»Das mag schon sein, aber der Feind hatte von Anfang an bereits weniger Soldaten als wir und die Verluste sind geringer.«

Ein Schnauben Damians.

»Gut ... wenn du meinst ... im Fall der Fälle, hab ich dich gewarnt«, sagte er, als er sich umdrehte und die Halle wieder verließ.

Nur ein: »Diese heutige Jugend«, war noch zu hören, ehe ein Surren ertönte, das zu erkennen gab, dass die Übertragung beendet wurde.

Ein leises Lachen war noch aus Richtung des Prinzen zu hören, ehe er sich wieder zurück in den Empfangsraum gab.

14 – Weiter, immer weiter

Wenige Tage später war es dann so weit, mit einer kleinen Besatzung in der Stadt, marschierten die veserianischen Truppen aus der Stadt. Als Damian samt Seraphina den großen Platz betrat, standen dort dutzende Panzer. In der Mitte davon, das Monstrum. Das große Geschütz auf den Himmel gerichtet. Zwischen den gesamten Panzern standen die Soldaten, in Giganten und Berserkerrüstungen.

Kaum sah die Truppe ihren Prinzen, wurden die Panzer mit einem Aufheulen gestartet und bewegten sich in Richtung Osten aus der Stadt. Auch die Soldaten marschierten in eisernem Schritt los.

Der große Platz endete auf einem kleinen Vorposten, zwei, nach links und rechts aufgeteilte Treppen, welche unten wieder zusammengingen. Dort standen bereits die beiden Giganten.

Damian trat schnell die steinerne Treppe hinab, kletterte den Giganten hinauf und brachte ihn zum Laufen.

Während der Prinz bereits dabei war den Roboter zu bewegen, war Seraphina immer noch im Boden.

Auf einen Blick erst zu ihr und dann zum Giganten, wusste sie, sie sollte einsteigen.

Schnell packte sie die oberen Metallteile und zog sich daran nach oben. Kaum war sie in der Mitte, schlossen die Arme des Giganten sich wieder um die Tigerin.

Erneut kam ein Gefühl der Enge in ihr hervor, doch nun, mit nur einem Gedanken, ließ sie dieses Gefühl verschwinden. Die Konzentration lag andernorts.

Als die Armee langsam vom Platz abmarschierten, machten

sich auch die beiden, wie die Prinzengarde bereit.

Es ging über die schwarzen Ziegel des Platzes, umrandet von weißen Fugen. An den Seiten des runden Gebildes erstreckten sich große Wolkenkratzer, ebenfalls im matten Schwarz des Bodens.

Sie waren unterschiedlich hoch, sahen aus wie eine Gebirgskette. In manchen Fenstern brannte Licht, doch die meisten waren dunkel, entweder aufgrund der Angst, aufgrund eines Stromausfalls, oder dem Ableben der Bewohner.

Langsam verschwand der Fluss an Soldaten nun vollends vom großen Platz. Es ging durch die Straßen, erneut große Gebäude links und rechts. Einige waren durch die Bombardierung oder den Artilleriebeschuss eingestürzt oder zerstört.

Große Hallen und Häuser mit großen Löchern in Decken und Mauern. Ganze Häuserteile waren eingestürzt. Hin und wieder sogar auf den Gehsteig.

Über die graue Straße ging es nach draußen, Laternen an den Seiten, doch das blaue Licht war meistens erloschen. Nur hin und wieder blinkte eine der Lampe.

Bald schon kamen sie in die Elendsviertel, oder auch nicht.

Die Slums waren zu den Seiten, die Hauptstraße durch einen Tunnel oder Wände abgeschirmt.

»Die hochwohlgeborene Oberschicht, oder die reichen glücklichen wollen wohl das Elend und die Not nicht sehen«, kam es Abwerten vom Prinzen.

Über eine private Verbindung hörte es auch Seraphina, sie wusste nicht, ob es für sie gedacht war und schwieg. Doch dann riss sie sich zusammen.

»Warum sollten sie auch? Sie sind ihre Opfer.«

»Ja ... auch bei uns ist nicht alles golden, doch die, die arbeiten wollen, bekommen Arbeit und Versorgung. Genau wie diejenigen, die aufgrund ihrer Arbeit nicht mehr dazu in der Lage sind.«

Schweigen von der Dienerin, wie vom Rest der Kompanie.

Starr kämpfte ein Fuß nach dem anderen nach vorn. Dumpfes Beben mit jedem Schritt, den sie nach vorn machte.

Vor ihnen in der Menge ließ sich langsam einer der Soldaten zurückfallen, eine Gasse bildete sich um ihn. Bald schon stand er an ihrer Seite. Es war Ariald.

»Dann auf in Feindesland, die Hauptstadt ist das Ziel, wenn ich richtig informiert bin, was?«, kam es aus den Lautsprechern des Kommandanten.

»Dem ist wohl so«, war die trockene Antwort des Prinzen.

Ariald nickte: »Dann mal auf.«

Die Füße Damians Giganten wurden schneller, er beschleunigte und drängte sich durch die Menge der Soldaten hinter ihnen. Bald schon waren sie in der Nähe des Monstrums angekommen. Ein Sprung und Damian setzte auf dem Panzer auf.

Zwei weitere Knallen und die Giganten Seraphinas und Arialds waren an seiner Seite.

»Aktiviere deine Magnetspulen«, kam es über die Lautsprecher.

Schnell wählte sie mit ihren Augen etwas an dem Display ihres Giganten aus, erst fand sie es nicht, doch dann tauchte das Symbol plötzlich an der rechten Unterseite des Bildschirms auf.

Als sie es aktiviert hatte, waren Damian und Ariald bereits dabei den Panzer zu erklimmen. Die beiden standen oben neben dem großen Geschütz. Der General links, Damian rechts. Der Prinz hatte seinen linken Arm auf das Geschütz gelegt.

»He ... ist da oben, wer?«, fragte es durch einen Lautsprecher an der Oberseite

»Ja ... wir sind hier ...«, war die trockene Antwort des Prinzen.

»Ver ... verzeiht mein Prinz, hätte ich ... ich gewusst ... dass ... dass ihr«, druckste der Soldat aus dem Innere der Maschine herum.

Nur ein Grunzen war die Antwort.

Ein Knacken und die Verbindung wurde getrennt.

Ein leichtes Lachen war von Ariald über die Verbindung zu hören. »Immer wieder lustig, wie sie sich einscheißen, wenn sie dich hören.«

»Tja ... die Jahrhundertelange Indoktrination wie die Wohltaten meiner Vorfahren haben wohl besser als gedacht funktioniert«, sagte der Prinz.

Erneut ein dreckiges Lachen des Estaks.

Seraphina äußerte sich nicht dazu, sie hatte gelernt, was die Familie der Wenzels alles für das Land getan hatte, eine derartige Behandlung war das mindeste, was das Volk nun dafür zurückgeben konnte.

Einen Moment später dachte sie, ob sie nicht auch dieser Propagandamaschinerie zum Opfer gefallen war, aber nein ausgeschlossen. Nicht sie, nicht die Tiger.

Bald passierten sie nun vollends die Stadt nach draußen. Karges, weites, flaches Land. Hier und da war die Straße etwas gesprengt oder ein Panzer des Feindes stand noch auf der Straße. Doch sie waren kein Hindernis für die Armee, die Stahlkolosse drängten sie von der Straße.

Nachdem sie einige Stunden weiter ins Landesinnere vorgedrungen waren, bis auf ein paar kleinere Scharmützel in keine Kämpfe gezogen worden waren, kamen sie an der Grenze der Einschläge an. Endlich konnten sie den gelben Nebel, die Atom verseuchte Wüste verlassen. Endlich war es wieder offener Himmel, die Luft war klar und rein.

»Na bitte ..., geht doch«, sagte der Prinz.

»Endlich raus aus diesem gottverdammten atomaren Hölle«, Ariald trat etwas weiter vor, an den vorderen Abgrund des Panzers.

Von Seraphina war nur ein Aufatmen zu hören.

»Wann treffen wir auf die nächste Stadt?«, war prompt ihre Frage

»Etwa eine Stunde«, kam es von Damian, als er über die Weite blickte.

Sie passierten Dörfer und Städtchen an den Seiten, sie waren widerstandslos aufgegeben worden oder so leicht besetzt, dass sich die Nachhut darum kümmern würde.

Ariald war gerade dabei, seinen Helm abzunehmen, als der Prinz dies sah.

»Bist du des Wahnsinns?«, schrie er und drückte den Helm wieder nach unten.

»Wir sind noch zu nahe dran.«

Ein Grunzen war über die Verbindung zu hören.

Etwa eine Stunde später konnten sie etwas in der Ferne sehen.

Eine Art Berg. Ein Bollwerk, eine gigantische Festungsstadt. mehrere Ränge an Mauern erstreckten sich. Eine größer als die andere, zwischen den Mauern kleine stählerne Türmen, fast so groß wie die gigantische Festungsanlage im Inneren.

Hinter drei Reihen an Wällen an erstreckte sich ein gigantischer Turm. Ein riesiges Bollwerk mehrere Pfeiler gingen schief von der Stadt an das Gebäude. Dutzende Vorsprünge und Erker war an der Außenseite. Es sah aus, als hätte man mehrere Reihen von Türmen, die immer größer wurden, aneinander gebunden.

»Halt«, ertönte der Befehl über eine Verbindung an die gesamte Mannschaft.

Der gesamte Tross kam zu stehen.

»Wie weit ist es etwa noch bis zur Stadt?«, fragte Damian.

»Noch etwa fünfzehn Kilometer«, kam es aus der Kommandozentrale des Monstrum.

»Fahrt bis auf fünf Kilometer an die Stadt heran, von dort aus beginnen wir mit dem Angriff.«

»Jawohl«, ertönte es aus der Zentrale.

Während sie weiter vorrückten, schossen die Jäger über den Himmel, in Richtung der Stadt.

Sie feuerten ihre Raketen an und ließen Bomben regnen. Doch, es half alles nichts. Die Geschosse prallten nur am Schild ab.

Die Geschosse schlugen auf dem Schild ein, rote Kreise bildeten sich um den Einschlagsort. Die Bomben rollten nur am durchsichtigen blauen Dom ab, ehe sie auf halbem Weg nach unten in die Luft flogen.

»Verdammt ...«, fluchte Damian.

Doch das war noch nicht alles. Als die Jäger sich aufmachten, abzudrehen, begann Sperrfeuer aus dem Inneren der Kuppel. Dutzende der Jäger wurden getroffen, explodierten, oder begannen zu brennen und stürzten ab. Etwa ein Viertel der schwertförmigen blauen Jäger wie der Bumerang förmigen schwarzen Bomber waren zerstört.

»Rückzug, Rückzug«, war die Anweisung des Prinzen.

Schnell machten sich die Flugzeuge wieder auf in Richtung Westen.

»Jägergeschwader fliegt zu nächsten Basis, füllt Reihen wieder auf und lädt Schildbrecher Geschosse«, war noch zu hören, ehe sie beschleunigten und mit einem Rauschen davonflogen.

Weiter ging es in Richtung der Festung.

»Stopp«, kam der Befehl des Prinzen. »Aufstellung.«

Schnell wurde die Weisung befolgt. Die Panzer an vorderster Front, dahinter die Artillerie. Erst danach stellten sich die einfachen Soldaten auf.

Der Prinz blickte in die Ferne, trat auf dem Monstrum etwas nach vorn.

Vor ihm die gigantische Festungsstadt, davor nur eine Ebene. An den Seiten standen die Panzer, dahinter die Artillerie. Große, etwa zehn Meter lange und drei Meter breite Fahrzeuge, angetrieben durch Ketten.

Eine Führerkanzel an der Spitze des Vehikels, dahinter eine großes, langes Rohr.

Dahinter standen die Berserker von den Giganten gesprenkelt.

»Feuer«, ertönte es über die Com-Verbindung und knallen ertönte.

Das gesamte Monstrum bebte, Seraphina wurde fast von den Beinen gerissen, etwas zurück.

Auch die Panzer neben dem Monstrum eröffneten ihre Feuer. Die Geschosse der Kriegsmaschinen schlugen an der ersten Mauer ein und rissen kleine Löcher an die Seite. Stein bröckelte herab.

Erneutes Grollen, die Geschosse flogen über den Himmel. Die schwarzen Ellipsen zogen über den Himmel und schlugen über der Stadt auf dem Schild ein.

Die Geschosse explodierten und erneut verfärbte sich das Schild.

Eine Salve nach der nächsten wurden abgefeuert.

Nach jedem Regen der Granaten verfärbten sich der Schild rot oder orange.

Während eine Salve nach der nächsten vom Himmel kam, drehte sich der Prinz nach hinten.

Surren war zu hören.

Die Baumeister waren angekommen, es waren große, rechteckige Gefährte. Angetrieben von denselben Düsen wie die Panzer. Ein großer Schild war an der Vorderseite wie das einer alten Planierraupe.

Sie fuhren um die Stellungen herum und senkten die Schilde. Die gelben Maschinen schoben die kleinen Hügel und die Oberfläche der Steppe zu einem Erdwall vor der Stellung.

Schnell verschwanden die Maschinen wieder.

Seraphina war beeindruckt. Sie nahm ihren Helm herab und schaute auf den Wall.

»Ha ... das ist gar nichts«, kam es vom Prinzen, als er ihren Blick bemerkte.

»Warte noch, bis wir einmal eine Stellung errichten, oder eine Befestigung bauen müssen. Dann zeigen unsere Erbauer ihr wahres Potenzial.«

Seraphina blickte ihren Herrn an, ungläubig.

»Du wirst schon sehen«, sagte er, während er sich langsam vom Panzer runterbewegte.

Einige der Versorgungsfahrzeuge aus den hinteren Reihen waren mittlerweile eingetroffen. Es waren Wagen mit Munition und Proviant, Sanitäranlagen und ein Lazarett. Einige Zelte wurden vor den Wagen errichtet, zur Unterbringung der Soldaten.

Damian ging zu einem der Kommandanten, er war in einem Giganten und schrie Befehle. »Darüber ... nein an den roten Wagen ... ihr ...«

Ein Räuspern des Kommandanten.

Schnell drehte er sich an.

»Mein Prinz ...«, kam es von ihm und er klopfte sich mit der Faust auf die Brust.

»Was wird das Ganze hier?«

Der Kommandant drückte auf einen Knopf an der Seite des Helms. Sein Visier klärte sich auf.

Man konnte das verwirrte Gesicht eines jungen, etwas rundlicheren Mannes sehen.

Langsam fing der stockend an: »Ähm ... das ... das Quartier für die ... die Soldaten. Während der Belagerung.«

»Das habe ich nicht angeordnet, auf welchen Befehl?«, fragte Damian mit strenger Stimme nach

Schweigen

»Ich ... auf meinen, ich wollte euch ... einen Gefallen tun. Zuvorkommend sein ... ich ...«

»Schon gut«, sagte der Prinz grunzend.

Mit einem Klopfen auf die Schulter drückte er sich an ihm vorbei. Dann stockte er noch einmal, drehte sich um.

»Übrigens ... Damian«, und streckte ihm die mechanische Hand entgegen.

Perplex stand er da.

»Ta … Tar … Taron«, sagte und nahm zitternd die Hand entgegen. Er musste einen halben haben, dass es auf die Maschine übertragen wurde.

Er drehte sich um und ging zwischen die Truppen.

»Heil dir Kronprinz«, schallten die Rufe seiner Untergebenen.

Von einer der Lastwagen wurde die Artilleriegranaten entladen und über eine Menschenkette in Richtung der Front gehievt.

»Hervorragende Arbeit, ihr leistet eurem Vaterland wie Kaiser einen großen Dienst«, sagte Damian, als er an den Männern in den Berserker Panzerrüstungen vorbeiging.

Ehrfürchtiges Nicken kam von dem Krieger.

Als sie am Wagen angekommen waren, blickte Damian ins Innere.

»Na, alles da, was du suchst?«, fragte Ariald mit einem Lachen. »Sollen wir vielleicht noch ein paar Pflegeartikel für die hoheitliche Haut nachbestellen?«

Ein leichter Schlag des mechanischen Arms an den Giganten war die Antwort.

»Sei nicht albern«, mit diesen Worten wandte er sich wieder zum Gehen.

»Schau du lieber zu deinen Truppen nicht, dass sie noch Unsinn anstellen.«

»Tzz«, war es noch zu hören, ehe er in einer Gasse verschwand.

Seraphina wusste nicht genau, wie sie das ganze einordnen sollte, ob es Spaß oder Streit war.

»Komm«, war es als Nächstes zu hören, ehe sich Damian wieder in Richtung des Monstrums aufmachte.

Langsam brach die Nacht herein.

Als die beiden auf ihren Pritschen lagen, hörte man von draußen immer noch das Donnern der Geschütze, es war recht schwer einzuschlafen. Bei jeder neuen Salve durchfuhr es

Seraphinas ganzen Körper, ein Zucken.

Ihr Herr sah es sich eine Weile an, ehe er zu sprechen begann.

»Na komm schon her.«

Ein verwirrter Blick der Tigerin

»Herr, was wünscht ihr?«

»Du sollst herkommen, ich sehe, doch wie es dir geht«, er hob seine Decke an, ehe er dies sagte.

»Seid ... seid ihr sicher?«, fragte Seraphina unsicher nach.

»Mach schon.«

Schnell erhob sie sich ohne ein Kleidungsstück am Körper und war mit einem Schritt vor dem Prinzen. Langsam setzte sie sich auf die Bettkante, ließ ihre Füße unter die Decke gleiten. Ihr Herr rutschte nach hinten, als sie ebenfalls auf der engen Pritsche Platz nahm und sich dicht an ihn schmiegte. Sie lag nur wenige Millimeter von ihm entfernt. An manchen Stellen traf Haut auf Haut.

Das nächste Knallen verlautete, ein erneuter Ruck durch die Tigerin.

Der rechte Arm des Prinzen wandere um ihre Taille, mit der rechts, strich er, sanft über ihren Kopf, der etwa auf der Höhe seiner Brust war.

Die Atmung der Tigerin wurde leise und sie schien sich zu beruhigen.

Als der nächste Knall ertönte, war es nur noch ein ganz leichtes ruckeln, bei dem darauf ganz verschwunden. Schon bald war sie in seinen Armen eingeschlafen.

Als Seraphina am nächsten Morgen erwachte, war der Prinz bereits hinfort, sie war alleine im Raum.

Schnell zog sie sich ihren Anzug an, verschwand aus dem Zimmer. Draußen auf dem Gang war es ruhig, so ruhig hatte sie es noch nie erlebt.

Seraphina entschied sich dazu, die Kommandozentrale aufzusuchen. Dort würde sie sicher Auskunft finden.

Sie ging die metallene Treppe nach oben. Dumpfer Klang, als sie die metallene Treppe nach oben stieg.

Sie öffnete die Tür und sah Damian, Ariald und die Besatzung des Monstrums vor einem Holoprojektor. Darauf abgebildet war ein live Modell der Festungsstadt. Man konnten genau sehen, wie die Granaten auf die Stadt flogen und am Schild explodierten.

»Ah Seraphina ...«, sagte der Prinz und wandte sich an sie. »Komm her.«

Zögerlich trat sie an das Holo und blickte auf die Darstellung. An der Seite konnten sie noch das kleine Abbild des Kaisers sehen, welcher sich ebenfalls einmischt.

Doch bis auf Damian schien niemand ihre Ankunft zu interessieren.

»Nun ..., da wir die Mauer mit unseren Geschossen nur sehr langsam durchbrechen können, würde ich vorschlagen auf Zermürbung zu setzen. Andauerndes Panzer und Artilleriefeuer« kam es vom Kommandanten des Monstrums.

»Das wird viel Zeit in Anspruch nehmen«, begann die Miniaturversion des Kaisers, als diese sich durch den Bart fuhr. »Zeit, die wir brauchen.«

»Wie wäre es dann, wenn wir uns aufteilen? Eine Gruppe hierbleibt und die andere rückt weiter vor?«, fragte der Prinz in seinem schwarz-blauem Anzug.

»Eine Möglichkeit ...«, sagte der Kaiser, während sich Damian langsam auf dem Tisch abstützte.

»Doch die Hälfte wäre mir zu wenig. Ich schicke euch eine weitere Armeegruppe, die 91.«

»Die 91?«, fragte der Prinz ungläubig nach. »Das ist doch eine deiner Privatarmeen.«

»Richtig«, begann Adrian. »Doch momentan versauern sie nur in Alysian, sie haben schon lange nicht mehr gekämpft, es wird ihnen guttun.«

Ein Dankbares Nicken Arialds »Sie werden uns sicher eine gute

Hilfe sein, ihre Fertigkeiten der Errichtung von Befestigungen sind weit bekannt.«

»Alter Schleimer«, kam es nur belustigt vom Monarchen. »Schau lieber, dass deine Einheit auch noch eine Fähigkeit erlernt außer das Spalten von Schädeln, dann kann man so etwas über euch sagen.«

Der Fuß der Berserkerrüstungen trat mit einem Knallen auf den Boden.

»Das Spalten von Schädeln ist unsere Fähigkeit. Niemand ist so gut darin«, kam es mit Nachdruck vom Mann in schwarzer Rüstung.

»Jaja ... das hat auch schon dein Vater gesagt. Träum du nur weiter ...«

Mit diesen Wörtern schloss sich das Holo.

»Dieser alte Hund ...«, kam es mit einem herzhaften Lachen von Ariald, als er sich den Bauch hielt.

Plötzlich ploppte noch eine Nachricht auf. »Damian bleibt bei der Belagerung«, sagte diese, ehe das Holo vollends verschwand.

»Ihr habt ihn gehört ...«, kam es von Damian, als er sich umdrehte.

15 – Das ewige Eis

Binnen einiger Tage kam die 91te an. Im Schlepptau hatten sie etliche Baumeister und Maschinen. Sie machten sich schnell darauf einen Belagerungsring in Richtung des Vaterlandes errichtet, einen Erdwall mit Anlagen aus Schnellbeton oder Containern ausgebaut. Auf manchen der Erhebungen standen weitere Geschütze, die das Feuer auf die Stadt eröffneten.

»Der Schild ist bei etwa 62 % Stabilität, doch wir wissen nicht, wie viele Energiereserven sie da drinnen haben und selber aufbringen können. Die äußere Zufuhr müsste gekappt sein. Es könnte also sein, dass es vor dem Kollaps zusammenbricht«, verkündete ein großer Soldat in schwarz-weißer Rüstung. Ein gigantischer Helm mit eingebauter Gasmaske. Ein weißer Umhang fiel von seinem Rücken.

»Gut ... ich danke euch. Ihr habt gute Dienste erwiesen.«

Der Soldat vollführte den veserianischen Gruß.

»Gibt es sonst noch etwas, womit wir dienen können, mein Prinz?«, fragte der Kommandant nach.

»Nein, ich glaube, das war so weit alles.«

»Gut, dann machen wir uns bereit zum Abmarsch«, ein erneuter Gruß und der Soldat verschwand aus dem Raum.

Seraphina war überrascht von diesem Krieger. Wie sehr er wohl gedrillt worden sein musste, um derart förmlich zu sein.

Auf den Monitoren konnte man sehen, wie er seinen Soldaten Befehle gab. Die Hälfte marschierte los, auch die Panzer schlossen sich ihnen zum Teil an. Sie fuhren um den Halbkreis und umrundeten die Stadt auf zwei Seiten. Noch während der Fahrt schossen sie auf das Schild, bis sie die Festung passiert hatten.

»Dann wären die auch weg«, sagte der junge Löwe und wendete sich an seine Tigerin.

Nur ein Nicken kam von dieser.

Mit einem Handzeichen wusste sie, sie sollte ihm folgen.

Er führte sie aus dem Monstrum heraus, auf die freie Fläche, auf der die Versorgungstrupps standen. Und nun, war dort auch der Jäger des Prinzen.

»Wa ... was ... was macht den der hier?«, fragte Seraphina.

»Ich, beziehungsweise wir, habe eine Verabredung. Hier werden wir gerade ohnehin nicht gebraucht.«

Als er weiter auf das Flugzeug ging, stockte die Dienerin.

»Weiß euer Vater davon?«, äußerte sie ihre Bedenken.

»So halbwegs, aber was er nicht weiß, macht ihn nicht heiß und das muss genügen.«

Während ein Schmunzeln auf den Lippen des Prinzen thronte, war sie nicht so gut gestimmt, doch sie traute sich nicht, weiter nachzufragen.

Die beiden gingen weiter auf den Jäger zu.

Man konnte die schwertförmige Linie, die Triebwerke an den Seiten sehen.

Kaum trat Damian heran, öffnete sich die Luke samt Treppe, beide traten ins Innere des Schiffes.

Dort hingen bereits die Uniformen beider an der Wand.

»Zieh deine Uniform wieder an.«

Es war die Kleidung, mit welcher sie die Akademie verlassen hatte. Ihr blaues Überkleid und die Rüstung. Für Damian sein altbekannter Anzug.

»Kannst du mir helfen?«, fragte sie ihn gespielt hilflos.

»Wenn du mir dann auch hilfst«, säuselte der junge Löwe zurück.

Seraphina konnte nichts anders, als ein wenig loszuprusten.

Damian trat dessen unbedacht hinter seine Dienerin, diese packte ihre Haare und hielt sie zusammen. Langsam öffnete er den Reißverschluss nach unten und sie schälte sie aus dem Anzug heraus.

Die Blicke Damians schienen sie regelrecht abzutasten, ehe er sich umdrehte und ebenfalls den Reißverschluss öffnen ließ.

Als auch dieser vom Anzug befreit war, konnte man sehen, dass er noch Boxershorts unter seiner Rüstung an hatte.

»He, das ist unfair«, beschwerte sich Seraphina, die nicht solchen Luxus genoss.

»Tja, der Rang hat einige Vorteile«, sagte der Prinz grinsend.

Ein verächtliches Schnauben, ehe sie die Kleidung von der Wand nahm und sich anlegte.

Als die beiden wieder in ihren gewohnten Erscheinungen auftraten, gingen sie in das Cockpit.

Damian ließ sich auf den Pilotensessel fallen, schnallte sich an und begann mit den ersten Einstellungen. Als auch Seraphina angeschnallt war, schaltete er die Hilfsdüsen ein.

Blaues Licht kam es aus den Seiten. Langsam stieg der Jäger auf. Einen Knopfdruck weiter wurde der Antrieb aktiviert, einen kleinen Rückstoß und das Umherreisen des Steuerknüppels später flog der Jäger nach oben. In Richtung Westen.

Hinter ihnen die Festungsstadt.

Seraphina blickte noch einmal nach hinten, sah sie die Wälle und Türme an, wie das Schild, das unter stetigem Beschuss litt. Plötzlich ein Surren. Die Jäger kamen wieder zurück.

Während Damian sich auf das Fliegen konzentrierte, blickte Seraphina nach hinten, sah, wie die anderen Jäger einmal mehr ihre Geschosse auf das Schild abfeuerten.

Bald schon verschwand die Stadt und sie kamen wieder in den Bereich des atomaren Nebels. Das Flugzeug zog nach oben und hoch über den Wolken überquerten sie die alte Front. Staunend blickte Seraphina einmal mehr heraus, die Wolkendecke war immer noch unbegreiflich schön für sie.

»Herr …«, begann sie plötzlich, »wo fliegen wir eigentlich hin … was hast du … habt ihr vor?«

Ein Schmunzeln huschte über die Mine des Prinzen.

Auch Seraphina war dies nicht entgangen und war peinlich berührt.

»Wir fliegen in Richtung Nordkap. Dort sind einige Basen, dort wird Boreum abgebaut, wie auch einige Forschungseinrichtungen und genau zu denen sind wir auf dem Weg.«

»Was wollen wir dort?«, hakte sie nach, als sie ihm eine Hand auf den Oberschenkel legte.

»Das wirst du schon noch sehen«, sagte er mit einem Zwinkern.

Ein Seufzer. Sie nahm die Hand vom Prinzen und lehnte sich in den Sessel zurück. Währen ihr Herr sich auf das Fliegen zu konzentrierte, blickte Seraphina aus dem Fenster.

Sie ignorierte alle, die blinkenden Knöpfe und Lampen, die Anzeigen.

Ihre Aufmerksamkeit hing wieder an der Wolkendecke.

Nach einiger Zeit klärte sie auf. Sie waren an der Küste des Ostens angelangt. Unter ihnen lag eine steinige, Felsenklippe. An den Hängen waren einige Felder und eine kleine Siedlung. In der Ferne konnte man die Silhouette der großen Türme einer Stadt sehen.

Seraphina fragte sich, warum sie nach Westen flogen, wenn sie in den Norden wollte. Die Frage sollte sich bald erübrigen.

Langsam drehte der Prinz über der Meerenge ab. In Richtung Norden

Von oben herab konnte Seraphina viele große Schiffe sehen, welche über das Wasser fuhren. Allzeit bereit, die Gewässer des Reiches zu beschützen.

Sie flogen weiter ein paar Stunden in Richtung Norden, langsam wurde es kälter.

Es zogen wieder vereinzelt Wolken auf und man konnte es bereits schneien sehen.

Kurz darauf begann das Wasser einzufrieren. Dickes Eis erstreckte sich an den Küsten.

Damian brachte den Jäger langsam in den Sturzflug.

Am konnte einige Stationen auf dem Eis sehen. Das mussten diese Borea Minen sein.

Große Türme, von Strahlern und Licht gesäumt. Rauch stieg oben heraus und Baracken um die Türme herum.

Als sie darüber flogen, konnte sie noch sehen, wie einige, wie Ameisen wirkende Giganten umherliefen.

Je weiter nördlich sie kamen, desto heftiger wurde der Sturm und je mehr von den Minen gab es. Bald waren sie nur noch im Abstand von einigen hundert Metern zu sehen.

Plötzlich wechselte das Eis auf gefrorenen, weißen Boden. Auch dort waren die Türme und Bunker und größere Hallen.

Doch, das Unglaubliche kam erst.

Inmitten der Eiswüste erhoben sich große, weiße Mauern. Gut und gerne mehrere kilometerlang. Darüber ein Schild, welches das ganze vor der Umgebung schützte. Darunter war ein Garten Eden. Pflanzen und Vegetation, in der Mitte ein wunderschöner, länglicher Palast.

An die Mauer heran waren große Hallen und Türme angebaut. Ein gigantisches Netzwerk aus Gebäuden

»Was bei der Mutter ... ist das unten?«, fragte Seraphina ungläubig.

»Das ist einer unserer Gärten«, sagte Damian, ohne eine Miene zu verziehen. »Es gibt mehrere hier am Nordkap, es sind die Herzstücke unserer vielen Basen.

»Wann ...? Wie ...? Warum?«, brachte sie nur noch heraus

»Genau so hab ich damals auch reagiert«, kam es mit einem Lachen vom Prinz. »Das Projekt besteht schon seit fast drei Jahrhunderten, dementsprechend ist es auch eine derartige Aufgabe. Gebaut wurde das Ganze als ungestörte

Forschungseinrichtung und später zum Abbau das Boreums.«

Seraphina war beeindruckt, das Ganze schien so surreal.

Sie flogen noch etwas weiter und der Sturm wurde immer stärker. Noch weiter im Norden kamen sie an einer Schlucht im Gestein an. Ein Schild erstreckte sich über Sie

Langsam ging Damian in den Schwebeflug über.

An den Seiten der Spalte waren Gebäude und Einrichtungen angebaut. In der Mitte wurde irgendetwas gebaut, es sah fast so aus wie ein Schiff.

»Hier Station Hyperea, unbekannter Jäger, gebt euch zu erkennen«, ertönte es aus den Lautsprechern des Jägers.

Ein Knopfdruck des Prinzen und ein »Ah, mein Prinz«, war zu hören.

»Aufgrund des Sturmes können wir die Schilde leider nicht öffnen … es.«

»Kein Problem«, unterbrach ihn Damian sofort. »Wir stellen uns auf der oberen Landefläche ab, es wäre nur schön, wenn ihr dann das Schild aktivieren könntet.«

»Natürlich«, sagte die Stimme sofort, ehe man das Knacken der Beendigung hören konnte.

Die Düsen wurden wieder aktiviert und langsam sank der Jäger inmitten des Sturmes zu Boden.

Ein kleiner Ruck und er hatte zur Landung angesetzt. Binnen Sekunden begann sich das Schild aufzubauen und der Sturm wurde dahinter zurückgehalten.

»Unsere Meteorologen sagen, dass der Sturm im Morgengrauen nachlassen wird.«

Damian schnallte sich ab und erhob sich von seinem Stuhl.

»Komm …«, sagte er und ging nach hinten.

Während Seraphina sich abschnallte und erhob, legte sich Damian in das Bett und warf den Projektor an der Wand gegenüber an.

Die Tigerin stellte sich an das Bett.

»Sag mal … willst du mich eigentlich«, kam es wütend von

Damian

Seraphinas Kopf überschlug sich, hatte sie etwas falsch gemacht? Was hatte sie falsch gemacht?

»He … Herr? Was? Was habe ich getan?«, fragte sie mit einem Zittern in der Stimme nach.

Der junge Löwe brach in Lachen aus. »Du hättest dein Gesicht sehen sollen … und jetzt komm schon her, wie oft muss ich dir so was noch befehlen.«

Langsam schlüpfte sie aus ihren Stiefeln und rutschte unter das Bett. Langsam näherte sie sich dem Prinzen, der einen Arm um sie legte.

Der Kopf der Dienerin nahm auf der Brust des Prinzen Platz, die Haare liefen an der Seite herunter. Der linke Arm des Prinzen lag um Seraphina, der rechte hatte die Bedienung für das Holo in der Hand.

Er drückte einen Knopf und erneut erschien die Kapuzengestalt.

»… Osten geht der Krieg weiter …«, kam es abgehackt aus dem Lautsprecher. Man sah das Bild einer Festungsstadt.

»Tapfer stehen unsere Truppen vor der Festungsstadt Alkanin. Ein Belagerungsring wurde von der 91te errichtet. Die Hälfte dieser zog mit der Hälfte der restlichen Truppen weiter in Richtung Pax. Die Hauptstadt des Feindes. Der Rest bleibt unter tapferer Führung des Prinzen und zwingt Alkanin in die Knie.«

Eine Drohnenaufnahme Damians und Seraphinas war zu sehen.

»Sehr clever … den Standort des Thronfolgers im öffentlich bekannt zu geben …«, kam es mit einem Seufzer von Seraphinas Herr. Es wurde immer noch weiter geredet, von den Erfolgen an anderen Fronten, vom Krieg im Westen und dem Treiben in der Vaterstadt.

Bald schon hatte er genug. Er wechselte den Sender. Ein Film über die Rückeroberungen der Kolonien wurde gezeigt. Blutige Kriege, die Landung der Schiffe an den sandigen Küsten des

Südens. Während die Kaiserlichen die Strände erstürmte.

Unter andauerndem MG-Feuer rannten die Soldaten entlang. Panzer kämpften sich nach vorn.

Millionen Söhne musste das Vaterland opfern, um den Krieg zu gewinnen.

Während der Prinz gespannt dem Holo zusah, war es nicht Seraphinas Welt.

Uninteressiert zog sie ihren Teil der Decke nach oben und drehte sich zur Seite.

Als auch Damian dies endlich verstand und sich vom Abbild löste, griff er zur Fernbedienung und ließ das Holo verschwinden.

Er drehte sich zu seiner Dienerin, legte einen Arm und sie uns zog sie an sich. Ihr Kopf fand sich auf seiner Brust wieder.

Langsam begann er auch mit dem rechten zu ihr zu wandern. Langsam schlich der Arm über den Oberkörper der Dienerin, schob sich unter ihr Kleid, über die rechten Brust. Einen Griff später kam die Bewegung zum Erliegen.

Seraphina erwartete weiteres Vorstoßen und Vorgehen, doch nichts. Sie spürte den Atem des Prinzen in ihrem Nacken doch mehr nicht.

Bald schon wurde er ruhiger und ruhiger und schlief ein.

Am nächsten Morgen spürten sie einen kalten Zug, die Bettdecke wurde weggezogen. Kurz blinzelte die Dienerin, schlug die Augen auf.

»Aufstehen«, sagte ihr Herr, doch sie drehte sich wieder mit dem Gesicht aufs Kissen.

»Na komm ..., auf jetzt«, sagte Damian erneut.

Ein Murren Seraphinas, doch sie erhob sich langsam, setzte sich auf die Bettkante.

Immer noch etwas verschlafen, zog sie sich wieder an und blickte in Richtung ihres Herren.

Dieser saß bereits wieder in seinem Sessel im Cockpit. Der

Sturm hatte sich gelegt, die Sicht auf die weiße Eiswüste war wieder frei.

»Komm her, das Schild ist unten.«

Schnell machte sich Seraphina auf zu ihm, ließ sie sich wieder mit einem Murren in den Stuhl fallen.

Der Prinz blickte sie mit einem verschmitzten Blick an. Sie hatte die Arme verschränkt und blickte beleidigt drein.

Langsam kam ein leises Lachen von Damian.

Ein fassungsloser Blick Seraphinas, »Was ist jetzt hier bitte schön lustig?«, sagte sie etwas wütend.

»Oho, so langsam kommst du auch mal aus dir raus … aber aufgrund der Frage, du siehst so lustig aus, wenn du wütend bist.«

Der Mund der Tigerin stand offen, damit hatte sich nicht gerechnet.

In diesem Moment zündeten die Düsen, erhob das gesamte Schiff mit einem Ruck ein paar Meter über die Schlucht.

Zwei Düsen drehte sich um und langsam sank der Jäger hinab in die Spalte. Auf einer halb hervorstehenden, halb im Fels versunken im Stein. Er aktivierte den Antrieb und flog auf den Landeplatz. Mit einem Ruckeln setzten sie auf.

Damian drehte sich zu seiner Dienerin, gurtete sich ab.

»Sei nicht überrascht, das Ganze ist recht karg. Es ist nur eine Forschungseinrichtung.«

Nur ein Nicken der Tigerin war die Antwort. Sie wusste nicht so ganz, was sie zu erwarten hatte.

16 – Unter dem Eis

Ein Knopf an der Außenseite öffnet die Klappe.

Über die Treppe gingen sie beiden nach draußen.

Auf der schwarzen Landeplattform standen bereits zwei Gestalten im weißen Kittel.

Ein älterer Herr, auf dem gesamten Kopf kein Haar mehr. Der andere war ein junger Mann, vielleicht ein paar Jahre älter als der Prinz, ebenso wie er blondes Haar.

Beide gingen in die Knie, ja warfen sich fast auf den Boden.

»Sei gegrüßt, Kronprinz«, sagte der ältere Herr, welcher vor dem jüngeren lag,

»Ich ... bitte ...«, begann Damian. »Erhebt euch doch, das ist doch nicht nötig.«

Die beiden stellten sich wieder auf und blickten in Richtung des Prinzen.

»Jawohl ... Mein Prinz, es freut mich, euch heute hier begrüßen zu dürfen.«

»Es freut mich hier zu sein«, antwortete der Prinz sofort und trat einen Schritt nach vorn, bot dem Alten seine Hand an.

Der Forscher war etwas perplex, nahm die Hand dann aber an. »Friedrich«, sagte er während des Händeschüttelns.

»Damian«, war die Antwort des Prinzen.

Niemand hatte damit gerechnet.

Nachdem er auch den jüngeren Forscher begrüßt hatte, begann er wieder zu sprechen.

»Gut ... ich würde mich gerne etwas zurückziehen. Danach meinen Auftrag besichtigen.«

»Natürlich«, ertönte es sofort. »Jakon wird euch auf euer

Zimmer bringen«, sagte er, als er auf den Jüngeren zeigte.

Ein Nicken Damians.

Jakon setzte sich in Bewegung, verließ die Plattform über eine schwarze Tür in der Gesteinswand.

Seraphina und Damian folgten ihm.

Sie kamen in einen langen Gang, die Wände in einem hellen Weiß, an den Seiten einige Leitungen, auf Kabelpritschen. Der Boden war ein Gitter, unter dem weitere Kabel verliefen.

Vereinzelt waren einige Fenster zu sehen, welche einen Blick in die Schlucht erlaubten.

An einer Stelle blieb Jakob stehen, öffnete eine Metalltür und sie blickten in ein karges Zimmer.

Ein kleiner Eingangsbereich mit Garderobe, links davon der Eingang ins Bad. Weiter im Zimmer stand ein weißes Bett, davor an der Wand des Bades eine kleine Küche. Hinter dem Doppelbett ein Bildschirm, welcher gerade einen Strandhintergrund zeigte. Der Boden war aus grauem Teppich.

Als beide den Raum betreten hatte, schickte Damian den Führer hinfort.

Er sah sich noch etwas im Zimmer um, bevor er sich wieder an Seraphina wendete.

»Ich brauch jetzt eine Dusche ... kommst du mit?«, fragte er mit einem Zwinkern.

Die Tigerin blickte in überrascht an. Stockte kurz einen Moment, ehe sie nickt.

Seraphina folgte ihrem Herrn in das Bad. Ein weiß gefliestes Zimmer, an der einen Seite eine Toilette, daneben ein Waschbecken und ganz links die Dusche.

Die Tigerin stand in der Mitte des Bades. Langsam wurde sie rot.

Der Prinz trat hinter sie und öffnete ihr das Übergewand, welches sofort nach unten fiel. Selbstständig zog sie noch den Rest ihrer Kleidung aus.

Ein Blick des Prinzen lag auf ihr, Seraphina war es so, als

könnte sie Hunger in diesem Blick ausmachen.

Bald schon riss sich nun auch der Prinz die Kleidung vom Leib und trat in die Dusche. Seraphina hinterher.

Sie betätigte den Hebel an der Wand und Wasser kam von der Decke herab. Beide wurden mit warmem Wasser übergossen. Seraphina genoss das Gefühl des warmen Wassers auf der Haut. Langsam folgten auch die sinnlichen Berührungen des Prinzen. Er drückte sie an sich, nahm etwas Gel aus einem Spender an der Wand und begann Seraphina damit einzureiben.

Schmierte es ebenso in ihre nassen, triefenden schwarzen Haare, die bald schon weiß und schäumend wurden. Als Damian dann an ihren Brüsten angekommen waren, begann sie etwas zu lachen.

Dann drehte sie sich um, nahm ebenfalls etwas Gel in die Hand und begann dann ihren Herrn einzuschmieren. Vor allem am blonden Lockenkopf des Prinzen hatte sie ihren Gefallen gefunden. Bald schon krönte eine Schaumkrone den Kopf. Bald schon ging sie weiter nach unten an die muskulöse Brust.

Mit einem Schmunzeln fuhr sie über die Brust des Prinzen.

»Jetzt reichts aber auch mal wieder«, sagte er und machte sich ans Werk.

Kurz darauf stellte Damian das Wasser ab, führte ihre Hand an die Armatur. Bald schon hatte er ein Handtuch in der Hand und trocknete erst Seraphina und dann sich selbst ab.

Damian bückte sich, die eine Hand an die Unterschenkel, die andere an den Rücken. Einen Ruck, einen gespielten Schrei der Dienerin später lag sie in den Armen ihres Herrn, welcher sie aus dem Bad heraus ins Zimmer trug. Er ging an das Bett heran und warf sie mit einem Satz in das flauschige Bettzeug.

Seraphina drehte sich, streckte die Arme aus und blickte ihren Herrn verführerisch an. Sie biss sich auf die Unterlippe und fuhr ihr Krallen in das Laken.

Ein Schmunzeln auf den Lippen Damians. »Nein …, Nein …, Nein. Das machen wir nicht«, sagte er mit offensichtlich belustigtem Ton. »Komm, zieh dich wieder an und das zeige ich dir, warum wir hier sind.«

Ein enttäuschter Seufzer der Tigerin, als sie sich mit einem Schwung an die Bettkante beförderte. Langsam erhob sie sich aus dem Bett und ihre Uniform holte.

Wenige Minuten später verließen sie das Zimmer, Seraphina folgte dem jungen Löwen, der den Gang hinab ging.

Sie kamen in einen Saal, eine der Seitenwände ein großes Fenster, welches den Blick auf die Schlucht erlaubte. Mann konnte nun einige weitere Stationen und Fenster aus dem Berg sehen, irgendetwas schien ebenso vom Boden hinaufzuragen, doch sie konnte es nicht genau erkennen.

Seraphina fragte sich immer noch, was sie hier wohl zu erwarten hatte, warum das Reich so weit oben im Norden, an einem solch unmenschlichen Ort eine Forschungseinrichtung unterhalten.

Der Rest des Raumes war recht unspektakulär. Bis auf den grauen Teppichboden des Saales war er wie alles andere, was sie bis jetzt von der Einrichtung gesehen hatte.

Etwa einen Meter vom Fenster stand ein Büfett mit allerlei Auswahl. Links daneben einige Tische und Stühle, an denen Weißkittel saßen.

»Heil dir Kronprinz«, schrien sie alle im Chor, als sie aufsprangen und mit der Faust auf die Brust schlugen.

»Heil Veseria«, antworte Damian

»Heil Veseria«, fügte auch Seraphina schnell hinzu. Sie hatte sich immer noch nicht daran gewöhnt.

Langsam ging der junge Löwe zum Büfett, welches nach oben hin gestaffelt war. Als er sich ein Teller nahm, tat es ihm Seraphina gleich. Kurze Zeit später füllten sie ihr Porzellangeschirr mit Köstlichkeiten. Während der Prinz sich vorwiegend Fleischliches gemeinsam mit etwas Brot auf den Teller hievte, waren es bei seiner Dienerin hauptsächlich süße

Leckereien. Bald schon fand sie sich an einem Tisch in der Ecke des Raumes wieder. Seraphina ließ ihren Teller mit allerlei Gebäck gefüllt sich gegenüber dem des Prinzen, auf welchem Schinken, Salami und andere Wurst neben etwas Brot lag.

Damian nahm die erste Scheibe, legte etwas von seiner Wurst darauf und biss davon ab.

Seraphina packte das erste dunkle Gebäck und führte es ebenfalls zum Mund.

Ein Grinsen Damians.

»Da hat ja, wer Heißhunger.«

»Waf dem ...«, kam es mit vollem Mund von ihr.

»Alles gut, iss nur«, war die Antwort seiner Hoheit, mit einem gönnerischen Grinsen auf den Lippen.

Nachdem beide das Mahl beendet hatten, erhob sich Damian bald wieder.

Als Seraphina ihn mit einem Fingerzeig auf die Teller, die noch immer auf dem Tisch standen, hinwies, winkte er nur ab. »Darum kümmert sich schon jemand.«

Sie verließ den Raum durch eine der Türen an der Seiten. Ein schlichter, karger Gang, wie die davor auch. Mit schnellen Schritten durchquerte, ja rannte Damian fast durch den fensterlosen, geraden Mittelkorridor.

Am Ende befanden sich eine graue, metallene Doppeltür. Mit einem Knopfdruck öffnete sie sich mit einem Zischen. Es war ein Aufzug. Eine kleine Kabine. An drei Seiten mit Metall verkleidet, rechts eine offene Seite nur mit einem Geländer geschützt. Gegenüber diesem befanden sie die Knöpfe, die das Ganze kontrollierten.

»Drück mal auf das A«, sagte Damian nur, als er sich an das Gitter lehnte.

Seraphina kam diesen Befehl nach, kurz darauf hörte man eine metallene Stimme aus den Lautsprechern.

»Sicherheitsbereich A ausgewählt. Scan erfolgt.«

Ein blaues Licht flutete die Kabine.

»Damian Wenzel, Kronprinz Veserias erkannt. Aufzug wird in Bewegung gesetzt.«

Ein Ruckeln, ein leises Krachen. Der Aufzug fuhr hinab.

Langsam konnte Seraphina erkennen, was da am Fuße der Schlucht war.

Es sah etwas so aus, wie eines der Schlachtschiffe, welche über die Meerenge patrouillierten.

Ein längliches, aber bei Weitem nicht so dünnes Grundgerüst. An der Unterseite kreisförmig Gebilde, die unten zusammenlief. Dort stand nicht nur das Gerüst, welches es hielt, sondern auch mehrere eckige Kästen in denen allerlei Geschütze eingeklappt waren. Alle drei Meter hing eine gläserne Kugel mit einem MG daran.

An den Seiten waren weitere Geschütze und Bomber angebracht. Die Vorderseite lief nach oben hin wie ein Keil zu.

An der Unterseite waren gerade Schweißer dabei, einen weiteren Turm zu errichten.

Oben liefe das ganze flach zusammen. Spitzen und weitere, aber kleinere Geschütze zierten die Oberseite. Wie an den Seiten standen, an der Oberseite goldene Statuen, welche die Krieger des Reiches zeigten.

»Gewaltig«, entfuhr es der Dienerin ehrfürchtig, als sie weiter auf das Schiff blickte.

Hinten wurde gerade an der Kommandobrücke gearbeitet. Das Gerüst stand bereits. Stufenweise stieg es nach oben, bis es in mehreren Kuppeln und Türmen endete.

»Was ... was ist das?«, fragte Seraphina fast ungläubig nach.

So ein derartiges Schiff hatte sie noch nie gesehen, dazu mit Bewaffnung an der Unterseite und in einer solchen Eiswüste.

»Ein Schiff, ein Schlachtschiff«, war die Antwort, sie schien fast unterwürfig aus dem Mund des Prinzen zu kommen. Im Angesicht solcher Pracht.

»Ein Schiff? Hier? Wie kommt es ans Wasser?«

»Wer hat den etwas von Wasser gesagt?«, antworte Damian

mit einem geheimnisvollen Unterton.

Seraphina verstand nicht.

»Es ist das Erste, von vielen, eine neue Waffe, mit dem uns niemand mehr das Wasser reichen kann.«

»Im wahrsten Sinne des Wortes«, fügte er mit einem herzhaften Lachen hinzu.

Der Aufzug erreichte mit einem Ruck den Boden, ihnen gegenüber, der alte Weißkittel, der sie auch empfangen hatte.

»Fünfzehn Fusionsreaktoren, dutzenden Düsen und sechs Triebwerke. Das Schiff ist nicht für die See ausgerichtet, sondern für den Himmel.«

Die Tigerin war sprachlos, sie konnte nicht glauben, was sie da gerade gehört hatte. Dieses gigantische Teil sollte fliegen können.

»Fünfunddreißig Tonnen schwer, fünfhundertdreißig Meter lang, einhundert, fünfundzwanzig Meter breit. Die Leistung eines gesamten Fusionskraftwerks. Noch größere Geschütze als die es Monstrums und eine etwa zehnfache Feuerkraft. Mit diesem Kreuzer werdet ihr eure Feinde in die Knie zwingen.«

Damian hatte die ganze Zeit über nichts gesagt, ein Schmunzeln hatte sich auf dem Gesicht gebildet.

Er blickte auf das majestätische Schiff, welches vor ihm im Gerüst lag. Das Metall spiegelte sich an den glatten, schwarzen Felswänden. Funken und blaues Feuer waren durch die Arbeiten und Schweißer zu sehen. Ein gigantischer Kran war gerade dabei, ein Geschütz auf die Oberseite zu hieven, wo es festgemacht werden sollte.

»Wahrlich, prachtvoll. Unseres Reiches würdig.«

»Habt ihr euch schon einen Namen ausgesucht?«, fragte der ältere Herr nach.

Kurzes Schweigen vom Prinzen.

»In der Tat, angelehnt an einen der alten Kriegsschiffe ... Löwe der Lüfte.«

»In Anspielung auf das Schiff Vincents, ich sehe. Ein

hervorragender Name. Der Löwe wird unsere Feinde vernichten.«

Erst bei diesen Worten verstand Seraphina, was sie da sah, eine gigantische Kriegsmaschine zur Vernichtung von Armeen, Festungen und Städten. Der Bringer von Tod und Zerstörung.

Langsam trat sie nach vorn, ihr Gang hatte fast schon etwas Ehrfürchtiges in sich. Bis kurz vor der metallenen Außenhülle. Ihr Hand an dem kalten Titan.

Kurz darauf eine weitere Hand neben ihr. Hinter Seraphina stand der Prinz.

»Wie es scheint, weiß eure Dienerin wahre Größe, wahre Pracht zu schätzen. Wie ihr und eure gesamte Familie, wenn ich mir die Bauten des Reiches so anschaue.«

»Ihr schmeichelt uns ...«, kam es aus dem Mund des Prinzen.

Lachend vom alten: »Das solltet ihr doch mittlerweile gewohnt sein?«

»Wann wird sie startbereit sein?«, kam die alles entscheidende Frage des Prinzen.

»Wir arbeiten seit etwa einem halben Jahr an der Fertigstellung des Schiffes, etwa vier Jahre Forschung liegen dem zuvor. Wir sollten in wenigen Wochen fertig sein. Dann soll der Feind vor uns erzittern.«

Ein Nicken des Prinzen.

»Ich danke euch für eure Arbeit.«

»Eine Sache noch«, begann der Alte auf ein Neues. »Wenn ich fragen darf, warum seid ihr persönlich erschienen? Warum habt ihr nicht einfach per Com nachgefragt, wie der Stand der Dinge ist? Warum solche Umstände?«

Erneut huschte ein Lachen über das hochherrschaftliche Gesicht des Prinzen.

»Nun, ich wollte mich selbst vergewissern, dieses gigantische Schlachtschiff. Des Weiteren wollte ich es ihr hier zeigen«, mit einem deuten auf die Tigerin.

»Dazu ist es eine willkommene Abwechslung von der Schlacht an der Front«, sagte er noch einmal etwas leiser.

»Gut ..., das hätten wir dann. Kann ich sonst noch etwas für sie tun?«, fragte er.

»Nun, ich würde noch eine Nacht hier bleiben und mich dann wieder in Richtung Front ziehen.«

Mit diesen Worten drehte sich der Prinz und betrat den Aufzug. Seraphina folgte ihm.

»Herr?«, sagte sie und lief ihm im lagen Gang hinterher, es fiel der Tigerin schwer Schritt zu halten.

Dann blieb er abrupt stehen, die Dienerin knallte gegen seinen Rücken.

»Verzeiht ...«, flüsterte sie.

»Was gibt es?«, fragte Damian, als sei nichts gewesen.

Nachdem die Tigerin etwas zurückgewichen war, begann sie zu sprechen.

»Was ... was wollt ihr nun noch tun?«

Der junge Löwe blickte auf sie herab, Seraphina hing nahezu an seiner Brust.

»Ich habe noch einen bekannten, oder besser gesagt einen vergessenen Verwandten«, sagte er geheimnisvoll.

Weiter ging er durch die Gänge, sie passierten den Speisesaal, ehe sie in einen anderen Gang einbogen.

Ein weiterer Schlenker und es ging in einen anderen Gang.

Es war eine Station, eine Station der Überschallbahn.

Ein stromlinienförmiger, Zylinder stand vor ihren auf eisernen Schienen. Nur der Boden war aus Titan, der Rest, Panzerglas.

Als Damian auf eine Konsole an der Seite des Eingangs drückte, öffnete sich die Tür mit einem Zischen.

Die beiden betraten eine Kapsel mit zwölf Stühlen darin. Davor konnte man durch das Fenster einen ewig langen Tunnel sehen.

»Setzt dich und schnall dich an«, sagte der Prinz, als er sich sinken ließ.

Als sie dem Befehl folgte, geleistet hatte, erhob der junge Löwe erneut seine Stimme: »Station Eins, Zitadelle.«

Ein Surren war zu hören, langsam fuhr der Zug nach vorn. Immer weiter und weiter beschleunigte das Gefährt, ehe es mit unglaublicher Geschwindigkeit nach vorn schoss.

Die beiden wurden ihr ihre Sitze gedrückt, während der Zug sich weiter in Richtung Norden bewegte.

Bald schon kamen sie aus dem weißen Tunnel und ein Glasdach erstreckte sich an der Oberseite. Man konnte die weiße Schneelandschaft sehen.

Nach etwa zehn Minuten baute sich eine gigantische Mauer auf, binnen Sekunden sausten sie unter das Gewölbe. Ein Stocken, ein Ruck und das gesamte Ding blieb stehen. Die beiden wurden aus den Sitzen gerissen, wären die Gürtel nicht, hätte man sie von der Scheibe kratzen können.

»Wo sind wir?«, fragte die Tigerin, als der Zug vollständig still stand.

»Null, Null«, war die Antwort des Prinzen. »Am nördlichsten Punkt des Planeten. Hier ist der Hauptsitz des Nordprojekts.«

Mit diesen Worten erhob er sich und trat aus dem Zug heraus.

Sie kamen in einer gleichen Station heraus. Nur klein Gang knüpfte an diese an. Es war eine Treppe.

Wortlos setze der Prinz den Fuß auf die erste Stufe. Seraphina hinter.

Hinter ihrem Herrn konnte sie nach und nach sehen, was sich dort draußen verbarg.

Man hörte, zwitschern vom Vögeln, einen blauen Himmel von einem Schild geschützt. Je weiter sie nach oben gingen, desto mehr konnte man sehen. Bäume, Sträucher und Mauern, die das Ganze abschirmten.

Es musste sich also um ein weiteres Refugium im Norden handeln.

Doch erst als sie oben ankam, war sie sich den gesamten Ausmaßen bewusst.

Sie ebne, war deutlich größer als die, die sie vorher gesehen hatte.

Eine ebene, grüne Fläche. Gesäumt von Bäumen, Sträuchern, Blumen und allerlei Vegetation. Gelegentlich ein kleiner See. Wege aus sechseckigen Marmorplatten. All diese Platten führen in die Mitte.

Dort erhob sich ein prachtvoller Palast.

Es war ein großes, rundes Grundkonstrukt, an den Seiten nicht gerade hoch, doch in der Mitte staffelte es sich schnell immer höher und höher. Dutzende spitze Dächer liefen zusammen und erhoben sich aus dem gesamten Gebäude. An der höchsten Stelle durchdrang er sogar den Schild um etwa zweihundert Meter. Das ganze Gebilde war aus weißem Stein, mit Titan verstärkt. Das Erscheinungsbild brachte ihm den Spitznamen »Silberturm« ein.

»Wo ... wo sind wir ...? Was ist das?«

»Am Kommandopunkt des Nordens. Der größte und schönste Palast, den es hier oben gibt. Und dort haust einer meiner Vetter.«

17 - Familienvereinigung

»Damian«, ertönte eine tiefe Stimme aus der Ferne.

»Wenn man vom Teufel spricht«, sagte der Prinz, als er sich umdrehte.

Auch Seraphina folgte der Bewegung und konnte einen wahrlichen Giganten ausmachen.

Es musste ein entfernter Verwandter sein, er hatte kaum mehr Ähnlichkeiten mit den typischen Merkmalen des Geschlechts der Wenzels.

Es war ein großes, um nicht zu sagen, etwas beleibter Mann. Doch trotzdem von kräftiger Natur. Sein Gesicht war rundlich, von einem braunen Kinnbart bedeckt. Sein ebenfalls braunes Haar fiel kurz seinen Kopf hinunter.

»Handar ...«, kam es etwas trocken vom Prinzen. »Alter Dreckskerl.«

Ein tiefes, düsteres Lachen kam aus seiner Kehle. »Ich habe dich auch vermisst, Bruderherz«, sagte er und ging mit einer Umarmung auf den jungen Löwen zu.

Nun begann auch dieser zu Lachen, erwiderte die Umarmung und klopfte ihm auf die Schulter.

Erst da konnte sie sehen, dass Handar ihren Herrn noch überragte, der selbst nicht gerade von kleiner Statur war.

»Bruderherz?«, fragte Seraphina nach.

Handar lies seinen Vetter los, klopfte ihm auf die Schulter und blickte die Tigerin an.

Einmal von oben nach unten.

»Da hast du dir eine gute ausgesucht«, sagte er mit einem Grinsen dem Prinzen zugewandt.

Ein Kopfschütteln des Prinzen.

»Um deine Frage zu beantworten, die Familie der Wenzels erstreckt sich über viele der Adelshäuser und Kriegsfamilien des Reiches. Doch viele sind so entfernte Verwandte, dass man nicht mehr genug groß an ihre Verwandtschaft hängen kann. So bleibt es unter den Waffenbrüdern, beim einfachen Bruder.«

Ein neues Lachen des Kriegers.

»Du bist ja süß«, sagte er.

Damian drehte sich um.

»Was soll das jetzt bitte heißen?«

»Wie darf ich das jetzt auffassen?«

»Na, wie du ihr noch alles so schön erklärst. Meine Tigerin dürfte nicht einmal eine solch törichte Frage stellen.«

Damian schüttelte den Kopf.

»Da sind wir verschieden ... Bruder ...«

Schweigen, Seraphina blickte beschämt zu Boden, machte sich dafür verantwortlich, den Herrn in diese Situation gebracht zu haben. Langsam spürte sie etwas an ihrer Hand. Es war die Hand des jungen Löwen, die sich um die ihre schloss. Langsam fiel es auch in das Auge des Riesen darauf.

Er sagte nichts, doch man konnte die Abscheu in seinen Augen lesen.

»Ich würde vorschlagen wir gehen in das Innere des Palasts.«

Ein Nicken des Prinzen als sie dem Bruder folgten.

Es ging über die Straßen auf einen großen Platz vor dem Palast, über ein Titantor ging es ins Innere.

Sie kamen in einem Saal an, gegenüber dem Eingang war ein kleines Podest, von beiden Seiten her abgerundete Treppen, die zu einem goldenen Thorn führten. Vor dem Podest waren Bänke und Tische aus Holz auf dem Marmorboden aufgereiht.

»Setzt euch doch«, forderte er die beiden auf, als er sich in Richtung einer der Gänge aufmachte.

Seraphina und Damian ließen sich nebeneinander auf einer, der Bänke fallen.

»Sanga, komm runter«, rief der Krieger eine Treppe nach oben. »Faules Stück«, zischte er noch abwertend hinterher.

Sanga? Schoss es Seraphina durch den Kopf. Diesen Namen kannte sie. So hieß eine Tigerin, welche zwei Jahre vor ihr die Akademie verlassen hatte.

Wenige Momente später konnte sie die Frau erkennen.

Aus der mit Eisen beschlagenen Eichentür kam eine mittelgroße, blonde Frau heraus.

Sie trug kaum etwas am Körper. Einen kurzen blauen Rock, schwarze Stiefel. Ihr Bauch war frei und ein weißes Top bedeckte ihre Brust.

Mit einem Ächzen ließ sich auch Krieger gegenüber der beiden fallen.

Die hölzerne Bank krächzte unter dem Gewicht Handars.

»Bring meinem Bruder und mir einen Humpen Bier und etwas zu Essen wäre auch nicht schlecht.«

»Jawohl, Gebieter«, war ihre Antwort, ehe sie durch eine weitere Tür verschwand.

»So ..., nun zu dir«, begann der Herr des Nordens. »Warum bist du hier?«

»Nun, einerseits, um mir das Schiff anzusehen. Und einen alten Bruder bei dieser Gelegenheit zu besuchen, ist doch auch was.«

Ein gekünsteltes, spöttisches Schnauben.

»Was ist so lustig daran?«, fragte der Prinz mit einem etwas nachdrücklichen Unterton.

Die Faust des Braunhaarigen krachte auf den Tisch.

Durch Seraphinas Körper fuhr der Schrecken, sie fürchtete sich vor einer Eskalation.

»Weil ich damit nicht gerechnet habe. Der Prinz, der weitaus dafür bekannt ist, seine Verlobte zu verschmähen, lässt sich von seiner Dienerin verführen.«

»Das nimmst du zurück«, schrie Damian sein Gegenüber an. Spucke landete in seinem Gesicht.

Das Messer an seiner Seite hatte sich mit einem Schlag in den Tisch gebohrt.

»Wieso? Ich sehe es doch hier.«

»Das meine ich nicht ... es ist meine Verlobte, die mich verschmäht und sich durch das gesamte Reich hurt.«

Ein fassungsloser Blick des Kommandanten.

»Ihr leugnet es ja nicht einmal .... Ihr werdet euch doch nicht wirklich?«, ein Blick zu Seraphina »Nein ...«

Damian blickte zwischen Seraphina und seinem Bruder umher.

»Ich, ähm ... Ich ...«, er kam ins Stocken. »Was geht dich das überhaupt an? Was nimmst du dir heraus, so etwas zu fragen?«, war die Antwort mit fester Stimme.

Ein tiefes Lachen.

»Der alte Damian, so wie ich ihn kenne.«

»Alter Drecksack«, war die bockige Antwort des Prinzen.

Plötzlich öffnete sich die Tür am Ende des Raumes. Sanga kam mit einem Tablett wie Krug pro Hand heraus. Langsam ging sie auf die beiden zu und stellte beides vor ihnen ab.

Die blonde Frau verbeugte sich, trat einige Schritte zurück in die Ecke des Raumes. Dort kniete sie sich nieder.

Vor dem Prinzen stand ein Stück Rinderbraten, daneben ein Messer in das Holzbrett gerammt.

»Wenigstens zu etwas ist sie gut«, sprach Handar mit verächtlichem Ton und schwenkte mit seinem Kopf in Richtung der anderen Tigerin.

Seraphina blickte ihrem Herrn tief in die Augen, dann in Richtung Sangas.

»Geh nur«, sagte der mit einem Nicken.

Seraphina erhob sich und ging zu ihrer knienden Schwester an der Seite der Halle. Sie setzte sich auf eine der Bänke, die in der Nähe standen.

Während die beiden Herren während des Essens zu reden begannen, fing Seraphina an

»Sanga, was ist nur mit dir passiert?«, ein trauriger Blick in Richtung ihrer alten Schwester.

Ein verwunderter Blick der Dienerin, ehe sie nach oben blickte und zu sprechen begann.

»Was meinst du? Mir geht es gut hier. Mein Herr mag nicht der netteste sein, doch ich habe zu essen, werde im Vergleich zur Akademie gut behandelt, bekomme genug zu essen und habe sogar einen ein eigenes Bett.«

Seraphina war entsetzt. Für sie klang das schrecklich, geradezu unmenschlich, aber aus dem Munde ihrer Schwester hörte es sich fast an wie ein Lobgesang.

Nun konnte sie etwas mehr erkennen. Auf ihrem freien Bauch waren Striemen einer Peitsche zu sehen, auf der Stirn eine fast verheilte Platzwunde.

»Wie er dich behandelt, das, das ist doch nahezu schlimmer als auf der Akademie.«

»Ich erfülle meinen Dienst am Herrn und am Vaterland, wie es mir vorausbestimmt ist und damit bin ich glücklich.«

Seraphina konnte nicht fassen, was sie da hörte.

Ihre Schwester wurde unmenschlich behandelt, während sie fast die Annehmlichkeiten einer kaiserlichen Geliebten genoss.

»Miststück ...«, schrie Handar plötzlich. Er verzog sein Gesicht zu einer wütenden Fratze. »Sei leise und sprich nicht so viel mit der Hure des Prinzen.«

Ein demütiger Blick zu Boden.

»Du nennst meine Tigerin keine Hure«, zischte er Prinz aggressiv, mit seinem Messer in der Hand.

Handar hatte gerade ein Stück seines Bratens in der Hand, biss ein großes Stück heraus und fragte mit vollem Mund nach: »Warum nicht?«

»Es mag ja sein, dass du deine Tigerin wie eine Hure behandelst, bei mir ist das jedoch nicht der Fall, sie erhält den Respekt, den sie sich verdient und gleiches Verhalten erwarte ich auch von dir.«

Seraphinas Backen wurden rot, als sich ihr Herr so für sie einsetzte. Zum Glück konnten es die beiden Männer nicht sehen.

Noch während er kaute, kam es vom Kommandanten fast unverständlich: »Wenn du meinst«

Ein, einem Grunzen ähnelnder Ton folgte dem Ausspruch: »Du hast dich verändert, Bruder ...«, kam es nun endlich vom Prinzen.

»Nicht nur ich, nicht nur ich ...«, war die Antwort Handars.

Wieder Schweigen.

Beide vollendeten schweigend ihr Mahl und erhoben sich dann wieder.

»Es war ... schön ... dich einmal wieder gesehen zu haben«, ließ der Prinz verlauten.

»Mhmm ...«, erwiderte der Kommandant.

»Heil dir Kronprinz«, die Hand auf der rechten Brust.

»Heil Veseria«, antwortete Damian. Mit diesen Worten verabschiedete er sich von seinem Bruder.

Das Gespann verließ den Palast durch das silberne Tor und stand wieder im Garten.

»Ein seltsamer Zeitgenosse«, sagte Seraphina, als das Tor ins Schloss fiel.

»Etwas seltsam war er immer schon«, begann der junge Löwe, »Aber so ...«

»Auch, was er mit der armen Sanga angestellt hat.«

Ein Seufzen des Löwen. Er trat etwas weiter nach vorne.

Seraphina konnte erkennen, dass etwas nicht in Ordnung war, er etwas wusste, was er nicht sagen wollte.

»Was ist los?«, fragte sie nach. »Ich kenne dich ... euch mittlerweile gut genug.«

Ein erneutes Seufzen.

»Im Privaten ist, dass du völlig ausreichend. Und nun, zu deiner Frage, ich muss leider sagen, das Verhalten gegenüber der Tigerin ist leider gar nicht so unüblich.«

Ein entsetzter Blick Seraphinas in Richtung ihres Herrn.

»Es ist leider so, vielen fehlt es an Einfühlungsvermögen, was die Untergebenen angeht.«

Die Tigerin packte den rechten Arm ihres Herrn, der neben ihr ging und drückte sich daran.

»Dann habe ich mit euch ja noch einmal richtig Glück gehabt.«

»Das kann man wohl so sagen, ja.«

Langsam führte sie der Prinz weiter durch den Garten. Er bog in einen kleinen Seitenweg ab, der sie über die große Ebene an einen See brachte.

»Herr? ... was habt ihr ... du vor?«

Einen wortloses schmunzeln, ehe er weiter in Richtung Wand ging.

Seraphina fragte sich, was wohl sein Plan wäre, doch sie wusste, dass sie ihm vertrauen konnte, die Sorge, die lange Zeit noch in ihrem Kopf herumschwirrte, war nun endgültig verschwunden.

Als sie dem Weg etwas weiter folgten, kamen sie an einem der kleinen Seen an.

Um das Gewässer war ein kleiner Kiesweg, er führte an Bäumen und Sträuchern vorbei. Gegenüber war eine Bank, auf der er sich niederließ.

Seraphina hielt ihre Hände über den Beinen zusammen und blieb vor der Bank stehen.

»Ach komm schon«, sagte der Prinz enttäuscht.

Ein verwirrter Blick der Dienerin.

»Na komm schon, runter hier.«

Etwas beschämt, ließ sie sich neben ihm sinken.

Sie blickte auf die Wasseroberfläche, wie sich das Licht der Sonne darin reflektierte.

»Es ist schön hier«, begann der Prinz.

Seraphina richtete ihren Blick auf ihren Herrn.

»In der Tat«, war ihre Antwort.

»Das ist etwas, was mich fasziniert. Selbst an einem solch unwirtlichen Ort wie der Eiswüste hat unser großartiges Reich ein solches Paradies erschaffen.«

»Die Wunder des Reiches, doch ich kenne noch andere Wunder. In einer kalten Welt, in der sich niemand um seine Untergebenen schert, habt ihr ... hast du dich dennoch entwickelt. Ein solch gutherziger und nobler Mensch.«

Dies war das erste Mal, dass sie ihren Herrn erröten sah. Rot wie eine Tomate.

»Ich ... Ich danke dir«, sagte dieser etwas zurückhaltend.

Doch bald schon war das Ganze wie weggeblasen. Er fiel wieder in seine alte Rolle zurück, die Rolle des ernsten Prinzen, dem Fels in der Brandung.

Schweigen.

»Ich bin gerne hier«, fing der Prinz dann wieder an.

»Jedes Mal, wenn ich wieder hier oben vorbeischaue, mache ich hier einen Stopp. Genieße die Idylle der Natur, wenn sie auch nur künstlich ist.«

Ein Nicken der Tigerin.

»Wahrlich, ja«, sagte sie, als sie sich einmal mehr an den Arm ihres Herrn lehnte.

Sie saßen noch einige Zeit so da, die Sonne versank langsam hinter der großen weißen Mauer, die den Garten der Zitadelle umgab.

Die junge Frau spürte einen leichten Ruck an ihrer linken Seite, der Prinz war dabei aufzustehen. Mit einem Mal erhob sich auch Seraphina und blieb an seiner Seite.

»Wir sollten uns langsam auf in Richtung Heimat machen.«

Bald schon saßen sie wieder im Zug in Richtung der Basis.

Langsam verspürte Seraphina ein Hungergefühl in ihrer Bauchgegend.

Ein Knurren, unter der Fahrt des Zuges jedoch nicht mehr zu hören.

Als sie dann endlich wieder angekommen war und der junge Löwe sich sofort auf in Richtung ihres Zimmers machte, begann sie zu sprechen.

»Damian ...«, sagte sie leise.

Dieser blieb stehen und drehte sich um.

Ein auffordernder Blick war die einzige Antwort.

»N... nun, ich habe seit heute Morgen nichts mehr gegessen, wäre es die Möglichkeit, dass ...«

»Ach, verzeiht«, unterbrach sie Damian. »Natürlich, wie konnte ich das nur vergessen ..., wenn wir wieder auf dem Zimmer sind, dann bestellen wir uns etwas.«

Ein Nicken.

Die beiden setzten sich wieder in Bewegung. Kurze Zeit später waren sie wieder an der Tür des Zimmers angekommen.

Damian hielt seine Hand vor den Sensor der Türe.

Ein blauer Strahl fuhr über den Handrücken, ehe sich das Schloss der Türe mit einem klacken öffnete.

Zielstrebig ging er an den Tisch gegenüber des Bettes, während Seraphina die Tür schloss.

Mit einem Handstreich öffnete sich eine blaue Holokarte vor dem Prinzen.

»Na komm her, was darfs den sein?«

Die Tigerin trat an den Löwen heran, legte einen Arm um ihren Herrn.

Sie blickte auf die Auswahl, es gab alles Mögliche, von vielem hatte sie noch nie gehört.

»Was sind denn diese, ran ... rang ... rang ...«

»Rangalische Fleischbällchen?«, fragte er mit einem Grinsen nach.

»Genau die.«

Nun ja, wie es der Name schon sagt, Fleischbällchen in einer würzigen, rauchigen Soße, dazu noch Kartoffelgitter.«

Die rechte Hand Seraphinas ging an ihr Kinn.

»Wenn ihr damit einverstanden seid, dann ...«

Sie konnte den Satz nicht beenden, da drückte der Prinz bereits auf die Karte.

Seraphina verstummte.

»Dann heißt es nur noch warten.«, mit diesen Worten ließ sich der Prinz auf das Bett fallen.

Seraphina blieb eine Weile im Raum stehen, ehe sie sich auf einen der Stühle fallen ließ.

In unter einer halben Stunde klopfte es bereits an der Tür. Als Seraphina diese öffnete, stand ein Bote in blauer veserianischer Uniform. In den Händen hielt er ein Tablett, auf dem eine Metallhaube stand. Unter dieser vermutete Seraphina das Essen.

Mit einem Wort des Dankes nahm sie das Tablett entgegen und schloss die Türe wieder.

»Siehst, das ging doch schnell und jetzt komm her.«

»Auf das Bett?«, fragte die Tigerin ungläubig nach.

»Ist nicht unser Problem, wenn es dreckig wird«, sagte der Prinz.

»Jetzt kümmert ihr euch auch nicht um eure Untergebene«, entfuhr es der Dienerin glucksend.

Belustigt blickte sie ihren Herrn an. Ein leises Murmeln, ehe sie das Tablett am Rande des Bettes abstellte und sich dazugesellte.

Damian hob die Haube herab.

Der Geruch von feinstem Fleisch wehte ihm entgegen, Dampf stieg aus der Hülle empor. Vor ihnen stand ein großer Teller an Fleischbällchen, mit einer braunen Soße übergossen und Beilage daneben.

Zwei Fleischgabeln lagen am Rand.

Damian nahm eine dieser, spießte einen der Ballen auf und führte ihn, mit seiner Hand darunter an Seraphinas Mund.

»Der Jäger ist da«, sagte er mit einem Schmunzeln, als er vor ihr angekommen war. Als sie ihn geöffnet hatte, führte er die Köstlichkeit in ihren Mund und wartete, bis sie ihre Zähne um die Gabel schloss und er sie wieder herauszog.

»Damian ...«, kam es mit vollem Mund von ihr.

Nur ein Schmunzeln auf den Lippen des Prinzen.

»Was denn?«, fragte Damian mit dem wohl unschuldigsten Gesichtsausdruck, den sie je gesehen hatte.

Während die Tigerin noch kaute, schnappte sich der Prinz einen der Gitter in die Hand und biss davon ab. Kurz darauf fand sich auch in seinem Mund ein Fleischbällchen wieder.

Als die beiden fertig gegessen hatten, stand der Prinz auf, wackelte er über das weiche Bett und kam auf dem Boden wieder auf. Damian nahm das Tablett von ihren Oberschenkeln und stellte es auf den Tisch nebenan.

Mit einem Sprung flog er wieder über sie und landete auf seiner Seite.

Das ganze Bett bebte.

»Aber sonst geht's dir schon noch gut, oder?«, fragte Seraphina mit einem Glucksen nach.

Es war das erste Mal, dass sie sich so wirklich etwas gegenüber ihrem Herrn erlaubte.

»Na ... hör mal. So langsam wirst du frech«, sagte Damian mit einem Schmunzeln und blickte in das Gesicht seiner Dienerin, die tiefblauen Augen und das Grinsen, das von der einen Seite bis zur andern reichte.

Der Prinz ließ sich wieder nach hinten fallen, Seraphina tat es ihm gleich. Fiel in das weiche Bettlaken.

Langsam konnte sie einen Arm des Prinzen um sich spüren.

»Wolltest du nicht heute wieder aufbrechen?«

Der junge Löwe winkte ab.

»Einen Tag werden sie schon noch ohne uns aushalten«

Nicht lang darauf fand sie sich, nur noch in Unterwäsche bekleidet, an der nackten Brust des Prinzen wieder.

Er gab ihr einen Kuss auf ihr schwarzes Haar und schaltete das Licht aus.

Während der Prinz, auf dessen Brust sie lag, bald eingeschlafen war, blieb sie noch länger wach, blickte in die Dunkelheit und war mit ihren Gedanken alleine.

Sie fühlte sich sicher, gut aufgehoben bei ihrem Herrn, so wie noch nie zuvor. Ein wohlig warmes Gefühl machte sich in ihrer Bauchgegend breit. So schlief sie mit einem Lächeln auf den Lippen ein.

18 – Mauerfall

Als sie am nächsten Tage aufwachte, war der Prinz hinfort. Sie lag alleine von der Decke umschlungen im Bett.

Vom Prinzen keine Spur.

Kurz machte sich Panik in ihr breit, ober er sie zurückgelassen hatte, doch sobald sie sich erhoben hatte, konnte sie seinen Kopf aus dem Bad kommend sehen. Man hörte das Surren seiner Zahnbürste, die über seinen Kiefer glitt.

»Guten Morgen«, sagte er etwas schwer verständlich.

Er zeigte neben sie auf das Bett und verschwand dann wieder in der Tür.

Dort, wo sein Finger ruhte, hatte er bereits ihre Kleidung für den Tag vorbereitet.

Langsam schlug sie die Bettdecke zur Seite und erhob sich. Auf dem Tisch stand ein Frühstück, man konnte sehen, dass der Prinz bereits davon gegessen hatte.

In diesem Moment kam er heraus.

In seinem altbekannten blauen Anzug, das Haar nach hinten gekämmt, der Bart etwas ungepflegt nach unten hängend.

»Ich hab schon mal gegessen, greif nur zu.«

Als die Dienerin gegessen und sich fertig gemacht hatte, ging es weiter.

Sie verließen das Zimmer in Richtung ihres Jägers. Vor der grauen Tür, die nach draußen in Richtung der Landeplattform führte. Kurz bevor sie dort ankamen, konnte man einige der Weißkittel sehen.

Sie standen entlang der Wand. Als sie passierten, schlugen sie die Faust auf die linke Brust und schrien »Heil dir Kronprinz.«

»Heil dir Veseria«, antwortete Damian.

Der Alte stand an der Luke, öffnete sie für seinen Prinzen.

Beide betraten die Platte am Rande der Schlucht.

Mit einigen Drücken auf seinem Touchpad am Unterarm öffnete sich die Tür zum Jäger.

Die beiden passierten die Treppe und stiegen ins Cockpit. Als sich auch Seraphina niedergelassen und angeschnallt hatten, ging es auch schon wieder los.

Ein paar Knopfdrücke und Hebel später begann das Schiff zu surren, langsam nach oben zu schweben. Mit einem Ruck wurden die Stützen eingezogen.

Vorsichtig manövrierte der Prinz das Flugzeug durch die enge Schlucht, stieg nach oben.

Während Damian dem Anschein nach alles unter Kontrolle hatte und gelassen in seinem Stuhl lag, machte sich Seraphina gewaltige Sorgen, Sorgen an den Wänden der Schlucht anzukommen.

Doch die Sorge war unbegründet.

Sie, das blaue Schild, welches die Schlucht überspannte unbeschadet.

Außerhalb wütete wieder ein Schneesturm über, die dem weißen ebnen.

Kaum hatte das Schiff die Schlucht verlassen, aktivierte Damian den vollen Antrieb.

Ein Ruck drückte beide einmal mehr in die Sitze und sie flogen schnell schief gen Himmel. Bald schon hatten sie die Wolkengrenze erreicht und der klare Himmel lag über ihnen, die Wolkendecke unter dem Jäger.

Bald schon flogen sie wieder in Richtung Süden, nach einiger Zeit lichtete sich die Wolkendecke und sie konnten den weißen Boden unter sich sehen.

Es ging wieder über das Meer, die Küste und das Gebirge.

Sie überflogen die alte Front und das immer noch verstrahlte und von atomarem Staub umgebenen Ödland.

Die weiten Lande dahinter, bis sie die Festungsstadt erreichten.

Die erste Mauer war gefallen, die Häuser standen lichterloh. Rauch zog zum Himmel auf. In den Gassen herrschte der Kampf. Einige Fahrzeuge und Panzer wie Armeegruppen machten sich durch eine Lücke in der Mauer in Richtung des Stadtinneren. Als sie langsam über dem Feldlager angekommen waren, sahen sie einige Jäger über den Himmel schießen. Sie warfen Bomben über der Stadt ab, andere feuerten Raketen ab.

Hier und da schossen sie ein Kugelgeschoss über der Stadt ab.

Damian drückte etwas auf dem Pult herum. Bald schon hörte man ein Knarzen aus dem Lautsprecher.

»Was zum Teufel geht da unten vor sich? Warum wurde ich nicht darüber unterrichtet, dass der Wall durchbrochen wurde?«, schrie der Prinz in sein Mikro.

Rauschen, lange keine Antwort, dann ertönte noch einmal etwas.

»Mein ... Mein Prinz, wir ..., wir haben es versucht, aber wir hatten keine Verbindung und ... und wir wollten euch nicht behelligen.«

Ein Stöhnen des Prinzen. »Beim Kaiser ..., was seid ihr nur ein Haufen Tölpel.«

Ein aggressiver Knopfdruck und die Verbindung endete.

Der junge Löwe schlug auf die metallene Bedieneinheit.

»Gottverdammt.«

Kein Wort mehr. Langsam begann er den Landeanflug. Der Jäger flog schräg Richtung Boden, ehe die Düsen aktiviert wurden und sie langsam nach unten glitten. Auf einer mittlerweile gebauten Bodenplattform landete das Schiff.

Die Stützen fuhren sich aus und setzten mit einem Ruck auf dem Boden auf.

Schneller als Seraphina schauen konnte, riss er auf und lief in Richtung des Ausgangs.

Dort erwartete ihn bereits einer der Kommandanten.

»Heil dir Kro ...«, wollte er ansetzen, doch wurde unterbrochen.

»Warum habt ihr mich nicht informiert? Was soll das?«, schnauzte er aggressiv.

Von hinten kam Ariald. »Ach komm, Damian. Ist doch alles gut.«

»Du bist keinen Deut besser. Du hast genauso wenig etwas getan«, schrie er ihn an und warf ihm eine aggressive Handgeste entgegen.

Mit einem Kopfschütteln ging er endgültig von der Rampe. Hinter ihm folgte dann auch etwas später die Tigerin.

Sie kam langsam von ihnen und legte ihm eine Hand auf die rechte Schulter.

Es schien, als hätte ein Eimer ruhigen Wassers die heiße Flamme der Wut im Prinzen gelöscht, oder zumindest gelindert haben.

»Sei's drum, wenn ihr mir schon nicht Bescheid gesagt habt, dann bringt mich wenigstens jetzt auf den neusten Stand.«

In der Ferne konnte man einige Soldaten flüstern und auf den Prinzen zeigen sehen.

»Ah ... wies aussieht, konnte die Tigerin den Löwen zähmen, wie?«, sagte Ariald mit einem Schmunzeln.

Damian ließ seine Schulter nach oben gehen, Seraphina entfernte ihre Hand.

»Einen Scheiß«, zischte er in Richtung des Kommandanten.

»Sag mir lieber, wie es aussieht.«

Ein Seufzen aus Arialds Mund.

»Nun ...«, begann er, ehe er einen Schritt zurücktrat, um dem Prinzen Platz zumachte. »Wie du siehst, ist das Schild in sich zusammengebrochen ... als der erste Wall fiel. An der Vorderseite von den Geschützen durchbrochen.«

»Wie sieht es im Inneren der Stadt aus?«, fragte er weiter nach.

»Das Monstrum hat sich durch das Loch gezwängt und versucht, nun den zweiten Wall zu durchbrechen. Der Rest der Truppe ist gerade dabei durch die Stadt im Häuserkampf einzunehmen.«

Seraphina wusste, währenddessen nicht ganz, was sie tun sollte, sie fühlte sich etwas außen vor.

Mit einem Kopfschütteln ging der Prinz vollständig vom Jäger, drückte sich an seinen Kriegern vorbei und verschwand. Seraphina eilte ihm hinterher.

Die Kämpfe um die Stadt sollten noch lange andauern. Einige Tage nach dem Eintreffen des Prinzen war der erste Ring gefallen. Die Panzer und Soldaten waren durch die Straßen gezogen, hatten Haus um Haus erobert. Viele waren gefallen, auf beiden Seiten. Die Stadt größtenteils zerstört, die Hauser eingebrochen oder abgebrannt. Auch die zweite Ringmauer war an vielen Stellen beschädigt, doch durchbrochen war sie noch nicht.

Das sollte sich ändern. Lange war der Prinz im Lager geblieben, hatte geplant und Strategien besprochen, nun ging es wieder auf das Schlachtfeld.

Am frühen Morgen fanden sich Vincent und Seraphina in einer metallenen Kammer wieder.

An den Seiten waren große Titanpfeiler, an zwei Seiten mit Stahlplatten versehen, an den zwei anderen Seiten Zeltplane.

Als sie beide in der Mitte des Raumes standen, fuhren Metallarme aus der Mauer.

Seraphina wurde einmal mehr gepackt, sie hatte sich immer noch nicht daran gewöhnt, immer noch fuhr Schrecken durch ihren gesamten Körper.

Als beide wieder in der Luft hingen, wurde ihnen Teile der Panzerung an den Körper geschnallt. Bald schon prangten sie in einer der fortschrittlichsten Berserkerrüstungen, die das Reich zur Verfügung hatte. Als Letztes wurde mit einem Knacken die

Gasflasche festgemacht.

Die Rüstung war wie die normale zwei Zentimeter dick, alles mit künstlichen Muskeln und Mechanismen verstärkt. Der Kopf wurde von der typischen Gasmaske geziert.

Am linken Unterarm hing ein doppelläufiges Geschütz, darüber ein Schild, wie eine ausfahrbare Klinge.

An der anderen Seite ein MG und ebenfalls eine solche Klinge.

An den Stiefeln wie Teilen der Apparatur, in welcher die Gasflasche eingebaut war, war ein Raketenantrieb.

Als sie die mechanischen Arme wieder zurückfuhren, knallten die beiden auf den Boden.

Damian ging in Richtung Ausgang, auch Seraphina machte die ersten Schritte in der Rüstung. Sie war etwas schwerfällig und zischte bei jedem Schritt, den sie tat.

Langsam folgte sie ihrem Herrn durch die Zeltfolie aus der Halle. Sie kamen aus dem Erdwall, in dem die Container eingelassen waren.

Vor der Tür standen bereits zwei Reihen an Soldaten entlang des Gangs aufgestellt. Sie alle trugen die Rüstung.

»Heil dir Kronprinz«, schrien sie und schlugen sich mit der Faust auf die Brust.

»Heil Veseria«, antwortete Damian, Seraphina tat es ihm schnell gleich.

Jede Reihe, die sie verließen, stellte sich nebeneinander hinter ihnen auf.

Mit einer Einheit von etwa dreißig Mann gingen sie am Erdwall entlang zu einer der Schleusen, die in Richtung Stadt führte. Es waren zwei gigantische Metalltüren, welche an den Seiten der Wälle in einer großen Platte endeten.

An den Seiten waren Querstreben, welche zum Öffnen und Schließen gedacht waren.

Vor der Schleuse stand ein gepanzertes Fahrzeug. Ein längliches, metallenes, etwas. An der Vorderseite ein größerer Turm mit Geschützen bestückt. Dahinter ein langer Grundteil, in welchem Truppen transportiert wurden.

Das Endstück war heruntergeklappt und fungierte als Rampe.

Der Titangrund bebte, metallischen Krachen als der Prinz als Erstes die Rampe erklomm. Hinter ihm Seraphina und die restlichen Soldaten.

Sie ließen sich auf Bänken, die an den Seiten nieder.

Schnell schaute Seraphina, dass sie einen Platz neben ihrem Herrn ergatterte. Er hatte an sie gedacht, er ließ den Platz links neben ihr, an der Wand frei.

Die Dienerin war dankbar für diesen Akt, so musste sie nicht neben einem fremden Soldaten sitzen.

Als Letztes trat nun auch Ariald in den Transporter.

»Alter Drecksack …«, begann der Prinz. »Was machst du den hier? Solltest du nicht in der Stadt sein?«

Sein Arm in der Rüstung wanderte an seinen Hinterkopf, so als würde er sich am Helm kratzen.

»Ähm …… Ja … Nein ….«

»Wie Nein?«, fragte Damian nach.

»Meine … umfassenden Talente wurden im Lager gebraucht.«

»Welche? …, Rauchen? Saufen? Oder Fressen?«

Ein kehliges Lachen kam aus dem Lautsprecher des Berserkers. Diese machten es noch etwas metallisch.

»Ich sage es dir, eines Tages wird dir dein loses Mundwerk noch den Kopf kosten«, sagte der Berserker mit einem Lachen.

»War … das … eine … Drohung?«, hätte man das Gesicht des Prinzen gesehen, hätte man es todernst gesehen. Eng und zischend verließen die Worte seinen Helm.

»Beim Kaiser … Nein … ich, ich … wollte bloß etwas Spaß machen und ….«

Mit einem Ruck setzte sich das Fahrzeug in Bewegung. Einige der Soldaten ruckte es nach hinten.

Seraphina landete an der Schulter des Prinzen.

Man hörte metallisches Ächzen, die Schleusen öffneten sich. Unter dem Surren der Düsen ging es in Richtung Stadt. Bereits als sie wenige hundert Meter in Richtung der Stellungen gekommen waren, gab es Einschläge.

Das ganze Gefährt wackelte. Man spürte, wie an den Seiten die Geschosse im Boden einschlugen, am Rand des Transporters explodierten.

»Feindlicher Feuerhagel von der zweiten Ringmauer«, kam es aus einem der Lautsprecher des Inneren.

Immer weiter und weiter wackelte. Bald wurde auch der Transporter direkt getroffen.

Einige Minuten darauf kam es dann.

»Das Schild ist ausgefallen, wir sind gerade auf den letzten hundert Metern zu Stadt.«

Damian öffnete die Klappe seines Helms und blickte besorgt in Richtung Ariald.

Nur ein Nicken.

Eine Explosion, das gesamte Fahrzeug wackelte.

Seraphina schlug es auf den Boden. Etwas benommen lag sie dort. Ihr Blick ging in Richtung der Führerkanzel. Wo vorher eine Metallwand und Panzerglasfenster war, war nur ein klaffendes Loch, Flammen schlugen daraus hervor.

»Raus hier«, brüllte der Prinz.

Sie sah, wie er sich gerade ebenfalls aus dem Staub machen wollte, als er sie bemerkte.

Seraphina hatte Angst und fast schon gedacht, er hatte sie vergessen.

Der junge Löwe kniete vor der Dienerin, betrachte sie, ehe seine Arme unter Beine und Oberkörper fuhren.

Er hob sie hoch und stürmte mit ihr aus dem Transporter.

Dort standen die restlichen Soldaten.

»Was steht ihr her so rum?«, fragte er aggressiv. »Los weg hier.«

Schnell liefen die Krieger an den Seiten des mittlerweile lichterloh brennenden Fahrzeugs vorbei. Als der Prinz samt Ariald, das Schlusslicht, den Transporter passiert hatten, explodierte er vollständig. Es zerriss den Tank, Flammen barsten aus dem Gefährt, stießen mehrere Meter in Richtung des Niemandslandes.

Seraphina riss ihren Kopf umher und blickte zum ausgebrannten Wrack.

»Nicht ...«, sagte der Prinz, als er mit der mechanischen Rüstung weiter in Richtung Bresche lief.

Vor ihnen war die Spalte, die graue Steinmauer war durchbrochen und Trümmer lagen in und neben dem Riss. Man konnte gigantische Kettenspuren, die sich in die Stadt zogen, sehen.

Endlich passierten sie die Mauer, etwa zwei Meter war die prächtige Mauer einmal breit. Dahinter konnte man zerstörte Häuser sehen. Von Geschossen gesprengt oder von den Ketten des Monstrums zermalmt.

Wenn man den Spuren folgte, kam man vom Monstrum, der vor der Mauer stand und weiter und immer weiter auf die Befestigung schoss.

Entlang der Schneise der Zerstörung standen links und rechts die Häuser der Vorstadt. Teilweise zerstört, ausgebrannt, und in Trümmern.

Von den unzähligen Fliegerbomben, den Geschossen oder dem Häuserkampf zerstört. Es waren meist viereckige steinerne Klötze. Hier und da ein Fenster oder ein Erker, auf dem einen oder anderen, ein veserianischer Scharfschütze stand. Am Ende des Viertels erhob sich eine weitere gigantische Mauer. Auf dieser waren weitere Geschütze positioniert, Soldaten des Feindes waren darauf zu sehen.

Seit Wochen wurde von dort oben die Hölle auf Erden über den veserianischen Soldaten eröffnet.

Am Eingang zur Stadt ließ sie Damian dann wieder auf die eigenen Füße. Als sie noch etwas wacklig war, schlang er seinen Arm um sie, doch bald ging es schon wieder.

»Vorwärts«, war der weitere Befehl.

Schnell eilten sie in eine Gasse an der Bresche, um nicht derartig ungeschützt zu sein.

»Wo ist die Kommandozentrale?«, fragte Damian herrisch, als sie in der Gasse waren.

»In einem Luftschutzbunker«, sagte Ariald und machte keinerlei Anstalt weiter zu handeln.

Der junge Löwe wedelte mit seinen Händen »Und? ..., na führ uns hin.«

Ein Nicken des Kommandanten, ehe er in Richtung einer der Gassen ging.

Trümmer langen auf den Straßen, aus so manchen Häusern blickten ausgemergelte Gesichter der Bewohner auf ihre Besatzer.

Seraphina blickte zu den Seiten, zu den Bürgern.

»Zu ihrer eigenen Sicherheit wurde eine Ausgangssperre verhangen«, sagte der Prinz, während sie mit ihrer Rüstung weiter die Straßen entlang schritten.

In den Häusern? Während eines Feuergefechts? Schoss ihr in den Kopf.

Wenige Zeit später kamen sie an einem größeren Platz an, ein runder Fleck inmitten der Häuser. Hier und da war ein Einschlagskrater zu sehen. Einige Stellungen mit Stacheldrähten und Sandsäcken wurden errichtet, einige Geschütze zur Sicherung der Mitte waren aufgestellt.

»Wer ist da?«, rief einer der Soldaten hinter einem MG aus seiner Deckung.

»Ich bin's ... Ariald«, schrie der Kommandant zurück.

»Zeig dich«

Langsam trat er aus dem Schatten der Gasse hervor, gab sich zu erkennen.

Ein Handzeichen und auch der Rest der Truppe trat vor. Sie machten sich zu einem Konstrukt in Mitte des Platzes. Ein gigantischer Steinquader auf vier Stützen. Einige Treppen, die nach unten führten.

Langsam marschierte die Gruppe durch die aufgebauten Maßnahmen, umgingen Stacheldrähte und stiegen über Befestigungen aus Sandsäcken, bis sie in der Mitte vor dem Quader angekommen waren.

Als sie die Treppe nach unten gingen, kamen sie unter dem Quader an. Dort befand sich eine Wendeltreppe, die tief in die Erde führte.

An einer Panzertüre musste sich Ariald ein weiteres Mal zu erkennen geben, bevor sie mit einem Quietschen geöffnet wurde.

Dahinter befand sich ein kalter Betonraum. In der Mitte eine Holotisch, auf dem eine Karte der Umgebung abgebildet war.

Darüber ein kreisförmiges, weißes Licht. An der Karte der Stadt standen einige der Offiziere und Generäle.

Als sie den Prinzen an seiner Rüstung erkennen konnten, nahmen sie in ihren Uniformen sofort Position ein. Vollführten den veserianischen Gruß und schrien: »Heil dir Kronprinz.«

»Heil dir Veseria«, ließ er mit seiner Handgeste verlauten, ehe er an den Tisch trat.

Die gesamte Stadt darauf abgebildet.

»Wie ist die Lage?«, fragte Damian, als er seine Hände hinter dem Rücken verschränkte.

Kurzes Zögern.

»Nun ..., der erste Ring wurde erfolgreich eingenommen, die Kämpfe hier sind beendet«, kam es von einem der Offiziere, der das veserianische Ehrenkreuz an seiner Brust trug.

»Wir sind momentan immer noch damit beschäftigt, die zweite Mauer zu durchbrechen, leider mit weniger Erfolg, da sie noch von einem Kraftfeld stabilisiert wird.«

Ein Nicken der Prinzen.

»Gut ... aber, warum warten wir auf die Mauer, wofür haben wir die Raketentechnologie.«

»Haben wir schon versucht«, kam es von einem Mann ihm gegenüber. Er kam Seraphina irgendwie bekannt vor. Keiner der hier Anwesenden schenkte ihr wirklich Beachtung, wieso auch? Aber er, er hatte sie sofort gemustert.

»Arthegus ...«, begann er freudig, »ich hab dich ja gar nicht gesehen. Wie ist es ausgegangen?«

Jetzt wusste Seraphina, was es war, Arthegus Dontates, sie hatte in der Akademie von ihm gehört, ein enger Berater des Kaisers im Krieg gegen Nirus.

»Nun ... die Raten, wurden abgeschossen, bevor sie auch nur ansatzweise den Boden erreichen konnten. Kein Durchkommen.«

Ein Nicken des Prinzen

»Dann werden wir auf den Löwen der Lüfte warten müssen.«

Ein verwirrter Blick des älteren, grauhaarigen Mannes, etliche Orden zierten seine Brust.

Er fuhr sich durch den grauen Ziegenbart.

»Worauf bitte schön?«

»Ach nichts«, sagte Damian schnell. »Ihr werdet dann schon sehen.«

»Junge?«, begann Arthegus und beugte sich vor, »Jetzt sag schon.«

»Nun ja, ein kleines beziehungsweise großes Ass im Ärmel. Eine neue Geheimwaffe.«

Einen Schmunzeln des Generals, ehe er den Tisch einmal umrundete, Seraphina passiert und hinter den Prinzen trat, er legte ihm einen Arm auf die Schulter.

»Geheimnisvoll, genau wie dein Vater ... einfach unverbesserlich.«

Nun begann auch der Prinz zu lachen.

Seraphina stand hinter den beiden, blickte auf ihre Rücken und wusste nicht ganz, was sie jetzt machen sollte.

In diesem Moment drehte sich der General um, blickte Seraphina tief in die Augen, ja fast so als könnte er über ihre Augen in die Seele schauen.

Die Tigerin ließ ihren Blick nach unten gleiten. Sie konnte nur die schwarzen Stiefel Arthegus und den grauen Betonboden sehen.

»Du musst dann also Seraphina sein, nicht?«, fragte er voller Enthusiasmus.

Die Tigerin errötete und nickte nur leicht.

Nun hatte sich auch ihr Herr ihr zugewandt.

»Und? Wie ist sie?«, fragte der General.

»Ich kann mich nicht beschweren.«

Ein enttäuschter Blick des Generals.

»Wie ich sagte, wie der Vater, genauso wortkarg.«

»Was soll ich den sagen?«

Arthegus winkte ab. »Lass es gut sein.«

Er wandte sich wieder der Karte zu.

»Hier …«, er deutete auf den Fleck gegenüber der Schneise. »Sind wir gerade dabei, die Mauer zu durchbrechen? Das Monstrum wie unsere Geschütze feuern schon seit Tagen darauf. Doch aufgrund des Stützkraftfelds brauchen wir noch etwas.«

»Sprengstoff?«, fragte der Prinz nach.

»Alles bereits verwendet, hat an der Unterseite große Teile weggesprengt. Momentan sind wir vermutlich gerade auf halbem Weg durch.«

Nicken.

19 - Die Ankunft des geflügelten Löwen

Es war so weit, Sirenen ertönten, rotes Licht flutete den Raum. Seraphina sprang von ihrem Bett, ihr Herr stand bereits vor der Tür. Beide in der Berserkerrüstung. Sie verließen den kargen Metallraum mit nur zwei Feldbetten. Sie kamen in einem ebenfalls rot gefluteten Gang, an, der zum Kommandoraum führte. Alles war in Aufregung. Die große Holokarte zeigte Stadt und darüber ein rotes Etwas, was in den Luftraum eindrang.

Arthegus stand der Karte, betrachtete fassungslos auf das Ding. Ein gigantisches, schiffartiges Objekt, welches immer näher in Richtung Stadt kam.

»Was ist?«, schnauzte der General ihn an. »Ist das ... das dein Ding? Deine Geheimwaffe?«

Eine kurze Pause, Spannung lag in der Luft und ein aggressiver Blick des Generals an seinen Prinzen.

»Das ... das ist die Löwe der Lüfte. Da ist das veserianische Wappen dran, zwei Banner wehen ebenfalls herunter, denk doch nach, alter Mann.«

»Vorsicht«, sagte er mit einem gespielten Lachen, den Zeigefinger warnend erhoben.«

Seraphina konzentrierte sich in dieser Zeit auf etwas anderes, auf das Abbild auf der Karte.

Das gigantische Schiff, welches sie schon unfertig gesehen hatte. Es erinnerte an ein fliegendes U-Boot, welches mehrere Ausbauten an Ober und Unterseite.

Unten war ebenso ein gigantisches Geschützrohr, größer als jedes, das sie je gesehen hatte. Ebenso hingen zwei Banner mit dem Wappen der Wenzels herab.

»Stellt eine Verbindung her«, bellte der Prinz und riss sie aus ihrem Fokus.

Binnen Sekunden war das Holoabbild einer Tonspur zu sehen.

»Hier Kapitän Nauthea, Kommandant der Löwe der Lüfte«, ertönte es metallisch aus den Lautsprechern. Die Holospur bewegte sich auf und ab.

»Hier Namensgeber und Prinz des Reiches.«

»Heil dir Kronprinz«, schrie es ihm schnell mit krachender Stimme entgegen.

»Wie sieht es aus?«, fragte Damian. »Sind die Schiffssysteme bereit?«

»Ai Sir«

»Könnt ihr das Monstrum gegenüber der Schneise im ersten Wall sehen.«

»Ja«, kam es nur karg zurück.

»Ich gebe dem Monstrum den Befehl, sich zurückzuziehen. Auf mein Zeichen feuerbereit sein.«

Mit diesen Worten wurde die Verbindung getrennt.

Ein Handzeichen und eine Funkverbindung mit dem Monstrum wurde aufgebaut, wenige Momente später fuhr es nach hinten.

»Ich will mir das Spektakel ansehen ... komm«, sagte er Seraphina zugewandt, ehe er mit der Maschinenrüstung in Richtung des Ausgangs trat.

Über die Wendeltreppe ging es wieder nach oben, an den Befestigungen vorbei.

Sie traten mit zwei Begleitsoldaten in Richtung der Mauer.

»Warum gehen wir dahin? Ist das nicht gefährlich?«, fragte sie über die Com-Verbindung.

Kurzes Knacken, keine Antwort.

»Das ist der Jungfernflug meines Schiffes, meines Projektes. Dazu der erste Test des neusten und größten Geschützes überhaupt. Das muss ich sehen.«

Ein Stöhnen entfuhr der Tigerin.

Ein dreckiges Lachen kam vom Prinzen.

»Passiert schon nichts, alles gut.«

Sie waren an der Mündung angekommen. Das Monstrum stand nun direkt auf der Schneise.

Damian hob seinen linken Arm, drückte mit der rechten Hand auf einen Knopf am Unterarm.

Eine Verbindung wurde aufgebaut.

»Visiert die Mauer an.«

Alle blickte nach oben, an das Schiff. Langsam bewegte sich das gigantische Haubitzenrohr nach unten, bis es das Ziel anvisiert hatte und einrastete.

»Feuer«, schrie Damian.

Dieser Befehl wurde auf allen Kanälen übertragen, alle Soldaten, die die Möglichkeit hatten, blickten nach oben. In der Mündung des Rohres erschien ein blaues Leuchten. Immer größer und größer blendete es alle, die ihren Blick auch nur im Ansatz darauf gerichtet hatten.

Es schien fast so, als würde sich das Licht der Umgebung zusammenzuziehen.

Dann war es so weit. Ein blaues Plasmageschoss feuerte aus der Mündung. Hell leuchtend zog es über den Himmel und schlug mit einem Knall in der Mauer ein. Der Boden wackelte, rund um die Stadt herum. Innerhalb von Millisekunden gab es eine gigantische Explosion, Staub wurde aufgewirbelt.

Ja, der ganze Boden bebte bei der Wucht des Geschosses.

Eine gigantische Rauchsäule zog von der Mauer bis zum Himmel hinauf.

Kaum war der Rauch verzogen, konnte man eine gigantische Schneise im Wall sehen. Der Stein war regelrecht geschmolzen.

Die Wirbel des getrockneten, geschmolzenen Steins waren auf beiden Seiten mehrere Meter vorgedrungen.

Während der letzte Staub sich verflüchtigte und die Sicht langsam wieder frei war, blickte Seraphina zum Schiff im Himmel auf.

Rauch strömte aus dem Hals des Geschützes, dicker, schwarzer Rauch, der das Schiff umhüllte.

Damian blickte auf die Schneise im Wall. Der Rauch war langsam verzogen.

Selbst die Häuser dahinter waren noch von dem Geschoss betroffen und lagen in Schutt und Asche. Schnell stürmten Soldaten in den gelb-orangen Rüstungen an die Lücke.

Doch sie machten keine Anstalt vorzurücken, sie verschanzten sich hinter den Trümmern und Häuser, auf die Angreifer wartend, doch der Prinz dachte nicht daran, nun den Befehl zum Angriff zu geben.

»Kampfformation einnehmen«, bellte der Prinz in sein Mikro.

Der Blick der beiden richtete sich wieder auf das Schiff, der hintere Antrieb, aus dem eine blaue Flamme schoss, wurde noch mehr angefeuert. Langsam drehte sich das gesamte Schiff, bis es quer zur Stadt stand.

»Bombardement starten.«

Die Geschütze an der Unterseite des Schiffes drehten sich, wie die aus den Erkern an den Seiten ausfuhren. Alle richteten sich auf die Stadt. Kaum war dies geschehen, ertönte ohrenbetäubendes Knallen.

Metall wie Plasmageschosse wurden mit voller Wucht auf die Stadt gefeuert, kleine, große und mittlere Geschütze ließen die Stadt nicht zu Atem kommen.

Der Feuerhagel traf die Mauern und Gebäude der Stadt, beide inneren Ringe. Dutzende kollabierten oder brachen zumindest teilweise in sich zusammen. Eine gigantische Staubwolke zog über der Stadt auf, gerade als sie sich niederlegen wollte, ertönte erneutes Knallen. Eine weitere Welle an Geschützen wurde abgefeuert. Und noch ein und noch eine.

Erst nachdem fünfmal geschossen wurde, schwiegen die Geschütze. Der Staub setzte sich und man konnte die Stadt anblicken. Die großen Wolkenkratzer waren in sich zusammengebrochen, teilweise zerstört oder standen lichterloh in Flammen. Die Mauern schwerbeschädigt und der größte Teil der Geschütze und Soldaten darauf waren vernichtet.

Plötzlich flackerten die Lichter des Schiffes, der Antrieb stockte, die Energiereserven waren aufgebraucht.

»Panzer voraus«, ertönte plötzlich die Stimme Arialds und wenige später trat er ebenfalls an ihre Seite. Hinter ihm eine gigantische Ansammlung an Berserkersoldaten begleitet von einigen Giganten.

Das Monstrum, welches vor ihnen lag, setzte sich mit einem krachenden Motorgeräusch in Bewegung. Die großen Ketten drehten erst etwas durch, bevor sie griffen und sich das gesamte Gefährt nach vorn bewegte. Aus den Gassen kamen Panzer und reihten sich hinter dem Monstrum ein.

Die Feinde, die jenseits der Mauer eingesetzt waren, waren teilweise von den Trümmern vernichtet worden, einige hielten allerdings noch die Stellung. Sie versuchten, mit ihren Gewehren und tragbaren Anti-Panzerwaffen die dicken Metallplatten zu durchbrechen. Doch alles half nichts, die Geschosse prallten wie Regen am Stahl der Panzerung ab. Immer weiter und weiter machten sich die Panzer nach vorn. Die Fußtruppen dahinter.

Als das Monstrum immer näher und näher kam, begannen die ersten Feinde zu laufen. Dies waren die schlaueren, diejenigen, die nicht weichen wollten, wurden bald schon vom Monstrum oder den Teilen zerquetscht. Die Straße dahinter sah wild aus. Die meisten der Gebäude standen in Flammen. Viele Trümmer und Leichen lagen auf der Straße. Manche zerquetscht, andere verbrannt.

Nach der dritten Kreuzung lang ein ganzer oberer Teil eines Wolkenkratzers auf der Straße, aus dem die Flammen schlugen.

Kurz darauf betraten auch Seraphina und Damian den Stadtteil.

In Seraphina herrschte das Grauen, sie sah die Toten, alle, die Zerstörung und das Chaos. Auch wenn es ihre Feinde waren, waren es immer noch Menschen, Menschen, die hier ihr grausiges Ende fanden und Menschen, die ganzen Gebäude errichtet hatten.

Doch am Rest ihrer Truppen schien das Ganze spurlos vorbeizugehen. Gefühlslos marschierten sie weiter in Richtung Stadtmitte.

Gelegentlich fuhren einige kleinere Panzer mit Teilen der Soldaten in die Nebenstraßen. Bald schon konnte man Schüsse und Scharmützel hören. Doch auf der Hauptstraße war alles ruhig, bis sie am Gebäudekopf auf der Straße ankamen.

Das Monstrum gab einen Schuss darauf ab, und es begann gut zu zerbersten.

Sekunden später rollten die Ketten darüber und ließen das Ganze in sich zusammenbrechen. Betonstücke und Stahlträger schauten aus den Ruinen hervor. Doch kaum hatte der Panzer die Ruine überquert, begann auch hier das Gefecht. Soldaten und Transhumane sprangen hinter der Deckung hervor. Sie eröffneten das Feuer auf die kleineren Panzer und die Soldaten dahinter.

Das Monstrum wurde nur von einem der größten Transhumanen, einem gelben Monstrum, dessen Gesicht sogar mechanisch war, angegriffen. Etwa fünf Meter groß dampfen und monströs. Perfekt für das Monstrum.

Seraphina hatte über sie gelernt, sie waren die gefährlichsten, nur das Hirn war noch menschlich. Panzerbrechende Geschosse schafften es, die Hülle leicht zu beschädigen.

»Schnell, Deckung«, schrien Ariald und Damian nahezu synchron. Die Soldaten eilten hinter die gepanzerten Fahrzeuge. Von dort aus blickten sie hervor, gaben Feuer auf die feindlichen Soldaten auf den Trümmern ab. Die MGS des Monstrums wie auch die Geschütze der kleineren Panzer machten ebenfalls mit.

Seraphina lehnte an einem der Panzer, neben Damian. Dieser nahm ein Gewehr, welches er an seiner Seite hängen hatte und beugte sich etwas aus der Deckung hervor, feuerte auf den Feind, ehe er bald wieder hinter dem Panzer verschwand.

»Du, andere Seite«, ertönte er aus ihren Lautsprechern.

Sie blickte schnell zu ihrem Herrn, konnte sehen, dass er sie ansah.

Doch bald schon wendete er sich wieder der Front zu, feuerte die Geschosse an seinem Arm ab und zwei kleine Explosionen riss zwei sich anschleichende Feinde auseinander. Sie hatten es irgendwie geschafft, die Panzer zu passieren.

Das Monstrum fuhr weiter, zermalmte das Gebäude und die Soldaten vor ihm. Nur der große Transhumane stellte sich immer noch vor den Panzer, versuchten, ihn aufzuhalten oder seine Panzerung zu durchbrechen.

Die kleineren Panzerfahrzeuge formierten sich hinter dem Monstrum, um seiner Schneise zu folgen. Nach und nach marschierten auch die Soldaten hinterher.

Die MGs des Monstrums hatten gut aufgeräumt und nur noch der Transhumane war vor dem Monstrum.

Seraphina verspürte Angst, ging immer näher an ihren Herrn, bis sie plötzlich etwas Druck auf ihrer von Metall umschlossenen Hand spürte. Es war der Prinz, der ihre Hand drückte.

In der linken seinen Plasmawerfer, in der rechten ihre Hand.

Leichte Wärme durchströmte die Dienerin, doch sie konnte die Angst nicht ersetzen.

Plötzlich knallen, die Hand des Prinzen verschwand.

Als sie zu ihm sah, hatte er sein Gewehr in der Hand und feuerte auf Soldaten, die aus den Trümmern der heruntergekrachten Turmspitze kamen. Schnell nahm auch Seraphina ihre Waffe und drückte den Abzug. Blaues Licht schoss aus der Mündung ihrer schwarzen Waffe, die Ähnlichkeiten zu einer alten Sturmschrottflinte hatte. Ein großes dickes Gehäuse mit zwei Lüftungsschlitzen, eine Halterung, die an die Schulter gedrückt wurde. Unten eine längliche Kapsel an das Gewehr geschnallt. Eine Batterie.

Der Rückstoß der Plasmageschosse, die aus der langen Mündung kamen, erwischte sie vollständig. Drückte sie etwas nach hinten. Ihre Schulter schmerzte selbst noch durch die Rüstung.

Die gelben Soldaten stürmten immer weiter aus den Ruinen hervor, als würde es kein Ende geben. Einer nach dem anderen wurde von den blauen Geschossen der Veserianer erwischt. Das heiße Geschoss schlug beim Auftreffen sofort durch die Rüstung hindurch ins Innere des Soldaten. Dort brannte es sich in die Organe, löste den Körper von innen auf, bis der Feind qualvoll im eigenen Blut verreckte.

Die Rüstungen der Soldaten des Freistaats waren für Kugeln und Energiegeschosse gemacht, nicht für Plasmawerfer. Doch gut genug, dass sie nicht durchschlugen, obwohl ein Durchschlag der weitaus gnädigere Tot wäre.

»Links«, schrie der Prinz. Einer der kleineren Transhumanen rannte auf die Formation zu. Dutzenden Soldaten feuerten auf den gigantischen Roboter, der noch einen menschlichen Kopf in einer Hülle trug.

Der Transhumane war mit einem Granatwerfer am einen und mit einer gigantischen Axt als Arm an der anderen Hand bewaffnet.

Er feuerte seine Granaten in die Menge der Soldaten. Eine der schwarzen Geschosse flog direkt auf Seraphina und ihren Herrn zu. Doch dieser war zu beschäftigt damit zu feuern.

»Granate«, schrie sie noch, ehe sie sich mit einem Hechtsprung auf den Prinzen warf und beide etwas weiter weg zu Boden riss.

Keine Sekunde zu spät, die Granate explodierte kurz neben dem Ort, an dem sie gerade noch gestanden hatten.

»Runter da«, bellte Damian sofort, als die Explosion vorbei war. Noch während Seraphina sich schnell erhob, schoss er bereits weiter auf den Transhumanen der großen Verluste verursacht hatte.

Ein Schuss traf den Kopf, sein Helm zersprang, eine seltsam grüne Flüssigkeit trat auf und kam zischend auf dem Boden auf.

Der Kopf des Transhumanen begann zu schreien, die Haut wurde grünlich, die Augen klappten nach innen ein, bis der Kopf nur noch ein lebloser Haufen an Biomasse war. Der robotische Teil machte noch einige Schritte, ehe auch er auf den Trümmern zusammenbrach.

Damian wandte seinen Kopf an die Dienerin, klärte die Augenschlitze seines Helms, Seraphina konnte sehen, dass er zumindest versuchte in die Augen zu sehen.

Ein tiefes »Danke«, kam aus den Lautsprechern ihres Helms, ehe ihr per Handzeichen deutete weiterzugehen.

Kaum lag der Transhumane am Boden, kamen nur noch wenige Soldaten, bald endete der Fluss vollends. Und alle folgten dem Monstrum weiter. Als sie die Schneise passiert hatten, fächerte die Formation wieder auf, Panzer geleiteten die Flanken des Monstrum und halfen bei der Bekämpfung der Fußsoldaten wie des Transhumanen, doch dieser wollte einfach nicht sterben, sein Hirn war tief im Inneren versteckt und die mechanischen Funktionen waren schwierig einzustellen.

Ein Tippen auf Seraphinas Schulter.

»Der Transhumane Gigant will nicht verrecken, kümmert euch mal darum«, ertönte die Durchsage des Panzerkommandanten.

Damian gab Seraphina ein Handzeichen und sie hatte verstanden.

Die beiden sprinteten hinter den Panzer. Links und rechts vereinzelt einige der feindlichen Soldaten, die auf sie feuerten Schüsse schlugen neben ihnen ein.

Einige der Kugeln erreichten die beiden, doch sie prallten nur an der Rüstung ab.

»Auf das Monstrum«, sprach der Prinz in sein Mikro.

Einige weitere Soldaten in der mechanischen Rüstung wie zwei Giganten waren an ihre Seite gekommen. Ariald führe sie.

»Raketenstiefel«, schrie der junge Löwe, als sie angekommen waren, die Soldaten aktivierten die Düsen an Rücken und Schuhen. Wie Engel schwebten sie an der Seite des Panzers hinauf. Die Giganten kletterten mit magnetischen Armen nach oben. Als die Berserker über dem Panzer angekommen war, ließen sie sich fallen. Seraphina landete am Abgrund, verlor das Gleichgewicht und drohte zu fallen. Doch der schützende Arm des Prinzen packte sie und zog sie wieder auf den Boden. »Vorsichtig«, flüsterte er zärtlich durch die Com-Verbindung.

»Aktiviert die Magneten«, war der nächste Befehl und alle waren fest am Panzer verankert. Langsam, mit großer Kraft hoben sie jeweils einen Stiefel und machten sich Schritt für Schritt in Richtung Vorderseite.

»Pass da vorn auf«, sagte Damian weiter über die Lautsprecher zu Seraphina.

Sie konnte seinen Blick spüren und gab ein Nicken von sich.

Langsam kamen an die Vorderseite des Monstrums, sahen den gelb-grauen Titanen, der auf den Panzer einschlug, feuerte, sich vor ihn stemmt und alles versucht, um ihn aufzuhalten. Hinter ihm zogen sich die Soldaten des Feindes in die Gassen an den Seiten zurück. Sie konnten sehen, dass sie keine Chance gegen die Panzer hatten.

Die MGs des Panzers feuerten aus allen Rohren, doch konnten den Titanen nicht zu Fall bringen.

»Feuer eröffnen«, schrie der Prinz und die Krieger begannen zu schießen, Plasmasalven kamen aus den Mündungen der Gewehre und platzten auf dem Körper auf. Sie schmolzen auf dem Metall des Titanen.

Ein mechanischer Schrei ertönte aus den Lautsprechern der Maschine, mit einem Zischen wurde etwas Dampf abgelassen und ein Geschütz klappte sich aus dem Rücken heraus und feuerte auf die Krieger auf dem Panzer.

»Runter«, kam ein Schrei von Ariald und alle folgten dem Ruf, nur nicht der Prinz. Er starte seine Düsen und flog von dem Panzer herunter.

Seraphinas Herz raste. Damian flog um den Oberkörper des Titanen herum, hielt sich an seiner Schulter fest und feuerte einige Geschosse auf direkte Nähe ab. Der Titan warf seine Hände in die Höhe und versuchte, den Prinzen von seinem Rücken zu ziehen.

Ein erneuter Schrei.

»Ich komme«, schrie Seraphina und aktivierte ebenfalls ihre Düsen.

»Nich ...«, wollte Ariald noch schreien, aber sie war schon hinfort.

Seraphina flog vor das, was sie für die Augen des Titanen hielt.

Zwei Rundkameras an der oberen Brust.

Eine Hand schnellte nach vorn und versuchte, die fliegende Tigerin zu fangen.

»Versuch, ihn vor die Mündung des Monstrums zu locken«, hörte Seraphina von Damian. Langsam flog sie nach hinten, und der Titan folgte ihr.

»Senkt das Rohr, senkt das Geschütz«, war der Befehl an die Kommandantur des Monstrums.

Mit einem Knarzen fuhr das Rohr nach unten, kaum war es auf der richtigen Höhe aktivierte der Prinz seine Raketenstiefel, kaum hatte Seraphina seinen Plan verstanden, war sie an seiner Seite. Gemeinsam drückten sie den Titanen vor das Rohr.

Dieser verstand nicht, was vor sich ging.

Als beide von ihm abließen, ein Licht aus dem Rohr kam, war es bereits zu spät. Ein Knallen und ein gigantischer Schuss schlug aus dem Rohr heraus, es durchbohrte den Titanen und blieb in der Mauer hinter ihm stecken.

Öl lief aus der Wunde, wenn man es so nennen konnte, heraus. Man sah einiges an beschädigten Kabelbäumen und Mechanismen. Als der Gigant etwas zurückfiel, taumelte, ein weiterer Knall, ein weiterer Schuss. Nun waren es zwei Löcher durch eine Durchbruchsstelle verbunden.

Während der Prinz samt Dienerin wieder auf dem Panzer landeten, fiel das Monstrum leblos um und blieb liegen.

Ein Ruck und das Monstrum fuhr vor, über den leblosen Körper des Titanen. Das Metall und die Rüstung wurde von den Ketten zermalmt.

»Ausschwärmen, den Ring sichern.« Während die restlichen Panzer und Soldaten sich aufteilten, durch die Gassen zogen, drehte der Prinz um.

»Komm mit, wir müssen auf das Schiff«, sagte der junge Löwe, als er vom Panzer sprang und sich in Richtung Lager aufmachte.

Schnell lief sie an seine Seite.

»Wie ... wieso? wir sind doch gerade so erfolgreich?«

»Das Räumen der Stadt wird eine Sache von wenigen Stunden sein. Doch die nächste Mauer steht noch, das Geschütz ist noch nicht bereit. Das Schild ist weg und mit den Kapseln kommen wir rein.«

Seraphina wusste nicht ganz, was sie damit anfangen sollte.

»Seit ihr euch sicher? Sie haben doch immer noch ihre Geschütze.«

»Hat meine Tigerin etwa Angst?«, fragte er mit ironischem Unterton.

Wieder einmal hatte es der Prinz geschafft, ihr ein Lächeln auf die Lippen zu zaubern, auch wenn er es nicht sehen konnte.

Die Transporter waren kleinere Versionen, der gigantischen, welche das Monstrum gebracht hatten. Einige der elitären und besten Soldaten waren mit an Bord. Der Prinz saß ebenfalls mit seiner Dienerin in einem der Truppentransporter. Noch etwa zwanzig weitere Mann waren in dem länglichen Raum. Sie saßen auf kleinen Bänken an den Seiten. Die Klappe an der Außenseite schloss sich mit einem Surren. Der Raum wurde dunkel. Leichtes Licht sprang an, nur ein schwaches Leuchten.

Wenigen Sekunden starteten die Transporter mit einem Ruck.

Seraphina hakte sich bei ihrem Herrn ein, legte ihren Kopf auf die Schulter Damians.

»Wie geht es dann weiter, wenn wir die Stadt eingenommen

haben?«, fragte sie fast, als sei es nur nebensächlich.

»Der Rest unseren Truppen ist fast bis nach Pax vorgedrungen, es geht an die Hauptstadt. Wenn die gefallen ist, wird entweder ein Frieden verhandelt, oder weitergemacht.«

»Wieso sollten sie weiterkämpfen?«, fragte sie. »Sie haben doch ohnehin keine Chance.«

Ein Seufzen des Prinzen.

»Die menschliche Natur ist stur, hartnäckig. Wen sie wollen, kämpfen sie bis zum Tod.«

Schweigen.

»Wir werden sehen«, kam es noch einmal von Prinzen.

Es ging immer höher, bis ein Ruck durch das Gefährt ging.

Es hatte angedockt.

Eine Tür öffnete sich und sie kamen in einem großen Deck an. Es war kleinere Drohnen und Landekapsel, die von oben herab geschossen wurden, konnten.

Der Prinz machte sich mit Seraphina über das metallene Deck. Eine große Tür am Ende des Raumes ging mit einem Zischen auf. Eine stählerne Treppe, von hellem LED erleuchtete, führte sie durch das Schiff. Über mehrere Stockwerke ging es nach oben in die Kommandokanzel. Im höchsten der Aufbauten, die aus der Oberseite des Schiffes ragte. Es war ein weiter Raum, ein großer Bildschirm, der die Außenseite abbildete. Davor eine gigantische Konsole, an der sieben Kommandanten in blauer Uniform. In der Mitte der Kapitän.

»Prinz auf der Brücke«, schrie dieser.

»Heil dir, Kronprinz«, schrien die anderen Anwesenden.

»Heil Veseria«, antwortete der Prinz wie Seraphina.

»Wie gehen wir weiter vor, mein Prinz?«, fragte der Kapitän, als er sich vom Stuhl erhob.

Aus dem Anzug ragte ein etwas schmaler und ausgemergelter Kopf, kalte Augen und kurzgeschorenes blondes Haar.

An seiner Brust waren zwei goldenen Flügel, an welchen ein veserianischen Kreuz befestigt waren. Ein Orden der Luftwaffe.

Damian ignorierte den Kapitän fürs erste, trat neben ihn an die Konsole und blickte auf die brennende, zerstörte Stadt.

Ein Lächeln zeichnete sich auf seinem Gesicht ab.

»Das Schiff weiter vor, ein Feuerhagel auf die Überreste des inneren Rings. Dann rein mit den Kapseln.«

Ein Nicken des Kommandanten.

Er trat wieder an die Konsole, drückte ein paar Knöpfe und gab ein paar Befehle an seine Offiziere.

Bald setzte sich das Schiff wieder in Bewegung.

Es ging in Richtung der Stadtmitte.

Als sie laut Kamera etwa über der Mitte der Stadt schwebten, fingen plötzlich wieder Geschütze an zu feuern.

»Feuer erwidern«, schrie der Kommandant und drückte hektisch auf seiner Konsole herum.

Das Schiff schaukelte, als die ersten Geschosse auf dem Schiff einschlugen.

Seraphina wackelte. Der Prinz aktivierte seine Magnetstiefel und fing seine Dienerin, bevor sie auf dem Boden aufschlug.

»Vorsicht«, hörte sie über die Verbindung, als sie von Damian wieder aufgerichtet wurde.

»Beim Kaiser ...«, schrie der Kommandant, »Da kommen noch mehr dieser Bastarde. Sperrfeuer auf die Stadt, bis sie hier ankommen.«

Eine kleine Pause.

»Prinz, schnell zu den Kapseln, ehe die Arschlöcher hier noch nicht rumschwirren«, kam es vom Kommandanten, als er sich zu den beiden umgedreht hatte.

Damian nickte nur, ehe er Seraphina packte und die Treppen in Richtung Hangar zerrte.

Dort standen seine Truppen, etwas durchgeschüttelt, aber in Ordnung.

»Schnell in die Kapseln, der Feind ist im Anflug. Wir müssen auf dem Boden sein, bevor sie hier sind.«

Die schwarzen Rüstungen der Berserkertruppen setzten sich

mit einem Surren in Bewegung.

Sie liefen zu den ovalen Zylindern, die in der hinteren Sektion des Hangars waren. Als Seraphina und Damian gerade zu zweit in die kleine Kommandokapsel einstiegen, öffnete sich der Hangar, die Drohnen, die dort positioniert waren, fuhren langsam in Richtung der Öffnung und starteten ihren Antrieb.

»Was wird das?«, fragte Seraphina, als sie sich eng an ihren Herrn drückte, damit sie beide in die Kapsel passten.

»Drohnen, um den Feind würdig zu empfangen.«

Ein Knopfdruck und die Tür der Kapsel schloss sich mit einem Knall.

»Kapseln schließen«, folgte der Befehl über die Verbindung.

Man hörte ein paar Türen knallen und eine Anzeige an einem Bildschirm der Wand leuchtete.

»Es geht los«, schrie Damian in seine Verbindung, drückte auf einen Knopf.

Man hörte noch das Surren der Halterung, welche sich löste.

Das nächste, was Seraphina spürte, war die Gravitation und der freie Fall.

Ein kurzer Schrei und sie klammerte sich an ihren Herrn.

»Alles ist gut«, flüsterte dieser über die Verbindung und legte seinen Arm um sie.

Auf dem Bildschirm poppte eine Kameraansicht auf. Man sah die Stadt unter ihnen, die immer näher und näher kam.

Als sie wenige hundert Meter über dem Boden waren, aktivierten sich die Schubdüsen der Kapsel.

Ein Knall, die ganze Kapsel bebte, es riss beide von den Füßen.

Als Damian sich mit Seraphina erhob, einen Knopf drückte, sprang die Tür auf.

Draußen konnte man bereits Schüsse hören.

Der Kampf war in vollem Gange.

Knallen, Einschusslöcher in der aufgesprungenen Tür.

»Raus hier«, kam die Anweisung des jungen Löwen.

Kaum waren sie herausgesprungen und hinter einem

weiteren Trümmerhaufen in Deckung gegangen, explodierte das Gerät in einem Feuerball.

Eine Granate.

Nach und nach erreichten mehr der Berserker ihre Position.

Die gesamte Umgebung war verwüstet.

Ein kleiner Platz am Rand der ersten Straße.

Dutzende Kapseln hatten sich in den Boden gebohrt und geöffnet.

In den Einschusslöchern der Artillerie und hinter dem Geröll versteckten sich die kaiserlichen Truppen.

Der Feind schoss aus den noch nicht zusammengebrochenen Gebäuden oder Deckungen am Boden.

»Gottverdammt, das sind ja immer noch so viele«, schrie der Prinz durch seine Verbindung.

»Wie gehen wir vor?«, fragte der Kommandant.

Damian griff sich an den Kopf, Seraphina konnte an seiner Körpersprache sehen, dass er nicht ganz wusste, was er machen sollte.

Er überlegte.

»Alle zu mir«, kam der nächste Befehl.

Er packte sein Gewehr, blickte kurz aus seiner Deckung auf und eröffnete das Feuer auf ein paar vorstürmenden Feinde.

Als sich nach und nach alle der Soldaten in der Nische beim Kaiser versammelt hatten, war es so weit.

»Auf mein Zeichen, alle in Richtung der Seitenstraße«, er zeigte auf eine der Gassen.

»Und los«, schrie er. Alle der Soldaten sprangen aus dem Graben und eilten über das Schlachtfeld.

Sperrfeuer, Kugelhagel.

Während des Laufens wurden sie unaufhörlich von den Seiten beschossen. Seraphina konnte hören, wie der ein oder andere neben ihr fiel. Die Rüstung von Geschossen durchschlagen, die in den Körper ihrer Mitkämpfer eingedrungen.

Sie fielen mit einem Krachen auf den Boden und blieben dort

liegen.

Einige Kugeln erreichten auch Seraphina, doch ihre Rüstung hielt ihnen stand.

Endlich erreichten sie die schützende Gasse.

»In Deckung, sichert die Umgebung«, brüllte einer der Kommandanten in das Mikro.

Damian und Seraphina gingen hinter einem Trümmerhaufen in Deckung.

Es sah schlimm aus.

Der Himmel brannte, die Drohnen und das Schiff lieferten sich eine Schlacht mit den feindlichen Jägern.

Immer wieder stürzte eines der Flugobjekte ab und krachte in eines der kaputten Gebäude.

Es gab nahezu keines mehr, welches intakt war oder nicht zumindest in Flammen stand.

Seraphina drehte sich um, als sie die Soldaten hinter ihnen vorrücken hörte.

Dann sah sie es.

Die gesamte Straße war übersät von Leichen unschuldiger Zivilisten. Verbrannt, erschossen, unter Trümmern zerquetscht. Überall Blut, verwesendes Fleisch und verbrannte Knochen.

Die Tigerin tippte ihrem Herrn auf die Schulter, schnell drehte er sich um und blickte in all das Elend.

Damian schüttelte den Kopf.

»Teilweise von den eigenen Leuten erschossen, diese Barbaren.«

Mit einem knackenden Geräusch aktivierte sich die Com Verbindung einmal mehr.

Die Stimme Arthegus war zu hören.

»Hier Generalgouverneur Arthegus Dontates. Ich sehe euch mithilfe der Kameras der Löwe der Lüfte.

Vorschlag, ein Trupp bleibt an eurer Stellung, hält die Position. Der andere macht sich zur Kontrolleinheit des Tores und öffnet es.«

Zustimmung vom Prinzen.

So wurde es gemacht. Der Prinz und Seraphina nahmen sich ein paar Truppen und kämpften sich durch die Straßen bis an die Mauer.

Wobei der größere Feind die Trümmer als die Feinde waren.

Ein letzter Schuss und das Gehirn eines feindlichen Soldaten klebte an der Wand des Walles.

Entlang dessen machten sie sich auf, bis sie zu einer großen Metalltür vor der großen Straße, die bis zum Platz führe, ankamen.

Man konnte dort noch immer die Kämpfe toben sehen. Aus der Gasse wurde weiterhin gefeuert. Die Feinde erwiderten.

»Holt den Schneider raus«, sagte der Prinz.

Einer der größten Soldaten in gewaltiger Rüstung kam heran, nahm sich eine gigantische Apparatur vom Rücken.

Zwei Hände waren nötig, um sie zu halten.

Eine blaue, kleine Flamme kam aus dem Hals der Waffe.

Damit ging er an die Tür und schnitt langsam aber sicher ein Viereck in das Tor. Einen Tritt später lag sie in der Innenseite. Unter ihr bereits der erste Soldat begraben.

Dahinter war ein kleiner Aufzug, wie ein feindlicher Soldat, der kurz darauf ebenso das Schicksal seines Kameraden teilte.

Die Türen öffneten sich, es war kaum Platz in der kleinen Metallkammer.

»Ich und Seraphina gehen zuerst«, sagte der Prinz. »Ihr kommt dann nach.«

Schnell trat er in den Aufzug, ließ die Türen schließen und fuhren nach oben.

»Mach dich bereit, wir werden vermutlich einen angemessenen Empfang genießen.«

Seraphina nickte.

Als sich Momente später die Türen öffneten, kamen sie in einem lang gezogenen Kommandoraum an. Durch Fenster konnte man nach draußen sehen, an den Wänden große

Kontrolltafeln.

Davor standen dutzende unbewaffnete Techniker.

Als sie die beiden sehen konnten, hoben sie die Hände und wollten sich ergeben, doch nein.

Damian eröffnete das Feuer, mähte die etwa ein dutzenden Personen mit seinem MG nieder.

Seraphina war geschockt.

»Warum hast du das getan?«, fragte sie fassungslos.

»Vorsicht ist besser als Nachsicht«, war die Antwort, ehe er zur Kontrolltafel lief, nach dem Mechanismus zum Öffnen suchte.

Als er ihn gefunden und ausgelöst hatten, öffnete sich der gesamte Wall und klappte auf.

mehrere hundert Meter an Stein klappten nach innen auf und gaben einen gigantischen Gang frei.

Die Soldaten, die sich vor der Mauer versammelt hatten, rückten mitsamt ihren Panzern vor.

Löwe und Tigerin blickten von oben herab auf das Specktakel. Auf die Truppen, die durch das Tor marschierten.

Es gab noch kleine Scharmützel, doch bald schon war der Spuck vorbei. Die Truppen des Freistaats kamen mit erhobenen Händen aus ihren Deckungen hervor.

Die Festungsstadt war gefallen.

20 - Die Heimat

Ein leichter Wind erfüllte die Bäume, die Äste raschelten im Wind. Das Haar der Tigerin wehte im Strom des Windstoßes. Sie kitzelten den Prinzen an seinem Hals, der neben ihr ging.

Fest drückte sie die weiche Hand ihres Herrn, als sie den Pfad entlangging.

Sie trug nur ein blaues, leichtes Kleid.

Damian, den altbekannten Anzug.

Das Feuer der Front, die explodierenden Granaten und das Schreien der Verwundeten war verschwunden.

»Wo gehen wir hin?«, fragte die Tigerin nun, als sie zu ihrem Herrn aufblickte.

Er wendete seinen Kopf in ihre Richtung, ja blickte fast auf sie herab und begann zu sprechen.

»Einem Ort meiner Jugend, er wird dir gefallen.«

Mehr erfuhr sie nicht.

Es war nun einige Monate her, dass der Prinz auf Befehl seines Vaters von der Front abgezogen wurde.

Die Rebellion im Westen war größtenteils niedergeschlagen und so kam der Kaiser wieder in die Hauptstadt.

Er verlangte nach der Anwesenheit seines Sohnes, der Feldzug sollte ohne ihn weitergehen.

Ihre Gedanken waren schon wieder abgedriftet.

Sie fokussierte sich wieder auf den Weg vor ihr.

Ein leichter Pfad, welcher sie gerade durch ein Wäldchen führte.

Langsam konnte sie im in der Ferne die Reflexion des Mondlichtes auf einem Gewässer sehen.

Was er wohl bloß hier wollte und das zu einer solchen Uhrzeit.

Langsam konnten sie sehen, wo sie hingingen.

Sie waren im Palastgarten. Um diesen herum erstreckten sich die gigantischen Bauten der Hauptstadt.

Gotische wirkende Wolkenkratzer. Mit dutzenden Erkern, Dächern und Türmen verziert.

Die Wände aus weißem und grauem Stein, die Dächer aus Gold und oxidierten Kupferplatten.

Inmitten dessen der Garten.

Eine Heimat der seltensten Flora und Fauna des Reiches.

Momentan waren sie im kleinen Wäldchen, das sie über einen Weg zum großen See des Gartens führte.

Es waren genau dieser in dem das Licht der Monde sich spiegelte.

Gemeinsam traten sie auf die Ebene. Von der einen Seite von Wald, auf der anderen Seite von einer Ebene mit Obstbäumen und Sträuchern umgeben.

Der See hatten türkisfarbenes Wasser, hin und wieder platze eine Blase blubbernd an der Wasseroberfläche.

Damian ließ sich auf einer Bank am Rande des Gebiets nieder und deutete Seraphina sich ebenfalls zu setzen.

Sie spürte einen Arm, der sich um ihren Hals legte.

Die Tigerin ließ ihren Kopf auf die Schulter des Prinzen.

»Hier habe ich große Teile meiner Kindheit verbracht. In den Gärten des Palastes. Lange Tage habe ich hier mit meinem Bruder gespielt.«

Kaum hatte er diese Worte gesprochen, fielen seine Mundwinkel nach unten.

Seraphina wusste warum. Sein Bruder, der eigentliche Kronprinz, gefallen im Krieg im Westen. Die Tigerin fühlte mit ihm, wollte nicht, dass ihr Herr traurig war.

Sie legte ihre Hand auf den Oberschenkel des Prinzen, drückte sich noch etwas näher an ihn heran.

»Sei nicht traurig«, versuchte sie ihn zu trösten. »Er ist nun beim Vater.«

Nicken des Prinzen.

»Du hast recht«, kam es nur von ihm.

»Ich sollte mich, an das Schöne, was war, und nicht an das Negative denken. Und es war hier schön mit ihm.«

Ein Blick sagte ihr, sich von ihm zu erheben. Schnell rutschte sie zur Seite, sodass er sich erheben konnte.

Damian stand auf und trat an den Rand des Sees. Er streifte seinen Anzug von sich und trat in die Wassermasse.

»Damian ...?«, fragte Seraphina erschrocken, während sie aufsprang.

»Dürfen wir das?«, entfuhr es ihr ehrfürchtig vor dem alten kaiserlichen Garten.

»Ich bin der Prinz, wer will etwas sagen? Wer will es verbieten?«

Seraphina wusste keine Antwort.

»Na komm schon rein«, sagte der Prinz, als er sich vom Rand abstieß und weiter in die Quelle schwamm.

Die Tigerin zögerte noch etwas, doch ließ dann ihr Kleid fallen.

Langsam folgte sie ihrem Herrn und watete in das Wasser. Sie hatte erwartete Kälte zu spüren, zu frieren, doch der See war, wie man es ihr beschrieben hatte, angenehm warm.

Immer tiefer ging sie, bis ihr Haarzopf im Wasser schwamm und sie den Boden unter den Füßen verlor.

Langsam setzte sie die Schwimmbewegungen ein und bewegte sich zu ihrem Herrn.

Damian konnte noch stehe, doch sie musste schauen, dass sie nicht unterging.

Langsam klammerte sie sich an die Schultern ihres Herrn.

»Was wird das den, wenn's fertig ist?«, fragte dieser, ›ne lustig und drehte seinen Kopf so weit es ging zu ihr um.

»Siehst du doch«, sie streckte ihre Arme über die Brust und klammerte ihre Beine um Damian. Ein Kuss auf seinen Hals folgte.

»Hab ich jetzt ›ne Zecke am Buckel oder wie?«, kam es lachend vom jungen Löwen.

Mit schwerem Schritt trat er in Richtung Rand, während Seraphina sich eng an ihn schmiegte.

Als er dort angekommen war, drehte er sich um.

»Hop runter mit mir«, sagte der junge Löwe.

Ein Kopfschütteln.

Damian musste also nachhelfen. Einen Moment später landete sie auf einem Steinsims am Rande des Beckens.

Beide blickten hinauf in den Sternenhimmel.

Hier im Palastgarten konnte man die Sterne noch sehen. Auch wenn die Monde stark leuchteten und einige Sterne verdrängten.

Lange blickten sie schweigend in den Himmel, bis sie plötzlich die Augen des Prinzen auf ihr ruhen spürte.

Sie reckte ihren Kopf in Richtung ihres Herrn.

Am Horizont stieg langsam die Sonne auf.

Mond und Sterne verblassten im Licht der immer weiter aufgehenden Sonne.

»Wir sollten langsam wieder in den Palast.«

Seraphina nickte und folgte ihrem Herrn aus dem Wasser. Kaum hatten sie die Quelle verlassen ran und tropfte es überall an ihnen herunter.

Die Tigerin wandte ihr Haar aus, doch viel mehr konnte sie nicht tun.

Sie blickte auf die Kleidung der beiden, dann zu ihrem Herrn.

»Was machen wir jetzt?«, war die Frage.

»Uns wird wohl nichts anderes übrig bleiben.«

Mit diesen Worten hob er seinen Anzug und zog ihn sich an. Die Klamotten klebten nahezu an seiner Haut. So erging es auch Seraphina. Sie streifte sich das Kleid über, nass lag es eng an ihrer Haut. Fast schon durchsichtig.

Damian näherte sich ihr langsam und schloss seine Hand

erneut um die ihrige.

»Lass uns gehen.«

Die Tigerin nickte, erwiderte den Griff und folgte ihrem Herrn.

Im nassen Kleid fröstelte sie etwas, als der Prinz dies bemerkte, nahm er seine Anzugjacke und legte sie über die Schultern der Tigerin.

Ein schüchternes: »Danke«, entfuhr ihr, als sie den Stoff entgegennahm und enger zuzog.

Der Palast war in der Ferne zu sehen, umsäumt von den ersten Strahlen der Sonne. Die dutzenden Türme, die sich hintereinander in den Himmel aufbauten. Mit goldenen Platten verziert, der graue Stein, der langsam ins Weiße überging.

Die Dienerin war immer noch von der Pracht überwältigt und das, obwohl sie mittlerweile schon fast dreieinhalb Monaten darin lebte.

Der Pfad durch den Wald endete in einer gepflasterten Straße, an den Seiten von verschiedensten Statuen, Beeten und hin und wieder einigen Brunnen gesäumt. Bald endete der Weg in einer Treppe, die hinab ins Erdreich führte.

Über einen kragen, runden Steintunnel nur von gelbem Licht erfüllt, kamen sie in eine große Halle.

Dutzende Erker und Treppen an den Seiten. Überall Balkone und Fenster.

Der Boden aus poliertem Marmor und die Seitenwände mit Ornamenten und Bildhauereien geschmückt. Alle paar dutzend Meter stand eine etwa 40 Meter hohe Statue eines Kriegers, die bis zur Decke ragte.

Das veserianische Kreuz viel zu sehen. Im Boden und Wand eingemeißelt, von der Decke hängend.

In der Mitte der Halle ein großer Brunnen, auf dem ein Löwe thronte.

Der Löwe samt Tigerin kam auf einem Erker der Ostseite heraus. Eine gläserne Brücke erstreckte sich durch die Halle. An der Seite ein Aufzug.

Immer noch voller Ehrfurcht trat Seraphina auf die gläserne Brücke, dabei die Halle und die Massen am Menschen unter ihr überqueren.

Gegenüber der Glasbrücke war ein stählernes Tor, zwei Soldaten standen daneben. Kaum hatten sie erkannt, wer da ankam, drückten sie an ihren Unterarmen herum und das Tor klappte in der Mitte auf.

Über eine kleine Treppe kamen sie im Untergeschoss des Treppenhauses an.

Plötzlich kam ein Sklave angelaufen. Er trug die blaue Uniform der Dienerschaft und das schwarze Halsband, das seinen Stand markieren sollte

»Mein Herr ... Mein Herr«, schrie er, als er angelaufen kam und sich vor den beiden verbeugte.

»Euer Vater, euer Vater hat nach euch rufen lassen. Er erwartet euch im Speisesaal.«

Ein Seufzer.

»Gut, dann mal los«, sagte Damian an seine Untergebene gewendet.

Gemeinsam machten sie sich durch das große runde Treppenhaus auf in das Untergeschoss. Sie bogen an der Tür zum großen Thronsaal ab und gingen einmal weiter.

Sie traten in einen lang gezogenen Raum.

Die weißen Wände, mit Gold und Silber verziert. Von der Decke hingen Kristallkronleuchter. Der Boden aus glänzendem Marmor. Überall standen weiße große Tische mit goldenem Besteck und Kerzenständern. An einer Seite war ein großzügiges Büfett.

An einem der Tische weiter hinten im Saal konnten die beiden den Kaiser sitzen sehen.

Seraphina war immer noch etwas aufgeregt, wenn sie in seine Nähe kam.

Als sie am Tisch angekommen waren, machten beide einen

kleinen Knicks, bevor die geballte Faust auf der Brust landete.

»Vater ...«, begann Damian. »Du wolltest mich sprechen?«

Adrian blickte von seinem Teller auf. Er war gerade dabei, ein Hummer zu verspeisen.

Der Kaiser nahm seine Serviette vom Tisch, tupfte sich den Mund etwas ab, ehe er zu sprechen begann.

»In der Tat, ich ...«, er stockte, blickte etwas an den beiden herab. »Warum seid ihr beide so ... nass?«, fragte er verwirrt.

»Ach ... ähm ... ja, das tut jetzt nichts zur Sache. Was gibt es?«

Ein Kopfschütteln des Monarchen. »Nun gut, wie dem auch sei. Ich wollte dir nur mitteilen, Arina ist auf dem Weg hierher.«

Ein erschrockener Blick auf dem Gesicht des Prinzen. Fassungslos blickte er zu seinem Vater.

Seraphina wusste nicht, was vorging, sie wusste nicht, wer das sein sollte.

»Was bei der Göttin will die Schlampe hier?«, fragte er entsetzt.

Ein böser Blick Adrians strafte ihn sofort.

»Diese ... Schlampe, wie du sie nennst, ist immer noch deine Verlobte.«

»Die sich von Stadt zu Stadt hurt«, warf Damian ein.

Die Faust der alten Löwen knallte auf dem Tisch wieder.

Das Besteck bebte. Erst jetzt machte sich auch die Kaiserin bemerkbar, erschrocken fuhr sie etwas auf.

»Es reicht!«, schrie der Kaiser. »Sie mag wohl nicht die beste Verlobte sein, doch sie wird eines Tages deine Frau sein, deine Kinder gebären. Ihr Vater hat viel für unser Land gegeben und du wirst seine Tochter ehelichen.«

Nur ein gekünsteltes Lachen verließ die Kehle seines Sohnes.

»Mit der Schlampe wird es eh nie zu einer Hochzeit kommen. Da müsste sie ja ihre geliebte Hurerei aufgeben.«

Ein weiter Schlag auf den Tisch. Doch Damian drehte sich um und ging in Richtung Ausgang.

»Wage es ja nicht, jetzt zu gehen«, schalte es ihm noch nach.

Doch der junge Löwe dachte nicht im Traum daran, zurückzukommen.

»Komm sofort wieder her«, schrie der Kaiser in voller Rage und ein Stück Brot, es verfehlte nur knapp seinen Hinterkopf.

Seraphina war das Ganze zu viel. Sie lief schnell ihrem Herrn hinter, während der Kaiser weiter in seiner Schimpftirade fortfuhr.

»Herr, denkt ihr wirklich, dass das eine gute Idee war?«, fragte Seraphina, als sie sich ihm in den Weg stand.

Ruckartig kam sein fester Schritt inmitten des Ganges zu stehen.

Ein strenger Blick lag auf ihr, ehe er sich wieder in Bewegung setzte und wortlos an ihr vorbeiging.

Als sie ihrem Herrn wieder nachlief, begann er zu sprechen.

»Ich heirate dieses verlogene Miststück nur über meine Leiche. Du glaubst doch nicht, dass ich will, dass man behaupten kann, dass die Mutter meiner Kinder, jeder Adeliger in den Grenzen des Reiches und darüber hinaus bereits im Bett hatte.«

Betroffenes Schweigen der Tigerin.

Wortlos folgte sie ihrem Herrn.

Ein paar Schritte später waren sie im Thronsaal angekommen, Jahrhunderte, ja ein ganzes Jahrtausend alt.

Der Sternensaal, den Namen hatte er aufgrund der schwarzen Decke, von Edelsteinen gesprenkelt.

Die Seiten waren mit Statuen und Wandgemälden geziert. Kristallleuchter hingen von den Decken, Banner an den Wänden. Gegenüber dem großen Tor stand der Thron, ein Doppelthron aus schwarzem Stein, mit Gold verziert, das Wappen der Wenzels darüber.

Über den polierten, glänzenden Boden halten die Schritte durch den ganzen Saal. Die Soldaten an den Seiten schlugen sich die Faust auf die Brust.

Gold-silberne Rüstungen zierten ihren Körper. Mehr Pracht als Funktion.

Dies waren die Paladine, von der Geburt an als Krieger ausgebildet.

Sie konnten nicht sprechen, man hatte ihnen die Zunge entfernt, aber dennoch gab es kaum Soldaten, die besser kämpften.

Sie traten weiter in Richtung des offen scheinenden Tores, Licht fiel herein.

Je näher man kam, desto mehr konnte man einen blauen Schein sehen. Ein Kraftfeld.

Man konnte sehen, wie einer der Soldaten neben dem Tor auf einer Konsole in der Wand drückte und es löste sich auf.

Eine metallene Brücke über einen Wassergraben war dahinter.

Kaum hatten sie diesen überquert, kamen sie im Vorbau des Palastes an.

Durch ein steinernes Tor traten sie in einen Innenhof, an den Seiten, Erker und Balkone, Statuen und das veserianische Kreuz auf dem Boden.

Ein paar der Silberlöwen des Kaisers trieben sich auf dem Platz herum. Sie hatten hier ihr Quartier.

Einmal mehr versuchte die Tigerin, das Schweigen zu durchbrechen.

»Wo gehen wir hin?«, fragte sie an ihren Herrn gewandt.

Damian warf kurz seinen Kopf in Richtung seiner Dienerin, blickte sie kurz an, bevor er weiter nach vorn sah.

»Zur Reichshalle, der Ort, an dem ich meinen Gedanken freien Lauf lassen kann.«

Sie hatte schon viel von der sogenannten Reichshalle gehört, ein paar Mal auch von außen gesehen, doch niemals von innen.

Sie gehörte mit der Bastion der tausend Türme, dem Palast, zu den architektonischen Meisterwerken des Reiches.

Bald schon verließen sie den Palast, ein kleiner Vorgarten auf einer Hochebene erstreckte sich vor dem großen Platz. Zu jeder Tages und Nachtzeit waren, dort mehrere Bataillone an Soldaten stationiert.

Standen still wie eine Statue.

Hinter der Ansammlung an Soldaten befand sich eine große Tribüne. Von zwei Steinklötzen umsäumt. Große Feuer brannten auf ihnen.

Hinter der Tribüne waren mehrere Bögen, die in der Mitte in einer Akropolis endete, auf dieser einmal mehr das veserianische Kreuz.

Unter der Akropolis befand sich ein Durchgang.

Als die beiden den Platz betraten, schlugen sich die Soldaten auf die Brust und wandten sich zum Prinzen. Die erste Reihe der Soldaten machte einen Schritt vor und formierten sich um die beiden.

Von etwa vierzig Soldaten begleitetet, traten sie doch den Torbogen und eine Treppe hinab.

Sie kamen in die tiefergelegte, Hauptprachtstraße. Sie führte vom Palast zur Reichshalle. An den Seiten Sitzgelegenheiten, ja Ränge, Platz für abertausende Menschen.

Auf den Geländern waren alle zehn Meter eine Fahnenstange, von denen die Banner des Reiches hingen.

Alle Straßen, die sich sonst durch die Hauptstadt schlängelten, wurden an wenigen Stellen mit der Hauptader gekreuzt. Tunnel, die noch einmal tiefer ins Erdinnere führten.

Bald schon passierten sie den großen Triumphbogen, aus schwarzem Gestein, mit Gold verziert.

Kurz darauf die Säulen, auf denen die Ummantelung der Reichshalle lagen.

Die Straße säumte in einen großen runden Platz, an dessen Seiten Aufgänge zum Innenhof, weiter gerade aus ein Tunnel durch die Stadt.

Als sie die Treppen erklommen, konnte sie das ganze Ausmaß sehen.

Ein Platz, hunderte Meter breit und lang, in der Mitte ein quadratisch angelegter See. Steinern umsäumt.

Ehrfurcht erfüllte Seraphina, sie hatte noch nie so etwas Eindrucksvolleres gesehen.

Der Platz wurde an drei der Seiten von Mauern und Gebäuden umsäumt, in denen allerlei Ministerien untergebracht waren.

Weiße Säulen aus grauem Stein, mit Gold getafelt. Doch im Norden, im Norden erstreckte sich die Reichshalle.

Ein wahrhaft gigantischer quadratischer Grundkörper, gut und gerne einhundert Meter groß.

An den Seiten mit Säulen und Bildhauereien geschmückt. Banner hingen von der steinernen Wand.

Über eine kleinere Akropolis, wobei das Wort klein relativ war, gelangte man ins Innere. Über dem Grundkörper eine gläserne Kuppel, von Titanträgern gehalten.

Oben darauf ein glockenförmiger Dombau, auf dem eine Weltkugel und das eiserne Kreuz darüber thronte.

Seraphina war zutiefst von all dieser Pracht beeindruckt, sie hatte die gigantische Struktur ja bereits von Weitem gesehen, aber nun hier, in aller Nähe, etwas völlig anders.

Gerade zu erschlagend das Gefühl der Unbedeutsamkeit im Vergleich zu diesem gigantischen, jahrhundertealten Titanen.

»Das ...«, begann Damian. »Das ist die Reichshalle, von einem meiner Vorväter, Brean dem Erbauer nach 300 Jahren der Konstruktion vollendet.«

Kurz blieben sie ehrfürchtig vor dem Relikt stehen, sahen hier und da eine Gestalt über den Hof irren.

Etwas weiter ging es zum großen See. Das Abbild der Gruppe spiegelte sich in der Oberfläche des Wassers wider. Damian stützte sich auf die Brüstung und blickte auf das stille Gewässer.

»So beeindruckend das Gebilde auch sein mag, ich ergötze mich jedes Mal wieder an der glitzernden Wasseroberfläche. Kaum etwas kann meine Wut mehr bändigen.«

Seraphina stützte sich neben ihm auf den kalten Stein, lehnte sich ebenfalls auf die Brüstung.

»Wisst ihr«, begann Seraphina, »jedes Mal, wenn ich denke,

dass ich euch verstanden habe, dann überrascht ihr mich auf ein Neues, habt eine neue unerwartete Wendung.«

Ein Schmunzeln des Prinzen. »Nun, ich denke, das hat es so auf sich, wenn man einer mehren jahrtausendealten Adelsfamilie angehört. Aber so ein bisschen mysteriös kann doch nie schaden.«

Seraphina lachte bei diesen Worten, strich sich eine Haarsträhne aus dem Gesicht und blickte dem Prinzen in die Augen.

»Ich habe viele eurer Seiten, erlebt, doch ich habe kaum eine erlebt, die mir nicht gefallen hätte.«

Das Gesicht des jungen Löwen wurde Rot. Er wusste nicht ganz, wie er reagieren sollte und Seraphina war das sehr wohl bewusst.

In ihrem Inneren lachte sie, endlich einmal hatte sie es geschafft, die Schlagfertigkeit des Prinzen zu durchbrechen.

21 – Affären des Reichs

Damian stieß sich ab und ging weiter in Richtung des Eingangs.

Ein weiteres, dreckiges Schmunzeln auf den vollen Lippen der Tigerin, als sie sich ebenfalls erhob.

Kurz darauf betraten sie die kleine Akropolis, den etwa zehn Meter hohen und fünf Meter breiten Einlass ins Innere. Ein gigantischer Tunnel, etwa achtzig Meter breit und mehrere hundert Meter lang, führte ins Innere der Halle.

Der Boden aus poliertem, weißem Stein, glänzend warf er das Licht zurück.

Die Schritte der Stiefel hallten in der Halle wieder. Einmal, zweimal, dreimal konnte man es hören.

Erst als sie die Halle betraten, war das Geräusch verklungen und von den nächsten Schritten ersetzt.

Auf dem runden Platz war einmal mehr das schwarze Kreuz eingearbeitet. Auch dieses warf, glänzend das Licht zurück.

An den Seiten des runden Platzes erhob sich eine etwa zwanzig Meter hohe steinerne Mauer, dahinter lange und große Reihen an Tribünen. mehrere große Eingänge führten aus den Truppenformationen auf die Ränge. Man erreichte sie über die Eingänge, die sie bereits im Tunnel sahen.

Gegenüber des großen Tores waren mehrere, von Säulen gestützte Vorsprünge, über dem der letzten Loge der Zuschauer war das Rednerpult, von dem aus der Kaiser zum Volke sprach.

Darüber an der Wand wieder das veserianische Kreuz.

Der Rest der runden Form war mit steinernen Säulen umsät, die Zwischenräume mit Glas gefüllt.

Auf ihnen ruhte das große Kuppeldach.

»Beim Kaiser«, verlautete Seraphina, als sie am Beginn der Halle einmal alles angesehen hatte.

»Was ist das hier?«, fragte sie.

»Die Reichshalle«, sagte er ohne einen Ton des Scherzes.

»Das ist mir durchaus bewusst, auch wenn es mehr wie eine der Götterhallen aus den alten Sagen wirkt.«

»Dann hat mein Vorfahre ja sein Ziel erreicht, ein Gebäude den Göttern würdig zu erschaffen«, ließ er von sich verlauten, ehe er in Richtung der Treppe das Pult hinaufging.

Etwa die Hälfte der Kompanie blieb am Eingang stehen, während der Rest sie weiterhin begleitet.

Sie überquerten die Mitte der Halle und erklommen die Treppe nach oben.

Immer höher und höher, die Treppe schlängelte sich und ging wieder in die Mitte zusammen. Bis sie dann oben angekommen waren.

Von einem Vorsprung aus über eine große Treppe an die Vorderseite des Rednerpults, an den Seiten Statuen zweier sitzender Löwen aus Gold.

Der junge Prinz umrundete den steinernen Kollos und stellte sich an den Platz seines Vaters.

»Immer wenn ich hier oben stehen, schweifen meine Gedanken in die Zukunft ab, wenn ich eines Tages hier oben stehen werde, als Kaiser Veserias.«

Seraphina blickte in die Halle nach unten. Ein gigantischer, atemberaubender Anblick.

»Wie viele Menschen finden hier Platz?«, fragte sie den Prinzen unverblümt.

Ein überraschter Blick des Löwen traf sie.

»Ich weiß es nicht genau«, gestand er. »mehrere Hunderttausend, den Stehplatz eingerechnet …, mein Vater wirbt immer damit, dass man die Armee, mit der Vincent damals den Osten eingenommen hatte, in der Halle unterbringen könnte.«

Seraphina blickte geschockt, waren es damals wirklich so

wenige Soldaten gewesen? Alleine die Truppen an der Ostfront hatten sich ja bereits über mehrere Millionen erhoben.

»Du brauchst gar nicht so ungläubig schauen, denkst du, ich übertreibe?«, fragte er sie mit einem skeptischen Blick.

»Nein ..., nein, das ... das meinte ich ni ...«,

»Auch egal, unterbrach sie Damian«, und deutete ihr vom Platz zu treten.

Wenige Momente später sah man ihn auf die Halle hinunterblicken, ganze Reden in seinem Kopf zitierend.

Er gestikulierte und war vollends in seiner Rolle.

Seraphina blickte sich das Ganze skeptisch an. Er schien ja Talent zu haben, doch das war einfach nur ..., befremdlich.

Sie blieb an der kalten Wand stehen, bis sie er sein Schauspiel beendet hatte.

»Sohn ...«, schrie es plötzlich von der Mitte des Saales.

Damians Vater stand dort mit einigen seiner Paladine.

»Spielst du schon wieder Kaiser?«, fragte er mit einem Lachen, doch der Unterton grollte.

»Ich erwarte dich in meinem Büro.«

Ein Stöhnen kam vom Prinzen, ehe er Seraphina deutete, ihm zu folgen. Die beiden gingen bis zum nächsten Säulengang nach unten.

Ein großer Gang, von einem blau-goldenen Teppich ausgelegt, an den Seiten einige Verzierungen öffnete sich vor ihnen. Direkte gegenüber des Eingangs, war eine große, doppelte Goldtür. Auf ihr der Löwe der Wenzels.

An beiden Seiten standen zwei gigantische Soldaten in voller Kampfmontur. Ein großes Geschütz, normalerweise im Stand benutzt, lag in ihren Händen.

Einer der vollständig in weiß gerüsteten Soldaten öffnete ihm die Tür. Man sah ein weißes Glasfenster an der gegenüberliegenden Seite.

»Bleib hier«, flüsterte er ihr zu, während er in das Zimmer trat.

»Heil dir, Kaiser«, hörte sie vom Prinzen. Nur ein Ächzen des

Kaisers. Man hörte das Knarren eines Stuhls und es uferte in einem Schreibwettbewerb aus.

Der Kaiser schrie seinen Sohn an und dieser erwiderte die hitzigen Laute.

Das Ganze endete mit Damian, er mit hochrotem Kopf aus dem Zimmer lief und schrie »Die Hure wird bekommen, was sie verdient«, nur mit einem Handzeichen wusste sie, dass sie ihrem Herrn zu folgen hatte.

»Dieser gottverdammte Narr«, entfuhr es ihm hasserfüllt.

»Warum will er nicht ihr Wahres erkennen, warum will er nicht sehen, was für eine Dirne sich unter der Haut der Adeligen versteckt.«

»Ich denke, dass er es sehr wohl erkennt, aber er sieht keine andere Wahl. Es ist nach wie vor politisch motiviert.«

»Nur … über … meine … Leiche«, war das Einzige, was er noch von sich gab, als er wieder die Treppen hinab stürmte.

Am Nachmittag waren sie wieder auf dem Zimmer im Palast.

Der Prinz lag auf seinem Bett, blickte auf den Bildschirm an der Decke des Mittelbetts, auf der die neusten Nachrichten liefen.

Neben ich, die Tigerin.

Ein Klopfen.

»Herein«, sprach der Prinz und erhob sich.

Die vergoldete Tür öffnete sich und ein Bote kam in das Zimmer.

Er trug die blau-silberne Uniform des Reiches.

»Mein Prinz«, begann er, die Hände vor den Beinen verschränkt, den Blick auf den Boden gerichtet.

»Euere Verlobte, sie ist eingetroffen.«

Ein Stöhnen des Prinzen. Mit einem Handwink deutete er ihm zu verschwinden.

Eine Verbeugung und der Bote war wieder aus dem Raum verschwunden.

»Sieht so aus, als müssten wir uns das antun. Das wird lustig«, sagte Damian und Seraphina erhob sich von ihrer Ruhestätte.

Ein Blick des Prinzen und sie schloss sich ihm an. Trat hinter den Prinzen.

Wenige Momente später betraten sie einen langen Saal, Granitboden, blauer Teppich mit silbernen Fransen.

Weiße Säulen, die das schwarze Gewölbe stützten, goldene Tisch, an einem von diesem Stand die Verlobte des Prinzen.

Arina, Arina Meanda. Brustlanges, braunes Haar, sie stand in einem weißem, langem Kleid, welches großzügigen Einblick auf ihre hochgesteckten Brüste gab. Kaum hatten sie einen Fuß in den Raum gesetzt, funkelten sie die grünen Augen an.

»Mein geliebter Verlobter«, kam es aus ihrem Mund und sie machte sich mit offenen Armen auf den Prinzen zu.

»Dein Gehabe kannst du dir sparen«, mit einer Geste schlug er die Umarmung ab.

Etwa einen halben Meter stand Arina nun vor ihnen.

»Und wie ich sehe, hast du eine neue Wache«, zischte sie giftig, als ihr Blick auf Seraphina traf.

In ihrem Kopf bestätigte sich nur das Bild, welches der Prinz ihr gezeichnet hatte.

»Das tut jetzt nichts zur Sache«, sagte Damian kalt, der Blick voller Abscheu.

»Was willst du hier?«, fragte er.

»Du hast es in fünf Jahren nicht einmal für nötig gehalten, dich hier blicken zulassen, geschweige dich zu melden.«

»Ich bin hier, um das Versprechen zu halten, welches ich dir vor vielen Jahren gab.«

Ein fassungsloser, kalter Blick des Prinzen.

Bitte, was hatte sie da gerade gesagt, schoss es Seraphina durch den Kopf. Etwa dasselbe musste ebenso der Prinz denken.

Ein fassungsloses Blinzeln Damians.

»Was ...?«, fragte der ungläubig.

»Du hast dich jahrelang durch das Reich und seine Grenzen

hinaus gehurt, dich einen feuchten Scheiß um mich oder unsere Verlobung geschert und jetzt? Jetzt willst du plötzlich Heiraten? Nach all dem?«

Ein dreckiges, gehässiges Lachen der Verlobten.

Langsam trat sie einen Schritt näher an ihn heran, fuhr ihm mit der flachen Hand über die Brust.

»Das mag schon alles sein, aber ... hast du den eine andere Wahl? Dein Vater, dein Versprechen und das Reich will es so.«

Das gesamte Gesicht des Prinzen fiel in sich zusammen.

»Ich wusste ja, dass du eine kleine, miese, hinterhältige Dirne bist, aber so etwas, das hätte ich nicht einmal dir zugetraut ...«

Einmal mehr grinste sie ihn verschmitzt an, beugte sich etwas nach vorn und küsste den Prinzen, ehe sie sich wieder auf dem Staub machte.

Die Hände Damians verkrampften sich zu Krallen, wutschnaubend blieb er zurück.

»Diese ... kleine ...«, kam es voller Zorn aus seiner Kehle. Er schien geradezu vor Zorn zu explodieren.

Langsam wanderte die Hand Seraphinas auf die Schulter des Prinzen, lehnte sich an ihn.

»Lass es gut sein, es bringt doch eh nichts. Wir können es nicht ändern.«

Plötzlich bildete sich ein Schmunzeln auf den Lippen des Prinzen.

»Doch ..., doch das können wir.«

Verwirrung machte sich in der Dienerin breit, etwas verloren blickte sie ihren Herrn an.

Dieser packte sie an ihrem Arm und zog sie mit sich.

»Herr ...?«, fragte sie verwirrt. »Was ist los?«

»Ich habe eine Idee«, schnell zog er sie in einen der Erker des Palastes.

Eine kleine Ecke mit zwei steinernen Sitzbänken, an den Seiten. Daneben ein Fenster, das den Blick auf die Stadt erlaubte.

Damian drängte seine Tigerin auf den Sitz gegenüber, ehe er

sich selbst sinken ließ.

Er legte ihr eine Hand auf die Schulter und begann zu sprechen.

»Sie kann mich nicht heiraten, wenn ich bereits verheiratet bin.«

Ein Nicken Seraphinas.

»Das macht Sinn, ja, doch wo wollt ihr eine Braut herbekommen?«

In ihrem Kopf dämmerte es ihr langsam.

Bis sie in die Augen des Prinzen blickte, die sie intensive anstarrten.

»Nein ...«, begann sie und hob ihre Hände abwehrend.

»Nein ... Ich fühle mich geehrt, aber nein, ich bin nicht von hoher Geburt, dazu wie soll ich euch Erben schenken, wenn ich nicht zeugungsfähig bin.«

Doch auch als sie diese Worte gesprochen hatte, verschwand das Grinsen Damians nicht.

»Du bist bei all dem, was Arina abgezogen hat, tausendmal reiner als sie und was das andere angeht, denkst du wirklich, dass unsere Medizin das nicht wieder rückgängig machen kann?«

»Aber ... Aber wer soll uns den trauen gegen den Willen des Kaisers?«, kam es erneut von ihr.

»Ich kenne den Hohepriester seit meiner Kindheit, ich zähle ihn zu meinen engsten Vertrauten, er wird es tun.«

Seraphina seufzte, rückte etwas näher an ihn heran.

»Herr ..., Damian ...«, begann sie mit einem fast weinerlichen Gesichtsausdruck. »Ich bin euch wirklich unendlich dankbar für all das, was ihr für mich getan habt, wie ihr mich behandelt habt und ich empfinde viel für euch, eine Art der Liebe, ach bei der Göttin, ich liebe euch und könnte mir nichts Schöneres vorstellen, als eure Gemahlin zu werden, aber ich möchte euch keine Probleme bereiten, nicht mit eurem Vater, nicht mit den Adeligen und nicht mit dem Reich ... ich ...«

Weiter kam sie nicht, sie spürte die Lippen des Prinzen auf den ihrigen.

Er küsste sie, während Tränen der Verzweiflung über ihre Wangen liefen. Seraphinas Kopf spielte verrückt. Sie hatte mit allem gerechnet, nur nicht damit.

Nach einer kurzen Schockstarre begann sie den Kuss zu erwidern.

Als Damian sich dann wieder löste, musste er sich fast schon losreißen.

»Siehst du? ... Ich empfinde das Gleiche für dich und du breitest mir keine Probleme, du hilfst mir aus einer Menge heraus, oder denkst du ernsthaft, mit einer solchen Frau wäre ich glücklich? Wäre mir geholfen? ... Weiter könntest du kaum falsch liegen.«

Schweigen.

»Wie gehen wir dann weiter vor?«, fragte Seraphina und blickte in die Augen ihres Herrn.

»Als Erstes müssen wir etwas an dir herumdoktern, zwei Veränderungen hab ich mir vorgestellt.«

Seraphina blickte ihn entsetzt an.

»Bitte was? Was meint ihr?«

»Keine Sorge ...«, sagte er mit beruhigender Stimme.

»Diese Veränderungen wären mit der Zeit ohnehin vonnöten gewesen. Das Eine ist ein Bildnis, das andere, deine Fruchtbarkeit.«

Seraphina schluckte.

Ein leichtes Flaugefühl machte sich im Magen breit, doch sie wusste, dass es sein musste.

»Also ...«, begann sie. »Wann geht es dann ... ins Krankenhaus?«

Damian lachte.

»Du bist gut, als ob die Kaiserfamilie ins einfache Krankenhaus gehen würde, es geht ein paar Etagen tiefer und gut ist.«

Seraphina verstummte.

Der Prinz erhob sich, kurz darauf auch Seraphina.

Den Gang entlang wanderten sie zum nächsten Aufzug.

Nach einem Knopfdruck des Prinzen öffneten sich die beiden silberne Türen und gaben Einblick in das grau-goldene Innere. Gegenüber der Tür war ein großes, lang gezogenes Aquarium. Hunderte schöner Fische und Meerespflanzen schlängelten sich die Wände empor.

Nach einem Druck des Prinzen auf einen der Knöpfe begann sich der kleine Raum mit einem leichten Ruckeln nach unten zu bewegen.

Als sie mit einem Ruck zum Stehen kamen und sich die Türen öffneten, strahlte ihnen gleißend weißes Licht entgegen.

LED-Röhren hingen an den Wänden. Der Gang war ein gigantischer Gegensatz zum prachtvollen Gehabe des oberen Palastes.

Ein grauer PVC-Boden, weiße Wände an denen das Licht fast zu reflektieren schien. Sonst war die Glätte der Mauern nur von Einlass für Türen und Schilder daneben unterbrochen.

Damian trat an einen Schalter vor ihm. Ein großes Glasfenster auf eine kleine Zentrale dahinter war zu sehen.

Ein Knopf darunter fungierte als Klingel.

Als der junge Löwe diesen drückte, ertönte ein Surren und wenige Momente später stand eine ganz in weiß gekleidete Frau vor ihnen.

Sie trug eine Standarte Hospizuniform, ein weises Gewand, die Haare als Zopf unter einer Haube versteckt.

Sie hatte einen gigantischen Zettelhaufen in den Armen den sie sofort auf den Boden fallen ließ, als sie über diesen den Prinzen sah.

Das Papier flog durch die Luft, wirbelte herum.

»Mein Prinz«, ließ sie Entsetzte verlauten.

»Ist alles in Ordnung bei euch?«

»Keine Sorge«, beruhigte sie der junge Löwe, alles ist in Ordnung, wir sind hier wegen meiner Dienerin«, mit diesen

Worten deutete er auf seine Begleitung.

Ein Nicken der Krankenschwester.

»Wie kann ich behilflich sein?«

»Nun, es geht einmal um die Standardtätowierung, so wie das rückgängig Machen des Eingriffs der Akademie.«

Seraphina wurde bei diesen Worten bewusst, dass es ans Eingemachte ging.

Doch die Ärztin hatte sofort verstanden. Misstrauisch zog sie eine Augenbraue hoch.

»Das Erste verstehe ich ja, aber das Zweite? Wozu soll das Gut sein?«

Ein genervtes Stöhnen Damians, ein böser Blick folgte. »Gegenfrage ... was geht es euch an?«

Schnell ruderte sie wieder zurück, verschränkte ihre Hände.

»Verzeiht mir ... verzeiht mir ... ich, ich ...«

»Schon gut«, sagte Damian und deutete ihr, es gut sein zu lassen.

»Richtet einen Raum her, dann vergesse ich das Ganze.«

Betroffen nickte sie und machte sich auf den Weg. Der Prinz samt Tigerin folgte ihr auf dem Fuß.

Eine Tür später waren sie in einem rechteckigen Raum. Eine Trennwand, mit einem Glasfenster darin.

Dahinter eine lange, weiß gezogene Bank, drei Ringe an Kopf, Fuß und in der Mitte.

Mit einer Geste deutete die Ärztin der Tigerin, sich hinzulegen.

Sie zögerte.

»Komm schon, es passiert dir nichts«, verlautete der Prinz mit einem Schulterklopfen.

Langsam trat Seraphina an die Bank, auf Deuten der Ärztin entkleidete sie sich und legte sich auf die Bank.

Metallische Arme fuhren aus der Vorrichtung heraus und packten Seraphina an Arm und Bein.

Die Angst machte sich in ihr breit.

Ein bettelnder Blick richtete sich an ihren Herrn, der hinter der

Scheibe im Nebenraum stand, an seiner Seite die Ärztin.

Doch der Blick des Prinzen blieb hart und unbeugsam.

Einen Knopfdruck der Frau an der Seite des Prinzen späteres und die ganze Maschine hob sie in die Höhe.

Eine Nadel kam an einem dünnen, metallenen Gestell herab.

Kam langsam und immer näher.

Wenige Sekunden später stach die dünne Nadel unendlich schnell in ihre Brust und den Oberkörper.

Während Seraphina einen stechenden Schmerz unter ihrer Haut spürte und mit einer Träne, die über ihren Wage lief, in dem Konstrukt hing, ruhte der eiserne Blick Damians weiter auf ihr.

Das Brennen in ihrer linken Brust wurde immer schlimmer und schlimmer. Es schien ihr, als würde die Nadel immer schnellere zustechen.

Endlich fuhr die Nadel heraus, klappte sich zusammen und verschwand wieder im metallenen Ring.

Ein erleichtertes Stöhnen kam aus ihrem Munde.

Plötzlich begann es zu ruckeln, das gesamte Gebilde erhob sich und Seraphina schwebte senkrecht im Raum.

Damian sah auf seine Dienerin, ein zustimmendes Nicken kam von ihm.

Die Ärztin zog einen Spiegel hervor und zeigte ihn ihr durch das Fenster.

Was Seraphina darauf sehen konnte, war der Kopf eines Löwen, den Blick auf die rechte Seite ihres Körpers gerichtet.

Das Maul, die Schnauze und große Teile des Gesichts waren auf ihrer Brust, Mähne und die Ränder erstreckten sich auch von dieser herunter.

Kaum hatte sie das Kunstwerk auf ihrer Haut betrachtet, schwenkte die Bank auch schon wieder herum.

Als sie wieder im Liegen war, fuhr ihr eine Nadel in den Unterleib, eine Flüssigkeit wurde ihr injiziert.

Nur Sekunden darauf wurde alles taub.

Eine weitere, spitze Nadel mit einem Schlauch dahinterkam

surrend aus der Gerätschaft und bohrte sich unter ihre Haut.

Sie spürte ein Ziehen, aber keinen Schmerz.

Es kribbelte dort unten. Etwas setzte sich in ihr frei.

Alles wurde Schwarz.

Ein ziehen an ihrer Wangen.

Langsam schlug sie die Augen auf, blinzelte und sah die Ärztin über ihr.

Neben ihr stand Damian.

»Alles ist gut«, sagte dieser mit beruhigender Stimme.

»Die OP ist gut verlaufen, alles ist wieder im Originalzustand.«

Immer noch etwas benommen, löste sie ihre Hände aus den sich öffnenden Greifarmen der Gerätschaft.

Wacklig erhob sie sich mithilfe ihres Herrn.

Sie ließ sich von der Ärztin ankleiden. Mit ihrem Herrn als Stütze ging sie taumelnd wieder in Richtung Ausgang. Kurz bevor sie den Ausgang wieder erreicht hatten, packte sich der Prinz die Angestellte.

»Eine Sache noch ... die Ereignisse heute werden ihren Weg nicht in die Akten finden ... verstanden?«

Ein bedrohlicher Blick schien sie fast zu durchbohren.

Sie nickte und ließ ein Ängstliches: »Na ... natürlich«, verlautete die Ärztin mit hochrotem Kopf und verschwand in ihre Kammer zurück.

22 - Geheime Ehen

Damian baute sich neben dem Bett auf, in dem sie lag. Schnell zuckte sie zusammen und richtete sich auf.

»Nicht so hektisch ...«, kam es ruhig vom Prinzen und deutete ihr, mit einer Handbewegung langsam zu machen.

Er reichte ihr seine Hand und zog die Dienerin auf die Beine.

»Wo ..., wo geht es noch hin? Zu dieser Stunde?«, fragte sie neugierig.

»Der Hohepriester, er hat eingewilligt, uns zu treffen, zu später Stunde im Garten.«

Nur ein tapferes Nicken kam von der Dienerin, ehe sie sich bei ihrem Herrn einhackte.

Gemeinsam verließen sie das Zimmer und gingen über die Gänge des Palastes zum Aufzug.

Heute verzichtete der Prinz ihren Umständen entsprechend auf das Treppenhaus.

Bald schon waren sie wieder auf dem gläsernen Gang, der über die gigantische Halle der Bürokraten führte und betraten den Palastgarten am Nordeingang.

Über steinige Wege ging es weiter, immer auf den großen gepflasterten Straße fort. Sie erreichten einen von hohen Büschen umsäumten runden Platz. In der Mitte ein weißer Brunnen aus edlem Marmor.

Gegenüber dem Eingang stand ein vermummter Mann am Brunnen.

Gehüllt in eine blaue Robe mit goldenem Rand.

Links um den Brunnen herum traten die beiden auf den Vermummten zu. Er drehte sich um, blickte auf ihre beiden.

Ein Handstreich später war die Kapuze hinter dem Rücken verschwunden.

Das ausgemergelte, faltige Gesicht eines alten Mannes war zu sehen.

Graues Haar auf seinem Kopf wurde langsam licht, ein Schnauzbart zierte seine Oberlippe.

»Mein Sohn«, ließ er verlauten und umarmte den Prinzen.

»Vater ...«, antwortete der Prinz, als er die Umarmung erwiderte.

»Es freut mich, dich wiederzusehen. Wir hatten ja schon etwas über dein Anliegen heute gesprochen, doch ... nun etwas genauer.«

Ein Nicken des Prinzen.

»Ist sie das?«, fragte der alte Mann nach und deutete auf Seraphina.

Sie war etwas überwältigt, doch streckte dem alten Mann ihr Hand hin.

Anstelle sie zu schütteln, deutete er einen Knicks an und gab ihr einen Handkuss.

»Es freut mich, euch kennenzulernen, Marnian«, kam es etwas leise aus seinem Mund.

»Se ... Seraphina«, sagte sie etwas überrascht.

»Du bist also diejenige, für die mein Damian seine Verlobung brechen will.«

»Das hätte ich auch so«, zischte Damian.

»Meine sogenannte Verlobte, ist eine Dirne sonders gleichen.«
Ein Seufzer des Priesters.

»Ich weiß ... Mein Lieber, Ich weiß ...«, ein Klopfen auf die Schulter des Prinzen.

»Aber dennoch hast du ein Versprechen bei den Göttern abgegeben.«

»Einen Scheiß hab ich ... das war mein Vater, aber nicht ich.«
Erneutes Seufzen, »Wie du meinst.«

»Aber nun zu dir«, sagte er und drehte sich zu Seraphina.

Das Blut schoss in ihren Schädel, Röte breitete sich auf ihren Wangen aus.

»Ach doch nicht so aufgeregt. Ich bin auch nur ein Mensch, genauso wie du.«

Marnian setzte sich auf die Brüstung des Brunnens, deutete ihr sich zu setzen.

»So ..., so meine Liebe, du bist also hier unsere Herzensbrecherin.«

Nur ein Nicken der Tigerin.

Der Priester blickte sie durchdringend an, tief in die Augen und das Herz der jungen Frau.

Sie fühlte sich unwohl.

»Ist es dein Wunsch den Prinzen zu ehelichen?«, fragte er mit tiefer, aufrichtiger Stimme.

»Ich liebe ihn und diene ihm. Wenn es sein Wunsch ist und ich ihm dadurch von einem Leben voller Schmerz bewahren kann, dann nur allzu gerne.«

Ein Schmunzeln des Priesters, ein Blick an seinen alten Schützling.

Seraphina fragte sich, ob das nun etwas Gutes war.

»Ich sehe schon ..., ich sehe schon.«

Er stieß sich vom Rand des Brunnens ab und erhob sich.

»Meinen Segen habt ihr, doch überlegt es euch beide gut, denn wenn euer Entschluss feststeht, dann soll es so sein, dann werde ich euch verheiraten.«

Ein Lächeln auf dem Gesicht des Prinzen. Ein Nicken des Priesters, ehe er sich seine Kapuze umwarf und wieder im Dunklen der Nacht verschwand.

»Das ist doch mal gut gelaufen«, sagte der Prinz, trat an sie heran und setzte sich neben die Tigerin.

»Ein Problem weniger«, seufzte Seraphina und lehnte sich an ihren Herrn.

»Wie wir das alles werden?«, fragte sie, während beide in den Himmel blickten, die Monde und Sterne beobachtend.

»Wenn wir verheiratet sind? Es wird sicher nicht reibungslos ablaufen.«

Damian blickte auf sie herunter, nahm sanft ihr Kinn in seine Hand und drehte den Kopf in ihre Richtung.

»Ich weiß es nicht ... ich kann es dir nicht sagen ... was ich aber weiß, dass wir das schaffen werden und dass es großartig wird.«

Mit diesen Worten drückte er ihr einen Kuss auf die Lippen.

Seraphina war etwas überrascht, aber erwiderte ihn.

Als sie sich wieder voneinander trennten, blickte sie der Prinz tief und durchdringend an.

»Wir schaffen das«, ließ er noch einmal verlauten und drückte fest ihre Hand.

»Ganz bestimmt«, kam es von ihr, als sie ihren Kopf einmal mehr auf der Schulter ihres Herrn sinken ließ.

Dann war es so weit, in einem kleinem, unterirdischem Tempel unter dem Palast. Der Mutter geweiht.

Ein steinernes Gewölbe. Gegenüber des Haupteingangs, in einer kleinen Nische, stand ein Abbild der Mutter. Eine, in einem großen Umhang gekleidete Frau, mit langen Haaren unter der Kapuze versteckt.

Vor dem Schrein standen zwei weiße Säulen, die das ganze Ding aufrecht hielten. An den Seiten waren noch kleinere Verzierungen.

»Mein Prinz«, sagte der Priester, wieder in seiner silber-blauen Robe gehüllt als er die beiden sah.

Er breitete seine Arme zur Begrüßung aus, die Ärmel hingen nach unten hin ab.

Eine angedeutete Verbeugung der beiden.

Damian stand in einem schönen, blau-goldenen Anzug.

Orden und Ornamente aus Silber hingen an seiner Brust.

Goldene Schulterstücke zierten seinen Anzug.

Seraphina hatte ihn noch nie in einer derart prächtigen Montur gesehen. Wahrlich beeindruckend.

Sie selbst trug ein blau-silbernes Kleid, ebenfalls reich verziert, schöner als alles, was sie je getragen hatte.

Beide traten vor den Priester. Das Herz Seraphinas raste, ihr Kopf war hochrot.

Ein Schmunzeln unter der Robe des Priesters.

Er klopfte den beiden auf die Schulter.

Leise flüsternd, kam es von ihm: »Heute ist also euer großer Tag, aber nicht so aufgeregt. Die große Zeremonie kommt erst noch ... eines Tages.«

Bei diesem Gedanken wurde der Tigerin etwas unwohl, sie sollte vor tausenden, ja hunderttausenden Menschen in der Volkshalle auftreten.

Ein Zeichen des Priesters und Damian ging in die Knie. Seraphina blieb noch etwas stehen, war nicht ganz bei sich.

Erst als der Prinz leicht an ihrem Ärmel zog, wachte sie aus ihren Tagträumen auf und ging schnell in die Knie.

Ein leichtes Lächeln, Marnians.

»Alles gut«, sagte er und winkte mit seiner Hand etwas nach unten.

Die beiden Hände des Priesters fuhren nach oben, jeweils ein Daumen an einer Stirn.

»Mutter ... Vater ...«, begann er seinen Kopf gegen Decke gerissen.

»Schöpfer der Menschen. Vincent, Adrian, Kaiser des Reiches, Führer der Menschheit und Nachfahren des Vaters. ... Heute haben sich hier zwei Menschen, Damian Wenzel, Prinz des Reiches, Herzog des Ostgebirges, Herr der Grenzfeste, junger Löwe und Nachkomme des Vaters, sowie Seraphina ...«,

Schweigen und ein Blick auf die Tigerin.

Er wusste nicht, wie er weitermachen sollte. Ohne Nachnamen

Nur ein Nicken des Prinzen.

»... Seraphina«, begann er erneut.

»Dienerin des Reiches und Prinzen, Tigerin der Akademie und Vertraute der Krone, versammelt. Sie erbitten euren Segen.

Segen, sich zu vereinigen. Mann und Frau zu werden.

Sie wollen gemeinsam Menschheit und Reich führen, eines Tages dieses Land regieren und Nachkommen in die Welt setzten. Sie geloben sich Treue, Liebe und Unterstützung in guten wie in schlechten Tagen, in Zeiten der Not wie Zeiten der Freude.«

Einmal mehr fand sich der Daumen auf der Stirn wieder.

Der Priester zeichnete sie, ehe es hieß:

»Erhebt euch, nun als Damian und Seraphina Wenzel.«

Kaum die Worte ausgesprochen, standen die beiden wieder aufrecht vor dem Priester.

»Nun … frage ich dich. Damian Wenzel, willst du die hier anwesende Frau, Seraphina als deine Gemahlin, als Mutter deiner Kinder nehmen?«

»Ja …«, kam es mit festem Wort und ohne Zögern vom Prinzen.

Ein Nicken des Priesters als er sich von Damian abwandte und in Richtung der jungen Frau blickte.

Ihr kam es währenddessen so vor, als würde ihr Kopf glühen, kurz vor der Explosion stehen.

»Ich frage auch dich … Seraphina, willst du den hier anwesenden Damian Wenzel, als deinen Gemahl, als Vater deiner Kinder nehmen?«

»J… Ja …«, sagte sie stotternd.

Ein Nicken des Priesters, ein Nicken des Prinzen.

»Dann …«, sagte er und nahm die Hände der beiden »Erkläre ich euch hiermit für Mann und Frau, mögen Götter und Kaiser euch beistehen, mögen sie auf all ihren Wegen ihre Augen und die schützenden Hände über euch legen.«

Mit diesen Worten ließ er ihre Hände los, drehte sich mit einem Schwung nach hinten und nahm eine goldene Schatulle aus einer Nische.

Er ging damit auf die beiden zu, öffnete sie vor ihren Augen.

Das innere war mit blauem Stoff ausgepolstert, darin lagen

zwei, goldene Armreifen.

»Dies soll nun als Zeichen eures Bundes dienen.«

Damian nahm als Erstes einen der Reife und legten ihn Seraphina um den rechten Unterarm.

»Jetzt du«, forderte er sie flüsternd auf.

Schnell nahm sie den anderen Reif aus der Schatulle und stecke ihn ihrem Herrn, nun Gatten an.

»Hiermit seid ihr Mann und Frau, vor den Göttern und vor dem Reiche.«

»Auch wenn ich das vorerst nicht in der Öffentlichkeit von mir geben würde«, sagte er mit einem Zwinkern.

»Ich danke dir«, sagte der Prinz und umklammerte die rechte Hand seines alten Freundes

»Ich danke dir«, wiederholte die Tigerin.

»Kein Problem, ich kann dich doch nicht im Stich lassen. Aber jetzt solltet ihr euch schleunigst auf den Weg zurück machen.«

Ein Nicken Damians, ehe er sich bei seiner Frau einhackte und sie nach draußen zog.

Über alte, steinerne Tunnel ging es in Richtung Ausgang. Hier und da einige, von Quadern gestützte Eingänge, der Boden und die Wände unebene, das Gewölbe stammte noch aus der Zeit der ersten Eroberung des Ostens.

Kaum jemand kannte diesen alten Ort noch.

Seraphina konnte es noch immer nicht fassen. Auf dem Papier war sie nun Prinzessin des Reiches.

Soeben hatte sie ihren Herrn geehelicht.

Doch es schien, als sei der Prinz davon ganz unbeeindruckt, mit festem Schritt ging er weiter in Richtung des Loches, durch das sie den Gang betreten hatten.

Vor diesem standen zwei Soldaten der Prinzengarde in altbekannter Berserkerrüstung. Als das nun, neue Prinzenpaar aus dem Loch trat, setzten sich die Soldaten mit mechanischem Ächzen in Bewegung.

Sie waren in einer der unteren Ebenen der Hauptstadt. Eine

Seitengasse.

Als sie weiter ins Innere vordrängten, konnten sie es sehen.

Eine gigantische Schlucht, die sich in den Boden grub. An den Seiten dutzende Plattformen, die Ebenen des Untergrunds.

Überall waren Propagandatafeln in leuchtender Schrift, schwebende Gefährte und Züge bewegten sich durch die Schluchten.

Reger Trubel herrschte hier unten, all diejenigen, die in der Hauptstadt leben wollten, aber nicht das Geld dafür hatten, zogen sich hier unten zusammen, direkt darunter.

Das Licht der Monde war in dieser Nacht nur sehr schwach zu sehen. An den Löchern, an denen die Unterwelt mit der Oberstadt verbunden war, schien es leicht herein.

In den untersten Ebenen wurden Unsummen investiert, um es so lebenswert wie möglich zu machen.

Als sie zu nächsten Aufzug gingen, blickte Seraphina nach unten. In die Tiefe hinab.

Zweihundert Ebenen ging es hinab.

Es war beeindruckend, aber gleichzeitig auch erschreckend, was die Kaiserlichen dort geschaffen hatten.

Vor dem nächsten Aufzug machten sie halt.

Die grauen Wände der Schlucht waren mit Plakaten voll gekleistert. Es wurde für die Reichswehr, für die Industrie und verschiedenste Veranstaltungen geworben.

Mit einem metallischen Geräusch sprang die Türe des öffentlichen Aufzugs auf.

Darin standen zwei Bürger, ein junger Mann mit kurz geschorenem, schwarzen Haaren, die auf seinen Dienst bei der Reichswehr schlossen. Dazu ein hellblauer Anzug. Neben ihm vermutlich seine Lebensgefährtin. Kastanienbraunes Haar, in einem schwarzen Kleid.

»Platzmachen«, kam es von einem der Soldaten, als er mit seinem Gewehr nach vorn schlug.

»Aber aber ...«, sagte der Prinz und drückte das Gewehr nach unten.

In diesem Moment erblickte er auch das Abzeichen an der Brust des Mannes.

»Ich danke auch für euren Dienst am Vaterland«, sprach der Prinz mit einer leichten Verbeugung vor dem Soldaten.

Die Faust landete auf der Brust des Mannes. »Mein Prinz ... es ist eine Ehre, mein Prinz.«

Ein Schmunzeln Damians und er erwiderte den Gruß des Soldaten.

Der Mann deute seiner Begleitung den Aufzug zu verlassen und die beiden quetschten sich an den Soldaten in blauer Maschinenrüstung vorbei.

Mit schweren Schritten trat die Gruppe in das Metallgehäuse des Aufzugs. Eine der Krieger drückte auf den Knopf an der Seite und das gesamte Ding setzte sich nach oben in die Bewegung.

Wenige Minuten später öffneten sich die Türen wieder und sie blickte auf die Oberstadt, Wind wehte ihnen entgegen und ließ das Kleid der Tigerin nach oben reißen.

Es war ein kleinerer Platz, der Aufzug endete in einem Steinquader.

Die Gesellschaft trat auf den mit Steinen gepflasterten Platz. Machten sich auf in Richtung der Gasse, die wieder auf die Hauptstraße führte.

Als sie durch die Gassen, an den großen steinernen Prachtbauten entlang marschierten, ertönten plötzlich Sirenen.

Das Heulen war über die ganze Stadt zu hören.

»Was zum ...?«, kam es noch aus dem Mund des Prinzen, ehe die Explosionen ertönten.

Schwarze Jäger zogen über die Stadt.

Am Himmel waren schwarze Rauchwolken zu sehen, die automatischen Abwehrgeschütze der Hauptstadt leisteten ganze Arbeit.

Ein paar schafften es auf das Schild, explodierten daran und ließen rote Sechsecke erscheinen.

Doch durchdringen, durchdringen konnten sie das Schild nicht.

Immer mehr und mehr der Staubwolken fanden sich am Himmel, die Sirenen wurden nur von den Explosionen unterbrochen.

Der Prinz hatte sich mit seiner Begleitung in einem Hauserker zurückgezogen. Blickte erschreckt an den Himmel.

»Was zum Teufel machen Bomber in Alysian?«, fragte der Prinz.

Einer der Soldaten fasste sich an seinen Helm.

»Es ist noch nichts bekannt«, kam es metallisch aus seinem Helm. »Der RGD vermutet einen Kriegseintritt Phoneas. Es wurden, mehrere Schiffe auf dem Weg in Richtung Norden gesehen.«

Kopfschütteln des Prinzen.

»Hat sich den jetzt die ganze Welt gegen uns verschworen?«, rief er gen Himmel.

»Die U-Boote wie die Jäger haben den Startbefehl erhalten. Es sollte bald alles wieder in Ordnung sein.«

Einige der feindlichen Jäger waren bereits von den Geschützen ausgeschaltet. Spätestens als auch die Jäger des Reiches am Himmel erschienen, war es ruhig.

»Und die nächste Front wird eröffnet«, sagte der Prinz, als er sich aus der Deckung wagte und wieder in Richtung Hauptstraße ging.

Schnell folgten auch Seraphina und die zwei Soldaten.

23 - Krieg, erneut

Binnen kürzester Zeit waren sie an den Seiten der großen Prachtstraßen angekommen. Über den Tribünen an der Brüstung endete die Gasse.

Entlang dieser gingen sie nach vorn zu den Toren des Palastes. Selbst unter den Rauchwolken des Bombardements glänzten die goldenen Dächer im Sonnenlicht.

Schnell waren sie im Thronsaal angekommen. Dort fanden sie den Kaiser auf dem Granitboden nervös auf und ab gehend.

»Da bist du ja«, fuhr er seinen Sohn an. »Wo treibst du dich wieder rum, wir haben den nächsten Krieg am Hals und das gerade als die Rebellion im Westen abgeklungen ist.«

»Was ist passiert?«, fragte Damian nach.

»Was passiert ist? Die verdammten Phonear haben uns angegriffen. Alysian, die verdammte Hauptstadt.« Adrian war außer sich vor Wut. Der Kopf hochrot.

Seraphina hatte Angst, wusste nicht ganz, was sie tun sollte. Ob sie überhaupt etwas tun sollte.

»Alles mit der Ruhe«, sagte der Prinz und näherte sich langsam seinem Vater.

Die blaue Jacke seines Anzugs offen, fast herunterfallend.

»Die Phonear greifen an, sagst du. Wir teilen keine Grenze außer den kleinen Streifen der Kolonien.

Ich würde vorschlagen, die Grenze zu halten und sie über die Luft mürbe zu machen.«

»Ah ...«, begann der Kaiser wieder. »Der Herr weiß ja alles, ist beim Angriff nicht da, aber dann, dann große Töne spuckend.«

Der Blick des Prinzen verfinsterte sich sofort.

Langsam ging er seinem Vater entgegen.

»Ich habe auch ein Leben und ich versuche mein bestes für das Reich«, entfuhr es ihm hasserfüllt, als er mit seinem Zeigefinger auf die Brust seines Vaters eindrückte.

Ein Seufzen.

»Du hast ja recht, tut mir leid ... ich hab versprochen mich zu bessern.«

»Seraphina«, sagte der Prinz. »Geh aufs Zimmer, ich komme nach.«

Die Tigerin nickte und ging, während Prinz samt Kaiser sich auf den Weg in Richtung Generalstab machten.

Bald schon war sie in ihrem Zimmer angekommen. Schnell streifte sie sich das Kleid der Hochzeit ab, und warf sich ihre Uniform um und ließ sich auf das Bett fallen. Nach wenigen Minuten fielen ihr die Augen zu.

Als sie wieder erwachte, erblickte sie ihren Herrn. In seiner Militäruniform rannte er durchs Zimmer.

Als sie sich langsam erhob, merkte es auch Damian, ging zu ihr.

»Na ... wieder wach?«

Von draußen schien das weiße Licht der Monde herein.

»Was ist los?«, fragte Seraphina ohne auf die Frage einzugehen.

Ein Seufzen des Prinzen.

»Krieg, noch heute Nacht werden die Truppen mobilisiert. In einer Parade sollen sie die Stadt verlassen.

Dutzende unserer Schiffe werden sich in Richtung Süden aufmachen.

Es soll Bomben über dem Feind regnen, seine Städte werden erzittern.«

Seraphina blickte ihn mit großen Augen an.

»Endet das Ganze den niemals? Erst der Freistaat, jetzt die Phonear.«

Ein Schmunzeln des Prinzen.

»Scheint zumindest fürs Erste nicht so«, war die Antwort.

»Komm«, sagte der Prinz. »Mach dich bereit, die Truppen werden bereits kommandiert, sich vor der Kaserne einzufinden. Bis zur Parade wird es nicht mehr lange dauern.«

Die Tigerin erhob und schnappte sich ihre Waffe von der Wand, hing sie sich an den Gürtel, ehe sie auf ihren Herrn blickte.

Er war in neuer Uniform.

Eine blaue Überjacke, schwarze Schulterstücke mit mehren Reißzahnförmigen Auswucherungen nach unten. Unter der Jacke befand sich ein weißes Hemd mit silbernem Kragen.

Die Hose war ebenso blau und an den Füßen schwarze Lackstiefel.

»Ihr, Ihr seht ... wahrlich prachtvoll aus.«

Ein Stirnrunzeln des Prinzen, ein zaghafter Blick.

Seraphina verstand, was los war.

»Verzeih ...«, sagte sie schnell. »Du ...«

Ein Lächeln wie ein Nicken später trat der Prinz an den Schreibtisch, nahm eine Haarbürste und begann seiner neuen Gemahlin die Haare zukämen.

Langsam verhakten sich die Borsten in den Knoten ihre Haare und lösten sie mit einem leichten Schmerz.

»Sollten wir nicht langsam los?«, fragte sie etwas panisch.

Nur ein Schmunzeln Damians.

Als sowohl Prinz als auch Tigerin wieder annehmbar aussahen, trat Damian zur Tür und befahl: »Bring mir meinen Umhang, damit es losgehen kann.«

Seraphina trat an den Haken, an dem der Mantel ging.

Blaue Leinen mit dem silbernen Wappen der Kaiser darauf, an den Seiten von einer schwarzen Kordel umsäumt.

Wenige Momente später befestigte sie den Stoff an den Schulterpolstern des Monarchen.

So kam es, dass die beiden sich aufmachten.

Im Thronsaal trafen sie auf den Kaiser.

Der älter, blonde Herr wartete in seiner Rüstung auf die beiden. Als er sie sah, setzte er sich in Bewegung und trat mit Sohn und Tigerin aus dem Tor. Als sie über den Wassergraben und in den Innenhof gingen, standen dort bereits einige der Silberlöwen. »Heil dir Kaiser«, schrien die Soldaten und schlugen mit der Faust auf die Brust.

»Heil Veseria« war die Antwort des Kaisers.

Seraphina und Damian gingen wortlos neben ihm, während die Soldaten sich um sie scherten, die Flanken schützten.

Über das Tor und die Grünfläche davor ging es zum Platz. Gegenüber die Tribüne.

Alles glitzerte im Schein des Mondlichts.

Das Kraftfeld öffnete sich und die Kompanie betrat den Platz. Nun waren dort noch mehr Soldaten in Formation. Der gesamte Platz und die zwei Hauptstraßen waren voller Soldaten.

Krieger standen in der Berserkerrüstung, in den Giganten, Panzer, Artillerie und Militärfahrzeuge.

Doch unter den Reihen der Soldaten konnte sie sehen etwas sehen, was sie nicht kannte.

Es waren große Gestelle, ragten etwa zehn Meter aus der Menge.

Ein großer, wuchtiger Körper war auf zwei schweren Füßen gestützt. Gepanzerte Plattfüße.

Zwei Arme gingen aus Brustkörper heraus und ein schweres Geschütz, wie eine Schnellfeuerwaffe waren daran angebracht. An der Oberseite ein Granatwerfer.

Die Metallplatten waren weiß lackiert, mit schwarzen Rändern.

»Wa … was ist das?«, fragte Seraphina ihren Herrn flüsternd, als sie an seinem Ärmel zog.

»Das sind die Reichsritter, sie sitzen in der Maschine und kontrollieren das gigantische Titanungetüm.

Ein Nicken.

Kaum hatten sie den Platz betreten, bildete sich eine Gasse

durch die Formation.

Jeder Soldat, den der Kaiser passierte, schlug seine Faust auf die Brust, bildeten eine Menschenmauer an beiden Seiten. Vor dem Durchgang der Tribüne hatte sich ein freier Platz gebildet und die drei betraten die Tribüne über die rechte Treppe.

Auf der Tribüne saßen bereits die Bewohner der Stadt.

Zwischen den Säulen, die das lang gezogene Dach hielten, hingen die blauen Banner des Reiches. Darunter stand jeweils ein Gigant.

Auf den Seitenstücken brannten die Feuer und goldene, veserianische Kreuz auf der Akropolis. Es glänzte im Leuchten des Feuers und der Monde.

Darunter der große Gang hinab auf die Prachtstraße.

Langsam schritten sie die Treppe hinab, an den Seiten auf den Rängen saßen bereits tausenden Bürger.

Im festlichsten Gewand, im Schein der Laternen und Scheinwerfer kleine, blaue Flaggen in den Händen.

Bejubelten Kaiser, Prinz wie Soldaten.

Auf den steinernen Straßen, mit dem Emblemen verziert, stand bereits ein gepanzertes Fahrzeug mit Kettenantrieb, eine große Fläche auf dem hinteren Abschnitt. Vorn die Führerkanzel.

Über eine Treppe ging es auf die Fläche nach oben.

mehrere Regimenter an Kriegern stellten sich vor und neben das Gefährt.

Als dann nach und nach auch die Soldaten und Fahrzeuge hinab gelangten, jubelte die Menge.

Neben den Fahnen an den Halterungen wurden Banner auf den Rängen der Zuschauer ausgebreitet.

Adrian stand vorderster Front, am Geländer und winkte den Massen an beiden Seiten zu.

Etwas weiter hinten stand Damian mit Seraphina an seiner Seite. Ebenfalls winkend.

Langsam drückte er Seraphina an sich.

»Nicht doch, Öffentlichkeit«, flüsterte sie.

Der junge Löwe ließ seinen Blick nach unten sinken, auf das Gesicht seiner Dienerin.

»Vergiss sie, vergiss all das hier. Sollen sie es wissen, soll es das Reich wissen.«

Seraphina war verwirrt, aber tat wie geheißen. Trat an die Seite ihres Gatten.

Langsam schmiegte sie sich an und die rechte Hand wanderte an seine Brust.

Einige unter den Anwesenden Schaulustigen bemerkten es, deuteten daraufhin.

Tuscheln.

Doch der Kaiser selbst, es merkte gar nichts.

Er wollte nichts merken.

Bald schon passierten sie den Triumphbogen. Konfetti regnete von oben.

Rauschen ertönte am Himmel, sechs Flugzeuge schossen über den Himmel, zogen farbige Spuren hinter sich.

Die zwei äußeren Blau, der innere silbern.

Auf dem großen Platz, vor dem Tunnel unter der Reichshalle blieben die Fahrzeuge stehen, sie stiegen herunter und gingen über die Treppen hinauf auf den großen Platz.

Auch dort standen große Menschenmassen. Von den zwei Aufgängen, über die Wasserfläche, bis zum Eingang der Reichshalle stand eine Mauer aus Kriegern, die die Schaulustigen zurückhielt.

Überall wehten die Banner, an den Befestigungen, den Dächern und in den Händen der Bevölkerung.

Sie traten über den gigantischen Granitplatz, an den langgezogenen, weißen Gebäuden vorbei.

Sie traten einmal mehr in Richtung der Halle.

Seraphina war das Ganze nicht gewohnt. Tausende Blicke ruhten auf ihr. Sie war aufgeregt.

Bald schon standen sie direkt vor dem Platz. Auf dem weißen Steinkoloss thronte die große, berühmte Kuppel. An den Seiten entlang, durch die gigantischen Tore, betraten sie die Halle.

Die Ränge waren bis auf den letzten Platz befüllt, überall jubelte die Menge.

Durch die gläsernen Kuppelteile blickte das Mondlicht herein, ruhte auf den hunderten Soldaten, die in mehreren Quadratformationen auf dem großen Platz der Halle standen.

Durch den Mittelgang marschierte das Geleit, zu den Treppen, die die Emporen und Säulengänge nach oben führten.

Das veserianische Kreuz thronte an der obersten Stelle über dem Erker.

Unter diesem war das Rednerpult.

Adrian trat vor, erklomm die Treppe.

Die Menge tobte.

Sohn und Schwiegertochter blieben davor stehen.

Der Kaiser räusperte sich, richtete das Mikrofon vor ihm.

Schlagartig war die gesamte Halle totenstill.

»Heil dir Veseria«, begann der Kaiser.

Die Soldaten klopften sich auf die Brust, grüßten ihren Herrn.

Einmal, zweimal, dreimal. Dazu:

»Heil ... Heil ... Heil ...«

»Heil dir, Kaiser«, verlautete es mit dem vierten Schlag.

Erneut, Stille.

Dann begann Adrian zu sprechen

»Soldaten, Krieger, Bürger ... ein weiteres Mal werden unsere Soldaten, Väter, Brüder, Söhne, aber vor allem Kinder des Reiches, durch diese Tore schreiten. Um die Heimat, das Vaterland vor den gierigen Händen der ausländischen Feinde, der Aggressoren zu wahren.

Der Krieg im Osten, verläuft zu unseren Gunsten, nun haben sich, die barbarischen, wilden Phonears dem Feind angeschlossen. Sie haben gedacht, sie könnten unsere Küsten bombardieren und dann leicht hinterher marschieren.

Doch nicht mit uns!«

Es setzte eine Pause an.

»Wir werden ihnen zeigen, wo der Hammer hängt. Wir werden ihre verdammte Insel samt Kolonien in Grund und Boden bomben. Ihre Soldaten im Artilleriefeuer abschlachten, die Bürger unter Bomben zermürben und ihre Kinder zu Sklaven machen.

Sie, ihre Kinder, Enkel und Urenkel werden es noch bitter bereuen sich mit uns angelegt zu haben.

Mögen ihre Schiffe brennen, ihre Städte in sich zusammenbrechen. Pardon wird nicht gegeben.«

»Heil ... Veseria«, schrien die Soldaten, ehe die Menge in Jubel ausbrach.

Der alte Löwe wartete darauf, dass alles wieder zur Ruhe kam.

»Ich erwarte vieles von euch, meinem Volk. Den Kriegern im Osten, dass man die Front hält, mein Sohn wird bald nachfolgen. Von den Soldaten hier erwarte ich, dass sie tapfer im Süden kämpfen, den Feind zermürben und vernichten. Von euch, den Bürgern, der alles zusammenhaltenden Kraft des Reiches, erwarte ich den altbekannten, veserianischen Fleiß, für die Front, für die Soldaten und für das Reich.«

»Heil dir Kaiser«, schrien nun sowohl Soldaten als auch Bürger.

Unter dem Jubel seines Volkes und der Musik einer Marschkapelle trat er von der Empore herab, zwischen Sohn und Tigerin.

Mit einem Handzeichen traten die beiden an seine Seite und kletterten hinab.

Der Jubel wurde immer lauter als der Monarch an den Reihen der Tribüne des Volkes entlangging.

Schnell ging es wieder auf den großen Platz, einmal mehr bildeten die Soldaten eine Gasse durch die Reichshalle.

Als sie den Tunnel und die große Türe nach draußen passiert hatten, erstrahlten helle Scheinwerfer ihre Säulen den Himmel hinauf.

Das Volk war immer noch dort versammelt.

Erneutes Tosen als sie die drei sahen, die das Gebäude verließen.

Die Soldaten aus dem Inneren der Halle folgten und vereinigten sich mit denen, die den Gang aufrecht hielten.

Nach und nach klappte er hinter dem Kaiser zusammen und wurde zu einem Truppenzug, der sich über den Platz bahnte.

Als sie sich mit den wartenden Truppen auf der Prachtstraße vereinten, ging es weiter in Richtung Hafen.

Plötzlich öffnete sich etwas neben ihnen, in einem fehlenden Stück zwischen zwei der Tribünen öffneten sich zwei gigantische Steinplatten und gaben einen Weg nach oben frei.

Davor war eines der Torhäuser der Vaterstadt.

So groß, dass selbst das Monstrum hindurchfahren könnte. Ein gigantischer, an den Seiten vergoldeter Torbogen.

Darüber ein Löwenkopf, der herausragte.

Ein großer, gotisch wirkender Turm erstreckte sich über dem Tor, an den Seiten, dutzende kleinere Erker und Fassaden.

Alles mit goldenen Platen gedeckt und an den Seiten mit schwarz lackiertem Stahl umrandet.

Kaum waren die drei samt Garde durch das Tor getreten, wehte ihnen starker Wind entgegen.

Sie fanden sich auf einer Metallplattform am Rande einer Klippe wieder.

Ein Aufzug, bestehend aus einer großen Ebene, die an Schienen entlang nach unten fuhr, war dafür da hinabzukommen.

Eine solche Einrichtung war an mehreren Toren und Stellen der Klippen zu sehen.

Weiter unten war das Meer und der Hafen.

Große Betonblöcke erhoben sich entlang der Klippen aus dem Wasser, vor ihnen langen kleinere und größere Schiffe vor Anker, wiederum anderen schwammen in der Bucht umher.

Eines hatten sie alle gemeinsam, sie warten auf Soldaten.

Damian trat mit Seraphina vor, ihre Haare flatterten nur so im

Wind.

Als er sich gegen das Geländer stemmte und sich Seraphina neben ihn stellte, landete die Hand Damians auf ihrer.

Während das geheime Prinzenpaar dort oben stand, überblickte, wie Soldaten und Fahrzeuge nach und nach auf die dutzenden Aufzüge traten und nach unten gefahren wurden, wie sie unten die Schiffe über Verladerampen und kleinere Transportboote erreichten, machte sich der Feind auf dem Meer bereit.

Etwa eine Stunde später legte das erste Schiff ab.

»Die U-Boot-Flotte hat bereits den Hafen verlassen, ist gerade dabei, die Feindschiffe in der Meerenge zu versenken«, sagte der Kaiser als er an, sie herantrat.

Schnell verschwand die Hand des Prinzen von der seiner Dienerin.

Ein Knall, ein Geschoss wurde abgefeuert.

Seraphina erschreckte.

»Keine Angst«, sagte der Prinz. »Das ist die Signalhaubitze, sie kündigt an, dass Schiffe den Hafen verlassen.«

Ein Nicken.

»Sohn«, begann Adrian

Damian wendete seinen Kopf in Richtung seines Vaters.

»Wenn du willst, kannst du zurück in den Palast gehen, das hier wird noch etwas dauern.«

»Gut ...«, entfuhr des Damian. »Etwas Schlaf schadet sicher nicht.«

Unter Begleitung der Prinzengarde marschierten sie durch die Stadt, an den Seiten und Rängen der Prachtstraße.

Die Versammlung der Bürgerlichen hatte sich aufgelöst. Die Stadt war leer im Licht der Monde und wenigen Laternen, die mit blauem Licht die Straßen erhellten.

Kurze Zeit später waren sie wieder im Gemach des Prinzen.

Damian schaltete noch schnell den Projektor an und sah sie

die Übertragung der Flotte an.

Seraphina hatte sich bereits bettfertig gemacht und wartete unter der Decke auf den Prinzen.

Als dieser dann auch endlich seine Uniform ablegte und ins Bett stieg, kuschelte Seraphina sich an ihn.

Als sie gerade dabei war, mit der rechten Hand an ihm herunterzufahren, schüttelte er den Kopf.

»Nein, nicht heute, nicht jetzt. Ich bin müde ... du doch sicher auch. Die Hochzeitsnacht muss noch etwas warten.«

Seraphina ließ von ihm ab, legte ihren Kopf auf die Brust des Kaisers.

24 – Höfischer Wahnsinn

Wildes Klopfen riss die Tigerin aus dem Schlaf.

»Damian«, schrie eine Männerstimme. Seraphina vermutete die des Kaisers.

»Mach die Tür auf«, ertönte es.

Die Schreie und das Klopfen wiederholten sich.

Langsam erhob sich die junge Frau von ihrem Herrn und begann an ihm zu rütteln.

»Damian«, versuchte sie ihn aufzuwecken.

Nach kurzer Zeit öffnete er verschlafen die Augen.

»Was ist los?«, fragte er noch etwas benommen.

Seraphina, die inzwischen vor ihm auf der Bettdecke kniete, deutete auf die Tür und wieder war das Klopfen und das Schreien zu vernehmen.

Ein Seufzer und Damian erhob sich, wickelte sich ein Tuch um die Hüfe und ging zur Tür. Kaum hatte er sie geöffnet sah man seinen Vater.

Als er seinen Sohn erblickte, weiteten sich seine Augen, stieß ihn ins Innere des Zimmers und schloss die Tür.

Seraphina nahm schnell ihre Arme und versteckte sich, ehe sie wieder unter der Decke verschwand.

»Was hast du dir dabei gedacht?«, ertönte plötzlich der Schrei des Adrians und fuhr mit dem Zeigefinger gegen die Brust der Prinzen.

»Was sollte das? Warum tust du das?«, eine kleine Pause und Adrian fuhr sich an den Kopf.

»Weißt du was für einen Ärger du mir eingebrockt, hast?«, eine Hand fuhr nach oben, holte aus, doch sank dann wieder herab.

»Worum geht es? Was willst du von mir?«, fragte Damian

Auch Seraphina wusste nicht, was das Problem des Kaisers sein sollte.

»Du weißt nicht, was ich von dir will?«, fragte er noch aggressiver nach. »Was ich von dir will, das du keine Scheiße anstellst.«

Er zog einen kleinen, schwarzen Projektor aus der Tasche.

Man konnte das Bild zweier Lästerschwestern, wie Damian sie immer gern nannte, sehen.

Mehr oder weniger Freie Sender, die über Klatsch und Tratsch berichteten.

»Da haben wir sie«, sagte die linke Frau und zeigte ein Bild auf der Wand hinter sich.

Das Bild des Prinzen mit Seraphina an der Brust. Während der Parade.

»Gibt es Ärger im Paradies? Hat der Prinz seine Verlobte vergessen? Um all das und vieles mehr geht es hier«, sagte ihre Kollegin und das Bild brach in sich zusammen.

»Das, das meine ich. Heute Morgen erschienen. Hättest du mitbekommen, wenn du nicht bis Mittags durchgeschlafen hättest.«

Eine kleine Pause.

»Und dreimal darfst du raten, wenn ich heute an der Backe hatte, weil er die Sendung gesehen hat. Den gottverdammten Siran von Darek, Vater deiner Verlobten. Die Frage, ob die Verlobung schon noch stattfindet, und Drohungen jeglicher Art waren noch das mildeste.«

Schweigen des Prinzen.

»Was sagst du jetzt dazu?«, fuhr ihn der Kaiser wütend an.

Seraphina blickte den Prinzen an, kurz erwiderte sie diesen.

»Was schaust du jetzt sie an?«, schrie Adrian.

»Ist sie die schuldige oder was?«, er drehte sich um und wollte zu ihr stürmen, doch der Griff seines Sohnes hielt ihn auf.

»Lass sie aus dem Spiel«, sie kann nichts dafür.

»Gut... dann rechtfertige du dich.«

»Für was?«, fragte der Prinz direkt.

Der Vater konnte nichts sagen, er hatte offensichtlich nicht mit der Frage gerechnet. Nicht

Einmal Seraphina hatte das.

»Meine sogenannte Verlobte kann sich durch die halbe Welt vögeln und ich soll mich wegen so etwas rechtfertigen?«

Ein strenger Blick Adrians, bis er bedrückt zu Boden sank.

»Eigentlich hast du recht, ja, aber du weißt, wie es ist...«

»Jaja... du weißt, wie es ist... das höre ich seit Jahren. Ich habe mich vor niemandem zu rechtfertigen, ganz besonders nicht vor dieser Hure.«

»Aber du wirst es«, kam es bestimmend vom Kaiser. »Du wirst dich bei ihr entschuldigen.«

»Einen Scheiß werde ich«, zischte der Prinz.

»Diese Ehe muss stattfinden und deshalb wirst du um Vergebung bitten.«

»EINEN SCHEIß«, schrie Damian noch einmal mit Nachdruck. Wenn sich jemand entschuldigen sollte, dann sie.«

Adrian schüttelte mit dem Kopf.

»Womit habe ich so einen Sohn verdient«, sagte er leise.

»Jetzt fängt das schon wieder an«, entfuhr es Damian genervt. »Es ist kein Geheimnis, das du Magnus lieber hier gehabt hättest.«

Adrian hob seinen Blick, sah im fest in die Augen und sie begannen etwas zu glänzen.

»Sag so etwas nicht, nimm seinen Namen nicht in den Mund.«

»Aber es ist doch so«, warf der Prinz hinter.

Der Kaiser drehte sich zur Tür um, ging auf sie zu und bevor er sie verließ, sagte er noch: »Du wirst morgen wieder zurück an die Front fliegen, mach mir wenigstens so Ehre.«

Mit diesen Worten fiel die Tür ins Schloss.

Ein trauriger Blick Serapinas in die Augen ihres Mannes als sie die Decke an sich hochzog.

Ein Seufzen und er ließ sich an ihrer Seite nieder.

»Das... ist auch mein Vater, ... ein sturer, aggressiver Bastard der will das alles nach seinem Willen geht.«

Die Tigerin rückte näher an den Prinzen heran und drückte sich an ihn.

»Es wird wieder alles gut werden«, säuselte sie ihm ins Ohr.

»Es wird wieder alles gut werden«, wiederholte er mit einem spöttischen Lachen. »Hoffen wir.«

Das Lächeln war immer noch auf seinem Gesicht, als er die Tigerin zu sich zog und ebenso fest an sich drückte.

»Was würde ich nur ohne dich tuen?«, sagte er, als Seraphina an seiner Brust lag.

Einen Moment später spürte sie einen Kuss auf ihren Kopf.

»Verzweifeln«, kam es mit einem leichten lachen von ihr.

Langsam löste sie sich aus seinem Griff und blickte nach oben.

Bald schon erwiderte der Prinz den Blick.

»Ich liebe dich«, sagte die Tigerin »Ich weiß auch nicht was ich ohne dich machen würde«, mit diesen Worten erhob sie sich etwas und drückte ihm einen weiteren Kuss auf die Lippen.

Damian ließ sich fallen und zog die an sich geklammerte Tigerin mit sich nach unten.

Sie ließ ein Lachen verlauten.

Beide lagen Nebeneinander, ein lächeln auf den Lippen.

Am frühen Morgen des nächsten Tages war das Lächeln nicht mehr auf ihren Gesichtern.

Die Sonne war noch nicht aufgegangen, die Stadt glänzte im Schein des Mondes als sie mit einem kleinem Transporter, einer Metallbox, an den Seiten mit jeweils zwei Propellern in einem weißem Ring.

Auf beiden Seiten waren gepolsterte Bänke, an den Wänden Displays die Aufnahmen von draußen zeigten.

Bis auf Prinz und Tigerin waren die Kapsel leer.

Seraphina lag halb schlafend auf der Schulter ihres Herrn, es war ihr zu früh.

Sie spürte, dass der Prinz die Hand auf ihrem Kopf hatte und ihr durch die Haare fuhr. Im gelegentlichen Blinzen sah sie die Stadt unter dem Transporter.

»Komm, hoch mit dir«, sagte Damian plötzlich und rüttelte etwas an ihr.

»Wir sind gleich da.«

Seraphina hob ihren Oberkörper und streckte die Arme in die Luft. Ein Gähnen aus ihrem Mund.

»Da ist heute ja mal jemand wirklich müde, sobald wir im Flugzeug sind, kannst du wieder etwas schlafen.«

Seraphina nickte.

An der Grenze der Hochebene, direkt hinter der Mauer, befanden sich zwei große steinerne Halbkreise. Es war der Militärflugplatz der Hauptstadt. Die Halbkreise waren Gebäude, zueinander gerichtet. Nur zwischen den beiden war ein im Verhältnis kleiner Durchgang.

In der Mitte standen viele der kleineren, altbekannten Jäger aber auch große Frachter.

Es waren größere Kästen, teilweise aus mehren Einheiten aufgebaut mit größerer Antriebstechnik. An Fronklappen wurden die Truppen eingelassen.

Vor einem der größten landete der kleine Transporter, klappte an der Vorderseite auf und Prinz und Tigerin traten heraus.

Auf dem Platz herrschte bereits großer Trubel.

Angestellte des Bodenpersonals, in Gruppen oder mit unbewaffneten Giganten waren dabei Schiffe zu beladen. Soldaten, Kampfmaschinen und Fahrzeuge wurden in die Frachter verladen.

Einige der Reservetruppen der Hauptstadt waren aktiviert worden mit dem Prinzen an die Front zu ziehen.

»Damian, du junger Löwe, wie ich gehört habe, haste mal wieder Stress mit deinem alten Herrn«, sagte eine vertraute

Stimme vom außerhalb.

Seraphina folgte dem Prinzen und konnte Ariald außerhalb der Rampe sehen.

Er war in seiner blau-schwarzen Berserkerrüstung nur der Helm fehlte.

»Sieht ganz danach aus, was?«, erwiederte der Prinz.

Doch während er sich mit seinem Kommandanten unterhielt, blickte Seraphina ehrfürchtig den Platz an.

Für alle hier schien es so normal zu sein, doch er war gigantisch.

Alleine der Platz für die Flugobjekte war größer als die gesamte Insel der Akademie.

Dutzende Frachter und hunderte Jäger waren hier stationiert.

Tausende Soldaten marschierten in Formation über die Halle und in die Frachter.

Sie alle trugen die Berserkerrüstung, ein paar Giganten folgten ihnen.

Dazu noch einige Panzer und Artillerie.

Etwas weiter hinten waren auch Reichsritter zu sehen.

»Komm die auch mit uns?«, wandte sie sich um und wollte ihren Gatten fragen, doch dieser war bereits einige Meter weiter mit Ariald gegangen.

Schnell eilte sie hinterher und stellte ihre Frage noch einmal.

»Ja, der Kaiser hat sie uns zugeteilt«, war die karge Antwort des Kommandanten.

Langsam setzten sich diese Giganten hinter den Truppen in Bewegung.

»Wie dem auch sei«, begann Ariald und setzte den ersten Fuß auf die Rampe.

Ein metallisches Krachen als Titan auf Stahl traf.

»Heil dir Kronprinz«, schrien einige der Soldaten die bereits im Frachter saßen als sie Damian die Rampe erklimmen sahen.

Sie trugen ihre schwarzen Rüstungen, die Tanks an den Rücken.

Auf der Brust das Zeichen der Prinzengarde.

Der Siegeskranz Veserias, zwei Schwerter die sich darin kreuzten und darüber der Ring des Kronprinzen.

»Ich bleibe hier bei den Truppen, geh du ruhig ins Führerhaus.«

Ein Nicken des Prinzens ehe Ariald an die Seite trat.

Das innere des Frachters war leer, für die Kriegsfahrzeuge.

An den Wänden mehrere, übereinandergestapelte Sitzreihen, auf denen Krieger bereits Platz genommen hatten.

Über eine Tür am Ende der Halle gelangten sie in eine kleine Kammer, eine Anbaut an der Vorderseite.

Darin befanden sich drei Drehstühle vor einem Kontrollpult.

Dutzende Knöpfe, Leuchte und Hebel, daneben verschiedenste Bildschirme.

Auf den drei Stühlen, saßen drei Piloten, drei Männer mit kurzgeschorenem, dunklem Haar in der blauen Uniform der Luftwaffe.

»Heil dir Kronprinz«, schallte es, zwei der Piloten drehten sich um während der dritte weiter an den Kontrolleinheiten herum drückte.

»Heil Veseria«, erwiderten die beiden und ließen sich auf einer Bank im hinteren Teil der Pilotenkanzel nieder.

Kaum hatten sie sich gesetzt, lag der Kopf der Tigerin auch schon wieder auf der Schulter des Prinzens.

»Schlaf du nur«, flüsterte Damian nur und gab ihr einen Kuss auf die Stirn.

Einer der Piloten, der sich umgedreht hatte blickte die beiden entsetzt an.

Auf einen bösen, durchdringenden Blick des Prinzens drehte er sich sofort wieder um.

Über die Fenster konnte man raue Mengen an Soldaten in die anderen Frachter. Nach und nach schlossen sich die Klappen dieser und die ersten Jäger stiegen in den Himmel hinauf.

Mit einem Ruckeln stieg nun auch der Frachter, in dem sie sich befand, auf und erhob sich in die Lüfte. Das Letzte, an was sie sich noch erinnern konnte, war der Blick auf den Flugplatz und das Aufsteigen mehrerer anderer Frachter.

25 – Zurück an der Ostfront

Eine Sirene ertönte, Seraphina schlug die Augen auf, erinnerte sich an dasselbe Erwachen vor Monaten.

Wieder flutete rotes Licht den kleinen Raum.

Aber Damian war an ihrer Seite.

Blickte sie besorgt an.

Die drei Piloten waren außer sich, drückten panisch herum auf Knöpfen und zogen Hebel.

Auf den Bildschirmen war zu sehen, dass der Frachter auf den Boden zustürzte.

»Triebwerke ausgefallen, Notlandefrequenz eingeleitet«, schrie einer der Piloten.

»Nein ...«, kam es von einem anderen. »Das Schiff ist noch nicht verloren.«

Einen Knopfdruck später hörte man etwas ruckeln, Lampen sprangen von Rot auf Grün.

»Triebwerke wieder online«, sagte der Dritte und das Schiff riss wieder nach oben. Langsam flogen sie hinab auf eine große Fläche vor der Front.

Diese verlief zum größten Teil an einem gigantischen Fluss, nur an einer Stadt, einer großen Stadt verlief der Frontverlauf einige Kilometer vom Fluss entfernt.

Mit einem Scheppern setzte der Frachter auf.

Schweigen unter den Piloten.

Keiner rührte sich.

Der Prinz stand auf.

Stürmte durch die Tür in den Laderaum.

Schnell folgte ihm Seraphina.

Die Klappe fiel in diesem Moment mit einem Knall auf den Boden der Landebene.

Die Antriebe liefen an und die Fahrzeuge machten sich aus dem Laderaum heraus.

Langsam erhoben sich auch die Krieger von ihren Sitzen und sammelte sich im Bauch des Frachters.

»Abmarsch«, schrie Ariald und die Truppen bewegten sich.

»Da laufen sie«, sagte der Kommandant, als seine Truppen auf den Boden aufsetzten.

Der Blick des Prinzen wurde ernst, nahm sich seinen Kommandanten zur Seite.

»Wie sieht es aus? Wie ist die Lage? Der Frontverlauf? Ich habe in der Hauptstadt nichts mitbekommen.«

Ariald nickte.

»Wir haben es bis zum großen Strom Sarnir geschafft. Der Feind hat alle Brücken, bis auf die große Brücke in Pax gesprengt. Momentan ist der Befehl, die Front zu halten, den Feind auf der anderen Seite zu zermürben. Nur in Pax wird gekämpft.«

Ein Nicken Damians und er trat weiter vor.

Als sie aus dem Frachter traten und der Prinz in den Himmel blickte, folgte sofort die Frage, die sich auch Seraphina stelle.

»Wo ist die Löwe der Lüfte, wo ist das Schiff?«

Ariald kratzte sich am Kopf.

»Nun ... Ja ... sie ... sie unterstützt eine Schlacht weiter im Norden. Eine größere Insel einzunehmen.«

»Sofort wieder herholen. Wir sollten uns auf Pax und nicht irgendeine dumme Insel konzentrieren.«

Ein Nicken.

Seraphina blickte in Richtung der Schlacht. Hohe Mauern erstreckten sich am Horizont. Dutzende, hunderte Geschütze darauf.

In einem Ring um die Stadt Gräben, provisorische Befestigungen und Artillerie.

Auch das Monstrum war zu sehen, wie es vor dem großen,

stählernen Tor stand und einen Schuss nach dem nächsten abgab.

Damian trat an Seraphina heran, legte ihr eine Hand auf die Schulter und blickte ebenso auf die Belagerung.

»Wie lange geht das schon so?«, fragte er und drehte sich zu Ariald um.

»Zwei Wochen, die Außenbezirke auf der anderen Seite sind vom Atomangriff noch in Schutt und Asche gelegt. Die Mauer auf unserer Seite ist bereits an einer Stelle durchbrochen, doch selbst mit Luftunterstützung mussten wir den Vorstoß abblassen.«

Erneutes Nicken des Prinzen.

»Sobald die Löwe der Lüfte hier ist, werden wir einen weiteren Vorstoß wagen.«

Mit diesen Worten trat er nach vorn, an ein Militärfahrzeug. Er öffnete die Tür und setzte sich.

»Spring rein«, brüllte er Seraphina zu.

Sie umrundete einmal das Vehikel und öffnete die Türe. Setzte sich auf den Beifahrersitz.

Mit einem Surren fuhr das Fester des grau-grünen Fahrzeuges herab, ein kleiner Panzerwagen auf vier Harträdern.

Damian streckte seinen Kopf heraus und brüllte: »Schau du, dass du mir mit deinen Truppen bald hier vorn bist«, er zeigte nach vorn, ehe er das Fahrzeug startete und aufs Gas trat. Mit rasender Geschwindigkeit bewegten sie sich über die Ebene in Richtung der Front.

Helles Neonlicht, Röhren an der Decke des Betongebäudes.

Es befand sich nichts im Raum, keine Stühle, kein Tisch, gar nichts, außer einem schwarzen Kreis in der Mitte. Um diesen herum standen Damian, Seraphina an seiner Seite, dazu Ariald, Arthegus und andere Generäle oder Kommandanten.

Mit einem Handzeichen des Prinzen erschien eine Holokarte der Stadt, die Stellungen der Veserianer darum herum.

Man konnte die Geschütze sehen, die Projektile, rot markierte, welche in hohem Bogen flogen und in der Mauer und dahinter einschlugen.

Ein Räuspern des Prinzen.

»Gut ...«, begann er.

»Die Löwe der Lüfte ist auf dem Weg, sobald sie hier ist, werden wir die Schneise«, er zeigte auf eine Schlucht in der Mauer. »Mit schwerem Feuer überziehen, die Mauer und Viertel dahinter in Schutt und Asche zu legen. Danach werden unsere Berserker geführt von dem Panzer vorrücken.«

»Mein Prinz«, warf Arthegus ein und machte einen Schritt nach vorn.

»Mit Verlaub, aber der Einmarsch hat bereits einmal mit Luftunterstützung nicht funktioniert. Sollten wir nicht eher einen anderen Plan verfolgen.«

»Was schlagt ihr vor?«, war die Gegenfrage des Prinzen, als er sich durch den Bart fuhr.

»Nun, ein Vorschlag meinerseits, etwas radikal, aber na ja, ein erneuter Atomschlag. Auf die Hauptstadt, das dürfte auch noch den letzten Geist des Widerstands brechen.«

»Nein«, kam es karg vom Prinz.

»Niemals, Pax soll nach der Kapitulation des Freistaats als glänzendes Projekt wieder aufgebaut werden.«

Ariald trat vor, hob seine Hand. »Wenn auch ich mich dazu äußern dürfte.«

Nach einem Handzeichen des Prinzen fuhr er fort.

»Wenn das Schlachtschiff hier ist, sollten wir die verdammte Stadt auf dieser Seite in Schutt und Asche legen. Mit der Hälfte von der Scheiße kannst du doch eh nichts anfangen. Sobald wir dann endlich mal hinter dieser scheiß, Mauer sind, sollte es kein Problem geben.«

Ein Seufzen Damians.

»Wer ist noch dafür?«, fragte er.

Ariald, Arthegus und mehrere der Generäle meldeten sich.

Ein Kopfschütteln.

»Na gut, machen wir so.«

Mit diesen Worten machte er kehrt und trat aus dem Betongebäude.

Davor lang ein kleiner, von den Fahrzeugen geebneter Platz.

Die Container und Baracken hatten hier ihren Platz gefunden.

An der Seite der metallenen Tür standen zwei Soldaten der Prinzengarde, stellten sich an ihre Seite, als sie den Raum verließen.

Sie stapften über den Platz in Richtung eines halb, eingegrabenen Betonbunker.

Plötzlich hörte man ein leichtes Knacken.

Einer der beiden Soldaten packte den Prinzen und zog ihn nach hinten.

Der andere Krieger war noch etwas verwirrt, als er ein Zeichen seines Bruders erhielt.

Schnell packte er Seraphina und zog sie ebenfalls wieder in Richtung des Gebäudes.

»Was geht hier vor sich?«, fragte der Prinz und wollte sich aus dem Griff befreien.

»Luftangriff«, war das Einzige, was er von sich gab und so folgte er ihnen.

Wenige Momente darauf überflogen Jäger mit einem Rauschen Front samt Lager, warfen ihre tödliche, explodierende Fracht ab.

Sie trafen die Stellungen, den Platz dazwischen und das Hinterland. Überall Explosionen.

Bruchstücke wurden umhergeschleudert, Staub aufgewirbelt.

Weiter hinten drehten die Jäger bei und wollten zurück in die Stadt fliegen, doch kaum einer schaffte es.

Die Geschütze des Lagers hatten die meisten von Himmel geholt.

»Gottverdammt«, entfuhr es dem Prinzen, ehe er sich endlich aus dem Griff des Soldaten riss und nach vorne stürmte.

»Diese Verfluchten ..., mögen sie in der Hölle ... «

Er stockte, nahm Seraphinas Hand und trat weiter nach vorne.

Schnell erschienen auch die Wachen wieder an ihrer Seite.

Damian deutete ihnen zu verschwinden.

»Herr ...«, begann der Soldat. »Seid ihr euch sicher?«

Ein Nicken des Prinzen. Ein Tippen auf die Waffe an der Seite der Tigerin.

Die Soldaten salutierten und verschwanden dann endgültig.

»Sicher, dass das eine schlaue Idee war?«, fragte Seraphina ihren Herrn, als sie seine Hand noch etwas fester umklammerte.

»Das Einzige, was folgen könnte, wäre etwas aus der Luft und davor können uns die Soldaten auch nicht beschützen.«

Der Prinz steuerte weiter auf einen der größeren Container am Rande eines Erdwalls an. Über eine Treppe ging es nach oben auf eine Aussichtsplattform auf dem Dach.

Damian trat an das Geländer heran, lehnte sich dagegen und blickte auf die Front.

Regelmäßige waren Explosionen, Flammen und Rauchwolken zu sehen.

Seraphina ging ebenfalls an die Brüstung. Drückte sich zwischen den Prinzen und das Geländer.

Schnell schloss Damian seine Arme um sie.

Ein Kuss auf den Hinterkopf folgte, ehe er seinen Kopf auf ihr ruhen ließ.

»Bald schon werden unsere Banner auch über Pax wehen, wie sie es über dem ganzen Freistaat werden.«

»Hast du den wirklich nie etwas anderes im Kopf als diesen blöden Krieg und das Machtringen der Reiche?«

Ein weiterer Kuss auf den Hinterkopf.

»Sieht fast danach aus, was?«

Seraphina schmunzelte.

»Ich glaube, ich weiß schon, wie ich das ändern kann.«

Sie drückte sich noch enger an ihren Gatten heran, langsam fuhr ihre Hand nach hinten, über den Oberschenkel bis zwischen die Beine Damians.

Langsam drehte sie ihren Kopf nach hinten, gerade, sodass sie ihren Herrn sehen konnte.

Das Gesicht unschuldig und leicht angespannt.

Langsam spürte sie etwas Hartes ihrer Hand entgegen.

Damian blickte die Tigerin an.

»Du kleines Luder«, sagte der Prinz und Seraphina lachte leise.

»Dieses Luder ist jetzt deine Frau«, entgegnete sie.

»Wohl wahr«, mit diesen Worten löste er seine Umarmung und drehte sich um.

Seraphina packte seinen Arm, hielt ihn zurück.

»Wo willst du hin?«

»Du musst auch beenden, was du angefangen hast«, kam es vom Prinzen und er löste sich aus dem Griff, packte Seraphina und zog sie an sich.

Ein Schmunzeln auf ihren Lippen.

Damian führte sie wieder hinab, in einen der kleinen Bunker des Hinterlandes.

Im Betongrab befand sich ein Feldbett, ein Schrank und ein Schreibtisch.

Kein großer Luxus, aber es reichte.

Kaum hatten sie den Raum betreten, riss Damian Seraphina die Kleider regelrecht vom Leib.

Einen Stoß später lag sie in Unterwäsche auf dem weißen Bett.

Schnell zog sich auch der Prinz aus und legte sich zu ihr. Schnell thronte sie auf seinem Lendenbereich, als der Prinz sie herunterstoßen wollte, schüttelte sie den Kopf, legte ihm den Zeigefinger auf den Mund.

»Lass mich nur machen«, sagte sie und fuhr zwischen die Beine ihres Herrn.

Bald schon spürte sie ihn in sich, bewegte sich vor und zurück.

Sie streckte den Rücken durch und beugte den Kopf nach unten. Sie war über dem Gesicht ihres Gatten, stöhnend.

Zwischen den Ausrufen beugte sie sich herab und küsste ihren

Herrn.

Ein Surren war zu hören. Seraphina und ihr Herr waren gerade dabei, einmal mehr in Giganten gesteckt zu werden.

Die Klemmen schlossen sich und die Giganten verbanden sich mit den zwei Kriegern.

Einen kräftigen Schritt nach vorne und Damian hatte sich von den Halterungen der Seite gelöst.

Seraphina folgte ihm.

Ihr Rüstung war mit dem Giganten verschmolzen.

»Dann mal los«, ertönte es knackend über die Verbindung der beiden.

Seraphina setzten sich in Bewegung, die Truppen und Maschinen, die sie von der Hauptstadt mitgebracht hatten, an ihrer Seite.

Die zwei Giganten in einer Formation, umgeben von Panzern, vorne und hinten wie zwei Reichsrittern an den Seiten.

Sie marschierten über das Feld in Richtung der Front.

Schützengräben und Erdwälle waren um die Stadt errichtet worden. Artilleriefeuer auf und hinter den Mauern. Formation um Formation flog in die Stadt und warf weiter Bomben ab oder feuerten ihre Geschütze ab.

Pures Chaos.

Unzählige Geschosse waren zu sehen, wie sie in Richtung Mauer, oder davon herabflogen, wie leuchtende Blitze schienen sie durch die Lüfte zu schießen.

Laufend Explosionen an den Gräben und Wällen wie der großen Mauer.

Als die Formation die Front erreichten, zerlief alles.

Gerade als auch Seraphina und Damian die Gräben betraten, schlug ein weiteres Geschoss wenige Meter neben ihnen ein.

Eine Explosion, der Boden wackelte, Rauch und Trümmer, die ihnen um die Ohren flogen.

Schützend stellte sich der Prinz vor seine Gattin, auch wenn glücklicherweise keines der Trümmer die beiden erreichte.

Er drehte sich wieder zu ihr um.

Seraphina konnte den Blick ihres Herrn nicht sehen, doch sie wusste ganz genau, wie er sie unter dem Helm anblickte.

Als sich der Rauch verzogen hatte und die volle Zerstörung der Explosion zu sehen war, ein Krater im Frontverlauf, gingen sie weiter nach vorne.

Plötzlich ertönte eine Sirene.

Der Blick des Prinzen riss nach oben.

Seraphina folgte ihm schnell.

Knallen, das Feuer von Geschützen.

Die Löwe der Lüfte war angekommen und entfesselte ihr todbringendes Feuer auf die Geschütze der Mauer.

Die gigantischen Geschosse schlugen auf der Mauer ein, ganze Brocken brachen heraus und fielen herab.

Staub wurde aufgewirbelt und glich nahezu einem Sandsturm.

»Da haben wir sie«, sagte der Prinz, während die Löwe eine weitere Salve abfeuerte.

Das große Geschütz war, das Einzige, was nicht dabei war, zu feuern.

»Das haben sie davon«, ertönte es von Ariald er an ihre Seite trat.

Das Schlachtschiff flog den Fluss entlang, zwischen die zwei Teile der Stadt. Beide Seiten feuerten und legten die Stadt in Schutt und Asche.

»Bereitet die Armee vor. Sobald wir hier fertig sind, möchte ich mit dem Einmarsch beginnen.«

Ein Nicken Arialds.

Wenige Tage hingen Rauchfahnen in der Luft. Große, schwarze Säulen, die gen Himmel ragten.

Die Mauer war mitgenommen. Mit dutzenden Löchern,

Kerben und Bruchstücken am Boden. Hinter dem ersten Erdwall stand die Arme bereit.

Die letzten paar Geschütze feuerten von der Mauer herab, doch jedes Mal, wenn sich eines der Überlebenden zu erkennen gab, folgte eine weitere Salve des Schlachtschiffs und es wurde ruhig.

»Bei Gott, wir müssen die Technologie unserer Verteidigungsanlagen aufrüsten, sollte die Technologie der Schlachtschiffe in die Hände des Feindes fallen, dann sind wir der Gnade der Götter ausgeliefert«, sagte Damian, als er einmal mehr das Spektakel beobachtete, große Felsbrocken wie sie mit rasender Geschwindigkeit herabfiel und am zerbombten Erdboden aufprallte und zerbrach.

»Mein Prinz ... Löwe an Prinz«, hörte man es leise aus dem Helm des Prinzen.

Wenige Sekunden die Bestätigung des Prinzen.

»Keine Geschütze mehr auffindbar, Stadt zu 70 % zerstört, Einmarsch möglich«, Damian nickte.

Sekunden später konnte man das Knistern eines sich öffnenden Kanals hören.

Er ging an die gesamte Streitmacht.

»Hier spricht der Kronprinz, die Bombardierung Paxs ist abgeschlossen. Angriff auf mein Zeichen.«

Der Prinz trat vor, auf den Erdwall und hob den Schwertarm seines Giganten in die Höhe.

»Angriff«, war der Schrei, der über alle Lautsprecher ertönte und das Vorrücken verkündete.

Die Front der Kettenpanzer, geführt vom Monstrum, fuhren den Erdwall hinab, erst das Vorderteil in die Luft gestreckt und dann mit einem Krachen auf den Boden überquerten sie donnernd den Erdwall. Dicht dahinter folgten kleinere Panzer wie gepanzerte Fahrzeuge und Soldaten.

Sie alle steuerten auf die Löcher in der Mauer zu, gigantische Züge, die in Richtung Stadtinneres vordrangen.

Hier und da schlug noch etwas Geschützfeuer auf dem Boden ein, doch ein einfacher Schuss des Schlachtschiffs beendete jeweils weiteres Feuer.

Bald schon erreichten sie die Schlucht in der Mauer. Dahinter sah es wüst aus.

Erst jetzt wurde Seraphina bewusst, welch Unheil sie über dieses Land brachten. Von den großen, prächtigen Gebäuden und Wolkenkratzern nur noch ausgebrannte Ruinen und Trümmerhaufen am Boden übrig geblieben.

Verstümmelte, verbrannte, qualvoll verendete Leichen zwischen den Trümmern. Hier und da noch einige Zivilisten in die den Trümmern Schutz suchten und sich vor den veserianischen Krieger versteckten.

»Warum haben sie die Zivilisten nicht evakuiert?«, fragte die Tigerin.

»Weiß der Geier«, war die Antwort Damians.

Er wandte sich an den Kommandanten »Sorgt dafür, dass Sanitäter und Angehörige des Versorgungstrupps in die gesicherten Gebiete nachrücken.«

»Jawohl«, war die Antwort aus der Verbindung.

Die ersten Straßen und Ruinen war keine Gegenwehr zu sehen, dann flog die erste Panzerfaust auf das Monstrum, explodierte an der Panzerung der Seite, richtete jedoch kaum Schaden an.

Aus den ausgebrannten Ruinen wurde Sperrfeuer eröffnet. Doch die gelb-orangen Rüstungen waren nicht gerade von Vorteil.

Während das Monstrum weiter unbeirrt nach vorne fuhr, drehten die Geschütze der kleineren Panzer und schossen auf den Feind in den Gebäuden. Auch die Krieger richteten ihre Waffen auf die Ruinen.

Als Seraphina gerade zu schießen, anfangen wollte, packte sie der metallische Arm des Prinzen.

»Nicht«, war es durch die Lautsprecher zu hören. »Es sind schon viele genug.«

Unbeirrt ging es weiter. Das Monstrum zermalmte die Ruinen der toten Stadt unter sich. Bis sie das Flussufer erreicht hatten.

Die große, breite Brücke war, die Einzige, die noch nicht gesprengt worden war. Auf ihr einige Geschütze, die das Feuer eröffneten.

»Sollen wir zurückschießen?«, ertönte die Frage aus dem Monstrum.

»Nein, wir brauchen die Brücke.«

»Mithilfe der Düsen rüber?«

»Ebenfalls nein, ein zu gutes Ziel. Hierbleiben und auf die andere Seite feuern«, war der Befehl, der gegeben wurde.

Während das Monstrum an der Stelle blieb und viele der anderen Panzer durch die Stadt fuhren und die Gassen sicherten, marschierte die Prinzengarde unter Führung des Prinzen in Richtung der Brücke.

Je näher sie der Brücke kamen, desto weniger war zerstört, aber dennoch war alles zu Ruinen verkommen.

Aus der Ferne konnte man das Donnern der Panzer hören.

»Achtung, Feind«, schrie es aus den hinteren Reihen und das Feuern eines Gewehrs war zu hören. Kugeln trafen auf die Rüstungen der Krieger.

Aus einem halb eingestürztem Gebäude an der rechten Seite der Truppe ragten die gelben Rüstungen hervor.

Schnell ging die Soldaten hinter einigen Trümmern in Deckung und wendeten sich wie Tigerin und Prinz dem Widerstand zu.

Schüsse fielen, durchbohrten den Feind, der nach und nach aufgerieben wurde.

Die Verluste hielten sich in Grenzen. Es brauchte etwa sieben ihrer Kugeln, um die Rüstung der Berserker zu durchdringen, von den Giganten ganz zu schweigen, doch ein veserianisches Geschoss konnte mit etwas Glück bereits ihre Rüstung durchbohren.

Ein paar mehr solcher Scharmützel, Häuserkämpfe mussten sie noch erleben, ehe sie den Platz vor der Brücke sehen konnte.

Um eine Ecke konnten sie die feindliche Stellung sehen.

Die Statue eines Transhumanen, nur der Kopf noch menschlich, der die Flagge des Freistaats hob, war zu sehen.

Der Kopf fehlte und auch der Sockel war bereits etwas mitgenommen

Vor diesem Platz war eine Barrikade errichtet, aufgeschüttetes Geröll, hinter dem die Soldaten Stellung bezogen hatten.

Davor einige Panzersperren.

»Vorsicht, die haben uns noch nicht entdeckt, wir gehen durch die Trümmer, schleichen uns heran«, war über einen Kanal zu hören.

26 – Der Fall Pax'

So kam es, die Truppe betrat eines der zerstörten Gebäude.

Seraphina fühlte sich dabei unwohl. So viele hatten hier ihr Leben gelassen. Oft sah man eine Leiche elendig verbrannt oder unter Schutt begraben. Es war ihr, als könnte sie die Geister der Verstorbenen spüren.

Aber sie hatten keine andere Wahl.

Die Gruppe kletterte über die eingebrochenen Stockwerke voran.

Bald schon kamen sie auf den Trümmern eines eingebrochenen Obergeschosses heraus, blickten auf den Feind, der direkt zu ihren Füßen stand.

»Attacke«, schrie der Prinz und sprang als Erster auf die Stellung hinab. Dicht gefolgt von Seraphina.

Noch im Flug erledigte sie ein paar der Soldaten mit dem eingebauten MG.

Mit einem Ruck landete sie neben Damian auf dem Trümmerwall, schoss noch einmal mit einem Streugeschoss in die Menge und ließ dann ihre Klinge sprechen.

Die Kugel der gelb gerüsteten Krieger prasselten nur so auf ihre metallene Haut, aber an der Seite ihres Gatten mähte sie einen Feind nach dem anderen nieder.

Das gigantische Schwert schnetzelte sich nur so durch den Feind, durchtrennte die Körper und ließ abgeschlagene, blutüberströmte Glieder zurück.

Die Berserker bezogen derweil Stellung auf dem Wall und eröffneten das Feuer auf die Truppen, die versuchten den Wall zu erklimmen. Während Seraphina dabei war, die Menge zu spalten, erschienen plötzlich zwei Transhumanisten.

Der Körper vollständig maschinell, nur der Kopf und ein Arm der noch herausragte waren menschlich.

Sie trugen schwere Waffen an den Seiten, wie ein Geschütz auf der linken Schulter.

»Die schnappen wir uns«, sagte der Prinz durch die Com-Verbindung und setzte sich in Bewegung, zertrampelte einiger der Feinde einfach unter seinen Füßen. Seraphina folgte ihm, in Richtung der zwei sich durch die Menge bahnenden Transhumanisten. Der Prinz nahm Anlauf, stürmte durch die Menge und rammte den Feind mit voller Wucht.

Seraphina tat es ihm gleich.

Sie schmiss ihren Gegner, der sie etwa einen halben Meter überragte, zu Boden, konnte seinen Kopf sehen. Angewidert blicke sie auf den Schädel, aus dem mehrere Schläuche und ein Roboterauge ragten.

Sie feuerte mehrere Geschosse in den Leib des mechanischen Monsters, ehe es sich unbeeindruckt, mit gewaltiger Macht erhob und sie zur Seite stieß.

Mit voller Wucht landete sie am Denkmal in der Mitte des Platzes, ein Bruchstück fiel auf ihren Helm, Staub bedeckte das Visier. Von unten konnte sie sehen, wie Damian seinem Feind gerade das Schwert in die Brust trieb. Maschinenöl, vermischt mit Blut, spritzte aus dem Körper, ehe seine Bewegung einstellte.

Ihr eigener Gegner hob die rechte Hand, ließ, mit einem surren, die Kreissäge, die daran befestigt war anlaufen. Mehrmals betätigte er sie drohend, baute sich vor ihr auf.

Ein paar Plasmageschosse später wich er zurück und Seraphinas Gigant stemmte sich wieder in die Höhe.

Die Kreissäge schnellte auf sie zu und das Schwert stellte sich entgegen.

Die Zähne der Scheibe verhakten sich, es war ein Ringen um

den größten Druck. Während der Transhumane seine andere Hand nahm und damit auf die Säge drückte, schoss Seraphina weitere Geschosse ab.

Sie trafen in der Magengegend, sein Unterleib platzte auf. Die Metallplatte schmolz und Öl und Funken sprühten heraus.

Sein linker Arm fiel kraftlos herab, hing leblos an der Seite.

»Verdammter Bastard«, zischte Seraphina.

Schnell wich die Tigerin zur Seite, mit gigantischer Kraft raste der Arm nach unten.

Der Krieger verlor das Gleichgewicht, fiel nach vorne und die Säge bohrte sich erst in den Boden, dann in die eigene Brust, die folgte.

Einen Schwertstreich später blickte die Klinge des Giganten aus der Vorderseite des Kopfes. Langsam sank die Maschine zu Boden. Nur die Säge drehte sich munter weiter.

»Dafür dass sie so gefürchtet sind, sind die gar nicht so gefährlich, was?«, fragte der Prinz als er an ihre Seite trat.

Einen Blick später konnte sie den anderen am Boden liegen sehen. Der Kopf, von seinem Maschinenkörper getrennt. Kabel und Leitungen hingen aus der Öffnung, in der er einst thronte.

»Das sagst du ...«, kam es mit einem leichten Keuchen von ihr.

Doch zur Pause blieb keine Zeit. Immer noch waren viele der Soldaten auf dem Platz. Während die Kaiserlichen von den Wällen und Häusern herabschossen, mähten die beiden weiter die Soldaten nieder.

Dann, endlich, war der Platz gesäubert. Aus den Seitenstraßen drangen nach und nach weitere Truppen und Fahrzeuge hervor.

»Was zum Teufel haben die bitteschön vor?«, fragte der Prinz, als er vom zerstörten Ufer auf die Brücke sah.

Seraphina stand neben ihm, den Blick auf das laufende Wasser des Stroms gerichtet.

»Schöne wärs, wenn ich das wüsste«, war die Antwort.

»Wollen wir darauf warten, bis sie es uns sagen, oder finden wir es heraus?«, fragte Ariald mit einem dreckigen Lachen.

»Du hast ja recht«, war die Antwort des Prinzen. »Lass uns anfangen.«

Mit diesen Worten trat er nach vorne und ging zurück in Richtung Platz, dort warteten bereits seine Soldaten auf ihn.

Mit einem Handzeichen bildeten sie eine Gasse, ließen ihren Herrn passieren, bis er zum Fuß der Brücke gelangte.

Gemeinsam betraten sie die Brücke, geführt vom Prinzenpaar. Die Brücke entlang nach oben. Auf der anderen Seite sah es noch besser aus, einige Gebäude standen noch einigermaßen unversehrt, wenn sie auch einige Einschläge abbekommen hatten.

Doch, das sollte sich ändern.

Die Löwe der Lüfte war seit dem Morgengrauen dabei, die Stadt unter Beschuss zu nehmen. Immer wieder und wieder war das Knallen zu erhöhen und eine Explosion an den Fassaden der Gebäude zu vernehmen.

Gerade als sie die Brücke betraten, brach eines in sich zusammen.

Die gläserne Außenwand splitterte, rauschte herab, ehe der Turm auseinanderbrach und nach und nach zusammenfiel.

Weiter marschierten sie in Richtung der anderen Flussseite.

Als sie am höchsten Punkt angekommen waren, hörte man ein leises Ticken.

»Halt«, schrie Damian und ging nach unten, rannte zur anderen Seite der Brücke.

»Ariald ...«, schrie er. »Andere Seite.«

Er verstand sofort und lief auf die andere Seite. Die Vermutung des Prinzen war richtig.

Sprengstoff.

Mit einem Griff riss Damian den Sprengstoff von der Säule und warf ihn ins Wasser.

»Verdammt«, ließ Ariald verlauten.

»Was ist los?«, fragte der Prinz nach.

»Hier ist noch eine.«

Sie war fest im Boden verankert.

»Verdammt«

Ariald kniete vor dem Einlass und versuchte etwas herumzudoktern.

»Müsste das Ding nicht irgend ›ne Anzeige haben, wie lange wir noch haben?«, fragte der Kommandant.

»Ach geh weg da ... du wirst doch nichts ernsthaft den alten Flimscheiß glauben.«

Der junge Löwe drängte Ariald hinfort, kniete sich hin und deaktivierte den Giganten. Schnell schlüpfte er heraus und hebelte die Abdeckung auf.

Seraphina trat an seine Seite, sah all die Kabel und Technik, die unter der Abdeckung verbaut war.

Man sah ihm die Panik an, er wusste nicht ganz, was er tun sollte.

Plötzlich begann das Ticken immer schneller und schneller zu werden.

»Drecksding«, zischte der Prinz, zog ein Messer aus der Rüstung und schnitt alle Kabel, durch, die er zu fassen.

Kein Geräusch war mehr zu hören. Alles war still und blickte auf den Boden der Brücke.

Eine Minute nichts, zwei.

»Scheint alles in Ordnung zu sein«, durchbrach Ariald die Stille.

Ein Seufzer Damians.

»Nein«, sagte Seraphina mit ehrfürchtiger Stimme und zeigte auf den Himmel.

Dutzende Feuerschweife zogen darüber.

Schnell sprang sie mit dem Giganten zu Damian und stellte sich schützend vor ihn.

Kurz darauf schlugen die Geschosse in der Brücke und im Wasser ein.

Der Boden unter ihnen bebte. Staub wurde aufgewirbelt. Mit einem Zischen platschten die heißen Geschosse in das Wasser des Flusses.

Doch trotz der unklaren Sichtverhältnisse waren Geschosse des Schlachtschiffs auf die Artillerieposition zu erkennen.

Als der Staub sich wieder lichtete, konnte man eine Front von Transhumanen und Soldaten erkennen, die auf die Brücke marschierten.

»Der Feind, Stellung einnehmen«, schrie Ariald und bildete eine Front mit seinen Kriegern, sie knieten in Formation und feuerten die ersten Salven auf die ankommenden Krieger.

Schnell erklomm Damian wieder seinen Giganten, aktivierte die Maschine.

»Wir rücken vor«, war eine Nachricht an alle Giganten.

Seraphina und Prinz stiegen mit ihren Kolossen über die Reihe ihrer Krieger in Richtung des Feindes.

Seraphina ließ ihr MG aus vollem Rohr feuern, während der Prinz seinen Plasmawerfer nutzte.

Die feindlichen Truppen fielen wie die Fliegen, als die Giganten es schafften die Front zu erreichen, war die Formation zu Teilen aufgelöst.

Mit den Klingen der Maschinen wurden die Löcher noch größer.

Ein Schwung der Klinge und Blut spritzte, der letzte der Feinde starb mit seinem Lebenssaft auf dem Helm der Tigerin.

Hinter den Kriegern rollten bald schon die Panzer über die Brücke.

»Wie ist der Plan?«, fragte Ariald als die Flut der Soldaten in die andere Stadthälfte einmarschierten.

Einige kleine Scharmützel an der Grenze der Stadt hielten die Truppen dort etwas beschäftigt.

»Wir müssen in den Regierungspalast, sobald der Senat und der Computer erstmal Geschichte ist, sollte kaum mehr Moral unter den Feinden herrschen, es sollte ein leichtes sein, sie dann zu vernichten«, kam es vom Prinzen.

»Gut, wo finden wir diesen Palast?«, fragte Seraphina und

blickte in Richtung der Innenstadt.

»Kaum zu übersehen, über die Hauptstraße in die Stadt. Da hinten«, Ariald zeigte durch die Gasse der Wolkenkratzer und gigantischen Türme.

In der Ferne konnte man nur eine gigantische, schwarze Pyramide sehen, die sich prachtvoll aus dem Häusergewirr erhob.

»Die Schwarze Pyramide«, erklang es ehrfürchtig aus dem Mund des Prinzen.

»Sie muss fallen, so machen wirs«, sagte er und erhob sich, blickte auf die Front vor sich.

»Worauf warten wir dann?«, fragte Ariald und fuchtelte mit seinen Händen in Richtung Stadt.

»Auf sie«, schrie der Prinz durch das Com-System und machte Platz für die Panzer, welche gerade dabei waren, die Brücke zu überqueren.

Er sprang auf eines der Gefährte, Kettenantrieb, schwer gepanzert, ein Geschützturm an dem die Haubitze hing. Weiter oben noch ein Granatwerfer.

An den Seiten jeweils ein MG.

Hinter dem Geschützturm aktivierte er seine Magnetspulenstiefel und ließ sich von den Panzern ins Felde fahren.

Seraphina musste schmunzeln als sie ihn da oben sah, das war ganz ihr Damian.

Schnell folgte sie einem Vorbild und sprang auf den Panzer.

Bald schon gesellten sich Soldaten an die Seiten der Gefährte und marschierten durch die Straßen in Richtung des Palastes.

Die Straßen, was ruhig, keine Krieger, keine Scharmützel.

Gelegentlich kamen ein paar Zivilisten auf die Straße, mit erhobenen Händen.

Plötzlich erschienen gelbe Rüstungen aus der Gasse.

Soldaten und Panzer waren schussbereit, doch kurz bevor sie feuerten, kam der Haltebefehl.

Die Feinde kamen mit erhobenen Händen und ohne Waffen aus der Deckung. Den zerstörten Häusern und Straßen.

»Einheit Zwei, kümmert euch ums sie«, war der Befehl des Prinzen.

Eine kleine Gruppe von Soldaten lösten sich, ließen ihre Waffen senken und gingen auf die Soldaten zu.

Kurz darauf wurden ihnen Handfesseln angelegt und hinter die Linien der Veserianer gebracht.

»Was war das jetzt?«, fragte Seraphina verwirrt.

»Sie haben sich ergeben, erkannt, dass ...«, er konnte seinen Satz nicht vollenden.

Eine Explosion hinter den Reihen. Alle drehten sich um und sahen die Krieger in Ketten. Einer von ihnen musste sich selbst in die Luft gejagt haben, dabei hatte er seine Kameraden und einige der veserianischen Krieger getroffen.

»Gottverdammt, selbst wenn sie sich ergeben ... dann ....«

Knacken im Com-Netz

»Neuer Befehl, Kapitulationen werden nicht akzeptiert, wenn Zeit und Umgebung keine Untersuchung zulassen. Exekution freigegeben.«

Seraphina schauderte, als sie diese Worte hörte. Grausam.

»Sicher, dass das eine gute Idee ist?«, fragte sie nach.

»Das wird die Feinde noch rasender machen.«

Sein Seufzen des Prinzen war zu hören.

»Wir haben keine andere Möglichkeit ... des Weiteren, komm zu mir nach vorne.«

Schnell kletterte die Tigerin den Panzer hoch, einen Sprung später war sie an der Seite des Prinzen.

Sie passten kaum zu zweit auf den Rücken des Panzers, aber irgendwie klappte es doch.

Als sie weiter durch die Stadt fuhren, konnte man weitere Zerstörung, weitere Ruinen sehen.

Bewohner, die in Zelten oder Ruinen über offenem Feuer das letzte bisschen Essen, manche sogar gefundene Kadaver zubereiten.

Die Reaktionen waren unterschiedlich, die einen sahen hoffnungsvoll auf die Invasoren, als Retter, Befreier und Friedensbringer.

Die anderen waren voller Hass und sahen sie als das, was sie waren, Feinde ihres Vaterlands.

Endlich erreichten sie die Pyramide.

Einige feindliche Panzer und Truppen hatten sich vor dem großen Eingang versammelt und bewegten sich in ihre Richtung.

Ruckeln, Rückstoß im Panzer und die Geschütze feuerten aus vollen Rohren.

Als die feindlichen Panzer gerade mal in Feuerreichweite kamen und die erste Salve abgeschossen hatten, waren die veserianischen Geschütze bereits Erfolgreich. Die Kugel schlug in die feindlichen Kampfpanzer ein und sie gingen in Flammen auf.

»Jetzt wir«, sagte der Prinz und eröffnete das MG Feuer auf die anstürmenden Soldaten.

Seraphina wie der Panzer, auf dem sie standen, tat es ihm gleich.

Später fuhren sie nur noch über die toten oder zumindest halb toten Soldaten, die Ketten zerquetschten ihre Knochen und ließen die Schädel platzen.

Vor den großen Treppen, die hinauf zur schwarzen Pyramide führten, blieben sie stehen.

Ein Befehl durch das Com-Netz und die Panzer drehten sich, nahem Stellung vor der Treppe während ein Großteil der Soldaten mit den Berserkerrüstungen in Richtung der Pyramide marschierten.

Geführt von Löwe und Tigerin traten sie über die Hochebene, sie glich einem Garten, ganz im Gegensatz zur schwarz glänzenden Pyramide.

Der Eingang war in einem Tunnel, mehrere Meter in die Pyramide. Geschützt durch Türen aus massivem Metall.

Damian trat heran, klopfte einmal dagegen.

»Titan, massiv, mindestens zehn Zentimeter dick«, er stockte, blickte in eine der oberen Ecken des Tunnels. Ein Surren.

Damian griff nach etwas und riss es herunter. Es war eine Kamera.

»Die brauchen uns nicht auch noch zuschauen ... bringt einen Schneider«, kam der Befehl vom jungen Löwen. Einer der Soldaten lief nach hinten, zurück zu den Panzern. Wenige Zeit später kam er mit einem großen Gerät in seiner Hand wieder.

Es glich einem Geschütz mit zwei Haltegriffen an der Oberseite.

»Mein Prinz«, sagte der Soldat und reichte es seinem Herrn.

Ein Nicken des jungen Löwn.

Er nahm das Gerät mit festem Griff an sich.

Einen Knopfdruck später aktivierte sich der Schneider.

Ein blauer Feuerstrahl kam aus der Mündung.

Das blaue Feuer traf auf das schwarz lackierte Titan. Der Bereich des direkten Kontakts schmolz unter der Hitze. Langsam aber sicher schnitt der junge Löwe ein Loch in das Tor.

Als sich ein Kreis gebildet hatte, trat er mit seinem Giganten dagegen. Ein großes Stück brach nach hinten hinweg.

Gewehrfeuer, Kugeln flogen durch die Öffnung, bohrten sich in das schützende Metall des Giganten.

Damian lachte, lachte tief und hämisch, ehe er den Schneider nahm und ihn in die Menge der Sonnenkrieger hielt.

Das Feuer brannte sich durch ihr Rüstung, unter Schmerzensschreinen gingen sie zu Boden als sich das flüssige Metall in ihren Körper einbrannte.

Schnell drangen die ersten Krieger ein.

Seraphina folgte ihrem Herrn dichtauf dem Fuß. Als die Soldaten im Inneren des Ganges abgeschlachtet waren, ging es weiter, immer tiefer in den Palast hinein.

Der Gang führte in einen pyramidenförmigen Raum im Inneren.

In der Mitte ein kleines Beet um eine Statue, die eine

Maschine zeigte.

Auf dem schwarzen Boden um sie herum knieten dutzende Menschen, die Hände gefaltet und Bitten an die Statue richtend.

»Erbärmlich«, ertönte es aus den Lautsprechers Seraphinas Giganten.

»Erbärmlich, wie sie einen Gott anbeten, den sie selbst geschaffen habe. Einen Gott, der ihnen nicht helfen kann und wird.«

Mit diesen Worten trat er weiter nach vorne.

Als langsam die lauten Schritte auch bei den Kauernden ankamen, zuckten sie, schrien bei jedem, den sie weiter hörten.

Plötzlich stand der Prinz hinter ihnen, stampfte durch die gelben Massen, zerquetschte die Gläubigen unter seinen Füßen und schoss mit dem MG in die Menge.

So stand er da, in Blut und menschliche Körperteile gehüllt.

Plötzlich ertönte ein Rauschen, eine Rakete schoss aus der Schulter des Prinzen und sprengte die Statue in der Mitte des Raumes.

Zucken, Schreie, ja Weinen unter den knienden.

Dies sollte das letzte sein was sie taten, ehe die Soldaten hinter ihnen das Feuer eröffneten und alle in den Tod rissen.

Dieser Krieg gefiel Seraphina immer weniger und weniger. So viel Leid und Tod, doch sie hatten sich dafür entschieden.

Erst jetzt bemerkte sie die Audienz. Dutzende Stockwerke der Pyramide hatten über Balkone Zugang zu dieser Halle, von dort blickten sie herab, Beamte und Schutzsuchende, auf das, was an der Statue passiert war.

Doch Damien schien es nicht zu interessieren, er deute seinen Gefolgsleuten ihm zu folgen.

Am Ende des Saals war ein Aufzug, verschlossen, den Schildern konnte man entnehmen, dass er einzig und allein in den Senat führte.

»Du kümmerst dich mit deinen Soldaten um die Halle. Wenn möglich, keine Toten.«

»Keine weiteren Toten«, fügte er schnell hinzu.

Ariald nickte.

Damian trat an die Tür des Aufzugs, die riesigen Hände des Giganten rissen die Tore nur so auseinander.

Ohne Aufforderung folgte ihm Seraphina, beide traten in der Berserkerrüstung in den Aufzug.

Einen Knopfdruck später begann der Aufzug zum Leben zu erwachen.

»Dann schauen wir uns mal an, wer diesen ganzen Sauhaufen hier leitet«, sagte Damian.

Seraphina nickte nur stumm.

Sie war aufgeregt.

Was sie wohl da drin erwarten würde? Wer diese Kriegstreiber sein mussten?

Die Zahl der Stockwerkangabe fuhr immer weiter und weiter nach oben.

Mit einem Ruck blieben sie plötzlich stehen. Durch das klaffende Loch in der Aufzugtüre konnten sie bereits die Senatshalle sehen.

Wände aus poliertem, glänzendem, schwarzem Stein.

An vielerlei Stellen mit goldenen Ornamenten und Säulen geziert.

Auf einer schwarzen, u-förmigen Tafel saßen die dreizehn Senatsmitglieder.

Mehrere fette, alte Glatzköpfe. Dazu undefinierbare Wesen, den Körper entstellt, mit Kosmetik oder Technologie, sodass man nicht sagen konnte, ob es Mann oder Frau, ja gar ein Mensch war.

Ein paar von ihnen hatten neonfarbenes Haar, abstoßend für die Tigerin.

»Wir haben euch bereits erwartet«, sagte der Mann, der am Kopf, zwischen den zwei Reihen saß,

Er war so fett, dass er einen Stuhl mit Übergröße brauchte, er ähnelte mehr einer Babywiege als einem Stuhl.

»Habt ihr das?«, riss die Antwort Damians sie aus den Gedanken.

»Ja … mein Prinz. Hier, auf dem Tisch, liegt die Kapitulation des Freistaats. Unter der Bedingung, dass uns nichts zuleide getan wird.«

Ein Lachen aus dem Munde des Prinzen.

»Was ist so lustig?«, fragte der Fettwanst nach und beugte sich etwas nach vorne.

»Ihr habt einen Krieg begonnen, Atomwaffen eingesetzt. Ihr werdet nicht so einfach davonkommen.«

Die Faust des Vorsitzenden landete auf dem Tisch.

»Das ist eine Lüge«

»Ach ja?«, fragte der junge Löwe nach.

»Nennt ihr mich einen Lügner?«, zischte er aggressiv.

Sein Gegenüber drückte etwas auf einer Konsole vor ihm herum, ein Holobildschirm erschien vor der Tafel.

»Wir wurden angegriffen.«

Und tatsächlich, man sah die Attacke eines Cyberangriffes in den Aufnahmen.

»Ach ja? Und warum wurden dann keine Verhandlungen begonnen?«

Der dicke Mann warf die Hände in die Luft.

»Wir haben es versucht, nie kam eine Antwort.«

»Sollte an euren Worten etwas dran sein, dann werden wir es in einer Verhandlung herausfinden. Sollte ihr tatsächlich unschuldig sein, wird dies festgestellt.«

Ein Nicken der Anwesenden.

»Dann hier die Kapitulation des Freistaats.«

Damian gab einen Funkspruch an seine Leute ab, ehe er auf das Papier, das auf dem Tisch lag, zuging.

Seraphina schritt im misstrauisch hinterher, bereit ihn im Falle einer Falle bis aufs Blut zu schützen.

Es hatte Brief und Siegel des Freistaats, darauf war die Erklärung der bedingungslosen Kapitulation des Freistaats. Die

Unterschriften bereits gesetzt, es fehlte nur noch das Siegel des Reiches.

Damian koppelte seinen Handschuh ab, darunter befand sich sein Siegelring. Er tunkte in ein Tintenkissen, das daneben stand und setzte das Wappen der Wenzels auf den Vertrag.

»Damit wäre es beschlossen«, sagte er und streckte seine Hand aus.

Die fette Hand des Senators schüttelte diese.

Wenige Momente später öffnete sich eine zweite Aufzugtür. Veserianische Soldaten stürmten in den Raum, hinter die Senatoren. Sekunden später lagen sie mit dem Gesicht am Boden und Handschellen am Rücken.

Als sie in einer Reihe am Boden knieten, hinter ihnen jeweils ein Soldat, trat Damian hinter den Stuhl des Vorsitzenden.

Vor ihm, eine verschlossene Tür, ein komplexes System zum Öffnen. Dahinter war er, ihr Gott.

27 – Tod den Götzen

»Lasst die Tür, sie wurde seit Jahrhunderten nicht geöffnet«, schrie der fette Senator.

»Nur wer würdig ist, kann das Schloss lösen und darf ins Innere.«

Ein Nicken des Prinzen, ein Schmunzeln auf seinem Gesicht.

»Ich löse euch das Schloss«, war die selbstsichere Antwort Damians.

Er löste das Schwert von seiner Rüstung, aktivierte die Photonklinge und stach in das Touchpad.

Augenblicklich wurde es schwarz, splittere.

»Nein ...«, schrie einer der Senatoren, der schnell das Maul von einem der Soldaten gestopft bekommen hatte.

Alle blickten bestürzt drein, als hätte er gerade ihren Gott getötet.

Wobei, das war das, was er nun tun würde, schoss es Seraphina durch den Kopf.

Damian verband ein paar Kabel hinter dem zersprungenen Glas und schon öffnete sich das Tor. Dahinter, ihr Gott, ihr Heiligstes, ein Supercomputer, den sie bei all ihren Fragen konsultierten.

Auf einen Handwink des Prinzen wurden die Senatoren in die Höhe gerissen und in den Raum des Computers gebracht.

Es großer, metallener Saal, darin ein gigantischer Kasten mit hunderten blinkenden Lichtern. Wohl fünf Meter hoch, zwanzig breit und wer weiß wie lang.

»Das, das ist also euer ... euer Gott?«, fragte Damian, wobei der die letzten Worte besonders voller Abscheu aussprach.

Ein Nicken.

»Es gibt nur zwei Götter und das sind Mutter und Vater. Einen Gott kann man sich nicht erschaffen. Die Götter haben uns erschaffen.«

Kurze Pause.

»Und genau das beweise ich euch jetzt.«

Auf ein Handzeichen bekam er ein Datenmodel. Er klebte es an die Außenseite des Computers, kaum befestigt begann ein Zusammenspiel der Lichter.

Wenige Momente später schaltete sich das gesamte Licht des Computers aus, Blitze waren im Inneren zu sehen, ehe das Modul in explodiert und einen brennenden Krater in der Maschine zurückließ.

Schreie aus den Reihen der Knienden.

»Da seht ihr es, es gibt nur zwei Götter und sie sind auf unserer Seite.«

Damian genoss den verzweifelten Anblick der Gefangen einen Moment lang, ehe er den Befehl gab, sie zu entfernen.

Eine Übertragung auf den Kanälen des Militärs des Freistaats verbreitet. Es war die Durchsage des Senators, der die Kapitulation des Freistaats verkündete.

Immer mehr und mehr Berichte erreichten den Prinzen, dass die letzten Wiederstandzellen in Hauptstadt aufgaben, vor den veserianischen Soldaten kapitulierten.

Ein gigantisches Lächeln schien auf der Mine des Prinzen, als er über die zerstörte Stadt blickte. Rauchschwaden stiegen auf und Truppen zogen durch die Stadt, setzten die kapitulierten Feinde fest.

Seraphina trat hinter ihm auf die Aussichtsplattform an der Seite der Pyramide.

Als sie das Lächeln auf seinem Gesicht sah, schauderte sie etwas.

Freude, im Angesicht so viel Zerstörung.

Die Tigerin trat an ihren Gatten heran, blickte über die ausgebrannten und zerstörten Gebäude.

Noch viele Tage sollte schwarzer Rauch über den Ruinen aufsteigen.

»Alles in Ordnung?«, fragte sie und legte ihm eine Hand auf die Schulter.

»Pax ist gefallen, das, woran meine Vorfahren gescheitert sind. ... natürlich ist alles in Ordnung, alles ist bestens.«

Der Kopf des Prinzen blickte auf sie herab.

Er hatte sie durchschaut.

»Es mag wüst erscheinen, aber ich verspreche dir, wir werden diese Stadt dreimal prächtiger wieder aufbauen. Eine bessere Stadt für das Reich und sein Volk schaffen.«

Seraphina nickte und lehnte sich auf die Brüstung.

Kaum hatte sich die Tigerin auf die Brüstung gelehnt, begann er von Neuem.

»Es wird Zeit, dass wir wieder nach unten schauen, die Früchte unseres Sieges ernten«, kam es vom Prinz als er sich über die metallene Tür wieder in Richtung inneres aufmachte.

»Mein Prinz«, schrie es plötzlich aus dem Gang.

Ein Bote in leichter Rüstung lief ihnen entgegen.

»Heil dir, Kronprinz«, begrüßte er Damian mit der altbekannten Geste.

Danach erlaubte er es sich selbst etwas zu hecheln und zu atmen zu kommen.

»Was ist? ... Was gibt es?«, fragte der junge Löwe, ohne auch nur im Ansatz zu warten.

Als der Bote immer noch schwer atmete, bellte er weiter: »Was jetzt?«

Der Soldat richtete sich wieder auf.

»In ... in den Grenzgebieten«, sagte er stockend.

»In den Grenzgebieten sind Kämpfe ausgebrochen. Die Truppen der Mitte haben sich ergeben, doch aus den Slums und dem atomverseuchten Bereich fallen Schüsse. Guerillakrieger haben sich in den Häusern verschanzt und ...«

»Lass gut sein«, wurde er von Damian unterbrochen.

»Alle Soldaten, die wir entbehren können, in die Randgebiete der Stadt.«

Ein Nicken und er verschwand wieder.

»Verdammt nochmal, nicht einmal, wenn ihre verdammte Demokratie ihnen das Aufgeben befiehlt, stellen sie das Kämpfen ein. Nicht so als hätten sie etwas, wofür sich das Kämpfen lohnt.«

Wütend stapfte er zurück in die Halle, Seraphina dicht auf seinen Versen.

Sie selbst hatte schon etwas Verständnis für die verzweifelten Soldaten.

Auch sie würde bis zum Ende kämpfen, das Reich, ihr Vaterland zu schützen.

Sie konnte über ein Geländer in das Innere der Pyramide sehen. Etliche Kisten, Säcke und andere Vorräte standen in der Halle.

Ein Lager war entstanden. Auch das Hauptkommando hatte sich dort eingerichtet.

In den Büros und Sälen des ehemaligen Regierungsgebäudes mussten Unterkünften für Soldaten weichen.

Als sie dabei waren, die Treppe hinab in den Innenraum zu gehen, tippte Damian einmal mehr auf dem Bildschirm seines Unterarms.

»Wie sieht es mit den Gefangen aus?«, fragte er in das Mikro an seinem Kragen.

»Komm auf den Platz und sieh selbst«, vermutete sie Arialds Stimme aus dem Lautsprecher.

Mit einem Knacken wurde die Verbindung getrennt.

»Du hast ihn gehört«, seufzte der Prinz, ehe er von der Treppe trat.

Auf dem Platz um die zerstörte Statue war nichts mehr so wie noch vor einem Tag.

Überall standen Kisten und Container herum.

Beamte, Offiziere und Soldaten stürmten über den glänzenden Boden, der so langsam im Dreck der Stiefel braun wurde.

Durch das große Tor und die weiße Treppe traten sie hinab auf den Platz.

Die großen Gebäude um diesen herum glichen meist nur noch ausgebrannten Gerippen.

Vor diesen, in dutzenden Reihen knieten die feindlichen Soldaten, unbewaffnet, die Helme unten.

In den vorderen Reihen die Transhumanen, dahinter die regulären Soldaten.

»Beeindruckend«, flüsterte der junge Löwe.

Dieser Gedanke schoss Seraphina auch durch den Kopf, mit dem der Furcht, was, wenn sie eines Tages nicht mehr so viel Glück hätten und in ihrer Haut stecken würden.

»Hab ich zu viel versprochen?«, ertönte eine dunkle, freundliche Stimme von der Seite.

Es war Ariald.

»Wie viele sind es?«, fragte Damian nach.

»Etwas Fünfhundertzwanzig Transhumane, dazu noch mehrere zehntausenden reguläre Soldaten, Zählung unbeendet.«

Ein Nicken des Prinzen, er blickte noch einmal über die Ebene, die tausenden knienden Feinde.

Ein Blick voller Abscheu auf die Transhumanen.

Gelbe Außenpanzerung, silberne Leitungen und durchsichtige Röhren, durch die eine grün-gelbe Flüssigkeit floss.

Große, mechanische Körperteile, an denen Waffen montiert waren.

Erst jetzt konnte sie die Tigerin so richtig sehen.

Ihr Blick war voller Ekel, was diese Wesen mit ihrem Körper angestellt hatten. Viel mehr als nur bloße Ketzerei.

»Schießbefehl erteilt«, ertönte es plötzlich von Damian.

Erst jetzt bemerkte Seraphina die großen Geschütze, die am

Rande des Platos standen.

Mit einem Surren setzten sie sich in Bewegung.

Laute Schüsse, gigantische Kugeln flogen in rasender Geschwindigkeit aus den Mündungen.

Schlugen in den gepanzerten Körpern der Transhumanen ein.

Öl und gelbe Flüssigkeit spritzte, ein paar der Krieger bäumten sich noch etwas auf, bevor die Maschinen leblos in sich zusammensackten.

Die Soldaten dahinter brachen in Panik aus, einige sprangen aus den Reihen, doch wurden sofort von den anwesenden Soldaten durchsiebt.

Als die Ersten, so verblutend und schreiend am Boden ihr Leben aushauchten, kehrte schnell auch wieder bei ihren Kameraden Ruhe ein.

Als die Maschinenmenschen leblos, im eigenen Lebenssaft lagen, hatte Damian noch nicht genug.

Auf Befehl des Prinzen trat einer der Krieger vor, er hatte eine besondere Art der Rüstung und einen zweiten Tank an seinem Rücken.

Er holte ein Gewehr mit einem Schlauch daran, Minuten später strömte Feuer aus dem Hals.

Entzündete das Öl am Boden. Bald schon bildete sich ein Flammenmeer um die zerstörten Maschinen.

Das Feuer verzehrte das tote Metall, nass vor Öl.

Ein paar der unberührten Öltanks explodierten.

Der Ausdruck der Verzweiflung machte sich auf den Gesichtern der gefangenen Soldaten breit.

»Achtung, Achtung. Dies ist ein direkter Befehl des Prinzen. Jeder Transhumane, Soldat oder Bürger ist auf der Stelle zu erschießen. Die gefangen sind zusammenzutreiben und zurück ins Vaterland zu schicken. Der Fleischwolf braucht Nachschub«, ein Lächeln lag bei diesen Worten auf seinem Gesicht.

»Die Bürger können vorerst bleiben, solange es keine Transhumanen sind.«

Der Kanal verstummte.

Soldaten des Kaiserreichs, gingen durch die Reihen der Gefangen, bellten ihnen sich zu erheben.

In langen Reihen wurden sie auf große Kettenfahrzeuge getrieben. Metalerne Container auf der Rückseite der Panzerfahrzeuge.

Als die Türen mit einem Knall ins Schloss fielen, setzten sich die Gefährte in Bewegung.

»Was sind die neusten Befehle?«, wendete sich der Kommandant an den Prinzen.

»Das finde ich gleich in einem Gespräch mit meinem Vater heraus.«

28 - Besatzung

Sie trat in eine kleine Kammer, schwarz wie der Rest des Gebäudes.

Ironisch, dachte sich Seraphina, der Freistaat der Sonne und im Regierungsgebäude nur Dunkelheit.

Vor dem Prinzen erschien das blaue Abbild seines Vaters.

»Vater ...«, sagte der Prinz etwas zurückhaltend und senkte den Kopf.

»Sohn ...«, schweigen.

»Es ist allerhöchste Eisenbahn, die Senatoren müssen verurteilt und hingerichtet werden.«

»Hingerichtet?«, fragte der Prinz ungläubig nach. »Es wurde doch nicht einmal ein Urteil vollstreckt. Sie reden etwas von Beweisen für ihre Unschuld.«

Ein Lachen des Kaisers.

»Von Wegen, diese sogenannten Beweise habe ich gesehen. Fälschungen allesamt. Sie wurden vom kaiserlichen Gerichtshof verurteilt, Tod«, mit diesen Worten verschwand das Abbild.

Kopfschütteln, in Gedanken beider musste wohl nun dasselbe vorgegangen sein.

Bereits am Nachmittag standen diejenigen, die von den Erschießungen der Transhumanisten verschont blieben, am Rand des Platos.

Nur noch in Lumpen gehüllt, mit dem Blick in Richtung des Platzes.

Der Einzige, der immer noch versuchte, sich zu verteidigen, war der Vorsitzende.

»Das könnt ihr nicht tun«, schrie er, als Soldaten ihn auf die

Knie zwang.

»Wir sind unschuldig, es gibt Beweise.«

Ein Lachen Damians.

»Eure sogenannten Beweise wurden von uns schnell als Fälschungen enttarnt.«

Seraphina blickte auf das Gesicht ihres Herrn. Für seine Krieger mochte es vielleicht so aussehen, als würde er hinter seinen Worten stehen, doch für sie war die Unsicherheit in der Tiefe seines Gesichts zu erkennen.

»Der veserianische Gerichtshof hat gesprochen, die Überreste des Senats werden aufgrund der Führung eines Angriffskriegs wie den damit erfolgten Verbrechen gegenüber dem veserianischem Volke zum Tode verurteilt.«

»Nein«, schrie der Vorsitzende. »Das ist Unrecht.«

Wortlos trat der Prinz nach vorn, eine Pistole in seiner Hand.

Einmal zog er das obere Stück nach hinten und mit einem Klacken wurde sie durchgeladen.

»Das ist das Recht des Siegers«, äußerte Damian und drückte den Abzug.

Ein Knall, Blut und Hirn spitzte nach vorn. Der Vorsitzende fiel über die Klippe nach unten.

Die Soldaten an seiner Seite traten ebenso nach vorne und einen Knall später fielen auch seine Kameraden mit einem Loch im Kopf die Klippe hinab.

Gerade als der Prinz wieder zurücktreten wollte, erschien plötzlich ein großes Abbild eines Kommandanten des Freistaats zu sehen. Auf dem Dach eines der eingestürzten Gebäude. Einige Abzeichen und Markierungen mehr an der Brust.

»Eine Nachricht des letzten Oberkommandanten des Freistaats. Unsere Regierung mag uns aufgegeben haben, doch die Armee gibt nicht auf. Wir werden kämpfen bis zuletzt. Meter um Meter, Mann um Mann. Wir werden nicht klein beigeben, bis nicht auch der letzte Tod im Grabe liegt.«

Kaum war die Botschaft abgespielt, jagte sich der Projektor

selbst in die Luft.

»Das hat uns gerade noch gefehlt«, fluchte der junge Löwe und trat von der Klippe zurück.

»Schickt unsere Reserven in die Außenbezirke, ich habe hier noch zu tun«, wandte er sich an Ariald.

Ein Nicken, ehe er verschwand.

»Was willst du noch regeln?«, fragte Seraphina als sie an der Seite des Prinzen wieder in die Pyramide trat.

»Mein Vater ...«, sagte der Prinz. »Er bildet sich ein, den Wiederaufbau der Stadt bereits zu beginnen.

Es sind etliche Sklaven, Materialien, Baumeister und ihre Mechs auf dem Weg. Nicht zu vergessen die Maschinen.«

»Jetzt?«, fragte die Tigerin ungläubig.

»Jetzt? ...«, noch einmal. »Wo die Kämpfe in den Randgebieten immer noch andauern?«

Damian seufzte und rückte seinen Kopf in ihre Richtung.

»Ich weiß auch nicht, was er sich dabei denkt. Er denkt wohl, die Kämpfe sind bald vorbei.«

Ein Blick auf den Boden.

»Dann hoffen wir, dass er recht hat«

»Mhmm ...«, war das Einzige, was noch vom Prinzen kam.

Bald darauf fanden sie in einer der Nebenräume des Senatsraums wieder.

Ein großer Tisch mit einigen Holoprojektoren war darauf zu sehen.

»Und hier sollen wir planen oder wie?«, fragte die Tigerin.

Ein Knopfdruck des Prinzen war die Antwort.

Auf der Tischplatte wurde ein holografisches Abbild erzeugt.

»Als Erstes, sollten wir ein Denkmal setzen, ein Denkmal für all die Krieger, die im Krieg gefallen sind. Die Schrecken des Freistaat«, sagte Damian, ehe er ein Register öffnete, das sich in die Luft projizierte.

»Eine Statue«, entfuhr es der Tigerin, als sie ihren Finger nach oben schnellen ließ.

»Eine gute Idee, hervorragend«, murmelte der Prinz als er durch das Register wischte.

Er hatte etwas gefunden, zog es auf die Oberfläche des Tisches.

Eine Statue eines Mannes, in der linke Hand eine Flagge, die rechte Faust auf der Brust.

Er trug keine Kleidung, man konnte die Muskeln am Körper sehen.

Der Prinz justierte ihn noch so, wie er ihn haben wollte.

Als die Statue fertig war, thronte ihr rechter Fuß auf der zerdrückten Spitze der Pyramide, die Flagge hoch über ihren Kopf gestreckt.

»Und? ... was sagst du?«, fragte ihr Gatte sie mit einem stolzen Blick.

Seraphina sah auf die blaue Karte.

Auf das gigantische Abbild eines Kriegers.

»Atemberaubend«, sagte sie fast mit etwas Ehrfurcht in der Stimme.

Ein Lachen ihres Gatten.

»Schön, wenn es dir gefällt«, sagte er mit einem leicht ironischem Unterton.

Ein leichter Schlag folgte auf seine Schulter.

»Du brauchst mich hier nicht auf dem Arm zu nehmen«, kam es trotzig von ihr.

Erneutes Schmunzeln.

Damian beugte sich etwas vor, mit einem Handwischen löschte er die Gebäude um den Platz herum.

»Der Platz ..., er ist so eintönig«, kam es von der Tigerin.

»Was hältst du von veseranischem Kreuz, auf dem Platz. Die Mitte, gekrönt von Statue und Pyramide.«

Der Prinz sagte kein Wort.

Er suchte, ohne sie auch nur eines Blickes zu würdigen, weiter in der Liste.

Einen Moment später zogen sich dunkle Linien über den Platz.

»Jetzt musst du aber auch mal was machen«, sagte Seraphina schmunzelnd und stieß ihn ein wenig an.

Er reagierte nicht, tippte bloß etwas auf der Konsole herum.

Wenige Sekunden später erstreckte sich eine gewaltige Gebäudefront um den Platz.

Überall der Löwe und das Kreuz Veserias.

Die Pläne des Prinzen waren nicht mit dem jetzigen zu vergleichen.

Große Säulen und Statuen zierten die Außenseite. Dutzende Erker und Bildhauereien an der Fassade.

Die Dächer liefen spitz zu, auf ihnen thronten Fahnenmasten und Ornamente.

Seraphina dachte ihr fallen die Augen aus, wie hatte er es geschafft, in so kurzer Zeit so etwas zu erschaffen.

»Wie ..., wie ...«, stotterte die Tigerin herum.

Ein dreckiges Lachen, Damians.

»Hast du? ... Ich meine ...?«

»Nein«, sagte er immer noch leicht amüsiert.

»Ich hab‹ nur eine meiner Vorlagen abgeändert und darauf gespielt.«

Wenige Züge später war die gesamte Innenstadt dem Erdboden gleichzumachen.

An dessen Stelle standen gigantische, schwarze Gebäude. Durchzogen von großen Prachtstraßen.

Die Dächer mit Gold gedeckt und verziert.

»Diese Stadt wird eine Schatzkammer sein, für Kunst und Kultur, die Jahrtausende überdauern wird. Wir sehen die antiken Städte vor uns, der Palast von Laurentia, wir sehen die Städte der Ära des Anfangs, ihre Tempel und wissen, das war meine Version.«

»Jetzt wird mal nicht zu übermütig«, sagte Seraphina locker und schmiegte sich an ihren Gatten.

Der Kopf Damians drehte sich zu ihr, ein böser Blick.

Ihr Kopf schnellte nach unten. »Verzeih«, war die Antwort, als sie die Mine ihres Gatten deutete.

Ein Grunzen.

Im Augenwinkel konnte sie sehen, dass er weiter an der Konsole tippte.

Aber das war etwas, was sie bereits wusste, vor allem bei seinen architektonischen Plänen war er, wie seine gesamte Familie sehr empfindlich.

Als der Prinz gerade dabei war an einer der Straßen zu arbeiten, sprang Seraphina an den an gegenüberliegenden Rand der Tafel.

Tippte auf eines der Pads am Rande und begann selbst etwas zu erstellen.

»Was treibst du da?«, fragte der Prinz, ohne aufzublicken.

Sie gab keine Antwort, bewusst neckte sie ihren Gatten etwas.

Damian seufzte und trat an seine Frau, hinter ihre Schulter und blickte auf ihr Werk.

Sie gestaltete gerade einen Garten in Randbezirk des inneren Rings.

Damian beugte sein Haupt herab und betrachte ihr Werk.

Eine Hand fand den Weg auf ihre Schulter.

»Gut so … gefällt mir«, ließ er verlauten, während er ihr auf die Schulter klopfte.

Am Ende des Tages war der Plan des gesamten neuen inneren Rings getan.

Dieser ging von der Brücke bis zu den Grenzen der Innenstadt.

»Ein schönes Werk«, ließ der Prinz zufrieden verlauten.

»Eine schöne Stadt«, sagte Seraphina und legte ihren Kopf auf die Schulter des Prinzen.

»In der Tat«, kam es vom Prinz und trat in Richtung Tür.

»Komm«, sagte er noch als die Tür aufging.

Es war Abend geworden, in den Strahlen der untergehenden Sonne dinierte das Prinzenpaar in einem der Säle des

Regierungssitzes.

Ein Saal, die Wände und Einrichtung wieder schwarz.

Seraphina blickte sich um, als sich die automatische Tür mit einem Surren öffnete.

Eine große Tafel stand in der Mitte des Raumes, mehrere verzierte Stühle an den Reihen.

Am Kopfende ein Thron, vor diesem, wie dem Platz rechts daneben war gedeckt.

Kristallene Kronleuchter erhellten den Raum in silbernem Licht.

»Na dann ... essen würde ich sagen.«

Seraphina nickte.

Damian zog den Stuhl der Tigerin zurück, als sie sich gesetzt hatte, ließ sich auch der Prinz auf seinem Thron nieder.

Zwei Diener betraten den Raum, beide trugen jeweils eine Metallplatte.

Auf dem des Kaisers war eine Mischung aus Fleisch, dazu ein Kräuterbrot.

Seraphina fand eine Platte mit Fisch, garniert mit einer Zitrone, dazu einen Ofenkäse.

Während der Prinz einen Humpen eines Erfrischungsgetränk bekam, wurde Seraphina Fruchtsaft vorgestellt.

Ein belustigter Blick traf Damian.

»Was wird den das hier?«, fragte ihn Seraphina mit einem Lächeln auf den Lippen.

Damians Miene verzog sich.

»Was meinst du?«, fragte der junge Löwe mit gespielter Unschuld.

»Fisch, Zitrusfrüchte, Milchprodukte, ich weiß, was du planst«, kam es bestimmenden von ihr.

»Ach, ich weiß nicht, was du meinst«, ließ er verlauten und grub seine Gabel in sein Fleisch.

Eine Explosion.

Seraphina erschreckte, bis sie bemerkte, dass es der Holoprojektor in der Mitte des Tisches war.

Wieder Nachrichten, dachte sich Seraphina und grub auch ihr Besteck in ihr Essen.

»Die Südfront, Stolz des Reiches, seit mehreren Wochen überziehen die veserianischen Bomber die Insel und Kolonien des Feindes mit Terror und Verwüstung.«

Man konnte eine Pfeilformation in Richtung einer angeschlagenen Stadt fliegen sehen.

Kurze Zeit später weitere Explosionen.

»Jetzt pass auf«, sagte Damian mit vollem Mund und deutete mit seinem Messer auf den Projektor.

Ein Stirnrunzeln der Tigerin, aber dennoch fuhr ihr Kopf mit einem inneren Seufzer noch einmal in Richtung des Projektors.

Ozean, Wasser, Fische.

Plötzlich schäumte die Gischt. Etwas tauchte auf. Wasser lief über die Kamera.

Ein Uboot. Es hielt auf eine große Stadt zu, Hochhäuser, glasige Wolkenkarzer erstreckte sich hinter den ersten Verteidigungslinien an der Küste.

Dämme aus Beton und kleinere befestigten Inseln vor der Stadt.

»Das ist Echtzeit«, kam es vom Prinz als er sein Besteck zur Seite legte und sich gespannt auf den Tisch lehnte.

Plötzlich, ein Ruck durch das Bild, ein Rauschen, ein Flackern durch das Bild und eine weiße Wasserlinie zog sich vom Metallgerippe hinfort. Immer weiter und weiter nach vorne bis sie auf die Dämme traf.

Gleißendes weißes Lichte, ruckeln, verschwommenes, Teil ganz verschwundenes Bild.

Nur Störsignal.

»Gleich ..., gleich«, entfuhr es Damian.

Kaum hatte er die Worte gesprochen, stabilisiert sich das Bild wieder.

Eine gigantische graue Rauchwolke war zu sehen, ein Feuersturm der sich nach oben zog.

Gebäude, die in sich zusammenbrachen, überall Tod und Zerstörung.

»Ist ... ist das ... eine?«, ein entsetzter Blick Seraphinas in Richtung ihres Herrn.

Ein Nicken.

»Ja, eine Atombombe. Das wars mit ihrer geliebten Hauptstadt.«

Kopfschütteln, ehe er sich wieder seinem Teller zuwandte.

»Lodania ...«, zischte er spöttisch als sich das Messer wieder in das braue Fleisch grub.

Der Projektor erlosch.

Die Tigerin war immer noch etwas verdattert.

Gerade wurde unsägliches Leid über die Bevölkerung dieser Stadt gebracht und er, er aß fröhlich weiter.

Doch ein weiterer Gedanke schoss ihr durch den Kopf.

Sie hatten doch angefangen, sie hatten angegriffen und sich das Ganze selbst zuzuschreiben.

Sie wollten eben jenes Schicksal über die Hauptstadt bringen.

Auch wenn die Bürger darunter litten, sie hatten es nicht anders verdient.

Sie war zwischen Verständnis und Erschrecken geteilt.

»Alles in Ordnung?«, fragte Damian besorgt nach.

Sie hatte mehrte Minuten starr in die Ferne geblickt, ihr Essen nicht angerührt.

Schnell sammelte sie sich wieder. »Ja ... Ja ..., ich war nur in meinen Gedanken.«

Seraphina hob ihr Besteck und begann weiter ihren Fisch zu zerlegen.

»Wie ... wie sieht der Plan hier aus?«, fragte sie weiter.

»Whir werdan ... mif unseren Trubpen die Auffstände niederschlagen«, kam es aus dem vollen Mund des Prinzen.

Kaum hatte er geschluckt, führte er weiter fort: »Die Ostgebiete einnehmen und hier ein für alle Mal Ruhe haben.«

Ein besorgter Blick der Tigerin auf den Tisch.

»Was ... was ist mit Sona?«, fragte sie.

Ein Lachen des Prinzen.

»Sona ... du bist gut. Diese Bastarde mögen zwar Männer haben, Ressourcen auch, nicht so vergessen, doch sie haben keine Chance gegen unsere Technologie.«

Ein Stirnrunzeln.

»Wir sollten aufpassen, sie nicht zu unterschätzen.«

Damian winkte aber, als er sich wieder seinem Essen zuwandte.

Planierraupe räumten den Platz frei, schoben Haufen an Schutt und Trümmern vor sich her. Große Kettenlaster fuhren den Schutt in Fabriken auf der anderen Flussseite, dort wurden sie geschreddert und in neues Baumaterial umgewandelt.

Eine weitere Explosion.

Seraphina drückte sich noch etwas mehr an ihren Gatten als sie von oben herunterblickten.

Man konnte nie genau sagen, ob es nun die Sprengung eines Hauses, oder der Kampflärm aus den äußeren Bezirken war.

Ein Haus brach in sich zusammen, die stählernen Pfeiler brachen und der Beton barste. Bald schon kollabierte das Gebäude auf dem Platz. Schnell rückten die Planierraupen wieder an und räumten das Chaos auf.

»Das ist Wahnsinn«, schrie Seraphina und stieß sich energisch vom Geländer des Balkons ab.

»Hier wird die verdammte Stadt abgerissen und neu gebaut und drei Kilometer weiter kämpfen unsere Truppen. Das ist doch vollkommen hirnrissig.«

»Wem sagst du das?«, seufzte der Prinz.

»Ich weiß doch noch nicht einmal, wohin mit den ganzen Leuten, die wir aus ihren Wohnungen getrieben haben.«

Kopfschütteln.

»Ich denke, ich weiß schon, was mein Vater eigentlich wollte, dass mit ihnen passiert.«

Die Tigerin schluckte bei diesem Gedanken, sie wusste genau, was er meinte.

All die Leute, die nun in einem Zeltlager auf dem Platz campierten, Leichen. Verscharrt unter den neuen Fundamenten.

»Aber das ganze Jammern bringt uns ja auch nichts. Es wird so geschehen, wie der Kaiser es wünscht.«

Ein Nicken der Tigerin. »Sollen wir unseren Soldaten in der Schlacht beistehen?«

»Das wäre wohl gut, ja«, mit diesen Worten drehte er sich in Richtung der Pyramide und schritt durch die schwarzen Portale.

Nachdem sie wieder in den inneren Bezirk und die Halle getreten waren, schlossen sich die steinernen, schwarzen Tore hinter dem Paar.

Die Pyramide wurde nach und nach immer mehr zu einem der kaiserlichen Paläste und Verwaltungszentren umgewandelt.

Die Gänge wurden wieder Instand gesetzt und Büros und Gemächer aufgebaut.

Einige der höheren Militärs und einige Beamten wanderten durch die Gänge.

Im Untergeschoss war die alte Statue mittlerweile durch die des Kaisers ersetzt worden.

Die beiden traten in die Rüstkammer an der Seite des Ausgangs, legten ihre Berserkerrüstung zwischen dutzenden anderer Soldaten, welche ihre Rüstung anlegten, Munition nachfüllten und alles instand setzten an.

Langsam legten sie sich die Rüstungsteile an, mit den Kontakten der Metallplatten verbanden sich die Teile und wurden zu einer einzigen zweiten Haut.

Ein mechanisches Surren und der Prinz erhob sich, in seiner blau-schwarzen Rüstung.

Kurz darauf auch Seraphina.

»Na dann komm«, war die Antwort des Prinzen, der Helm klemmte noch unter seinem Arm.

Auch Seraphina erhob sich langsam von ihrer Bank und begann den Prinzen zu begleiten.

Durch den großen Saal, an den Seiten mit Bänken und Waffen gefüllt in Richtung des Frontaltors.

Eine Abbiegung später traten sie aus dem großen Portal.

Der Himmel war dunkel, von Wolken bedeckt. In der Ferne konnte man Rauchsäulen aufsteigen sehen.

Dumpfe Explosionen waren vom Stadtrand zu hören.

»Gottverdammt«, entfuhr es dem jungen Löwen. »Wie soll das Ganze nur weitergehen?«

Mit diesen Worten setzte er sich seinen Helm auf und trat in Richtung der Treppe.

Auf dem großen Platz fuhren weiter die Planierraupen und räumten den Schutt davon. mehrere, ausgebrannte Häuserleichen waren bereits verschwunden, bis auf das Fundament und einige Pfeiler war nichts mehr übrig.

»Einen Wagen«, schrie Damian in seinen Unterarm als sich die Verbindung mit einem Knacken öffnete.

Während sie dort warteten, fühlte Seraphina langsam eine Berührung an der Hand.

Die Hand des Prinzen umschloss die ihrige.

Sein Kopf wanderte in ihre Richtung und mit einem Druck auf die Seite klärte der Augenschutz auf.

Ein tiefer Blick.

»Alles wird gut«, kam es aus seiner Kehle als er die Hand vom Helm nahm und wieder stur nach vorne blickte.

Wenige Minuten später erschien ein gepanzertes Militärfahrzeug. Zwei Räder hinten und eines vorne.

Eine gepanzerte Führerkanzel und eine Ladefläche weiter hinten.

Auf der Ladefläche war Munition, Waffen und Geschütze.

Damian trat an das Fahrzeug heran, riss die Tür auf und

erklomm das Gefährt über eine Sprosse an der Treppe.

Am Lenkrad saß ein Mitglied der Versorgungstruppen.

Eine schwarze Uniform, der Kopf frei, braunes Haar fiel auf die lange Stirn des Soldaten, dessen karge Gesichtszüge starr blieben.

»Mein Prinz«, waren die einzigen, emotionslosen Worte er von sich gab als die beiden Einstiegen.

Schnell saß auch Seraphina im Auto.

Der Militärangehörige löste die Handbremse, legte einen Gang ein und fuhr los.

Über den großen Platz an eine der Hauptstraßen.

Durch das Gewirr von Häusergerippen und halb zerstörten Wolkenkratzern weiter in Richtung der Außenbezirke.

Je näher sie der Front und den Kampfgebieten kamen, desto mehr Zerstörung wurde über die Stadt verbreitet.

Langsam wurde der Himmel gelb, Nebel machte sich breit.

»Hier muss ich stoppen, ich habe keinen Schutz gegen die Strahlung«, sagte der Fahrer.

Ein Nicken Damians und mit einem Zeichen ihres Gatten setzte Seraphina ihren Helm auf.

Die Tür wurde geöffnet und sie sprangen auf den schwarzen Asphaltboden.

Schüsse waren aus der Ferne des gelben Nebels zu hören.

Brennende Ruinen.

Schnell kamen weitere Soldaten angelaufen, darunter ein Gigant. Sie entluden schnell den Wagen, ehe er kehrt machte und zurückfuhr.

Eine der Krieger in Giganten kam angelaufen.

29 - Der letzte Widerstand

»Petran, erinnert ihr euch?«, war die Frage des Kriegers als er ihnen deute ihm in eine der Gassen zu folgen.

»Natürlich, wie könnte ich euch vergessen?«, kam es amüsiert vom Prinzen.

Ein tiefes Lachen durch die Lautsprecher des Giganten.

Sie waren in einer der Gassen angekommen und die kleine Gruppe wechselte vom Laufen ins Gehen.

»Wie sieht es hier aus? Wie ist die Lage?«, fragte Damian und blickte zu seinem Kommandanten auf.

Kurzes Schweigen

»Nicht wie ich sie mir wünschen würde, wir brauchen viel zu lange, um dieses Pack auszurotten.

Sie haben sich in den Ruinen der Außenbezirke verschanzt und halten widerspenstig stand. Selbst unsere Artillerie scheint sie nicht zu beeindrucken.«

Erneut an Griff an seinen Helm.

Ein enttäuschter Blick in Richtung des Giganten war daraus zu sehen.

»Und an unser Schlachtschiff habt ihr nicht gedacht?«

»Aber Herr«, begann der Kommandant. »Die Stadt ist bereits so zerstört, seid ihr sicher, dass es eine gute Idee ist ...«

»Unsinn«, unterbrach ihn Damian. »Mein Vater wünscht diese Stadt zerstört, dem Erdboden gleichgemacht, um dann, in neuem veserianischem Glanze aufzuerstehen.«

Ein Kopfschütteln des Kommandanten.

»Das ist doch wohl nicht sein Ernst, wo wir ...«,

»Kein Wort mehr«, erneut bestimmend von Prinzen. »Oder

wollt ihr aufgrund von Befehlsverweigerung und Widerspruch am Kaiser bestraft werden?«

Schnell schüttelte Petran seinen Kopf.

»Nein, niemals, es würde mir nicht im Traum einfallen«, sagte er schnell und stellte sich vor den Prinzen.

»Ich bitte euch«, sagte er.

Ein dunkles, metallisches Lachen.

»Keine Sorge«, kam es aus dem Mund des Prinzen. »Als ob ich euch verraten würde. Als ob ich es mir leisten könnte«, ein weiteres Lachen.

Der Lärm der Front, die Explosionen und die Geschützschläge waren zu hören.

»Gebt den Befehl des Luftschlags, die Löwe der Lüfte«, sprach er in seinen Unterarm.

Noch während sie im gelben Nebel in die Position der vordersten Front ankamen, einem Bunker, versteckt im Erdgeschoss eines Wohnhauses, konnte man das Schlachtschiff am gelben Himmel aus den Wolken hervorbrechen sehen.

Wie ein Engelsschein quetschten sich gelbe Sonnenstrahlen durch die Wolkendecke und trafen auf den zerstörten Boden.

Knallen der Geschütze. Im nach hinten offenen Bunker standen, mehrere Geschütze, die auf den Feind feuerten. Gigantische Mengen an Munition daneben. Außerhalb der Anlage lagen hunderter, große Hülsen. Türmten sich zu großen Haufen auf. Im wenigen Licht der Sonne glänzte das Metall golden.

In der Deckung waren noch mehrere Soldaten stationiert, sie waren dabei die Geschütze zu laden und auf die feindliche Stellung zu schießen.

Damian trat an eines der Geschütze auf zwei Rädern, mit einem langen Rohr.

Drei Mann waren damit beschäftigt, zu schießen.

Einer lud die Waffe nach und entfernte die Hülse, der andere war mit dem Zielen an einem Panel an der Seite beschäftigt, der

Dritte löste aus und gab die Kammer fürs Nachladen frei.

Langsam trat der Prinz an einen der Soldaten heran.

Seine Hand landete auf seiner Schulter.

Ein schreckhaftes Zucken ging durch seinen Körper als er sich umdrehte und in das Gesicht seines Prinzen blickte.

Überraschung und eine Spur von Angst war in den Zügen des Soldaten.

»Kronprinz«, begann er. »Ich äh ... Heil dir Kronprinz«, kam es stockend aus dem Mund des Soldaten.

Ein Schmunzeln auf Seraphinas Lippen, auch wenn es keiner sehen konnte.

»Wie ... wie lauten eure Befehle?«, war die nächste Frage.

»Stellt das Feuer ein, mit etwas Luftunterstützung ist die Sache hier schnell geregelt.«

Damian trat an die Außenmauer, gefolgt von Seraphina, sie blickten über die trostlose Landschaft des Krieges.

Wo einst ein Park mit kleineren Gebäuden gestanden haben muss, war nun eine tote Wüste.

Der Boden war braun und von Kratern übersät. Die Bäume nur noch tote, schwarze Gerippe. Dazwischen erhoben sich nur noch das, was einst eine Häuserfront war oder gleich ihre Trümmerhaufen.

Auf einem massiven Flakturm hatte sich der Feind verschanzt.

Ein gigantisches, rechteckiges Grundgebilde. In luftigen Höhen eine Plattform, die sich einige Meter nach außen erstreckte.

Auf den Plattformen standen mehrere Geschütze, mit denen sie auf die Stellungen der Veserianer schossen. In der Mitte des Turmes ein Schildgenerator, der die Feuerwalze des Feindes abhielt.

Und das war nicht die einzige Stellung des Feindes, überall in Kellern, massiven Gebäuden und anderen Türmen hatten sie sich verschanzt und leisteten bitteren Widerstand.

»Überall in diesem verdammten Nebel«, entfuhr es Seraphina.

»Nicht mehr lang«, war die einzige Antwort, als der junge Löwe sich wendete und wieder nach hinten trat.

»Weg von der Außenmauer, gleich regnet es Feuer«, war der Befehl des Prinzen, er stellte sich hinter einer der Säulen und blickte durch die Luken neben ihm nach draußen.

Die Soldaten kamen dem Befehl schnell nach und auch Seraphina stellte sich zu ihrem Gatten, lehnte sich an seine schützende Schulter.

Alle warteten gespannt, blickten auf das Land vor ihnen, wie die Granaten der feindlichen Artillerie einschlugen, das Land noch mehr zerfurchten, die Erde aufrissen und der Rauch gegen Himmel stieg.

»Sicher, dass sie feuern?«, flüsterte Seraphina fragend über eine Verbindung der beiden.

»Natürlich«, zischte Damian. »Sie haben meinen Befeh ...«, er konnte seine Worte nicht ausführen.

Helle Lichtblitze schlugen vom Himmel herab, blendeten alle, die ihren Blick nach draußen gerichtet hatten.

Explosionen waren zu hören, Einschläge auf dem Boden außerhalb der Befestigung.

Rauch wirbelte auf, zog langsam in den Bunker.

Die Sicht war null, nur das Donnern der Geschütze war zu hören, hier und da ein Schrei aus der Menge.

mehrere Minuten, ununterbrochenes Geschützfeuer.

Langsam gewöhnten sich die Krieger dran, das Gemüt beruhigte sich.

»Wie lang feuern die den noch?«, brüllte Petran über den Lärm vom anderen Ende des Bunkers her.

»Bis ihre Sensoren sagen genug«, war die Antwort des Prinzen über eine Com-Verbindung.

»Wann ist das?«

Ein Schulterzucken des Prinzen.

Ein Knall, die Decke bebte und Staub fiel herab.

Etwas ängstlich rückte Seraphina an Damian und drückte sich an ihn.

»Alles gut, das war nur in der Nähe«, sprach er beruhigend über ihre Verbindung.

Das Bombardement endete, langsam verzog sich der Rauch. Alles, was man sehen konnte, waren Trümmerhaufen, hier und da noch ausgebrannte, mit Schutt beladene Grundfeste.

Selbst der Flakturm war zum großen Teil eingestürzt.

Der Boden des Gartens, wenn man ihn noch so nennen konnte, war zerfurcht, hunderte Furchen und Krater waren zurückgeblieben.

»Na siehste«, sagte Damian an Petran gewandt. »Ich hab‹ dir doch gesagt, wir klären das, nun können die Trümmer weggeräumt und die Häuser wieder aufgebaut werden.«

»Aber, all die Personen, es waren ja Zivilisten dort.«

»Die Zivilisten waren bereits alle fort«, schon bei der nuklearen Explosion.«

Damian drehte sich hinfort und trat wortlos aus dem Stützpunkt heraus. Gefolgt von Seraphina umkreiste er die Stellung und trat auf das Schlachtfeld.

Langsam lösten sich auch die anderen Krieger aus ihrer Starre und folgten ihrem Herrn.

Besorgt stellten sie sich an seine Seite, nicht, dass ihm etwas zustieß.

Als die Krieger um ihn schwärmten, glaubte Seraphina, ein leises, spöttisches Lachen seinerseits vernehmen zu können.

Sie blickte an der Seite des jungen Löwen über den Trümmerhaufen, all die Zerstörung, die sie über den Feind gebracht hatten.

Ein Teil von ihr erfreute sich an diesem Anblick.

Langsam setzte sich der junge Löwe in Bewegung.

Schnell auch die Tigerin, gefolgt von den kaiserlichen Truppen.

Kaum mehr war Boden ohne Schutt zu sehen. Überall, wo die

Tigerin ihren Fuß hinsetzte, gaben die Trümmer unter ihrem Fuß nach, rutschten nach unten.

Während sie mit dem Vorrangkommen Probleme hatte, schien Damian die Trümmer mit Leichtigkeit zu überqueren.

Bald schon war die gesamte Kompanie auf den Trümmern in Richtung der Ruine des Turmes unterwegs.

Schüsse fielen. Donner der Gewehre, immer lauter und zahlreicher.

Mit einem Krachen trafen sie auf die Platten der aufmarschierenden Soldaten.

Es musste ein Maschinengeschütz sein, spuckte dicke Kugeln nur so in rasender Geschwindigkeit aus.

Einige Soldaten fielen, schnell suchte sich jeder Deckung.

Seraphina fand sich hinter einem großen Trümmerstück wieder. Die Kugeln flogen über ihren Kopf an der Platte vorbei.

Als sie rechts neben sich sah, konnte sie Damian sehen.

Eines der Geschosse hatten seine Panzerung an der Schulter durchgeschlagen.

Ein Schrei entfuhr ihr, vom Helm gedämpft, aber dennoch über die Verbindung hörbar.

Panik stieg in ihr auf

»Beruhige dich«, kam es etwas verzerrt vom Prinzen.

Er drückte einige Knöpfe am Unterarm und kleine Metallplatten krabbelten auf seiner Schulter herum. Es waren kleine Bots, welche die Wunde schlossen.

Seraphina war an seiner Seite, lag halb auf ihm und blickte auf die Rüstung, die bereits repariert war.

»Was war das?«, fragte Seraphina.

Die Gasflasche an seinem Rücken begann an der Oberseite rot zu blinken, sie konnte über die Comverbindung hören, wie Gas in den Helm strömte. Schweres Atmen und ein Stöhnen des Prinzen.

»Nanobots«, kam es trocken von Damian.

Immer noch konnte man das schwere Atmen des Prinzen hören, das Gas entfaltete seine Wirkung.

Damian griff an seine Seite, löste eine Granate von seiner Seite.

Sie war Kugelförmig, mit einer Box an der Oberseite.

Der junge Löwe riss den Kasten herunter, drückte einen Knopf darunter ein und riss aus der Deckung empor.

Er warf die Granate und bevor er weiter durchlöchert werden konnte, war er wieder hinter der Deckung und die Schüsse schlugen im Stahlbeton ein.

Eine Explosion.

»Das Geschütz hab‹ ich zwar nicht gesehen, aber zumindest ein paar der Soldaten habe ich erwischt«, grunzte er.

»Auf«, schrie es plötzlich durch die Comverbindung. Petran und die Truppen um sie herum sprangen aus der Deckung und rannten in Richtung des Feindes. Schüsse, Schreie und Explosionen.

Als auch das Prinzenpaar sich erhob, konnten sie sehen, wie die Soldaten gegen die Feinde in den Ruinen rannten, Feuer aus den Mündungen der Gewehre und dem Maschinengeschütz.

»Sollten die nicht alle Tod sein?«, schrie Seraphina durch die Verbindung.

»Anscheinend nicht«, sprach er nur trocken.

Unter den Geschossen des Feindes gingen einige der Krieger zu Boden. Verbluteten am Boden oder starben an der Strahlung.

Nun konnten sie es sehen, das Geschütz hinter einem der Trümmerhaufen. Dutzenden Krieger waren gerade dabei, den Berg hinaufzustürmen. Dutzende wurden von Kugeln durchbohrt, doch bald schon war der Hügel in der Hand der Veserianer.

Sie drehten das Geschütz und schossen weiter in die Ruinen, in denen sich die überlebenden Feinde tapfer mit den Veserianern bekämpften. Als nun auch Seraphina an die Kante der Trümmer trat, konnte sie die wenigen Soldaten in einem

Innenhof eines Gebäudes sehen, sie kamen aus einem Bunker in der Mitte.

Damian schnappte sich sein Gewehr und begann von einem kleinen Hügel auf die Truppen, die gerade aus der Öffnung im Boden kamen, zu feuern.

Schwere Schüsse des schwarz-blauen Gewehres rissen Löcher in die Rüstung und den Körper des Soldaten.

Blut und Gedärme spritzten und nach und nach wurden die Armee dezimiert.

Plötzlich stoppte der Ansturm von Soldaten.

»Stürmen?«, fragte Petran.

Damian erhob sich, blickte weiter nach unten.

»Stürmen«, schrie er zurück in das Mikrofon und rannte mit einem Handzeichen nach unten.

Die Soldaten sprangen aus ihren Deckungen und eilten über die Trümmerhaufen nach unten.

Auf dem Platz, auf dem nur noch ein toter Baum und eine Bank von den Lawinen verschont geblieben war.

Endlich spürte Seraphina wieder festen Boden unter den Füßen, das Rutschen, des Gerölls hatte geendet.

Es ging in Richtung des steinernen Aufbaus, unter dem sich eine Treppe befand.

Über den dunklen Gang stürmte Damian mit Seraphina in die Ungewissheit, dicht gefolgt von den kaiserlichen Soldaten.

»Alles breit, Feindkontakt erwarten«, schallte plötzlich die tiefe Stimme Damians.

Sie stürmten die Treppe hinab, dunkle Gänge, nur von düsterer Notbeleuchtung erhellt.

Ein Schuss und Damian zuckte zurück. Stieß gegen Seraphina.

Eine geöffnete Hand war neben der Dienerin.

Seraphina wusste nicht, was ihre Gatte von ihr wollte.

»Eine Granate«, zischte es dann endlich aus dem Mikro

Schnell machte sie eine der Granaten an ihrem Oberschenkel los und legte sie in die Hand des Prinzen.

Sekunden später war sie scharf und rollte den Gang hinunter.

Eine Explosion, der Gang wackelte, Staub und Putz fiel von der Decke herab.

»Ergebt euch«, schrie der Prinz in die Gänge des Bunkers.

Er selbst lehnte an der Wand der Treppe.

Keine Antwort, schweigen.

Damian nahm sein Gewehr, hielt es etwas aus der Mündung der Treppe hervor.

Weiterhin, nichts.

Langsam trat der Prinz nach vorn, wieder Stille, keine Aktion.

Auf ein Handzeichen Damians traten die Soldaten von der Treppe herab. Rückten langsam den kargen Betongang nach vorne. Rohre und Kabel führten weiter ins Erdreich hinein.

Damian hob die flache Hand, sofort bleib der ganze Trupp stehen.

Sie standen in der Tür eines steinernen Raumes, die Wände nackter Stein.

In der Mitte ein paar Tische und Stühle.

Das war zumindest mal. Die Granate hatte all das zerrissen und die Handvoll Soldaten, die noch da waren, von Splittern gespickt.

Damian lachte spöttisch: »So siehts also aus.«

Sie traten in den Raum. Plötzlich hörte man rein Röcheln. Ein Soldat saß mit einem Splitter an der Wand, hustete Blut. Als Damian sich vor ihm aufbaute, ging sein Griff zur Waffe, doch der Fuß des Prinzen stoppte seine Bewegung. Man hörte Knochen unter dem Stiefel knacken und ein Schmerzensschrei des Soldaten. Der Schrei wurde langsam zu einem Husten und mehr Blut spuckte auf die Beinpanzerung Damians.

Ein hasserfüllter Blick ging in Richtung des jungen Löwen.

»Verdammter Bastard ...«, entfuhr es ihm noch, ehe Seraphina ihr Gewehr hob und den Kopf des Feindes zerbarsten ließ.

»Selber Bastard«, ließ sie nach außen über ihre Lautsprecher erklingen.

Ein Lachen.

»Du bist gut«, entfuhr es dem Prinzen, als er seinen Fuß von der Hand nahm und dem Toten einen Tritt gegen den Stumpf gab.

Damian tippte auf seinem Unterarm herum.

»Verdammt, kein Signal ... aus dem Weg«, schrie er und deutete seinen Krieger Platz zu machen.

Schnell stürmte er an den Soldaten vorbei und die Treppe empor.

Seraphina dicht hinter ihm.

Sie erblickte das Licht der Sonne, sah ihren Herrn an der Türe, wieder an seinem Bildschirm tippend.

»Hoch mit euch«, war der Befehl über die Verbindung und auch seine Soldaten kamen wieder nach oben.

In der Ferne konnte man erneuten Feuerhagel hören und die Lichtblitze durch den gelben Nebel zucken sehen.

»Das wars«, sagte der Prinz durch die Com-Verbindung an die gesamte Mannschaft. »Das dort war gerade die Feuerwalze auf das letzte Widerstandsnest. Damit ist die Hauptstadt nach über einem Monat nun auch endlich frei von Rebellen«, Seraphina hörte Jubel über die Lautsprecher ihres Helmes, verspürte selbst ein Gefühl der Freude in sich.

30 - Wiedergeburt

Damian und Seraphina standen wieder auf dem Trümmerhaufen, von dem sie einst auf den Bunkereingang herabgeblickt hatten.

Der Schlachtlärm war verklungen, der Kampf beendet.

Das Einzige, was immer noch da war, war der gelbe Nebel. Und genau darum sollte sich nun gekümmert werden.

Man hörte Propeller in der Luft.

Ein gigantischer Kasten mit jeweils drei Rotoren an einer Seite flog über ihre Köpfe hinweg.

»Das, das ist einer der Sauger«, kam es von Damian.

Wenige Sekunden später hörte man ein Rauschen, ja das Geräusch eines Windes.

Auf dem Fluggerät blähte sich ein Sack auf und der atomare Nebel wurde aufgesogen.

Man hörte mehrere Propeller, Dutzende der Geräte schwebten über die Außenbezirke, reinigten die Luft.

»Wenn die Sauger ihre Arbeit erledigt haben, ist die Luft und Boden frei von dem Staub, dazu wird auch noch einiges an Schutt und Asche mitgenommen. Der Boden wird noch etwas brauchen, aber der ist fürs Erste nicht so wichtig. Das kommt nachher. Was wichtig ist, ist das der Schutt wegkommt.«

»Was ist mit dem Krater?«, fragte Seraphina. »Was machen wir mit dem?«

Damian blickte in die Ferne, in Richtung des Kraters.

»Das ist tatsächlich eine berechtigte Frage«, kam es vom Prinzen, »Das müssen wir uns wirklich noch was überlegen.«

Seraphina dachte kurz nach.

»Was sagst du zu einer Bunkeranlage, man müsste nichts mehr ausheben, nur bauen und wieder zuschütten.«

Ein zustimmendes Nicken vom Prinzen, noch einmal und noch einmal.

»Das ist keine schlechte Idee.«

Die Sauger zogen weiter über den Himmel. Bald schon klärte die Luft auf und der Staub verschwand.

Langsam kamen die ersten Maschinen und Arbeiter in ihren MRGs, begannen die Trümmer der wichtigen Straßen, der Lebensadern der Stadt zu säubern.

»Das wird schon, unsere Männer arbeiten fleißig. Bald steht Pax wieder in neuem Glanz.«

Seraphina ging gerade neben ihrem Herrn, als ihr ein Gedanke durch den Kopf schoss.

»Aber ... Damian, Pax ... ich weiß ja nicht, wäre es nicht schlauer, wenn wir die Stadt umbenennen, wenn wir sie schon fast von Grund auf neu aufbauen.«

Damian setzte seinen Helm ab, klemmte ihn unter seinen Arm.

Die Hand fuhr durch seinen Bart.

»Das ist gar keine schlechte Idee, allerdings ein Problem«, sagte er.

»Und das wäre?«, fragte Seraphina nach, als auch sie ihren Helm abnahm.

»Nun, der Name, er sollte eine Bedeutung haben und dazu noch gut klingen.«

»Was hältst du von Daman?«

Ein Stirnrunzeln bildete sich auf der Stirn des Prinzen.

»Daman?«, fragte er, »Wieso Daman, welche Bedeutung?«

Ein Schmunzeln der Tigerin.

»Ein Denkmal, eine Verewigung.«

»Für wen?«,

»Für wen?«, wiederholte Seraphina spöttisch. »Na für dich,

Daman, Damian. Damian der Erbauer, Eroberer und Zerstörer des alten, sündigen Paxs, Erbauer des neuen Daman.«

Ein leichtes Lächeln bildete sich auf den Lippen des jungen Löwen. Langsam wurde dieses zu einem herzhaften Lachen.

Seraphina wusste nicht ganz, was sie davon halten sollte, was wollte er ihr sagen.

»Die Idee gefällt mir«, kam es plötzlich von ihrem Gatten.

»Aber was war auch anderes von dir zu erwarten. Meinem kleinen Schlaukopf.«

Mit diesen Worten beugte er sich leicht über sie und gab ihr einen Kuss auf die Stirn.

Seraphina lief rot an.

In den Gebäuden der Straße standen die Bewohner am Randstein, Soldaten und Arbeiter marschierten in Richtung der äußeren Bezirke.

Schnell stieß sie sich von der Seite des Prinzen ab.

»Was ist, wenn uns jemand sieht?«, entfuhr es Seraphina.

Ein Gefühl der Übelkeit machte sich in ihr breit.

»Das ist mir gleichgültig, bald schon werde ich es öffentlich machen, dann ...«, weiter kam Damian nicht.

Seine Begleitung begann zu würgen, kniete bald schon am Rand der Straße.

»Alles in Ordnung?«, fragte Damian, der sich besorgt über sie beugte.

Ihr Mageninhalt entleerte sich auf dem Steinboden.

Ein paar Minuten kauerte sie so da. Bis das letzte bisschen Festes vom Magen auf die Straße kam.

»Seraphina«, begann Damian auf ein Neues. »Ist alles in Ordnung?«

Langsam erhob sie sich wieder, das unwohle Gefühle verschwand langsam.

»Ja ... Ja ...«, war die karge Antwort.

»Bist du dir sicher?«, die Nachfrage. »Solle ich dich zum Arzt bringen?«

Die Tigerin winkte ab. »Nein ... nein, nicht nötig.«

Seraphina merkte, dass er noch etwas sagen wollte, doch ein durchdringender Blick ihrerseits ließen ihm die Worte im Hals stecken bleiben.

»Na gut ...«, war es das Einzige, was noch aus dem Mund des Prinzen kam.

Schweigen den weiteren Weg. Bald kamen sie auf den großen Platz, große Teile der ersten Reihe war bereits aufgebaut.

Steinerne Prachtbauten mit prunkvoll verzierter Fassade befanden sich entlang der vorderen Reihen. Die Dächer mit Goldplatten gedeckt und die Fahne des Kaiserreichs wehte über den spitz zulaufenden Türmen und Erker.

Die Tage zogen ins Land. Ein großer Teil der Soldaten war aus der Hauptstadt abgezogene und an die Front gerückt. Weiter gegen die Rebellen war die Devise.

Doch der gewünschte Erfolg blieb aus.

Der berühmte, undurchdringliche Wald befand sich kurz vor den Grenzen der Stadt.

Seit Jahrtausenden war dies der größte Wald des Kontinents. In den tiefen Sümpfen, im düsteren Forst verschanzten sich die Soldaten des Feindes, kamen bei jedem Vorstoß aus der Deckung und drängte die Veserianer wieder zurück.

Nach zwei Wochen war die Armee nur wenige Kilometer auf der Straße durch den Wald vorgedrungen.

»Wie soll das nur weitergehen?«, sagte Damian, als er über einer Holokarte stand und die Bewegung seiner Truppen verfolgte.

»Wenn wir in dem Tempo weitermachen, haben wir den Wald in nur 120 Jahren eingenommen«, kam es spöttisch vor Ariald der auf der anderen Seite des Raumes stand, vor einem Wandteppich mit dem Wappen der Wenzels darauf.

»Halt die Klappe«, war die stumpfe Antwort des Prinzen.

»Wenn erst die neuen Waldfahrzeuge hier sind, dann wird

sich das Blatt wenden und wenn selbst dann nicht, dann werde ich diesen verdammten Wald abfackeln, wenn es sein muss.«

Bei diesem Gedanken hörte Seraphina auf.

Diesen ganzen Wald? Der Jahrtausende überdauert hatte. Und das nur aufgrund der Rebellen.

»Das kannst du nicht tun«, warf Seraphina ein. »Der Wald ist jahrhundertealt und dazu noch eine große Ressource.«

»Ganz schön aufmüpfig, deine Kleine«, spottete Ariald.

»Halt die Klappe hab ich gesagt«, zischte der Prinz. »Und zu dir«, der Zeigefinger auf der Tigerin ruhend.

»Ich bin mir dessen bewusst, doch wenn es nötig ist, diesen Wald niederzubrennen, um den Feind zu vernichten, würde ich es zehnmal tun.«

Seraphina schluckte.

»Wenn du das sagst, ich bin mir sicher, du weißt, was du tust.«

»Jaja ... schmiere ihm noch weiter Honig um das Maul«, gluckste Ariald.

»Du solltest dein Schandmaul halten«, schrie Damian plötzlich mit hochrotem Kopf.

Der General wusste, dass er den Bogen überspannt hatte. Er schwieg augenblicklich.

»Gut, also ..., wie gesagt, wir warten auf die neue Ausrüstung, dann wird weiter vorgestoßen. Währenddessen werden die Stellungen gehalten und die Verteidigungsanlagen am Rande der Stadt ausgebaut.«

»Gut, dass du es sagst«, unterbrach ihn Arthegus. »Wie gehen wir weiter vor, was sind deine Pläne?«

Wortlos tippte Damian auf dem Tisch, bald schon konnte man die Pläne des Prinzen sehen.

Entlang der Ostgrenze der Stadt waren dutzende Verteidigungsanlagen.

Ganz außen ein Graben, mit drei Brücken in die Stadt. Direkt dahinter befestigte Erdwälle, alle dreißig Meter war ein Geschütz oder Artillerie stationiert.

Eine weitere Mauer, wenige Meter dahinter.

Immer wieder und wieder wurden die Bezirke und Stadtteile von großen, prächtigen Verteidigungsanlagen durchzogen. Die Prachtstraße durch ein gigantisches Tor geleitet.

Die Pläne für die vollendete Stadt konnten sich fast mit der Alysians, der Hauptstadt messen.

»Gut«, sagte Arthegus. »Meine Baumeister werden sich darum kümmern. Schau du mal lieber, dass du was von deinem Vater in Erfahrung bringst.«

Ein Nicken.

Plötzlich ein Pingen, eine Nachricht poppte auf. Es war der Kaiser.

Langsam schienen die orangen Sonnenstrahlen des Morgenrots durch das Fenster der Pyramide.

Damian sprang aus dem Bett und lief schnell zum Projektor neben der eisernen Tür.

Einen Klick später stand Adrian in voller Montur als blaues Abbild vor ihm.

»Mein Sohn«, sagte er mit herrschaftlicher Stimme.

»Vater«, antwortete Damian, nur mit einer Unterhose bekleidet.

Seraphina hatte das Ganze aus dem Bett begutachtet.

Nun wird er wohl endlich unsere Erfolge beglückwünschen.

»Ich habe schlechte Nachrichten, ich rufe dich hiermit in die Hauptstadt«

»Was soll daran schlecht sein?«, fragte Damian verwirrt nach.

»Dein Großvater, er ist gestorben, die Beerdigung ist in zwei Tagen.«

Das Bild klappte in sich zusammen, der Projektor an der Decke erlosch.

Wie zur Salzsäule erstarrt, stand der junge Prinz vor der Tür.

Der Blick ins Leere.

Als Seraphina aufsprang und an ihren Gatten trat, konnte sie eine Träne über seine Wange laufen sehen.

»Mein Beileid«, war ihre leise Antwort, als sie Damian auf die Bettkante drückte.

Als beide auf dieser saßen, legte sie ihren Arm um den Prinzen.

»Mein Großvater«, kam es aufgelöst und leise vom Prinzen.

»Ich hab mit ihm mehr Zeit verbracht, mehr gelernt als von meinem Vater. Er war immer mit Magnus unterwegs. Auch wenn sich unsere Wege getrennt haben, wie ... wie ... was.«

Seraphina drehte den Kopf des jungen Löwen zu ihrem und küsste ihn.

»Er ist jetzt bei Mutter und Vater, an einem besseren Ort. Du solltest dich für ihn freuen.

Behalte ihn in guter Erinnerung und gehe deinen Weg unbeirrt weiter. Das hätte er doch sicher so gewollt.«

Ein Nicken des Prinzen.

Am Vormittag desselben Tages ging es in Richtung Hauptstadt.

Damian trug seinen festlichsten Anzug, prunkvoll mit Silber-goldenen Ornamenten geschmückt und seinen Orden an der Brust.

Seraphina ihre Uniform, an ihrer Taille ihr Gewehr.

Auf dem großen Platz um die Pyramide war so langsam wieder so etwas wie Alltag eingekehrt. Gelegentlich strömten ein paar Bürger über den steinernen Boden. Ein paar Stände versuchten bereits wieder ihre Waren zu verkaufen.

Auf mehreren erhobenen Platten standen einige Jäger.

Von zwei Soldaten der Prinzengarde begleitet bahnten sie sich ihren Weg zu einer der Plattformen.

Darauf stand der Jäger Damians, die zwei Soldaten blieben draußen stehen, als Kronprinz und Dienerin in den Jäger stiegen.

Erinnerungen kamen in Seraphina auf, als sie sich auf ihren Platz fallen ließ und später das altbekannte Surren der Düsen hörte.

Langsam erhob sich das Schiff von der Plattform hoch über die Lüfte.

Bis sie über der Stadt thronten. So konnte man sehen, dass einmal um den Platz herum, wie in den östlichen Außenbezirken fleißig abgerissen und gebaut wurde.

Die Fahrzeuge wurden nach und nach immer kleiner und bald schoss der Jäger mit einem Rückstoß des Antriebs nach hinfort.

Seraphina wurde in den Sitz gedrängt.

Immer weiter ging es über das Land, man konnte die zerstörten Städte, das zerfurchte Land und bald darauf auf den alten Frontverlauf.

Der atomare Staub hatte sich verzogen.

Man sah das tote Land, durchzogen von Gräben und Verteidigungsanlagen.

»Denkst du, es wird eines Tages wieder fruchtbar sein?«, fragte die Tigerin, als sie so aus dem Fenster, hinab auf das Land blickte.

»Sicher, eines Tages wird man kaum mehr etwas von den schweren Kämpfen und dem blutgetränktem Boden sehen sein, eines Tages wird der Schmerz vergessen sein«, bei diesen Worten konnte sie wieder sehen, wie sich die Mine des Prinzen nach unten zog.

Sofort brach sie in Schweigen aus. Hütete sich noch einmal etwas Falsches zu sagen.

31 – Die Vaterstadt

Als sie am kaiserlichen Landeplatz der Vaterstadt, am Rande der Palastanlagen ankamen, wurden sie bereits erwartet.

»Bodentrupp an Jäger, Prinz, hört ihr mich?«, ertönte die Frage aus dem Lautsprecher des Flugobjekts.

Damian drückte einen der Knöpfe vor ihm.

»Laut und deutlich«, war die Antwort.

»Sehr gut, sehr gut ..., mein Prinz, ihr werdet in Landebucht drei erwartet.«

Unter ihnen öffneten sich zwei Klappen im grauen Steinboden. Rund herumfuhren einige Fahrzeuge und Angestellte streiften umher.

Das Triebwerk setzte aus und die Landedüsen wurden aktiviert.

Langsam aber stetig sank der Jäger vom Himmel herab, kam dem Palast und den Gärten immer näher, als er auf die Landebucht zuhielt.

Dann war es so weit, langsam sank der Jäger in die Bucht, fuhr seine Stützen aus und setzte mit einem Ruckeln auf.

Damian schnallte sich ab und erhob sich. Kurz darauf folgte Seraphina.

Mit einem Zischen öffnete sich die Tür, klappte nach unten und gab den Weg in die Halle frei.

Sie traten auf den kalten, steinernen Boden, links und rechts ihr Empfang.

mehrere Bedienstete und Würdenträger hatten sich um die Landebucht versammelt, auf ihren Prinzen warten.

»Heil dir Kronprinz«, war zu hören und die Anwesenden

grüßten ihren Prinzen.

Sie bildeten eine Gasse und ließen Prinz und Tigerin passieren.

Hier und da schüttelte Damian ein paar Hände.

Über eine Tür kamen sie wieder in eine Station der Magnetschwebebahn.

Schnell stiegen sie in die Kapsel und mit rasender Geschwindigkeit setzten sie sich in Richtung Palast in Bewegung.

Die Kapsel schoss einen langen dunklen Tunnel entlang, bis sie in der Halle ankam.

Sie befanden sich direkt unter dem Thronsaal, im Bahnhof des Palastes.

Dutzende Gleise und Stationen befanden sich in der Halle unter dem gigantischen, goldenen Deckengewölbe.

Die Tür der Kapsel öffnete sich und die beiden traten auf den festen Boden der großen, dunkleren Halle. Ein blau-goldenes Deckengewölbe, die Wände aus Stein und Stahl.

»Das hier ist also der große Bahnhof«, verlautete Seraphina beeindruckt.

Der Prinz nickte.

»Richtig, vor mehreren Jahrhunderten erbaut, seitdem mal mehr, mal weniger in Nutzung.«

Sie gingen die Halle entlang, bis sie an einer Treppe angekommen waren.

Über diese gelangten sie nach oben in den Thronsaal, an eines der Seitenschiffe.

Damian deutete ihr zu warten. Er selbst trat in den Thronsaal, in das Lichte der Leuchter und kniete vor seinem Vater.

Die goldenen Wände vor dem schwarzen Thron blitzen im Licht der Kristallleuchten.

»Vater ..., Mein Kaiser«, entfuhr es dem jungen Löwen ehrfürchtig.

Adrian erhob sich vom Doppelthron, die Kaiserin blieb sitzen.

»Mein Sohn ...«, sagte er mit einem traurigen Unterton und

trat die schwarzen Treppen hinab zu seinem Sohn.

So stand er da, vor ihm sein Sohn, auf Knien.

»Erhebe dich«, sprach der Kaiser und umarmte seinen Thronfolger, sobald er vor ihm stand.

Seraphina sah nur noch, wie er ihm etwas ins Ohr flüsterte, ehe er sich wieder löste.

Mit einem Wink folgte Seraphina und trat an die Seite Damians.

»Heil dir, Kaiser«, grüßte sie den Monarchen.

Ein Lächeln auf seinem Gesicht.

Es sah so viel älter und ausgezehrter, aussah beim letzten Mal.

Das Lächeln schien wie das eines alten Mannes, eines Großvaters, der auf seine Enkel blickte.

»Es freut mich auch dich wiederzusehen. Wenn es doch nur unter anderen Umständen wäre.«

Seraphina war etwas überfordert, wusste nicht, was sie sagen sollte.

Plötzlich bemerkte sie einen Blick des Kaisers, der nach unten ging.

Erst jetzt sah sie die ausgestreckte Hand Adrians.

Schnell nahm sie diese, das erste Mal, dass sie ihre Hände mit dem Herrscher Veserias schüttelte.

Langsam verschwand das Schmunzeln wieder.

»Nun geht, ruht euch etwas aus, ich erwarte euch am Abend mit mir zu Speisen.«

Ein Nicken des Prinzen, sein Kopf senkte sich leicht, während Seraphina einen Knicks ansetzte.

Als der Kaiser wieder zu seiner Frau ging, verschwanden Damian und Seraphina in den Gängen der Seite.

Sie traten in einen der Aufzüge und wurden in eines der höheren Stockwerke gebracht.

Kaum hatten sie diesen verlassen, ging es wieder in eines der Gästezimmer.

Seraphina betrat den Saal an der Seite ihres Herrn, kaum hatten sie durch die Halle geblickt, das Licht der Kronleuchter und das glänzende Gold an der Wand erblickt, ertönte ein Schrei: »Hier«, war es von Adrian zu hören. Er saß mit der Kaiserin an einem runden Tisch. Die beiden traten durch die Tische, an denen sich schon einige der Adelige saßen.

Seraphina trug ein blaues, leichtes Kleid, Damian seinen Anzug.

Der Kaiser ebenfalls eine etwas prachtvollere Version Damians und die Kaiserin wie das letzte Mal ein schwarzes Kleid.

»Setzt euch«, sagte Adrian.

Der Prinz trat an Seraphinas Seite, zog ihren Stuhl zurück und wartete darauf, dass sie sich setzte.

Die Tigerin ließ sich sinken, strich ihr Kleid glatt.

Erst dann setzte sich auch der Prinz.

Ein Lächeln auf den Lippen des Kaisers, ein Nicken.

»Wie alt war er gleich noch?«, fragte Damian, als er seine Hände auf dem Tisch faltete.

»98 jetzt, ein Herzinfarkt.«

»98«, kam es spöttisch aus dem Mund des Prinzen, »Das ist doch kein Alter zum Sterben, ich dachte, wir hätten das schon hinter uns.«

Er blickte zu seiner Mutter, als diese es merkte, fiel ihr Blick schnell zu Boden.

»Er ist nun bei den Göttern, kümmern wir uns um sein Vermächtnis.«

»Du hast ja recht«, entfuhr es dem Prinzen, »Der Vater wird sich schon was dabei gedacht haben.«

Ein Nicken seines Gegenübers.

»Nun, lasst uns etwas essen, würde ich sagen.«

Sekunden später kam einer der Diener an und nahm die Bestellungen auf.

Die Teller wurden abgestellt, jeder hatte ein dampfendes

Gericht vor sich.

Damian eine halbe Ente, dazu einen Knödel und etwas Blaukraut.

Seraphina hatte sich für Goldbällchen entschieden, eine Spezialität des alten Goldspitzs, gezuckerte Teigbällchen, gefüllt mit Fruchtgelee, darüber Vanillesoße.

»Wie ich sehe, ist deine Tigerin ein rechtes Schleckmaul«, kam der schnippische Kommentar der Kaiserin.

Ein böser Blick Damians. Seraphina wurde rot.

»Halt dein Schandmaul«, zischte Damian.

Empörung machte sich in der Kaiserin breit. »Ich bin deine Mutter«

»Ach ja?«, fragte der Prinz nach. »So hast du dich aber nie verhalten. Immer mehr wie die unglückliche Eheschleicherin und ihr verhasster Stiefsohn.«

Energisch riss sie vom Tisch auf und stürmte aus dem Saal.

Adrian schüttelte mit dem Kopf. »War das jetzt wirklich notwendig?«, fragte er.

»Ich kann mir nachher wieder die Schimpftirade anhören.«

»Sie hat es nicht anders verdient, sie hat den Bogen schon seit Jahren überspannt.«

Wortlos grub der Kaiser seine Gabel in den Braten vor ihm.

Langsam verschwand die Röte aus dem Gesicht Seraphinas.

Zu einem fühlte sie sich geehrt, wie er sich für sie eingesetzt hatte, zum anderen dachte sie auch an all die Probleme, die sie geschaffen hatte.

Es war so weit, die Beerdigung.

Sie sollte im Palastgarten stattfinden, der Leichnam in die dortige Familienkrypta kommen.

Damian und Seraphina, beide in Schwarz gekleidet, gingen auf die Ansammlung zu.

Unter einem gigantischen Pavillon standen dutzende Stühle, davor eine Bühne.

Sie traten durch den Gang in der Mitte und ließen sich in der ersten Reihe nieder.

Marnian stand auf der Bühne, vor einem Rednerpult. Daneben ein stählerner Sarg, an der Kopfseite noch offen.

Seraphina glaubte ein bleiches Gesicht mit grauen Haaren zu erkennen.

Nach und nach fanden sich immer mehr Gäste ein. An den Seiten und hinter der Bühne waren holografische Darstellungen des Altkaisers.

Ein paar aus seiner Jugend, als junger, energiegeladener Mann. Der Großteil jedoch von Älteren.

Man sah das Gesicht eines älteren Herrn, für das Alter noch gut erhalten, hier und da ein paar Falten.

Die grauen Haare wurden langsam licht und ein Schnauzbart zierte seine Oberlippe.

Langsam stockte der Strom der Gäste.

Als dann alle saßen, erhob sich Marnian.

»Geehrte Gäste, Kaiserpaar, Prinz, wir haben uns heute hier versammelt, um Abschied von Magurst, Altkaiser des Reiches zu nehmen, aber auch an ihn zu erinnern und zu feiern.

Der Altkaiser war ein besonderer Mensch, ein liebevoller Vater und Großvater wie ein ambitionierter Kaiser, unter seiner Herrschaft gelang es die Kolonien zurückzunehmen.

In vielen Herzen hat ein bleibender Eindruck und Einfluss hinterlassen, dieser wird schmerzlich vermisst werden.

Der Altkaiser wird für immer in unserem Herzen und Erinnerungen weiterleben, solange bis wir ihm an der Seite der Götter Gesellschaft leisten.

Auch wenn er nicht mehr in unserer Welt ist, müssen wir dafür sorgen, dass sein Erbe und Andenken in der Welt erhalten und fortgeführt wird.

Er wird in der Geschichte des Reiches niemals vergessen, niemals vergehen.

Es ist unsere heilige Pflicht, ihm zu danken und zu ehren.

Gepriesen seien die Götter«, waren seine letzten Worte als er die Arme zum Himmel warf.

»Heil dir, Altkaiser«, antwortete die Menge.

Eine Pause, weitere Bilder aus dem Leben des Altkaisers wurden gezeigt.

»Nun bitte ich die Familie des Verstorben nach vorn.«

Damian legte der Tigerin eine Hand auf den Oberschenkel und erhob sich, trat mit seinem Vater und einigen anderen Verwandten nach vorn.

Sie alle gingen an den Sarg des Verstorbenen, blickte noch einmal hinein und ließen eine Rose, die sie zuvor erhalten hatten, in den Sarg fallen.

»Möge er in Frieden ruhen«, war es von jedem, der den Sarg passierte, leise zu hören.

Prinz, Kaiser und zwei weitere Angehörige der Kaiserfamilie blieben am Sarg stehen.

Sie nahmen die Griffe an den Seiten und hoben den Sarg, der mit zwei Düsen an der Unterseite nachhalf.

»Bringen wir ihn zur statt seiner letzten Ruhe«, sagte der Hohepriester, ehe er sich von der Bühne heruntermachte.

Als der Hohepriester samt Sarg den Pavillon verließ, erhoben sich langsam die Gesellschaft und folgte in die Krypta.

Schüsse wurden abgegeben, aus alten, traditionellen Gewehren. Ein Salut für den Verstorbenen.

Die Patronenhülsen wurden zu Schmuck verarbeitet und an die Hinterbliebenen vergeben.

Seraphina war mit der Kaiserin direkt hinter dem Sarg. Sie stieg eine etwa zwei Meter breite Treppe direkt neben dem Pavillon hinunter.

Plötzlich endete die Treppe und ein Gang führte an eine schwarze Metalltür.

»Oh Vater, oh Mutter, lasst uns euren Sohn Magurst Wenzel zu seiner letzten Ruhestätte bringen.«

Er klopfte dreimal gegen die Tür, ehe er sie öffnete.

Seraphina kam aus dem Staunen nicht heraus, die Krypta war eine gigantische Halle, drei Stockwerke, mehrere hundert Meter lang. An den Seiten Balkone und Überhängen an deren Wällen die Toten lagen. Leere Augenhöhlen blickten aus Vertiefungen der Wand heraus. Darüber die teilweise schon unleserlichen Namen ihrer Besitzer.

Am Ende der Halle, stand ein großes, goldenes Ornament, der Großkaiser, der Gründer, Vincent Wenzel.

Auf der mittleren Ebene blieb der Zug dann stehen.

Der Hohepriester öffnete eine Klappe und der Sarg wurde hineingeschoben, bevor er jedoch vollends verschwand, entfernter der Priester den Kopf und schob ihn dann vollständig hinein.

Der Kopf, die alte faltige Haut, mit grauen Haaren fest in den beiden Händen Marnians, er hielt ihn über die Brüstung in Richtung des goldenen Ornaments.

Einen Kuss später wurde er auf einem Podest vor dem Sarg positioniert und die durchsichtige Klappe geschlossen.

»Möge er in Frieden ruhen«, flüsterte der Priester und küsste das Löwenamulett, welches um seinen Hals hing.

»Er Ruhe in Frieden«, wiederholte die Menge.

Nach einigen Gebeten und Gedenken sollte es dann wieder ins Innere des Palastes gehen.

Als sie gerade dabei waren, die Treppe zu verlassen, wurde Damian von seinem Vater gepackt.

»Damian«, sagte er, als der Rest sich um die kleine Gruppe schlängelte.

»Dein Großvater hat dir einiges vererbt«, er zog die Hand nach vorn und legte seine Faust darauf, öffnete sie und drückte die Damians zusammen.

Als der Prinz sie zurückzog und hineinblickte, konnte er das alte Amulett sehen, noch aus der Zeit Vincent des Großen, ein silberner Löwenkopf mit Augen aus Saphiren.

»Dazu Laurentia und die zugehörigen Gebiete.«

»Mir?«, fragte Damian ungläubig.

Nur ein Nicken seines Vaters als er an ihm vorbeizog.

Bald schon fanden sie sich in der großen Halle wieder.

Eine Tafel am Kopf der Halle wurde errichtet und viele Tische und Stühle im gesamten Saal aufgestellt, der Leichenschmaus sollte serviert werden.

Gerade als sich Seraphina wieder neben dem Prinzen niederlassen wollte, kam das Gefühl der Übelkeit in ihr auf. Sie versuchte, es zurückzuhalten, doch bald schon spürte sie ihren Mageninhalt nach oben kommen. Mit vorgehaltener Hand sprang sie auf und rannte los. Sie hörte noch ein »Seraphina?«, von Damian und sah die Blicke der Menge, doch sie konnte nichts aufhalten. Schnell war sie in der nächsten Toilette verschwunden, hing über der Schüssel und ließ alles raus.

Bald schon konnte sie jemand hinter ihr hören.

Es war Damian, der sich neben sie kniete und ihre Haare hielt.

»Hast du das in letzter Zeit öfter?«, fragte er sie besorgt.

Nur ein Nicken war ihre Antwort und er schwieg wieder.

Als sie fertig war, immer noch auf dem Boden saß und den Prinzen anblicken, konnte sie ein Lächeln auf seinem Gesicht sehen.

Verwirrung machte sich in ihr breit.

»Warum lachst du?«, fragte sie.

»Ich weiß, was mit dir los ist.«

32 - Die neue Schwiegertochter

»Sie ist was?«, schrie der Kaiser.

Damian und Seraphina waren in seinem Büro in der Reichshalle, einem großen Raum mit Fensterfront, Blick auf die Stadt.

Der Kopf hochrot baute er sich hinter seinem massiven Schreibtisch auf.

»Sie ist schwanger«, wiederholte der Prinz.

Eine Hand Adrians folgte an seinen Kopf.

»Verdammte Scheiße ..., der Bastard muss weg, heute noch.«

»Einen Scheiß«, zischte der Prinz, erstens ist es gegen das Gesetz, zweitens ...«, weiter kam er nicht.

»Ich bin das Gesetz hier und ich sage weg mit dem Bastard«, schrie er.

Nun platzte auch Damian der Kragen.

»Das Kind ist kein Bastard, alter Narr, ich habe sie geheiratet, sie ist meine Frau.«

Die Mine des Kaisers verfinsterte sich augenblicklich.

»Du hast was?«, fragte er und ging um seinen Schreibtisch herum zum Prinzen.

»Ich habe sie geheiratet.«

»Nein ...«, entfuhr es Adrian ungläubig.

»Doch, mit der Hilfe des Hohepriesters, eine geheime Trauung.«

Die Hand des Monarchen packte Damian am Kragen.

»Du wagst es, dich meinem Befehl zu widersetzen? Heiratest eine Dienerin?«, die Hand des Kaisers holte aus und wollte seinen Sohn schlagen, doch Damian packte sie.

Einen weiteren Handgriff später war der Griff am Kragen gelöst.

»Du schlägst mich nicht mehr, nie wieder. Und diese Dienerin, deine Schwiegertochter, ist tausendmal würdiger als diese Schlampe von Herzogin. Es ist dein Enkel, der in ihr wächst.«

Schweigen des alten Löwen, langsam trat er zurück und ließ sich auf seinen Platz fallen.

»Und was soll ich jetzt mit den Meandas machen?«, fragte er immer noch leicht angefressen.

»Was wohl, sie sind keine Bedrohung für uns, haben keine andere Wahl als es zu akzeptieren und mit der Zeit werden wir eine Begründung finden, dieses Pack loszuwerden.«

Kopfschütteln vom Kaiser.

»Ja, ja, mein Sohn findet immer was«, Fassungslosigkeit beim Monarch, vergrub sich weiter in seinen Stuhl.

»Wenn du nicht mein Sohn wärst«, begann er wieder. »Drei Bedingungen. Nach dem Krieg gibt es eine große, prachtvolle Hochzeit. Sie bleibt während der Schwangerschaft hier und das Kind wird hier geboren und getauft.«

Ein Nicken des Prinzen.

»Ich weiß nicht, ob ihr bei dir die Unversehrtheit versprochen ist.«

Der Monarch erhob sich wieder, trat nahe an den Prinzen heran.

»Du denkst doch nicht, dass ich meinem Enkelkind etwas antun werde?«

»Gerade eben wolltest du es noch abtreiben«, war die Antwort des Prinzen.

Schweigen und ein Blick des Kaisers zu Boden.

»Ich verspreche dir, ich werde dem Kind nichts tun, wenn du die Bedingungen erfüllst.«

»Nein, nein, sie wird hier sein, zur Geburt, genauso wie ich. Doch bis zu diesem Zeitpunkt wird sie bei mir in Pax bleiben.«

Adrian verzog das Gesicht, »Gut … einverstanden«, war die

Antwort des Kaisers.

»Wenn es nicht anders geht, dann einverstanden.«

Ein siegreiches Schmunzeln auf dem Gesicht des Prinzen.

»Gut, dann denke ich, ich muss einer gewissen Dame noch schlechte Nachrichten überbringen.«

Seraphina wusste, was das zu bedeuten hatte, und dass es vermutlich keine Gute Idee war.

»Hüte dich, ich werde es ihr schonend beibringen«, entgegnete der Vater.

»Nein ..., wer hat mir den schonend beigebracht, dass sie sich durch das gesamte Land hurt. Ich werde es ihr sagen und ich werde das Entsetzen in ihren Augen genießen.«

Ein Schaudern durchfuhr die Tigerin, so hatte sie ihn noch nie erlebt.

Doch er war anscheinend nicht aufzuhalten.

Nach seiner Ansprache verließ er den Raum.

Langsam erhob sich auch Seraphina, blickte dem Kaiser noch einmal in die Augen und folgte ihrem Gatten.

Damian stürmte voller Elan durch die Gänge und auf den großen Platz, einige Soldaten der Prinzengarde standen vor der Tür bereit, bewegten sich mit Damian wieder in Richtung des Palastes.

Seraphina nahm ihre Beine in die Hand und rannte ihrem Gatten hinterher. Sie holte ihn und trat an seine Seite.

»Bist du dir sicher, dass das eine gute Idee ist? Was, wenn die Adeligen rebellieren, was ist, wenn sie sich erheben?«

»Dann wird es mich freuen, sie unter meinen Stiefeln zu zermalmen«, sagte er und blickte ohne eine Miene zu verziehen starr in die Ferne.

Sorgen machten sich im Kopf der Tigerin breit, was sollte das nur werden.

Ein Klopfen an der Tür.

Etwa später öffnete Arina die Tür.

Das dunkle Haar fiel ihr nass an der linken Seite ihres Halses herab. Gekleidet in einem weißen Kleid.

»Ah, geliebter Verlobter, schön, dass du mich mit einem Besucht ehrst ...«,

»Nicht mehr«, unterbrach er sie.

Ein verwirrter Blick machte sich auf ihrem Gesicht breit.

»Was meinst du?«, fragte die Herzogin nach.

»Ich bin nicht mehr dein Verlobter, ich habe geheiratet. Wie ich es immer gesagt habe, ich nehme keine Hure zur Frau.«

Ihre Miene wurde steinern, ein leerer Blick starrte ihn an und ihr Kopf ging etwas nach hinten.

»Bitte, was?«, fragte sie ungläubig. »Wenn, hättest du den geheiratet?«

Er drehte seinen Kopf nur kurz nach hinten und blickte in Richtung Seraphinas.

»Diese Schlampe? Du ziehst eine bürgerliche, eine Dienerin, Eigentum, mir vor?«

»Dieses Eigentum ist loyaler und sicherlich auch nicht so ausgeleiert wie du.«

Fassungslosigkeit machte sich in ihrem Gesicht breit.

»Was hast du gesagt?«, schrie sie ihn mit hochrotem Kopf an, doch keine Antwort mehr. Der Prinz drehte sich um und verschwand.

Etliche Beleidigungen schalten durch den Gang als er an der Seite seiner Frau ohne eine Reaktion in ihre Richtung.

»Und du bist dir wirklich sicher, dass das eine gute Idee war?«

»Es hat sich richtig angefühlt, gut ... deshalb würde ich sagen ja.«

Ein Seufzer der Tigerin.

»Wenn wir das nicht mal bereuen.«

Am Nachmittag ging es in den Sklavenmarkt, den größten des ganzen Reiches, er wurde zu einer der großen Attraktionen der Hauptstadt.

»Ist das wirklich notwendig?«, fragte sie noch einmal, als sie nach und auf den Boden blickte.

»Ja«, war die kalte Antwort ihres Gatten.

Eine Seufzer ihrerseits und langsam erhob sie ihren Blick nach oben.

Erst jetzt sah sie die Halle. Sie war beeindruckt.

Ein gigantischer Saal, der Boden glänzend poliert, Käfige und Tribünen an den Seiten.

Die Decke war ein Gewölbe aus Kristallglas, die Sonnenstrahlen schienen hindurch auf die Ware.

Dutzende Marktschreier standen auf den Tribünen, Hunderte nackte, oder leicht bekleidete Sklaven.

Sie traten durch die Menge der Patrizier und Adeligen.

Kaum hatten sie bemerkt, wer die Halle betraten hatten, verstummten die Stimmen, eine Gasse bildete sich vor dem Prinzen und seiner Gemahlin.

Auf den Ständen waren verschiedensten Sklaven.

Männer und Frauen, wenn man sie noch so nennen mochte der Nioa, grüne, gelegentlich braune Schuppen zierten ihre Haut und eher ein Maul anstelle eines Mundes war im Gesicht. Eine der Sklavenrassen des Reiches, dazu gehört auch die Lamur, noch etwas größer als die Echsenmenschen, ihre Haut, rot schwärzlich, sie stammten aus dem Westen des Reiches, eine Mutation der Menschen, die in den ehemals kontaminierten Regionen beheimatet waren.

Zu den Sklavenvölkern der Skaden, zählten auch die Chi. Tatsächlich ein Menschenvolk.

Sie waren einst Verbündete des Reiches, doch verrieten sie dann, ohne nur mit der Wimper zu zucken.

Seitdem gehören sie auch sie zu den Skaden.

Dahinter, die Achichea, dazu gehörten die, von denen der Name kam, Aiochean, auch wenn es sie kaum mehr gab. Dazu die Charon, ein weiteres menschliches Volk aus den Kolonien und Bewohner des südlichen Protektorats, Janta. Die Achichea waren zwar keine Sklavenvölker, aber es brauchte nicht viel und auch sie landete unter dem Auktionshammer.

Aber für den richtigen Preis waren auch die Veseri, die Völker Veserias auf den Podesten zu finden.

Langsam traten sie durch die Gasse, während Seraphina sich umblickte und alles bestaunte.

Damian ging währenddessen zielstrebig in Richtung der Mitte der Halle, an den Seiten waren die billigeren und untrainierten Sklaven, erst in der Mitte waren extra hochpreisigen Stücke.

In einem kleinen, runden Kuppelbau in der Mitte der Halle stand die exklusivste Ware.

Mehrere Veseri, aber auch der zwei anderen Stände waren dort oben.

»Mein Prinz«, sagte ein kleiner, dicklicher Mann man von der stählernen Pyramide herab.

»Es ist eine Ehre, euch heute hier begrüßen zu dürfen, womit kann ich dienen?«, fragte er sofort geschäftstüchtig.

»Ich suche nach einer Sklavin für meine Begleitung hier, Kammerzofe, Dienerin und so weiter«, ein Deuten auf Seraphina.

Der Mann nickte »Ja ... Ja, ich verstehe, da taugen die hier nichts«, sagte er mit einem Blick hinter sich. »Kommt, kommt«, kam es vom Verkäufer, als er weiter ins Innere ging.

Die drei blieben stehen vor drei Frauen, jeweils an die Wand gekettet waren.

Zwei Chi und eine weitere Frau, man konnte die Züge der Charon in ihr erkennen, doch sie waren bei Weitem nicht so ausgeprägt wie normal.

Er zeigte auf die zwei, leicht gelbhäutigen Frauen, eine mit schwarzen, die anderen mit fast weißen Haaren.

»Diese zwei habe ich von der Kandria Schule abgekauft, Elite Training, jedoch kein wirklicher Schwerpunkt auf das, was ihr sucht, wenn ihr versteht«, ein leichtes, dreckiges Kichern kam aus seiner Kehle.

Abscheu machte sich in der Tigerin breit. Das Aussehen, der

Geruch, das Verhalten des Händlers, einfach abstoßend.

»Die hier«, er zeigte auf die Charon, »wurde speziell auf Haushaltung und Zofendienste trainiert.«

Damian nickte.

»Doch was ist mit ihr? Sie, nun ja ... ich denke, ihr wisst.«

Eifriges Nicken des Händlers. »Natürlich, natürlich, ihre Mutter ist eine Charon, eine Angehörige der Rebellen, von einem unserer Krieger versklavt, sie ist dann hier gelandet.«

Damian nickte. »Gut, wie viel macht das dann?«

Der Händler winkte mit einer Geste ab.

»Ich bitte euch, für euch doch nicht, seht es als Geschenk des Hauses.«

Erneutes Nicken des Prinzen.

»Gut.«

Seraphina konnte die Enttäuschung aus der Mine des Zwerges sehen, er hatte sich mehr erwartet.

Aber er stand zu seinem Wort, trat nach hinten und machte die, Charon von der Wand.

Das schwarze Haar fiel an ihrem Rücken herunter.

»Hier«, war das letzte Wort des Verkäufers, ehe er Damian die Kette, die an ihren Hals führte, reichte. Einen Moment später stand sie auf dem Boden neben dem Prinzen.

»Habt Dank«, sagte der Prinz, ehe er sich wieder davonmachte.

»So können wir sie natürlich nicht lassen«, ertönte es vom Prinzen in Richtung der Tigerin, ohne die Sklavin auch nur eines Blickes zu würdigen.

»Sie braucht Kleidung.«

Seraphina nickte nur, das Ganze kam ihr surreal vor.

Wenige Schritte weiter hatten sie ein Geschäft gefunden, in dem sie für die Sklavin ein blaues, etwas freieres Kleid erworben hatte, ein paar mehr dieser Sorte und es ging wieder zurück ins Zimmer.

Die Sklavin war bis zu diesem Zeitpunkt still gewesen.

Damian baute sich vor ihr auf, sie hatte die Hände zwischen den Beinen verschränkt und blickte zu Boden.

»Wie heißt du?«, fragte der Prinz.

Langsam begann sich ihr Blick zu heben und sie sprach: »Jahara«

»Alter?«

»Ich weiß es nicht genau, ich glaube etwa 20 Jahre«

»Gut«, sagte der Prinz, als er sich leicht durch den Bart fuhr.

»Also hör zu, Jahara, das hier«, er zeigte auf die Tigerin, »ist meine Frau, du wirst ihr dienen, dich um sie kümmern und ihre Wünsche erfüllen, während ich nicht anwesend bin. Wenn du deinen Pflichten nachkommst, dann wirst du ein gutes Leben führen, weitaus besser als sonst wo.«

Nur ein Nicken der Sklavin

Seraphina blickte wieder aus dem Fenster, der Jäger stand immer noch in der Landebucht.

Die Düsen aktivierten sich, die Klappe der Landebucht öffneten sich und die Sonnenstrahlen der Abendsonne traten herein.

Langsam schwebte der Jäger aus der Bucht heraus und an den Klappen vorbei, immer höher und höher ging es, bis der Prinz den Antrieb aktiviertet.

»Soweit ist es noch nicht, ich kann noch kämpfen. Ich kann noch an die Front.«

Wut war in Damians Gesicht zu sehen. Er tippte etwas auf seinem Unterarm herum und ein Bild wurde projiziert. Es war dunkel, Umrisse, bis sie es erkannte, ihr Ultraschallbild.

»Das ... das ist mein, unser Kind und es wächst gerade in dir heran. Und du willst es gefährden? Vor allem jetzt? Wo es noch so gefährlich ist?«, fragte Damian vorwurfsvoll.

Seraphina blickte im Raum herum, sah Jahara in einer Ecke zu Boden.

Plötzlich fiel ihr etwas ein.

»Und was ist, wenn du fällst, wie soll ich ...«, sie blickte auf ihren Bauch, »Wie sollen wir hier bestehen.«

Ein Seufzen des Prinzen.

»Lieber ich als du und das Kind, so kann jemand mein Vermächtnis, meine Familie fortführen. Und jetzt Schluss damit.«

Seraphina blickte wieder gen Boden.

Seraphina riss aus dem Bett, schweißgebadet. Ein Tritt hatte sie aufgeweckt.

Zwei Monate waren nun vergangen, seitdem sie wieder in Daman angekommen waren.

Bald schon spürte sie Damians Hand auf ihrer nackten Schulter.

»Alles in Ordnung?«, fragte er besorgt.

»Das Kleine, es hat zum ersten Mal getreten.«

Ein Schmunzeln auf den Lippen des Kaisers, langsam fuhr er unter der Decke in ihre Richtung, streichelte über den langsam zu wachsen beginnenden Bauch.

»Sollten wir so langsam nicht, schauen, was es ist?«, kam die Frage des Prinzen.

Seraphina Gesicht, das eben noch ein Lächeln trug, wurde steinern.

»Ich habe dir doch gesagt, ich will es nicht wissen.«

»Und was ist mit mir?«, fragte der Prinz nach.

»Du wirst dich wohl oder übel auch noch gedulden müssen.«

Eine genervte Mine des Prinzen, seine Hand verschwand von ihrem Bauch.

»Es war schon richtig, dass ich dich nicht mitgenommen habe«, kam es halb ernst, halb ironisch aus seinem Munde.

Seraphina konnte nicht anders als ein kurzes Lächeln zuzulassen, ehe sie mit gespieltem Entsetzen antwortete: »Wie kannst du nur?«

Ebenso ein Schmunzeln auf Damians Gesicht.

Die Tigerin beugte sich in Richtung ihres Gatten und gab ihm einen Kuss.

Langsam ging ihre Hand um seinen Kopf, drückte ihn nach unten.

Er lag mit einem Ohr auf der Kurve, in der sein Kind heranwuchs.

»Nein«, begann Seraphina als sie über den Kopf ihres Mannes strich.

»Du hattest damals völlig recht. Ich hätte es mir nie verziehen, wenn mir etwas zugestoßen und ich das Kind verloren hätte.«

Damian erhob sich wieder und drückte Seraphina an ihre Brust.

»Etwas, was du bis heute leider noch nicht ganz einsehen willst, doch ich habe in 99 % der Fälle recht.«

Ein Lächeln machte sich in ihrem Gesicht breit, auch wenn sie es sofort wieder verschwinden ließ und eine gespielte, böse Grimasse. Ein leichter Schlag auf die Schulter folgte.

Damian drückte seine Gattin an sich, gab ihr einen Kuss auf den Kopf und zog die Decke über die beiden.

»Wir sollten jetzt schlafen, ich muss morgen wieder an die Front.«

Ein Nicken der Tigerin, ehe sie sich wieder an den Prinzen presste.

»Aufstehen«, vernahm sie leise aus der Ferne.

»Raus aus den Federn«, ertönte es noch einmal und sie spürte ein Streichen über ihren Bauch.

Langsam schlug sie ihre Augen auf und sah gerade, wie Damian sein Hemd zuknöpfte.

Das Morgenrot schien durch das Fenster herein.

»Komm schon, hoch mit dir«, sagte er erneut.

»Bald schon geht es los, die Truppe erwartet mich.«

Seraphina stöhnte und schlug langsam die Bettdecke zur Seite.

Sie sprang aus dem Bett und trat an den Wandschrank gegenüber.

Bald schon hielt sie ein blau-goldenes Kleid in der Hand und trat damit vor den Spiegel.

Als sie so etwas positionierte, stand plötzlich Damian hinter ihr.

»Na, gefällt dir, was du siehst?«, fragte Seraphina provokant.

»Du gefällst mir doch eigentlich immer, oder nicht?«, war die Antwort des Prinzen.

Leichte Röte machten sich im Gesicht der Tigerin breit, ehe sie in ihr Kleid schlüpfte.

Als sie bald darauf in den Nebenraum traten, stand auf einem kleinen Tisch bereits ein Tablett mit etwas zu Essen.

Jahara kniete daneben auf dem Boden, die Hände auf den Oberschenkeln gefaltet.

»Herrin, Meister«, begrüßte sie die beiden ohne nach oben zu blicken.

Wortlos gingen sie an ihr vorbei und setzten sich an den Tisch.

Nachdem sie gefrühstückt hatten, ging es hinab auf den Platz.

Vor der Treppe, der Hochebene der Pyramide stand Prinz samt Gemahlin, so langsam konnte man ihren wachsenden Bauch erkennen.

Auf dem Platz standen drei neue Einheiten, frischen Soldaten aus dem Westen.

Damian nahm Seraphinas Hand, ehe er begann zu reden.

»Meine Krieger, Soldaten, Brüder. Es freut mich, euch heute hier so zahlreich zu sehen. Ihr habt euch bereiterklärt, treu eurem Vaterland zu dienen und den Feind zu bekämpfen.«

Eine kleine Pause.

»Die kaiserlichen Truppen sind langsam aber stetig dabei den großen Wald zu erobern, es ist ein langer und mühsamer Kampf, aber es sieht gut für uns aus. Die Truppen des Feindes weichen nach und nach zurück und die Kämpfer im Walde sind bald aufgerieben. Ein klein wenig müsst ihr und eure Brüder noch aushalten und der Wald wird unsere sein.«

Die Faust auf seine Brust war das Zeichen, dass seine Rede beendet war.

Die Soldaten folgten ihrem Prinzen und ließen verlauten: »Heil dir Kronprinz.«

»Abmarsch«, schrie Damian, die Truppen machte, kehrte und marschieren im Gleichschritt in Richtung des Stadttores.

»Dann wird es auch Zeit für mich abzureisen«, sagte der Prinz und wandte sich an seine Gemahlin.

Beide blickten sich tief in die Augen, der junge Löwe nahm ihre Hände, zog sie nach oben und küsste diese.

»Pass mir gut auf dich«, eine kleine Pause und eine Hand für zu ihrem Bauch »Und auf das auf, ich möchte euch beide wieder gesund und munter sehen, wenn ich das nächste Mal zurückkomme.«

Seraphina nickte und ließ ihren Geliebten gehen.

Langsam trat er die Treppe hinab und stieg in eines der Panzerfahrzeuge, das die Soldaten bereits erklommen.

Als die Klappe des Fahrzeugs sich schloss und in Bewegung setzte.

Ein Seufzen Seraphinas ehe sie sich wieder umdrehte und in den Palast trat.

An ihrer Seite zwei Krieger der Prinzengarde.

Langsam schritt sie den steinernen Weg entlang und durch das Tor der Pyramide.

Die große Halle, eine Statue des Prinzen in der Mitte.

Es herrschte bereits wieder einigermaßen reger Betrieb, die Beamten und Angehörigen des Prinzenhofs gingen durch Gang und Halle.

Alle wussten, was sie wollten, nur Seraphina wusste nicht ganz, was sie mit sich anfangen sollte.

Seraphina trat vor, vor die Statue ihres Gatten, blickte in das steinerne Gesicht.

Eine Hand auf ihrer Schulter, sie drehte sich um und erblickte Arthegus.

»Na ... Meine Liebe ... ist der alte Schwerenöter schon wieder weg?«

Nur ein Nicken der Tigerin.

»Der sollte sich etwas schämen«, sagte der Kommandant mit einem Lächeln auf den Lippen. »Erst schwängern und dann einfach abbauen, das ist doch nicht gerade eines Prinzen würdig.«

Auch Seraphina konnte sich bei diesen Worten ein Lächeln nicht verdrücken.

»Aber Spaß bei Seite, wie geht es euch mit dem kleinen?«

»Könnte besser sein, aber nicht so schlimm, wie ich es mir vorgestellt habe.«

»Dann passts ja«, sagte er, klopfte ihr auf die Schulter und verschwand dann auch schon wieder.

Kurzzeitig blickte sie noch einmal in das Gesicht der Statue, ehe auch sie sich losriss und den Platz verließ.

Über eine Treppe trat sie in die oberen Stockwerke, in das Zimmer des Prinzenpaares.

Jahara kniete immer noch am Boden und wartete auf weitere Befehle.

Die zwei Soldaten blieben vor der Tür.

»Ich bin immer wieder überrascht, wie gehorsam du bist. Es kommt mir fast so vor, als würdest du hier verenden, wenn wir nicht mehr zurückkommen würden.«

»Wenn das der Wunsch der Herrin ist ... dann ...«

»Nein ... Nein«, unterbrach sie Seraphina lachend. »Nicht doch, das war nur ein Scherz.«

Die Sklavin nickte und blickte wieder zu Boden.

Seraphina legte ihr enges Prachtkleid ab.

»Bring mir das schwarze, weite Kleid aus meinem Schrank«, sagte Seraphina, als sie ihr Kleid auf einen Stuhl legte.

Jahara erhob sich, trat an den Schrank und holte das Kleid heraus. Kurz darauf reichte sie es ihrer Herrin, ehe sie sich in eine Ecke zurückzog.

Seraphina legte das Kleid an und ließ sich in das Bett fallen, in den Zeiten, in denen ihr Gatte nicht hier war, hatte sie selten etwas zu tun.

Es war nur sie, Jahara und das Ungeborene in ihrem Leib.

Einen Knopfdruck später war das Holo aktiviert, die Nachrichten zeigten den Fortgang des Südens.

33 - Das Leben einer Prinzessin

Während Seraphina den langen Gang, an der Seite der Halle entlangging, folgte ihr Jahara.

Die Sklavin trug eines ihrer blauen Kleider, während Seraphina in einer weißen Robe mit goldenen Ornamenten und Umrandungen durch die Gänge marschierte.

Eine Tür öffnete sich mit einem Zischen und Seraphina trat mit hinter ihr hergezogener Robe in den Raum.

Es war ein schwarzer, runder Saal, in der Mitte ein großer, ebenfalls runder Tisch, dessen Oberfläche aus weißen Quadraten bestand.

Weißes LED Licht strahlte und ein schwarzes Fenster thronte in jeweils einer der Wände.

Die Tigerin trat an den Tisch, während Jahara neben der Tür Platz nahm.

Einen Knopfdruck später aktivierte sich das Holobild.

Man sah einmal mehr die Stadt.

Die große Pyramide, über der sich langsam die Statue aufbaute, die erste Reihen der gigantischen Prachtbauten war bereits fertiggestellt. Der zweite Ring, kurz vor der Vollendung. Zwei weitere Reihen waren bereits geplant.

Ebenso die ersten Verteidigungsanlagen waren gerade an der Konstruktion.

»Dann schauen wir mal«, begann Seraphina mit sich selbst sprechend und wählte einen der Reiter an der Seite aus.

Bald schon schwebte das Abbild eines Bunkers an ihren, Fingern.

Mit einem Tippen platzierte sie diese an der Front, hinter einer großen, geplanten Mauer, deren Grundfeste gerade errichtet wurde.

Seraphina plante eine große Verteidigungsanlage vor der Mauer, sie wollte Damian etwas zeigen, wenn er wieder hier war. Mehrere Verteidigungs- und Bunkerlinien erstreckten sich vor der Mauer und dem Beginn des großen Waldes.

»Schön hast du das gemacht«, sagte Damian, als er zwei Monate später wieder in Daman war.

Seraphina Bauch war mittlerweile angewachsen, die Schwangerschaft konnte nicht mehr verheimlicht werden.

»Wir werden die Anlagen so umsetzen, auch wenn wir bald schon den Wald über die große Straße verlassen haben.«

Seraphina legte ihren Kopf auf die Schulter ihres Mannes.

»Lieber sind wir auf der sicheren Seite«, sagte sie und drückte seinen Arm an sich.

Ein Schmunzeln des Prinzen, was sie aus ihrem Augenwinkel sah.

»Nun, nach der Devisen sollten wir uns langsam in die Hauptstadt aufmachen.«

Seraphina drehte ihren Kopf in Richtung Damian.

»Haben deine Generäle alles unter Kontrolle?«, fragte Seraphina.

»Nun ...«, druckste Damian. »Ich hoffe schon.«

»Was hält uns dann davon ab, in die Hauptstadt zu gehen, zu heiraten?«

»Eigentlich nichts«, sagte Damian.

»Warum sind wir dann noch hier?«, fragte die Tigerin einmal mehr nach.

»Was denkst du, warum ich wieder hier bin?«, fragte er zurück.

»Warum, denkst du, landet gerade in diesem Moment ein kaiserlicher Transporter, für die Elite des Reiches?«

Ein erstaunter Blick der Tigerin.

»Bitte, was?«, fragte sie.

Damian tippte auf dem Tisch herum, der Stadtplan verschwand und ein Schiff war auf einer der Landeplattformen zu sehen.

Ein großer, stromlinienförmiger Frachter setzte gerade zum Landeanflug an.

Silberner Lack, goldene Ornamente, ein Löwenkopf an der Vorderseite.

Zwei Geschütztürme an den Seiten, welche für den Schutz sorgen sollten.

Es fanden sich noch einige großen Aufbauten an der Oberseite des Schiffs.

»Ist das dein Ernst?«, fragte Seraphina ungläubig und trat eng an ihren Gatten heran.

Ein Schmunzeln auf dem Gesicht des Prinzen.

»Hast du wirklich gedacht ich würde dich nicht öffentlich heiraten, bevor du unser Kind auf die Welt bringst? Denkst du, ich möchte Beleidigungen und Gerüchte über dich und unser Kind hören?«

Auch wenn es wie bei der ersten Hochzeit eher aus pragmatischen Gründen war, freute sie sich dennoch, ihr Herz machte einen Sprung.

Sie wusste nicht ganz was sie sagen sollte.

»Gehen wir?«, fragte Damian.

»Jetzt?«, fragte Seraphina ungläubig.

»Ja wann denn dann?«, war die Antwort des Prinzen mit einem Lachen im Hintergrund.

Er löste sich etwas von ihr und nahm die Hand der Tigerin.

Langsam zerrte er sie aus dem Raum, in die Halle zurück.

Als sie den Raum verlassen hatten, konnten sie schon den Transporter sehen.

Mit Begleitung zweier Gardisten traten sie auf die Plattform und über eine ausgeklappte Treppe in den Transporter.

An den Seiten standen einige Sitze mit kleinen Tischen darin. Fenster erlaubten den Blick nach draußen.

Damian drängte Seraphina auf einem der Sitze Platz zu nehmen, während er nach vorne trat.

Ein Klopfen an einer Metalltür und eine Klappe öffnete sich.

»Bereit zum Starten«, sagte der Prinz.

»Bereit zum Starten«, wiederholte der Offizier im Cockpit.

Nun ließ sich auch Damian auf einen Stuhl neben ihr sinken.

Sekunden später ruckelte das gesamte Schiff, erhob sich langsam vom Boden und schwebte über die Stadt in Richtung Himmel.

Die Tigerin blickte aus dem Fenster, sah, wie die Bauten im Stadtzentrum immer weitergingen.

Ein gigantischer Tempel wurde auf dem Grundstein eines Rechenzentrums des alten Maschinenglaubens errichtet.

Unter den Grundfesten der neuen Gebäude, Massengräber, Gräber der feindlichen Soldaten und Rebellen, Hunderttausende wurden unter den Grundfesten begraben.

»Es wird schon«, sagte Damian, als er mit seiner Hand auf dem Bauch Seraphinas lag.

»Unser Kind und die Stadt.«

Ein Lächeln bildete sich auf ihrem Gesicht, ehe sie sich wieder zum Prinzen wandte.

»Da bin ich mir sicher«, war die Antwort der Prinzessin.

Langsam wanderte ihre Hand an die ihres Geliebten.

Kurz darauf aktivierte sich der Antrieb und sie flogen in Richtung der Hauptstadt.

»Nun«, begann sie einmal mehr. »Wie sieht es an der Front aus? Sicher das das die richtige Entscheidung war?«

Damian lachte.

Nur ein verwirrtes Gesicht der Tigerin war die Antwort.

»Tut mir leid«, kam es immer noch amüsiert aus dem Mund Damians.

»Aber erst willst du unbedingt, dass ich komme und wir vor der Geburt auch offiziell heiraten und jetzt? Jetzt stellst du alles wieder in Frage?«

Seraphina kam sich selbst etwas dumm vor, als sie diese Worte aus dem Munde ihres Gatten hörte.

Irgendwie hatte er recht.

Doch schnell schlug sie sich den Gedanken auch wieder aus dem Kopf.

»So ein Unsinn«, sagte sie. »Ich wollte bloß nachfragen.«

Ein erneutes Schmunzeln, als Damian ihr durch die Haare fuhr.

»Alles in Ordnung, bald werden den Wald verlassen, auf den Ebenen werden wir bei weitem mehr Erfolg haben.«

Eine kleine Pause.

»Und wie es mein kleiner Brutkasten hier gewünscht hat, ohne Brand oder Chemiebomben.«

»Was hast du gerade gesagt?«, fragte sie aggressiv nach.

»Ach … nichts, alles gut«, sagte er und richtete seinen Blick aus dem Fenster.

Sie warf einen vorwurfsvollen Blick in seine Richtung, doch entweder konnte oder wollte er ihn nicht sehen.

»Du kannst jetzt nicht so tun, als würdest du nichts gesagt haben.«

»Sagt wer?«, fragte er nach. »Ich denke, das kann ich sehr wohl.«

Auch wenn sie versuchte, es zu unterdrücken, sie konnte nicht anders, als zu schmunzeln.

Der Kopf Damians drehte sich.

»Na siehste …«

»Was soll das jetzt schon wieder heißen?«

Schweigen vom Prinzen.

Langsam senkte sich sein Kopf, bis er auf dem Bauch Seraphinas ankam.

»Reg dich nicht so auf …, das ist sicher nicht gut für das Kind.«

Dieser Satz machte sie wirklich wütend. Ein leichtes aggressives Stöhnen entfuhr ihr und eine Hand ballte sich zur Faust, doch sie wollte ruhig bleiben.

Nicht wenn Damian gerade so schon auf ihr lag, nicht jetzt wo sie auf dem Weg in die Hauptstadt waren.

»Na wo ist denn mein kleiner?«, sagte der junge Löwe plötzlich und begann über ihren Bauch zu fahren.«

»Kleiner?«, fragte Seraphina nach.

»Weißt du mehr als ich?«, fragte sie verwirrt.

»Ach ... ich weiß es einfach, es wird ein Prinz.«

Kopfschütteln, doch sie sagte nichts mehr, strich über den Kopf ihres Gatten.

»Du wirst einmal ein großer Krieger, ja da bin ich mir sicher, ein großer Krieger und Kaiser. Wirst deine Feinde vernichten und ihre Gebeine zermalmen.«

Ein leichter Stoß an die Schulter Damians.

»Verkorkse es nicht schon, bevor es überhaupt auf der Welt ist.«

Lachen vom Prinzen.

»Ach was, ich habe gelesen, man soll bereits während der Schwangerschaft mit dem Kind reden, so eine Bindung aufbauen.«

Ungläubiges Kopfschütteln.

Der Vater redete noch etwas mit seinem Kind, bis er auf dem Bauch einschlief,

»Unmöglich«, redete Seraphina mit sich selbst etwas spöttisch.

Langsam kamen sie in der Nähe der Hauptstadt an. Damian lag immer noch auf dem Bauch der Prinzessin.

Langsam ruckelte Seraphina an der Schulter des jungen Löwen und streichelte über seinen Kopf.

»Aufwachen«, säuselte sie.

Als Damian langsam die Augen aufschlug, fuhr sie ihm weiter zärtlich über den Kopf.

»Wir sind bald da«, flüsterte sie.

Langsam rieb sich Damian die Augen und setzte sich auf

seinen Stuhl.

»Schon?«, fragte er immer noch mit etwas schlapper Stimme.

»Schon?«, wiederholte Seraphina. »Du bist gut …, du hast … du hast ewig lang auf mir geschlafen.«

Ein etwas peinlich berührtes Grinsen auf seinem Gesicht.

»Ja gut … auch wieder wahr«, sagte er, ehe er einen Blick nach draußen warf.

Man konnte bereits die Stadt unter ihnen sehen.

Der Frachter manövrierte auf den Platz, auf dem vor wenigen Monaten noch der Jäger gelandet war.

Dieses Mal öffnete sich jedoch nicht die Klappe.

Der Frachter flog etwas weiter nach hinten und landete auf einem oberirdischen Platz.

Langsam senkte sich das Schiff, setzte zum Landeflug an.

Ein Ruck und das Schiff stand auf seinen Beinen.

»Ladung erfolgt, Klappe wird ausgefahren«, kam es aus den Lautsprechern.

»Danke, hätten wir so gar nicht gemerkt«, murmelte Damian ironisch und erhob sich aus seinem Stuhl.

Kurz darauf gefolgt von der Tigerin.

Als sie die Treppe herunterstiegen, konnten sie bereits ihren Empfang sehen.

Fanfaren spielten plötzlich als ein blauer Teppich über den steinernen Weg durch die Gartenanlagen von zwei Dienern ausgerollt wurde.

An den Seiten Soldaten und dazwischen marschierte der Kaiser auf sie zu.

»Mein Sohn«, sagte er mit offenen Armen. Als die beiden aufeinandertrafen, umarmte er ihn.

Als er sich wieder von ihm löste, begrüßte er auch die Tigerin.

»Und natürlich meine Schwiegertochter«, eine Umarmung folgte auch für sie.

Seraphina war überrascht, plötzlich war er so freundlich. Nach kurzer Zeit erwiderte sie die Umarmung.

Ein Schmunzeln auf den Lippen Damians.

Er trug wie sein Sohn den Prachtanzug des Kaiserhauses.

»Es freut mich, euch wiederzusehen.«

Seraphina war etwas überrascht, kaum trug man einen Erben im Bauch war man plötzlich geliebtes Familienmitglied.

»Ich hab euch ein gutes Zimmer gegeben, mit allen Annehmlichkeiten der Hauptstadt. Es soll dir an nichts fehlen«, sagte der Kaiser und blickte in Richtung Seraphinas.

»Haben wir das vorher nicht oder wie?«, fragte Damian.

Adrian war etwas verdutzt, man konnte ihm ansehen, dass er damit nicht gerechnet hatte.

»Wie ... wie ...?«, fragte er nach.

»Ich mach doch bloß Spaß ...«, antworte diese und begann zu lachen.

Stockend stieg auch der Monarch mit ein.

Als langsam alles wieder zum Ende kam, begann Adrian wieder.

»Lasst uns doch reingehen«

Damian nickte und setzte sich in Bewegung in Richtung des Palastes.

Durch die Gärten, Büsche und Bäume der Anlagen um den Palast. Über eines der Seitentore, einem großen, eisernem Tor, von Gold umrandet in einer Bogeneinmündung betraten sie den äußeren Ring des Palastes.

Als sie gerade so über den Marmorboden stolzierten, begann der Prinz wieder zu reden.

»Wie sieht es mit der Hochzeit an, wie sind die Pläne?«

Adrian blickte auf.

»Ja ... Ja ... in der Reichshalle, eine große Prozession wie meine eigene.«

Damit war er auch schon wieder still.

Der junge Löwe blickte zu seiner Gemahlin und schüttelte den Kopf.

»Sehr genau«, sagte der Prinz mit einem Schmunzeln auf den

Lippen.

Ein leichtes Lächeln kam auch von Seraphina zurück.

»Und wann?«, begann der Prinz erneut, während sie in den großen Thronsaal traten.

»In ein paar Tagen, ner Woche, zwei. Ich weiß noch nicht ganz, wir werden sehen.«

Erneutes Nicken von Damian.

»Ich seh schon, soll ich mich darum kümmern?«

Der Kaiser blieb ruckartig stehen, drehte sich um.

Ein ernster Blick in die Augen des Prinzen.

»Traust du mir das nicht zu? Mir, dem Kaiser Veserias?«, fragte der alte Löwe ungläubig nach.

»Na ja, wie es aussieht hast du momentan nicht ganz die Zeit dafür. Ich wollte dir nur eine Last abnehmen.«

Das finstere Gesicht seines Gegenübers lichtete sich wieder.

»Mhmm ...«, aus seinem Mund.

»Mach nur, aber versau es nicht.«

Wortlos durchquerten sie den Thronsaal, passierten den schwarzen Doppelthron. Sie betraten ein weiteres Seitenschiff und durch ein weiteres Portal in den nächsten Gang.

Eine Metalltür öffnete sich neben ihnen in der Wand, ein Aufzug.

Als sich die Türen wieder öffneten, kamen sie in einem, für den Palast untypischen Gang.

Die Wände waren eher gebogen und vollständig weiß. Der Boden grau-glänzend.

»Was ist das hier?«, fragte der Prinz. »Das kenn ich ja gar nicht.«

Ein Schmunzeln seines Vaters.

»Ja, das ist ein altes Stockwerk, welches ich renovieren lassen habe.«

Damian blickte den Gang entlang, die Gewölbe des Ganges.

»Prachtvoll. Wahrlich schön«, sagte der Prinz, als er weiter nach vorne ging.

»Halt ... halt ...«, kam es vom Kaiser, als er seinen Sohn an der Schulter packte.

»Hier ist euer Zimmer«, ein Drehen später und er stand er vor der Tür.

Einen Knopfdruck später öffnete sich die weiß silberne Tür mit einem Zischen.

Die Hand des Monarchen glitt in das Zimmer, »Bitte schön, euer Reich.«

Damian trat an der Hand seines Vaters vorbei. In das Zimmer.

In der linken Wand des Zimmers war ein blaues Doppelbett eingelassen. Daneben ein Wandschrank.

Gegenüber eine Wandcouch mit Tisch und Stühlen.

Rechts davon ein Arbeitsbereich.

Dazwischen eine Tür, die vermutlich ins Bad führte.

»Dann lass ich euch mal alleine.«

Mit diesen Worten verschwand der alte Löwe wieder aus dem Raum.

Während Damian noch etwas in der Mitte des Raumes stand und sich umsah, ließ sich die Tigerin auf das Bett fallen.

Der Prinz schmunzelte, blickte auf seine Gattin.

»Na, du?«, fragte er. »Du lässt es dir gut gehen, was?«

Seraphina richtete sich etwas auf, stützte sich auf ihre Unterarme.

»Na hör mal, ich bin schwanger, ich trage dein Kind unterm Herzen ... da wird mir doch wohl noch etwas entspannen dürfen.«

Lachen aus der Kehle des Prinzen, als er sich zu ihr legte und ihr einen Kuss auf die Stirn gab.

»Natürlich ...«, einmal mehr legte er seine Hand auf ihren Bauch.

»Wie machen wir das jetzt mit der Hochzeit?«, entfuhr es ihr, als sie an die Decke starrte.

Damian drehte seinen Kopf in Richtung seiner Frau.

»Ich weiß es nicht, ich würde sagen in etwa zwei Wochen.«

»Das ist dann in der Reichshalle, oder?«

Nur ein Nicken des Prinzen.

»Die Zeremonie an sich wird kein Problem sein. Meine Organisatoren werden uns da schon was gutes Zaubern. Auch die Gäste sollten kein Problem sein. Wenn ich das so sehe ...«, kam er plötzlich ins Stocken. »Dann ist unser einziges Problem wohl unsere Aufregung.«

Ein kurzes Lächeln der Prinzessin.

Langsam ging die Sonne unter. Die beiden lagen immer noch im Bett. Von einmal Essen abgesehen, hatten sie den ganzen Tag darin verbracht. Bald schon merkte sie, dass Damian eingeschlafen war.

Mit dem Kopf auf seiner Brust und den Haaren fast in seinem Gesicht lag sie auf ihm. Traute sich nicht, auch nur einen Zentimeter zu rühren. Sie wollte ihren Geliebten nicht wecken.

Der Prinz wachte auf, Seraphina lag nicht mehr auf seiner Brust, er hörte ein Wimmern, ja ein Schluchzen.

Es war Seraphina, die zusammengekauert an der Bettkante lag.

Langsam näherte er sich ihr und legte einen Arm um die Tigerin.

Ein Zucken ging durch ihren ganzen Körper und mit einem Ruck blickten ihre entsetzte, von Tränen glänzenden Augen in das Gesicht ihres Mannes.

»Seraphina ...«, kam es ganz aufgelöst von Damian.

Er wirkte, wie ein kleines Kind, das seine Mutter weinen sah.

Es war das erste Mal, dass sie nicht den starken, unbeugsamen Krieger vor sich hatte und ihre Tränen versiegten sofort.

»Was ist mit dir?«, war die nächste Frage.

Seraphina überlegte, wusste erst gar nicht, was sie sagen sollte.

»Ich ... ich weiß nicht. Ich glaub mir wird das Ganze einfach zu viel. Ich bin jetzt Anfang 20, ich heirate bald den Thronfolger des Reiches, mit dem ich eigentlich schon verheiratet bin. Des Weiteren soll ich jetzt Mutter werden. Ich bin dafür nicht bereit.«

Tränen kullerten ihr dick über die Wange.

Damian drückte sie fest an sich. Gab ihr einen Kuss auf die Stirn.

»Ich kann das verstehen, dass ... das alles etwas viel ist. Aber ich bin mir sicher, du bekommst das hin. Wir bekommen das hin«, sagte er mit einer beruhigenden Stimme.

Nur ein leichtes Nicken der Tigerin.

»Ganz sicher?«, war die leise fragende Antwort der Tigerin, als sie sich wieder an ihren Gatten kuschelte.

»Ganz sicher«, wiederholte sie noch einmal, als sie die Augen schloss.

Bald war der große Tag gekommen, Seraphina war unendlich aufgeregt. Eineinhalb Wochen später stand sie vor einem großen Spiegel in einem länglichen Spiegelsaal. An ihr ein prachtvolles, langes, weiß-goldenes Kleid.

Jahara stand neben ihr.

Seraphina war sprachlos. Derartige Pracht.

Kurz darauf setzte ihr die Dienerin den weißen Schleier auf, der ihr Gesicht verdeckte.

Ihr Herz schien nahezu einen Sprung vor Freude zu machen.

Sie drehte sich einmal vor dem Spiegel und sah zu, wie das Kleid um sie wehte.

Plötzlich ein Klopfen an der Tür. Ein Diener in der blau-silbernen Uniform herein.

»Meine Prinzessin«, begann er. »Es ist so weit, eure Eskorte wartet.«

Nur ein Nicken Seraphinas.

Sie deutete Jahara das Kleid zu heben.

Jahara folgte ihr und hob den Saum des Kleides hoch, sodass er nicht am Boden schleifen musste.

Sie traten durch die Tür des Saals und kamen im Gang der nach draußen führte an.

Es ging über die Brücke, und den Vorbau nach draußen.

Dort konnte sie es bereits sehen.

Die tausend Steinerne, die Soldaten, die auf dem Platz Tag und Nacht standen wie Statuen.

Doch hinter ihnen und auf der Tribüne sammelte sich das Volk.

Zu Zehntausenden hatten sie sich entlang des Weges zur Reichshalle versammelt. Jubelten und feierten.

Vier Soldaten traten an ihre Seite, als die Steinernen ihre Reihen öffneten und Platz für die Prinzessin machten.

Unter den Zurufen und Gebrüll des Volkes passierten sie das Tor und traten die Treppe hinab in die Prachtstraßen.

Auch die Sitze entlang der Straße waren vollends gefüllt. Die Banner des Reichens wehten, nach wie vor an den Masten.

Rosen und andere Blumen wurden auf die Straße geworfen, während die Steinernen sie in Richtung der Reichshalle begleitet.

Als sie auch die Stufen hinauf zum Platz traten, konnte sie den Trubel sehen. Bis auf eine Gasse von Soldaten an den Seiten gesäumt, war der gesamte Platz von Schaulustigen gesäumt.

Über die großen Portale, den von den Säulen getragenen Eingang, traten sie in die Reichshalle.

Jubel, als sie die Halle betrat.

Der Platz war wieder von Soldaten gefüllt. Sie bildete eine Gasse für die ankommende Prinzessin.

Auf den Rängen sprangen die Besucher auf, als sie über die Treppe nach oben zur Empore trat.

Dort oben konnte sie Damian, Adrian und den Hohepriester sehen.

Es kam ihr so vor, als würden die Schritte immer schwerer und schwerer werden. Je höher sie nach oben kam, desto mehr begann sie zu schwitzen.

Zum Glück konnte man es unter dem Schleier nicht sehen.

Ihre Beine wurden wackelig, als sie die letzten Stufen das Podest hinauf trat.

Dort warteten bereits Gatte, Schwiegervater und der Hohepriester.

»Dann wären wir ja so weit alle beisammen.«

Marnian trat nach vorne an das Podest.

Er sprach in das Mikro, welches an der Vorderseite angebracht war: »Lasset uns beginnen.«

Die Menge erhob sich von ihren Plätzen, blickte auf die Bühne.

»Heil dir, Prinzenpaar«, schrien sie, als die Faust auf ihre Brust schlugen.

Der Priester wartete, bis die Menge wieder zur Ruhe gekommen war.

»Wir haben uns heute hier versammelt, hier auf der Empore, in der Reichshalle und davor. Im ganzen Reich vor den Holos. Und ich, wir freuen uns darüber, dass ihr heute Teil dieses besonderen Moments werdet. Teil der Vereinigung zweier Menschen. Das Reich bekommt eine neue Prinzessin geschenkt. Ein Grund zur Freude.«

Er warf die Arme in die Höhe und der Saal schwieg.

Die Stille war erdrückend, fast greifbar.

»Treten an meine Seite«, waren seine nächsten Worte an die beiden jungen Menschen.

Seraphina Herz schlug fast bis zum Hals. Ihr Kopf schien zu zerspringen.

Damian lächelte sie beruhigend an, ehe er einmal ihre Hand ergriff, bevor er nach oben trat.

Doch langsam, wenn auch etwas wackelig setzte sie sich in Bewegung, erklomm die Treppen auf dem Podest neben dem Hohepriester.

Die Menge jubelte einmal mehr.

Als sich alles wieder beruhigt hatte, begann Marnian erneut zu sprechen.

Er packte den Arm des jungen Löwen und riss ihn nach oben.

»Wir haben hier, den Prinzen Veserias«, er zeigte auf Damian und die Menge sprang einmal mehr auf und schrie sich die Seelen aus dem Leib.

»Junger Löwe und Erbe des Reiches.«

Der Arm sank wieder nach unten.

Kurz darauf spürte sie den Griff des Hohepriesters an ihrem Unterarm. Auch dieser wurde bald darauf hochgerissen.

»Und hier seine Frau, Seraphina, zukünftige Prinzessin des Reiches.«

Still, dann setzte langsam der Jubel ein. Etwas leiser als beim Prinzen.

Ihr Kopf wurde rot, doch ein Nicken Damians, welches sie durch den Schleier sehen konnte.

Ihr Herz beruhigte sich wieder etwas.

»Tigerin des Prinzen und baldige Mutter des Reichserbens.«

Dann endlich war doch noch etwas mehr von den Anwesenden zu hören.

»Heute sollen sie eins werden. Mann und Frau. Ihr Kind soll im Namen der Wenzels, im Zeichen des Löwen als neuer Thronfolger geboren werden.«

Seraphina blickte Damian bei diesen Worten tief in die Augen. Er blickte zurück. Glaubte sie zumindest.

Der Schleier machte die ganze Sache nicht gerade einfacher.

Dann packte er auch den Arm des Prinzen und riss ihn wieder in die Höhe.

»Im Namen der Mutter und des Vaters, sollen diese beiden heute nun in den Bund der Ehe eintreten.«

Er blickte in Richtung der Menge.

»Kniet nieder.«

»Mutter … Vater …«, begann er seinen Kopf gegen Himmel gerissen.

»Schöpfer der Menschen. Vincent, Adrian, Kaiser des Reiches, Führer der Nation und Nachfahren des Vaters. … Heute haben sich hier zwei Menschen, Damian Wenzel, Prinz des Reiches, Herzog des Ostgebirges, Herr der Grenzfeste, junger Löwe und Nachkomme des Vaters, sowie Seraphina Wenzel, Dienerin des Reiches und Prinzen, Tigerin der Akademie und Vertraute der Krone, versammelt. Sie erbitten euren Segen. Segen, sich zu vereinigen. Mann und Frau zu werden.

Sie wollen gemeinsam Menschheit und Reich führen, eines Tages dieses Land regieren und Nachkommen in die Welt setzten. Sie geloben sich Treue, Liebe und Unterstützung in guten wie in schlechten Tagen, in Zeiten der Not wie Zeiten der Freude.«

Einmal mehr fand sich der Daumen auf der Stirn wieder.

Der Priester zeichnete sie, ehe es hieß:

»Erhebt euch, nun als Damian und Seraphina Wenzel.«

Kaum die Worte ausgesprochen, standen die beiden wieder aufrecht vor dem Priester.

»Nun ... frage ich dich. Damian Wenzel, willst du die hier anwesende Frau, Seraphina als deine Gemahlin, als Mutter deiner Kinder nehmen?«

»Ja ...«, kam es mit festem Wort vom Prinzen.

Ein Nicken des Priesters, als er sich von Damian abwandte und in Richtung der jungen Frau blickte.

Ihr kam es währenddessen so vor, als würde ihr Kopf glühen, kurz vor der Explosion stehen.

»Ich frage auch dich ... Seraphina, willst du den hier anwesenden Damian Wenzel, als deinen Gemahl, als Vater deiner Kinder nehmen?«

»Ja ..., erneut«, sagte sie.

Ein Nicken des Priesters, ein Nicken des Prinzen.

»Dann ...«, sagte er und nahm die Hände der beiden »Erkläre ich euch hiermit für Mann und Frau, mögen Götter und Kaiser euch beistehen, mögen sie auf all ihren Wegen ihre Augen auf euch und die schützenden Hände über euch legen.«

Mit diesen Worten ließ er ihre Hände los, drehte sich mit

einem Schwung nach hinten. Ein Diener im blauen Anzug, in seinen Händen eine Goldschatulle.

Er trat an den Priester heran, kniete nieder und wartete mit dem Verschwinden, bis die Schatulle entgegengenommen wurde.

Marnian ging damit auf die beiden zu, öffnete sie vor ihren Augen.

Das innere war mit blauem Stoff ausgepolstert, darin lagen zwei, goldene Armreifen.

»Dies soll nun als Zeichen eures Bundes dienen.«

Damian nahm als Erstes einen der Reife und legten ihn Seraphina um den rechten Unterarm.

Er hing nun neben ihrem Ersten.

Sie konnte noch ein Zwinkern des Prinzen sehen, als er neben ihrem ersten Armreif einrastete.

Kaum war Damian wieder zurückgetreten, nahm sie wie selbstverständlich den Ring aus dem Kasten.

Einen Schritt später schloss sie den Ring um den Arm ihres Gatten.

Ein Lächeln auf den Lippen des Hohepriesters. Er wendete sich wieder an das Mikro.

»Es ist vollbracht«, rief er in Richtung Menge.

Einmal mehr rissen sie auf, jubelten.

»Hiermit seid ihr Mann und Frau, vor den Göttern und vor dem Reiche.«

34 - Eine Stadt in Freude

Ein Banner rollte sich von der obersten Kuppel der Halle ab.

Die Beleuchtung der Halle wechselte auf Blau und die Gäste schwenkten kleine Fähnchen mit dem Emblem des Reiches darauf.

Adrian trat zwischen die zwei und packte ihre Hände.

Einen Moment später riss er sie nach oben.

»Vater und Mutter haben diese Verbindung gesegnet, mögen sie lang und kindreich sein«, sagte er ins Mikro.

So standen sie noch eine Weile dort, bis die Halle begann sich auf Befehl der Soldaten zu leeren.

Nachdem das Volk über die Ränge und Treppen auf den großen Platz unter freudigem Geplapper nach draußen strömten, blieben die Soldaten auf dem Platz in der Mitte der Halle weiterhin steinern stehen.

Doch als die Ränge der Zuschauer fast leer war, kam ein Bote in die Halle.

Er ging vor dem Kaiser in die Knie.

»Mein Kaiser«, begann er. »Unruhen, draußen. Der Platz überfüllt. Es sind bereits Menschen zu Schaden, ja sogar umgekommen.«

Ein Seufzen Adrians als er sich umdrehte.

»Wenn kümmern die Schafe. Wir sind Löwen.«

Eine Pause, erst auf einen eindringlichen Blick Damians begann er erneut.

Ein Seufzen: »... Lasst den Platz räumen. Schafft Ordnung.«

Der Diener erhob sich, nickte und verschwand wieder.

Seraphinas Gesicht fiel bei den Worten ihres Schwiegervaters nach unten. Als er von ihnen wegtrat, begann sie zu flüstern.

»Da draußen sterben Leute? Und deinen Vater interessiert es kaum?«, fragte sie ungläubig.

»Mein Vater hat über drei Milliarden Untertanen, er kann sich nicht um jeden Einzelnen kümmern.«

Mit diesen Worten nahm er ihre Hand und zog sie vom Podest herunter.

Seinem Vater hinterher.

Sie traten über die Stufen nach unten, auf den großen Platz zu den Soldaten.

Jedes Regiment, das sie auf dem weiß, glänzenden Marmorboden passierten, löste sich von seiner Position und reihte sich hinter der Gemeinschaft ein.

In den großen Gang der Halle, die Tore waren bereits geschlossen.

Als sie in die Nähe kamen, wurden die Toren mit einem quietschen aufgeschoben.

Die Sonnenstrahlen fielen in die Halle und trafen Zug.

Das gleißende Licht blendete Seraphina für einen Moment.

Draußen war der Platz noch mehr gefüllt als vorhin, die Soldaten hatten Mühe, die Meuten zurückzuhalten.

Sie streckten Arme und Beine über die gepanzerten Krieger hinaus und versuchten einen Blick auf das Paar zu erhaschen.

Seraphina versuchte den Kopf zu recken, an den Rand des Platzes. Dort konnte sie sehen, wie kleinere Außentore geöffnet wurden und die zusammengedrängte Menge vom Platz getrieben wurde.

Sie glaubte noch eine Leiche und Verletzte am Rande zu sehen, doch dann griff Damian zärtlich nach ihrem Kopf und richtete ihn wieder nach vorne.

»Tu das nicht«, war die leise, aber besorgt klingende Antwort ihres Gatten.

»Tu dir das nicht an«, mehr sagte er nicht und ging weiter unbeirrt in Richtung des Ausgangs.

Bald schon kamen sie wieder auf die Treppe hinunter zur Prachtstraße.

In einer Parade begleitet von den Steinernen ging es wieder zurück in den Palast.

Auch hier war alles voll. Auf den Tribünen war das Volk, jubelte. Wehte mit ihrem Fähnchen.

Hinter den Rängen erhoben sich blaue Lichtstrahlen in die Höhe.

Unter dem Regen von Blumen und Konfetti marschierten sie über die steinerne Straße.

Plötzlich ein Rauschen, ein Zischen und Jäger zogen mit voller Geschwindigkeit über den Himmel.

Seraphina erschreckte leicht und drückte sich an Damian.

Sie blickte nach oben und konnte zwei blaue, von einem weißen Streifen durchzogen sehen.

Wie Geschosse zogen sie über den Himmel, bis sie hinter den Türmen des Palastes verschwanden. Das goldene Dach der Tribüne kam immer näher, der Rauch der Feuer an den Seiten färbte den Himmel schwarz, als sie durch das Tor der Tribüne traten.

Die Steinernen bezogen wieder Stellung auf dem Platz vor dem Palast, während eine kleine Garnison mit der Gesellschaft in den Palast trat. In den gigantischen Thronsaal.

Seraphina wusste nicht ganz, was sie nun erwarten würde.

»Folgt mir«, war die Anweisung des Hohepriesters.

Der Kaiser blieben stehen, währen Seraphina mit Damian nach vorne schritten.

Die Seitenschiffe und Balkone der Thronhalle füllten sich langsam mit den Adeligen und Würdenträgern, die ebenfalls aus der Reichshalle hergekommen waren.

Langsam ging es in Richtung des Throns. Kurz bevor sie auf die Treppen des Throns traten, begann Marnian zu reden.

»Bleibt stehen«, kam es von ihm.

»Knie nieder«, war die nächste Anweisung.

Seraphina war verwirrt, Einzahl? Was sollte das werden?

Sie blickte zu Damian und sah ihn nur zustimmend nickend.

Also tat sie wie gefordert.

Marnian trat vor die Tigerin, legte ihr den rechten Arm auf die Schulter.

»Du bist die Frau unseres geliebten Prinzen. Trägst sein Kind in dir. Wie können wir es auch nur zulassen, dass du dann nicht unsere Prinzessin bist.«

Bei diesen Worten begann er zu lächeln.

Plötzlich spürte sie etwas auf ihre Haare drücken, sie griff nach oben und spürte eine Art Diadem. Als sie sich umdrehte stand Damian hinter ihr.

»Hiermit«, begann der Hohepriester erneut.

»Erkläre ich dich offiziell zur Prinzessin des veserianischen Reiches.«

»Erhebe dich, Seraphina Wenzel, Prinzessin des Reiches.«

Sie konnte es noch gar nicht fassen, als sie wieder im Speisesaal saß. Die Hochzeit des Prinzenpaares musste natürlich gefeiert werden.

Seraphina und Damian saßen auf dem Platz des Kaiserpaares.

Die gesamte Halle war voll.

Dutzende extra Tische und Bänke wurden gebracht. Kaum mehr ein Gang weiter als einen halben Meter war frei.

Die Kronleuchter warfen ihr Licht auf die Gäste, die hundertfach dort unten saßen und zum Paar nach oben blickten.

Nach und nach kamen die Diener wieder. Stellten ihr einen Teller voller dampfender Nudel neben ihr Getränk.

»Lass es dir schmecken«, kam es vom Prinzen, der wenige Minuten später auch sein Essen bekam.

Als alle ihr Essen vor sich hatten, erhob sich Damian, schlug mit der Gabel an sein Glas.

Alles stoppte, schwieg und blickte zum jungen Löwen.

»Meine Gäste, ich freue mich das ihr heute hier seid um mit

mir und ...«, ein Zeigen auf die Tigerin. »Meiner Frau unsere Vereinigung zu feiern. Heute ist ein Tag zur Freude und zum Feiern und ich hoffe, ich kann euch bald wieder hier zum Tanum unseres Kindes zu begrüßen. Doch das ist jetzt nicht das Thema .... Seraphina ist jetzt meine, eure, unsere Prinzessin. Und bald schon wird sie unser Kind auf die Welt bringen. Auf eine neue Prinzessin, auf ein neues Mitglied der Kaiserfamilie.«

Er hob sein Glas nach oben

»Auf Seraphina.«

»Auf Seraphina«, wiederholte die Menge.

Nach der Ansprache setzte er sich wieder und das Gerede in der Halle begann von Neuem.

Bis tief in die Nacht ging die Feier.

»If ... ift es schon vorlei?«, lallte Adrian, als er gestützt von seinem Sohn in sein Zimmer gebracht wurde. Seraphina schlenderte hinterher.

»Du weißt auch echt nicht wann gut ist was?«, fragte der junge Löwe nach, als er seinen Vater weiter durch den Gang zog.

»Ah was ...«, kam es aus seinem Munde, als er gerade wieder dabei war auf den Boden zu stürzen.

»Ich ... Ich bin Kaiser. Kaiser Veserias. Ich weiß ... Ich kann«, ein erneuter Sturz und er verstummte.

Mit einem Surren öffnete sich die Türe zum Gemach des Kaisers.

Sie traten durch den Raum an das große Bett seines Vaters.

Seine Mutter lag bereits darin.

Mit der Hilfe der Tigerin konnte der Prinz den Kaiser ins Bett hieven und deckte ihn zu.

Als Damian gerade dabei war seinen Vater zu betten, drehte sich seine Mutter in ihre Richtung.

»Mhmm ...«, murrte sie. »Was ist los?«, fragte sie verschlafen.

»Nichts ...«, sagte der Prinz. »Nichts ... Mutter«, mit diesen Worten drehte er sich und verließ den Raum.

Seraphina stand noch kurz im Raum, bis sie sich losreißen konnte und ihrem Gatten folgte.

»Bin ich froh, dass du bei sowas vernünftiger bist«, sagte sie und lehnte sich an die Schulter ihres Gatten.

Ein Schmunzeln auf seinen Lippen.

»Sei nur froh über mich.«

Seraphina erwachte, sah die Sonnenstrahlen bereits durch das Fenster brechen.

Sie blinzelte, erst und schlug dann die Augen auf.

Dann ging ihr der erste Gedanke durch den Kopf.

»Scheiß ... der Termin«, schnell beugte sich über ihren Mann und rüttelt an Damian.

»Aufwachen, die Sonne steht schon am Himmel, wir kommen zu spät.«

Langsam murrte der Prinz, drehte sich in Richtung der Tigerin.

»Was ist los?«, fragte er, als er ihre Hand nahm.

Ein todernster Blick der Prinzessin.

»Meine Untersuchung« und ihr Gesicht verzog sich ins Sorgen erfüllt. »Wir verpassen ihn.«

Blitzschnell raste Damian auf. »Bitte was? ... Ist es schon so spät?«, fragte er und sprang aus dem Bett.

Der Prinz blickte auf die Uhr.

Während Seraphina sich ein Kleid überwarf, war Damian dabei sich seinen Anzug anzuziehen.

»Komm«, sagte Seraphina als sie bereits ihr Kleid anhatte. »Wir sind eh schon zu spät.«

»Jaja«, zischte Damian als er gerade die letzten Knöpfe seines Anzugs schloss.

»Wir können.«

Seraphina eilte zur Tür und in den Gang.

Mit schnellen Schritten folgte er der Tigerin, die fast schon lief.

»Komm doch, wir sind schon spät.«

Damian winkte ab: »Wir sind das Prinzenpaar, was sollen sie uns tun? Sie werden auf uns warten müssen, sie haben gar keine andere Wahl.«

Seraphina blieb ruckartig stehen, drehte sich zu Damian um.

Etwas perplex blickte sie ihn an.

»Du ... du hast recht«, sagte sie, als Damian sie passierte.

»Komm«, sagte der Prinz als er sie an der Schulter mit sich zog. »Du meintest selbst, dass wir uns beeilen müssen.«

Schnell riss sie sich wieder los und folgte Damian weiter durch den weißen Gang.

Über den Aufzug ging es wieder hinab in die Arztstation.

Als die Türen des Aufzugs sich wieder öffneten, stand bereits die altbekannte Schwester vor der Tür.

»Mein Prinz«, sagte sie mit einer Verbeugung.

»Ihr werdet bereits erwartet, hier entlang.«

Nur ein Nicken des Prinzen, ehe er ihr den weißen Korridor entlang folgte.

Sie führte sie zu einem Raum am Ende des Rundganges, stellte sich vor die Tür, deutete den beiden einzutreten.

Ein steriler, weißer Raum. Darin nur ein großer Patientenstuhl und zwei kleinere Stühle an der Seite.

»Prinzessin ... setzt euch bitte auf den Stuhl, Prinz, ihr könnt dort warten.«

Mit diesen Worten ging sie von der Tür zurück.

Seraphina kletterte auf den Stuhl, während der junge Löwe sich einen Stuhl schnappte, auf die andere Seite Seraphinas schob und sich fallen ließ.

Seraphina war aufgeregt.

»Alles wird gut«, sagte der Prinz, als er seine Hand auf die ihrige legte.

Nur ein wackeliges Nicken der Tigerin.

Das Öffnen einer Tür war zu hören.

Ein älterer Herr, mit wenigen grauen Haaren auf dem Kopf,

gehüllt in einem weißen Kittel betrat den Raum.

»Mein Prinz, meine Prinzessin, es freut mich, euch begrüßten zu dürfen.«

Nur ein weiteres Nicken war seine Antwort.

»Dann wollen wir mal«, mit diesen Worten trat er an die Prinzessin heran, zog einen Stuhl hervor.

Er nahm eine Sonde von der Seite des Stuhls und fuhr damit über den Bauch der Prinzessin.

Ein Holo an der Seite bildete dumpfe Bilder ab.

»Ah ... was eine Überraschung«, sagte der Doktor.

»Was?«, fragte Damian und erhob sich leicht vom Stuhl.

»Ja ... was?«, entfuhr es Seraphina.

Der alte Mann tippte etwas herum und die beiden konnten es auch sehen.

Er fuhr einmal mehr über den Bauch der Tigerin und man konnte etwas sehen.

Man konnte ein Abbild von etwas sehen, das dem Aussehen eines Babys ähnelte.

Er ging etwas weiter und man sah ein Zweites.

Seraphina hatte verstanden.

»Was?«, sagte der Prinz. »Zwillinge?«, fragte er ungläubig nach.

Der Arzt nickte lächelnd.

»Ja, sieht ganz so aus ... ich habe mich schon etwas über die Größe des Bauches gewundert. Sonst hätte es morgen bereits so weit sein müssen«, sagte er scherzhaft.

Damian nickte.

»Und ... was sind es?«, fragte er.

»Zwei Prinzen.«

Ein Schrei der Freude des Prinzen als Seraphina empört nach oben fuhr.

»Wir wollten uns doch überraschen lassen«, sagte sie empört.

Ein Schmunzeln auf dem Gesicht Damians. Er zuckte mit den Schultern.

»Was soll ich machen ... die Neugierde hat gesiegt.«

Ein fassungsloses Stöhnen Seraphinas.

»Wann ist es so weit?«, fragte Seraphina den Arzt.

»Den Termin würde ich auf einen Monat legen, realistisch sind jedoch zwei, drei Wochen bis zu einem Monat. Nicht mehr lange.«

Damian erhob sich von seinem Stuhl und trat an die Prinzessin heran, legte die Hand auf den gewölbten Bauch der Tigerin.

»Sehr gut, dann können wir bald unseren Erben und seinen Bruder begrüßen.«

Seraphina wandte den Kopf.

Blicke ihn fragend an.

»Was soll das heißen, den Erben und den Bruder, wie machen wir das überhaupt fest, wer von den beiden der Erbe wird. Entscheidest das nicht du in deinem Erbe?«

Ein spöttisches Lachen auf den Lippen des Gatten.

»Du bist lustig. Nein, ich mach hier nicht die Regeln.«

»Wie dann?«, fragte sie.

»Nun ja«, mischte sich der Arzt ein. »Der, der zuerst rauskommt, der hat den Titel. 50/50 Chance.«

Damian nickte.

»So könnte man es durchaus sagen ja.«

Seraphina war entsetzt, dass es immer noch so war.

»Was? Wäre es nicht schlauer, wenn es an den am besten geeigneten geht? Dass der Kaiser es entscheidet?«

Ein leises Lachen des Arztes.

»Es war schon immer so, die Regeln des Kaiserhauses haben sich wenig geändert. Gab bis jetzt auch keinen Grund dazu ..., aber belassen wir es dabei.«

Nur ein enttäuschtes Nicken der Prinzessin.

»Wenn es so weit ist, dann lasst nach mir rufen.«

»Gut«, sagte Damian und reichte seiner Gattin eine Hand.

Eine Minute später zog sie sich an dieser nach oben.

»Wir werden daran denken.«

Damian verließ dicht gefolgt von Seraphina den Raum.

35 – Schleichender Tod

Als sie wieder im Aufzug waren, fragte Seraphina: »Was jetzt? Für den Rest des Tages steht nichts an.«

»Hmmm«, vom Prinzen. »Nicht so ganz. Wir gehen zu meinem Vater. Erst die Neuigkeiten, dann will er uns noch ein neues Projekt zeigen.«

»Uns?«, fragte Seraphina ungläubig.

»Seit wann werde ich so einbezogen?«

»Du bist jetzt offiziell Teil der Familie. Da bekommste auch mehr mit.«

Ein Schmunzeln auf den Lippen der Tigerin.

»Sind wir nicht eigentlich schon seit fast einem Jahr verheiratet.«

»Hast du nicht eigentlich als meine Dienerin angefangen.«

»Touche«, kam es aus dem Mund der Prinzessin.

Ein verschmitztes Lachen von Damian.

»Gar kein Widerspruch, gefällt mir.«

»Vielleicht sollte ich doch nochmal was sagen, mhmm?«, fragte sie.

»Ah nein«, kam es vom Prinzen und klopfte ihr auf die Schulter. »Alles gut.«

Langsam konnte man auch ein Lächeln auf dem Gesicht der Prinzessin sehen.

»Ich wünschte, ich hätte etwas hier um das aufzuzeichnen.«

Nur ein Kopfschütteln der Tigerin und ein leichter Schlag auf seine Schulter.

»Obacht, immer schön vorsichtig. Du willst doch nicht auf der Straße landen.«

»Ich glaube dafür ist es schon etwas zu spät«, kam es aus ihrem Mund und führte seinen Arm an ihren Bauch.

Ein Schulterzucken.

»Auch wieder wahr. Sei froh das ich so ein Gutmensch bin, sonst wäre das kein Problem«, kaum hatte er den Satz vollendet, brach er in ein leichtes Lachen aus.

»Bin ich froh dich zu haben«, sagte er und gab ihr einen Kuss auf die Stirn.

»Was soll ich da sagen?«, fragte die Tigerin nach.

Der Aufzug hielt an und entließ sie in Erdgeschoss.

»Da sind sie ja«, sagte Adrian, der bereits auf sie gewartet hatte.

»Und, wie sieht es aus mit meinem Enkelkind?«, fragte er.

»Enkelkinder ...«, korrigierte ihn Damian.

»Bitte, was?«, frage er ungläubig nach.

»Zwillinge, zwei Prinzen.«

»Prinzen?«, fragte er nach. »Wirklich Prinzen, hast du gefragt?«

Nur ein Nicken Damians.

»Das ist ja großartig«, schrie der Kaiser, als er seinem Sohn um die Arme fiel.

»Ja ...«, zischte Seraphina, »Weil der hier sich nicht an unsere Abmachung halten wollte.«

Ein Schmunzeln auf den Lippen des Kaisers: »Pass auf, dass sie dir nicht zu wild wird, hm?«

Damian winkte ab.

»Lass meine Frau in Ruhe und zeig und was du zeigen wolltest«, sagte er mit einem Lachen.

Ein Zwinkern.

»Na dann komm du alte Spaßbremse.«

Er drückte die beiden wieder in den Aufzug.

Ganz unten an der Bedientafel, war ein Knopf, nachdem Adrian ihn gedrückt hatte, öffnete sich ein Bildschirm.

Der Kaiser tippte etwas darauf herum. Gab einen Code ein.

»Autorisierung erfolgt«, kam es von einer Metallstimme.

Das Licht des Aufzugs änderte sich von Blau, auf Rot. Ein Surren war zu hören und der Fahrstuhl schien im freien Fall zu sein, raste nach unten.

Ein Schrei Seraphinas bis sie der Prinz in den Arm nahm und der Ausruf langsam erstickte.

»Alles gut, meine Liebe«, flüsterte er ihr zärtlich zu.

»Nicht dass ich vor lauter Schreck noch hier unsere Kinder kriege.«

Ein Schmunzeln auf den Lippen des Prinzen.

Ein Ruck, eine rote blinkende Warnleuchte und ein kurzer Sirenenton.

Der Aufzug war zum Stehen gekommen.

Mit einem Zischen öffneten sich die Türen und kaum waren sie herausgetreten, sauste er auch schon wieder nach oben.

Sie kamen an einem langen Geländer eines Vorsprunges an.

Tausende Meter zog sich eine gigantische, ländliche Halle durch den Boden. Hier und da Kreuzungen, allesamt mit einem Schienennetz verbunden.

Ein Rauschen und eine Kolonne an gigantischen Tanks von den Schienen hängend vorbei.

Seraphinas Haare wurde vom Fahrtwind aufgewirbelt.

Sie musste ihr Kleid einmal mehr festhalten.

»Wo beim Reich sind wir hier?«, fragte Damian seinen Vater.

»Was du oben an der Polarkappe hast, habe ich hier unten.«

Ein überraschter Blick des Prinzen.

»Du weißt davon?«, fragte er ungläubig.

»Denkst du wirklich, ich bekomme das nicht mit, wenn plötzlich aus dem Nichts eine neue Art an Kriegsgerät auftaucht.«

Ein kurzes Schweigen.

»Die Adler des Reiches geht übrigens an die Westfront.«

Der Prinz war seine Hände in die Luft. »Das weißt du also auch schon, was weißt du eigentlich nicht?«, fragte er vorwurfsvoll.

»Tja, das fragst du dich jetzt.«

Kurz sammelte sich der junge Löwe und schüttelte mit dem Kopf.

»Lenk jetzt nicht vom Thema ab, was genau ist das hier?«, fragte er weiter.

»Mein Labor, meine Entwicklung.«

»Und was waren das da gerade für Dinger?«

Ein Schmunzeln des Kaisers.

»Das ... das war Gas, Letangas.«

»Was ist das jetzt schon wieder?«, fragte Damian nach, als sein Vater sich langsam in Bewegung setzte.

»Ein tödliches Gas, greift biologisches Leben an. Einmal, verätzt es Haut, Augen und Nasenschleimhaut, zum anderen, sobald es in den Körper gelangt, bist du innerhalb von wenigen Minuten Tod.«

Damian schüttelte mit dem Kopf.

»Und was ist, wenn der Feind dichte Rüstungen trägt?«

»Erst einmal, werden die in Artilleriegeschosse gepackt, also haben wir die Explosion. Zum anderen sind laut unseres Standes gerade nur unsere Gasmasken in der Lage, das Gas zu filtern.«

Bei dem Wort Artilleriegeschosse wurde Damian stutzig.

»Du hast etwas von Artillerie gesagt?«, fragte er, als sie an einer der Kreuzungen angekommen waren.

Erneut zischte eine Kolone an Transportbehältern an den Schienen vorbei.

»Richtig, während du das Rad neu erfindest, bin ich dabei es zu verbessern.«

Mit diesen Worten bog er nach links ab.

Seraphina folgte den beiden, ging um die Ecke und konnte eine gigantische, metallische Halle sehen.

Dutzende Schienen und Kräne bewegten sich, transportieren Gas, Metall und Geschosse.

Am Boden standen an der einen Seite gigantische Geschütze, etwa so groß wie das Geschütz an der Unterseite der Löwe der

Lüfte.

Auf der anderen Seite wurden die gigantischen Geschosse gebaut.

In weißen Schutzanzügen gekleidete Personen füllten mit der Hilfe einiger kleinerer Roboter Gas von den großen Tanks ab. In den Gefäßen wurde es dann in die Geschosse eingebaut.

»Und da will mir noch einer sagen ich sei der Größenwahnsinnige. Diese Geschütze haben ja einen Durchmesser, dass Seraphina sich ins Rohr stellen könnte.«

Ein Lachen des Kaisers.

»Du bist gut, ich hoffe doch du willst deine Frau nicht jetzt schon abschießen.«

Ein genervtes Kopfschütteln Damians.

»Also, mein lieber«, kam es von Adrian, als er einen Arm um seinen Sohn legte und an sich zog.

»Das ist unsere neue Artillerie.«

»Und wie genau bekommen wir das Ding transportiert?«, war die mehr oder weniger ungläubige Frage des Prinzen.

»Schienen, eine neue Form des Monstrums, deine Schlachtschiffe und stationär angebracht.«

»Stationär?«, fragte Damian ungläubig nach.

»An der Hauptstadt, der Grenzwall, die alte Front. Sollte es jemals einem Feind gelingen, so weit vorzudringen, dann wird es sein blaues Wunder erleben.«

Damian verzog etwas bedrückt das Gesicht. »Mhmm ...«, kam es nur von ihm.

»Aber, wenn sie soweit vordringen, haben wir dann nicht andere Probleme?«, war die unsichere Frage Seraphinas.

»Papperlapapp, das Reich ist erst verloren, wenn ich sage es ist verloren ..., aber wie dem auch sei ... es gibt noch mehr.«

Mit schweren Schritten trat er weiter über den metallischen Vorsprung.

Die Schritte halten laut in der Halle wieder. Die Arbeiter blickten auf, als sie den Kaiser und das Prinzenpaar sahen, machten sie sich sofort wieder an die Arbeit.

Sie traten in eine andere Halle, dort konnte man neue Fahrzeuge und Rüstungen sehen.

»Wie gesagt, ich setzte etwas mehr auf die bewährten Mittel. Wir haben hier eine neue Form der Mechs der Reichsritter und Giganten. Dazu einige neue Kampfläufer. Eine Art, vierbeiniger Riese.«

Man konnte verschiedene kleinere und größere, menschenartige Maschinen sehen.

Daneben mehrere Läufer, vierbeinig, größer und kleiner.

Allesamt schwer bewaffnet und mit Aufbauten und Geschützen versehen.

»Wie du siehst, sind wir hier dabei ...«, weiter kam er nicht.

»Ist das ein mechanischer Elefant?«, unterbrach ihn Damian.

»Nachempfunden, ja aber ... wie gesagt ...«,

»Und das ein Löwe?«

»Nur der Kopf vorne drauf, nicht der Körperbau, aber lassen wir da ...«,

»Was ist das für ein Ding?«

Schweigen. Der Kopf Adrian wurde leicht rötlich.

»Könntest du bitte mal deinen Mund halten ... Ich versuche etwas zu erklären«, kam es aus seinem Mund als er den Kopf schief legte und einen Psychoblick aufsetzte.

»Natürlich«, zischte sein Sohn kalt.

»Das sind sogenannte Kampfläufer, Vierbeiner ausgerüstet mit Granaten und Plasmawerfer, Raketensystem, Geschütze und Gasdüsen. Die meisten ein einzigartiges Designe, jedoch ähnliche Bedienung.«

»Warum das?«, fragte Damian verwirrt nach.

Erstensmal, macht es mehr Eindruck, zweitens ist es wie bei den R.I.E.S.E.n eine Sache des Eigenschutzes. So können keine Schwachstellen ausfindig und im großen Still ausgenutzt werden.«

Ein zustimmendes Nicken Seraphinas. Auch wenn sie sich

dachte, dass es doch auch viel schwieriger zu produzieren sei.

»Beeindruckend«, sagte Damian. »Das wird unseren Krieger sicher helfen. Doch wenn du eh schon davon weißt, dann kann ich ja fragen. Wäre es möglich das mein Schlachtschiffprogramm eine Förderung erhält? Meine Mittel sind begrenzt.«

Der Monarch schmunzelte, fuhr sich durch den Bart.

»Meine sind es jedoch kaum. Das lässt sich einrichten.«

Ein Nicken des Prinzen.

»Sehr gut.«

Kaum hatte er diese Worte gesprochen, trat sein Vater nach unten auf den Boden der Halle. Dutzende Arbeiter, Maschinen und Roboter fanden sich dort die neue Waffen bauten.

Funken flogen, lautes Hämmern zu hören.

Mit festem Schritt traten sie durch die Reihen der Arbeitsbänke zu einem Band, an dem die neuen Giganten gefertigt worden.

»Halt«, schrie der Monarch als er am Ende des Bandes angekommen. Ruckartig stoppte der gesamte Arbeitsverlauf.

Gestoppt von einem Weißkittel auf einem Podest.

»Lasst meinen Sohn einen der Neuen ausprobieren.«

Ein Nicken des Schichtführers, ehe er von seinem Podest herabstieg.

Schnell ließ er einen der Giganten von der Schiene, die sie wegbrachte koppeln.

Wortlos verbeugte sich der Forscher und deutete auf den Mech.

»Na gut«, sagte Damian und machte einen Schritt auf den Metallkoloss zu.

Er war nicht mehr wie die alten in der Mitte hohl.

Es war ein gigantisches, humanoides Konstrukt. Als er sich in das menschenförmige Loch in der Mitte des Giganten stellte, schienen es, als würde es sich ihn anpassen. Es schlang sich um sein Fleisch.

Seraphina konnte nur noch sehen als sich langsam der Rücken

der Maschine schloss und er darin verschwand.

»Was zum Teufel ist das?«, fragte die Tigerin ihren Schwiegervater.

Das gigantische Monstrum drehte sich mit zwei lauten, metallischen Schritten um.

»Ja genau, was ist das?«

»Neuste Nanobot Technologie«, war die Antwort des Kaisers. »Winzige kleine Roboter, wie die, die du nutzt, um kleinere Schäden an der Berserkerrüstung zu heil. Der Gigant hat viel, viel mehr davon.«

Ein metallisches: »Gut, war die Antwort aus dem Giganten.«

»Wie ist die Bewaffnung?«

»Siehst du vor dir.«

Plötzlich fuhr eine lange Klinge aus der rechten Hand des Mechs.

Kurz darauf verwandelte sie sich in ein großes MG.

Die linke konnte zum Plasmawerfer und -Schilde funktioniert werden.

Ein Schuss, ein Knall und Putz fiel von der Decke.

»Wahnsinn. Wenn das unsere Feinde nicht aufhält, dann weiß ich auch nicht«, kam es wieder aus den Lautsprechern.

Ein Schmunzeln auf den Lippen des Kaisers.

»Dann passts ja.«

Einen Moment später kam der Gigant wieder zu stehen.

Der Rücken öffnete sich wieder Stück für Stück und Damian trat hervor.

Einen Sprung später stand er wieder mit beiden Beinen auf dem Boden.

»Beeindruckend«, flüsterte er ehrfürchtig.

»Dann bin ich ja erleichtert«, sagte er und klopfte seinem Sohn auf die Schulter.

Seraphinas Gesicht verzog sich. Ein Schmerz in ihrer Magengegend.

Ein besorgter Blick des Prinzen. Er hatte es bemerkt.

»Seraphina?«, fragte er besorgt. »Alles in Ordnung?«

Sie griff sich an den Bauch, gab ein leichtes Stöhnen von sich.

»Ach, die kleinen treten nur.«

»Sicher?«, fragte Damian.

Nur ein weiteres Nicken der Prinzessin.

Ein besorgter Blick und er wandte sich wieder an seinen Vater.

»Wars das? ... Ich glaube, es wäre dann schlauer wenn wir wieder auf unser Zimmer gehen«, kam es vom Prinzen.

Der Kaiser blickte auf seine Schwiegertochter.

»Geht nur«, sagte er und winkte ab.

»Geht nur.«

Kaum im Zimmer angekommen, setzte sie Damian auf das Bett.

Sie ließ sich fallen. Während sie ihr Kleid aufknöpfte und sich ins Bett kuschelte, setzte sich Damian auf einen Stuhl, den er vor das Bett zog.

Einen Moment später begann er damit ihre Füße zu massieren.

»Ich danke dir«, kam es mit einem leichten Seufzen von ihr.

»Ich hab schon gedacht, ich müsste heute verrecken. Bin ich froh, wenn ich die zwei Biester endlich aus mir draußen hab.«

Damian kniff sie leicht in den Fuß.

»Aua ..., das tat weh«, fuhr sie Damian an.

»Rede nicht so von unseren zwei Prinzen.«

»Pff«, kam es von mir. »Zwei Folterknechte ihrer Mutter.«

36 - Neue Prinzen

Drei Wochen später.

Seraphina wachte auf, schweißgebadet.

Ein stechender Schmerz zog sich durch ihren Unterleib, Nässe breitete sich auf dem Bett aus.

Schnell ruckelte sie an Damian, welcher langsam auch wach wurde.

»Was ist los?«, fragte dieser immer noch etwas verschlafen.

»Ich ... Ich glaub meine Fruchtblase ist geplatzt.«

Blitzschnell war Damian wach, zog die Decke zurück und sah einen dunklen, feuchten Kreis aus der Bettdecke.

»Bleib hier, ich rufe den Arzt.«

Wenige Minuten später öffnete sich die Tür und mehrere Ärzte im weißen Mantel stürmten in das Zimmer.

Damian saß am Bettrand und hielt ihre Hand.

»Bitte macht etwas Platz, mein Prinz«, forderte ihn einer der Doktoren auf.

Schnell entkleideten sie die Prinzessin und fuhren mit verschiedensten Sonden und Geräten an ihr herum.

Mehrere Displays öffneten sich und zeigten verschiedenste Werte.

Ein Arzt untersuchte den Muttermund, während der älteste den Herzschlag der Kinder kontrollierte.

Nach ein paar Minuten ließen sie wieder von ihr.

»Und?«, fragte die werdende Mutter schnell nach.

Ein Seufzen des ältesten.

»Binnen der nächsten 48 bis 72 Stunden wird es so weit sein. Mit der Erlaubnis eures Gatten werden wir uns in euren Chip einklinken. Dann wissen wir wenn es so weit ist und reagieren.«

Seraphina blickte in Richtung ihres Gatten.

»Nur zu«, war seine Antwort.

»Sehr gut. Wenn es so weit ist, werden wir eure beiden Söhne gesund und munter auf die Welt bringen.«

Ein Nicken des Prinzen und sie verschwanden wieder.

»Da siehst du, bald sind wir Eltern. Bald haben wir unsere Pflicht erfüllt und Thronfolger in die Welt gesetzt.«

Seraphina nickte.

»Ich hoffe einfach nur, ich werde eine bessere Mutter, als es meine war.«

Ein herzhaftes Lachen des Prinzen.

Als er den verwirrten Blick Seraphinas bemerkte, hielt er ein.

»Das bist du sicher«, sagte er und strich ihr über den Kopf.

»Wenn das auch nicht gerade schwer ist so nach dem was ich von deinen Eltern gehört habe.«

Ein leichter Schlag in seine Seite.

»Ach, die schwache Frau, gerade mit zwei Kindern im Bauch, aber immer noch stark genug mich zu schlagen.«

Im Verlauf der nächsten Stunden wurden die Wehen immer schlimmer und schlimmer.

»Ich glaub so langsam, dass mich die zwei wirklich umbringen, zerteilen wollen«, kam es von Seraphina gequält.

»Laut deinen Ärzten kann es jetzt auch jeden Moment so weit sein«, war die Antwort des Prinzen.

»Wenn es dann endlich vorbei ist.«

Sollte sie sich für diesen Wunsch nicht noch verfluchen.

Wenige Stunden später war es so weit.

Seraphina lag im Bett, schrie und presste während eine Handvoll Ärzte um das Bett herumliefen.

An der Bettkante saß Damian, hielt ihre Hand, während sie vor Schmerzen schrie.

»Pressen, meine Prinzessin. Pressen.«

»Ich bin dabei«, schrie sie zurück.

»Atmen, tief und schwer«, sagte der ältere Arzt.

Seraphina verfiel in eine Schnappatmung und presste und presste, was das Zeug hielt.

»Ja ... man sieht schon das Köpfchen des erstens. Immer schön weiter pressen.«

Weiterhin Schmerz. Doch weites pressen. Als sie an ihre Seite blickte, konnte sie Damian sehen.

Er verzog sein Gesicht, erst jetzt merkte sie, wie stark sie seine Hand zusammendrückte.

Auch wenn er nichts gesagt hatte, löste sie ihren Griff wieder etwas.

Ein letztes Pressen und sie spürte etwas aus sich kommen.

»Das erste ist draußen«, einer der Ärzte packte ihn und wickelte den ersten Prinzen in ein Tuch.

Einen Augenblick später war er im Arm seines Vaters.

»Nur ein bisschen noch, dann haben wir es geschafft.«

Ein paar Minuten später war auch das zweite Kind auf der Welt und fand ihren Weg in die Arme der Prinzessin.

»Wie gesagt, zwei gesunde Jungen.«

Damian nickte.

mehrere Schläuche und Kabeln führten zur Tigerin. Überwachten ihre Funktionen und führten ihr Nahrungsergänzung zu.

Schweiß perlte von ihrer Stirn, lief ihr in die Augen. Etwas verschwommen konnte sie noch Damian sehen und ihren Sohn in seinem Arm.

Doch langsam fielen ihr dann doch die Augen zu.

Sie blinzelte, spürte etwas auf ihrer Brust liegen.

Nach und nach schlug sie die Augen auf und fand sich im Bett wieder. Doch das Bettzeug war gewechselt worden.

Langsam blickte sie sich im Zimmer um.

Sie konnte Damian in einer Ecke auf einem Sessel sitzen sehen. Eines der kleinen in seinem Arm.

»Da ... Damian?«, fragte sie noch etwas benommen.

Er jetzt bemerkte sie das Kind auf ihrer Brust.

»Meine frisch gebackene Mutter .... Ich habe dein Bettzeug und Kleidung gewechselt.«

Langsam trat er mit dem Kind im Arm wieder nach vorn und setzte sich auf die Bettkante.

»Den einen kleinen Racker hab ich hier, der andere liegt noch da bei dir.«

Sie richtete sich etwas auf und nahm den anderen Sohn in ihren Arm.

Blickte auf ihn hinab.

»Was haben wir da nicht für zwei Engel geschaffen«, kam es von ihr, als sie über das kleine Köpfchen streichelte.

»Zwei Prinzen, Erben des Reiches.«

Eines der kleinen fing an zu Schreien.

»Was ist mit ihnen?«, fragte sie Damian.

»Ich denke, er hat Hunger«, sagte der Prinz mit einem Schmunzeln.

»Natürlich«, ein Nicken und sie zog ihr Kleid herunter und führte den kleinen Löwen an ihre Brust.

Schnell saugte sich der junge Prinz an ihre Brust fest, begann zu trinken.

Damian strich über den Kopf seines Sohnes.

»Wunderschön, was wir das geschaffen haben.«

Seraphina nickte.

mehrere Tage lag Seraphina noch im Bett, war an dutzende Geräte angeschlossen, die sie überwachten und ihre helfen sollte.

Mehrere Schläuche führten ihr Medizin und Fördermittel zu.

Einige Tage blieb sie noch schwach. Die Geburt zweier Kinder hat sie sehr mitgenommen. Viele ihrer Kraft geraubt.

Damian stand an ihrem Bett. Bot ihr ihre Hand an. Während die beiden Prinzen in ihrer Wiege lagen, nahm sie die Hand ihres Gatten, zogen sich am Arm des jungen Löwen nach oben. In ihrem weiten, blauen Kleid stand sie etwas wackelig auf dem Boden, hielt sich an Damian fest.

»Verdammt nochmal, die beiden Kleinen, was haben die nur mit mir angestellt.«

Ein Schmunzeln auf dem Gesicht ihres Gatten.

»Das wird wieder, jetzt wo wir unsere Thronfolger fürs Reich haben.«

Mit diesen Worten führte er sie langsam zur Wiege der beiden. Etwas größer als normal, gut gepolstert lagen beide nebeneinander am Boden.

»Wie nennen wir die beiden einfach?«, fragte sie nach und schlang sich an den Oberkörper ihres Geliebten.

Ein Schnaufen.

»Gute Frage, da werden wir uns noch etwas ausdenken müssen.«

»Was hältst du von Karel? So hieß mein Großvater.«

Ein Nicken des Prinzen.

»Von mir aus, der Zweitgeborene, Karel.«

Damian streckte sich über die Seite der Wiege.

»Aurelion«, flüsterte er. »Aurelion soll der Name sein.«

»Karel und Aurelion, nein, das können wir ihnen nicht antun«, kam es leicht amüsiert von der Tigerin.

»Aurelion«, flüsterte der Prinz ehrfürchtig.

»Karel und Aurelion«, sagte Seraphina leicht schmunzelnd.

»Unsere zwei Zwillinge.«

Damian bückte sich und gab ihr einen Kuss.

Ihr Kopf landete auf seinen Schultern, wie sie beide glückselig auf ihre Söhne blickten.

Plötzlich wurden ihre Beine schwach, der Körper löste die Spannung und begann in sich zusammenzusacken.

Schnell packte sie Damian und verhinderte, dass sie auf den Boden knallte.

»Alles gut?«, fragte er und blickte auf seine Gattin herab.

Nur ein Nicken ihrerseits, ehe der junge Löwe sie aufs Bett

legte.

»Wenn du wieder gesund bist, dann werden wir den Kleinen ihre Namen geben. Sie darauf einschwören lassen.«

Als die Tigerin sich wieder etwas stabilisiert hatte, begann sie zu sprechen.

»Wann?«, fragte sie.

»Wenn du wieder Kraft hast.«

Nur ein weiteres Nicken der Prinzessin als sie die Decke wieder nach oben zog.

»Und, woran wissen wir, wer jetzt wer ist?«

Ein Schmunzeln auf den Lippen Damians.

»Erstmal, haben die beiden wie du, wie ich einen Chip im Körper, zweites erhalten sie im richtigen Alter Tattoos.«

Ein Kopfschütteln.

»Du planst ja schon wieder alles durch.«

»Natürlich«, war die Antwort des Prinzen.

37 – Erben des Reiches

Seraphina stand an der Spitze des Throns im Sternensaal.

Die kristallenen Kronleuchter warfen ihr Licht auf die große Menge, die sich dort versammelt hatte.

Die Halle war voller. Auf dem glänzendem Marmorboden stand eine große Menschenmenge.

Von den Bannern neben dem Eingang bis über zu den Seitenschiffen. Überall standen Menschen.

In den Armen von Seraphina lag Karel. Ihr Mann trug Aurelion in den Armen. An der Vorderseite des schwarzen Throns stand der Kaiser. Blickte auf die große Menschenmenge an der Treppe seines Throns.

»Dann lasst uns beginnen«, sagte er und klatschte in die Hände.

Er drehte sich um und nahm Damian Aurelion aus den Armen.

Der alte Löwe hielt ihn über die Menge.

»Mein Enkel, Erbe des Reiches, Löwenjunges. Er soll nun den Namen Aurelion tragen. Möge er lange leben und herrschen.«

Adrian legte den Kleinen auf das Podest vor den Thron. Zog ein Messer hervor und schnitt sich die Handfläche auf.

Blut kam aus der Wunde, tropfte hinab.

Seine Hand fuhr über den Prinzen und das dicke, dunkle Blut tropfte langsam auf das Gesicht des Löwenjungen.

»Trage den Namen Aurelion. Mit Stolz und mit Ehre. Trage den Namen Wenzel, mache ihm Ehre und führe das Erbe deiner Vorväter fort.«

Mit diesen Worten nahm er seinen Enkel wieder in den Arm und reichte ihm seinem Vater zurück.

Langsam trat er nun auch auf Seraphina auf ihn zu.

Ihr Herz schlug höher, langsam fuhr ihr die Röte ins Gesicht.

Einen kurzen Moment später nahm der Kaiser Karel aus ihrem Arm und vollführte dasselbe Ritual mit dem zweitgeborenem durch.

Ein Arm landete auf ihrer Schulter.

Ein Zucken durch den Körper der Tigerin und sieh drehte sich um.

Es war Adrian. Er stand im, mittlerweile leeren Saal und blickte auf die zwei Kinder, die in der Mitte vor ihnen lag.

»Meine Enkel, das hast du gut gemacht«, sagte er und klopfte ihr auf die Schulter.

»Ich muss sagen, ich war anfangs etwas skeptisch, was das Ganze anging. Doch du hast mich überzeugt. Du bist meinem Sohn eine gute Frau und hast ihm zwei wunderschöne Söhne geschenkt.«

Ein Schmunzeln auf den Lippen der Tigerin.

Ein wohlig warmes Gefühl der Akzeptanz und Freude mache sich in ihr breit.

»Ich danke euch«, war ihre schüchterne und leise Antwort, während sie zu Boden starte.

Die Tür öffnete sich mit einem Knarren.

»Mina?«, fragte der Kaiser überrascht.

»Mutter?«, war dieselbe Reaktion des Prinzen.

Nur ein hochnäsiger Blick der Kaiserin als sie an den beiden vorbeigingen.

Ein Naserümpfen als sie über den Rand der Wiege blickte und ihre Enkel ansah.

Sie drehte sich um. In Richtung Seraphinas und Adrian.

Die Kaiserin trat an die Tigerin heran.

Herzrasen machte sich in ihrer Brust breit.

»Zwei schöne Kinder«, waren die einzigen Worte, als sie an ihre vorbei in Richtung des Prinzen ging.

»Gut gemacht, da warst du mal zu was gebrauchen«, ein

Klopfen auf Damians Schulter und sie verschwand wieder aus der Tür.

»Das ... war interessant«, kam es vom Kaiser.

»Mistvieh«, zischte Damian hasserfüllt.

»Vielleicht wird sie doch noch«, kam es mit einem Lachen von ihm.

Der alte Löwe seufzte, schüttelte den Kopf.

»Hoffen wir, du hast recht.«

Während Damian mit seinem Vater redete, nahm Seraphina einen ihrer Söhne aus der Wiege. Setzte sich in einen Sessel am Rande des Zimmers.

Ihr Sohn, ihrer Annahme nach Aurelion, lag in ihren Armen.

Eingewickelt in weißen Laken, kurzes, blondes Haar auf seinem Kopf.

Vorsichtig fuhr sie mit ihrer Hand über das kleine Köpfchen.

Glückseligkeit. Das war wohl das Gefühl, was sie in diesem Moment am besten beschrieb.

Mit Aurelion in ihren Armen, fielen ihr langsam die Augen zu, bis sie vollends einschlief.

Als sie aufwachte, war es Nacht. Nur das fahle Mondlicht schien noch durch die Fenster und erhellte den Raum nur ein wenig.

Seraphina blickte von Aurelion auf, auf die Wiege, in der Karel hoffentlich schlief.

Da sah sie es, eine Gestalt, die über der Wiege schwebte.

Blitzschnell war Seraphina wach, schnellte auf und trat an die in schwarzer Kutte vermummte Gestalt heran.

Schnell wirbelte sie herum, aus der Öffnung war ein Gesicht mit einem Zeigefinger auf den Lippen.

Erst jetzt kamen ihr Gefühle der Angst und der Vorsicht in den Kopf.

Als die Person langsam in ihre Richtung ging, wich Seraphina zurück, bis die Kapuze zurückgezogen wurde.

Es war die Kaiserin.

»Meine Hoheit«, entfuhr es ihr überrascht.

»Was mach ihr hier?«

Keine Antwort. Nur ein Winken.

Seraphina gesellte sich zu ihr, gemeinsam traten sie an die Wiege heran.

Plötzlich spürte sie eine Hand an ihrer Taille.

»Auch wenn ich oft nicht gerade nett wirke. Doch ich bin dir zu Dank verpflichtet. Für meine beiden Enkel hier. Und eines noch. Solltest du jemals Hilfe oder Unterstützung brauchen, dann melde dich. Auch wenn ich die Beziehung zwischen mir und meinem Sohn zerstört habe, will ich die zwischen meinen Enkeln und mir nicht genau so vernichten.«

Gerade als sie die Kapuze wieder über den Kopf zog und verschwinden wollte, packte sie Seraphina am Arm.

Ihr Kopf riss nach hinten, blickte in die Augen Seraphinas.

»Die Sache mit eurem Sohn ist noch nicht zu spät, ihr könnt alles wieder in Ordnung bringen.«

Ein langer, tiefer Blick in die Augen Seraphinas und sie riss sich los. Verschwand aus dem Raum.

Erst als Mina den Raum wieder verlassen hatte, bemerkte sie, dass auch Damian in einem der Sessel schnarchte. Sie trat an ihn heran, schnappte sich eine Decke und warf sie über ihren Mann, ehe sie sich wieder mit Aurelion hinlegte.

In den nächsten Tagen verließ sie kaum das Zimmer. Die Tage verstrichen in der Umgebung der Prinzen.

»Was machen wir nur mit euch?«, sagte Damian lachend, als er durch die Haare seiner Gattin strich, die zwei Söhne vor ihr.

Ein Glucksen eines der beiden Prinzen.

»Sind schon zwei so Wonneproppen.«

38 – Und das Reich dreht sich weiter

Wenige Monate später, Damian und Seraphina waren gerade dabei, die Landezone zu betreten.

Die beiden Söhne im Zimmer zurückgelassen.

Jahara und Mina sollten sich um die beiden kümmern, in wenigen Tagen waren sie ja sowieso zurück.

»Halt«, tönte eine Stimme. Halte es von den metallenen Wänden zurück.

Seraphina drehte sich vom Jäger vor ihr zurück.

Die Kaiserin stürmt in einem blauen Kleid auf sie zu, an den Prinzen.

Ihr Hände packten die Seine.

»Ich bitte dich, bleib hier … was ist, wenn euch etwas passiert? Was soll mit euren Kindern passieren?«, fragte sie, fast mit weinerlicher Stimme.

Damian drückte seine Mutter an sich. Der Kopf der kleineren Frau fand sich an ihrer Brust wieder.

Seine Hand strich über ihr blondes Haar.

»Mach dir keine Sorgen, ich versichere dir, es wird uns nichts geschehen. Wir schauen uns die Front nur etwas an. Bald schon werden wir zurück sein. Gesund und munter.«

Ein Seufzen der Kaiserin als sie sich von ihrem Sohn löste.

»Ich hoffe es für dich. Ich habe mir nicht die Mühe gemacht, unser Verhältnis zu bessern, um dich jetzt zu verlieren.«

Ein Kuss auf den Kopf seiner Mutter, ehe er sich umdrehte und zum Jäger trat.

Seraphina warf einen aufmunternden Blick in Richtung ihrer Schwiegermutter.

Sie nickte als Antwort.

Nur wenige Minuten später erhob sich der Jäger aus der Landebucht. Seraphina blickte auf die Türme des Palastes. In denen ihre Söhne sich befanden.

Ein letzter Blick und der Antrieb zündete.

Sie wurde in ihre Sitze gedrückt.

Während sie sich etwas umdrehte und versuchte noch einen Blick auf die Hauptstadt zu erhaschen, konzentrierte Damian sich auf das Fliegen.

Schüsse, knallten.

Als das Abendrot die Ebenen flutete.

Im Moment wurde vermutlich eine der größten Fronten in der Geschichte des Reiches gehalten.

Im Norden wurde die Brenan Insel von Petran belagert, im Süden von einem Cousin des Kaisers eine Flussinsel, die ihnen die Überquerung des goldenen Stroms auch im Süden ermöglichen sollte.

Bei Pax war die erste Überquerung gelungen. Der große Wald dahinter war nach langen Kämpfen gefallen.

Der nördliche Teil neben der großen Schlucht war nahezu abgeschnitten.

Die aktuelle Initiative war daran angesetzt bis zur großen Schlucht vorzudringen und den Feind in zwei zu schneiden.

Vor ihnen eröffnete sich die Frontlinie. Artillerie war im Hinterland aufgebaut und feuerte auf die Stellung des Gegners. Die Löwe der Lüfte war wenige Kilometer in der Ferne zu sehen.

Damian drehte ab und die beiden blickten von der Ferne auf das Schlachtfeld.

Man konnte sehen, wie weit der Vorstoß aus dem Wald erfolgt war.

Die Armeegruppe hatte es geschafft, den Feind tief ins Landesinnere zu drängen, bevor er sich mit einigen Stellungen eingraben konnte.

Gerade als sie über den Schützengraben des Feindes und die Stellungen ihrer eigenen Soldaten blickten, erfolgt ein Vorstoß.

Panzer rollten über das Feld, ja sogar der eine R.I.E.S.E war wieder einsatzbereit und stürmte mit dem Monstrum und seinen Gefährten über das Land zwischen den Gräben.

Noch während die Panzer stählern auf die Feindeslinien zufuhren, eröffneten sie bereits das Feuer.

Auch der R.I.E.S.E feuerte mit seinen Geschützen, während der Boden unter seinen Schritten zu beben begann.

Die Geschütze des Feindes standen nicht still. Artillerie und Haubitzen glühten und eröffneten den todbringenden Regen auf die Truppen des Reiches.

Doch all das konnte sie nicht aufhalten.

Die Panzer wie der R.I.E.S.E. passierten die Gräben, ließen sie teilweise in sich zusammenbrechen und vernichteten Fahrzeuge und Geschütze hinter den Linien.

Direkt hinter den gepanzerten Fahrzeugen folgten Krieger in Berserkerrüstungen und Giganten.

Schnell stürmten sie den Abschnitten des Grabens und metzelten jeden Feind nieder, der ihnen vor den Lauf kamen.

In der Ferne konnte man den Feuersturm der Löwe der Lüfte sehen.

Gigantische Feuerwalzen fegten durch den Himmel auf die Stellungen des Feindes wieder.

»Beim Kaiser ... das ist wahre Macht«, entfuhr es Seraphina als sie sah, wie schnell die kaiserlichen mit dem Vorstoß der gesammelten Truppen einen mehrere kilometerlangen Teil der Front eingenommen hatte.

»Wir haben auch Wochen gebraucht, um die Operation zu planen und die Truppen dafür zusammenzuziehen. Diese Dampfwalze innerhalb eines Tages hat etwa eineinhalb Monate Planung gebraucht.«

Ein Schlucken Seraphinas als sie wieder nach draußen blickte.

Eineinhalb Monate geplant, solch ein Leid.

Es dauerte nur einen Tag, die Grenze hatte sich um einige Kilometer verschoben und tausende Leichen zierten das Schlachtfeld.

Während die Spitze der Formation einmal mehr weiter ins Feindesland vordrangen, rückten die Sanitäter hinterher, entledigten sich der feindlichen Truppen und versorgten die veserianischen Soldaten.

»So«, riss Damian sie aus ihren Gedanken.

»Lassen wir sie mal ihre Arbeit machen und gehen nach unten.«

Nur ein Nicken Seraphinas.

Der Antrieb setzte aus, die Landungsdüsen wurden aktiviert und nach und nach sank es nach unten und landete in einem der Feldlager.

Um sie herum Zelte, Container und das ein oder andere betonierte Bunkergebäude.

Mit einem Ruck setzt der Jäger auf und die Düsen deaktivierten sich.

Schnell schnallte sich Damian ab und stürmte zum Ausgang des Schiffes.

Seraphina folgte ihm auf dem Fuß.

Als sie von den Treppen in das lange Grass der Ebene trat, war niemand da.

»Keiner da um das Prinzenpaar zu begrüßen. Eine Schande«, witzelte Damian.

Plötzlich kam ein Offizier in blauem Anzug durch das hohe Gras gestapft.

Das silberne Wappen der Wenzels auf seiner Brust, goldene Schulterstücken zierten seinen Kopf und vereinigten sich fast mit der blonden Mähne, die ihm bis in den Nacken hing.

»Heil dir Kronprinz«, schrie er schon von weiten und schlug mit der Faust auf seine Brust.

»Heil Veseria«, war die Antwort des Prinzen.

»Was geht hier vor sich?«, war die Frage direkt darauf.

»Wo ist Arthegus?«

»Er ... er ist«, druckste der Soldat herum.

»Er führt den Vorstoß ins Feindesland an.«

Der Gesichtsausdruck des jungen Löwen änderte sich schlagartig.

»Bitte was? Er ist mit?«

Nur ein Nicken des Offiziers.

»Wer ist dann noch alles hier?«

»Kaum jemand«, kam es von dem jungen Mann, als er sich am Kopf kratzte.

»Ariald und Arthegus sind beide an der Front, Petran ist mit der Insel im Norden betraut.«

»Das letzte weiß ich«, unterbrach in Damian.

»Nun, wir haben nur noch ein paar Taktiker da.«

Ein Seufzen Damians.

»Gut, dann müsst ihr genügen. Ich möchte mich über die Front informieren.«

»Jawohl«, schrie der junge Mann und salutierte vor dem Kaiser.

»Heute wurde der Westvorstoß erfolgreich umgesetzt. Die Front erstreckte sich bis heute Morgen über 3.000 Kilometer. Etwa zehn Millionen Soldaten sind an der Ostfront eingesetzt. Die Versorgung mit Waffen, Munition und Nahrung ist gesorgt. Die Dinge laufen gut.«

Nur Nicken vom Prinzen.

»So hab ich mir das Ganze zwar nicht so wirklich vorgestellt, aber passt so. Ich möchte heute mit dem Generalstab reden, morgen die Gräben persönlich inspizieren.«

»Dann kommt«, sagte der Offizier und deute ihm zu folgen.

Langsam war die Sonne verschwunden und die Nacht breitete sich aus.

Während Seraphina gerade etwas Frieden in Gedanken wähnte, kam es dann. Die Feuerwerfer starteten in der Ferne.

Aufheulen war zu hören.

Seraphina schreckte zusammen.

Über flammend gelbe Geschosse zogen über den Himmel. Schlugen wenige Minuten später auf der anderen Seite ein.

Eine Salve nach der anderen ergoss sich über den Feinden.

Während Damian den Arm um sie gelegt hatte, marschierten sie durch das hohe Gras in einen der provisorischen Bunker.

Als die schwarze Tür des Bunkers sich öffnete, konnte man einen kleineren Raum sehen.

In der Mitte stand eine Holokarte der Umgebung. An den Seiten einige Bildschirme und Stühle.

Ein paar weitere Befehlshaber standen im Raum.

»Heil dir Kronprinz«, schrien sie und klopften sich mit der Faust auf die Brust.

»Heil Veseria«, war die Antwort des Prinzenpaares.

Damian trat an das schwarze Podest der Holokarte. Stützte sich auf den Rand und blickte in die Runde.

»Wie sieht es aus?«, war die einzige, durchdringende Frage, die die dunkle Stille wie ein Geschoss zu durchdringen schien.

Die Anwesenden zögerten etwas, waren sichtlich nervös, bis endlich einer der Generäle vortrat.

Ein Räuspern später begann der Mann, mit kurzen, schwarzen Haaren und Stoppelbart zu sprechen.

»Also«, begann er und drückte ein paar Knöpfe auf dem Podest. »Wie ihr sicher wisst, hat unsere Speerspitze die Front an dieser Position durchbrochen. Weiter im Norden hat ein schweres Bombardement des Schlachtschiffes einen langen Teil der Front vernichtet, die nun von unseren Kriegern genommen wird. Wie neuste Ordern berichten, ist Petran im Norden erfolgreich auf die feindliche Insel im Süden übergesetzt.«

Ein Nicken des Prinzen, als er an der Seite des Tisches entlang stolzierte und sich die abgebildete Karte ansah.

»Wie ist das weitere Vorgehen geplant, ich sehe die Offensive im Norden und Richtung Westen, der Süden wie gehabt?«

Nun auch ein zustimmendes Nicken des Kommandanten.

»Richtig. Erst wird der Feind in zwei geteilt, der Norden vernichtet und dann die letzten Zellen im Süden ausgemerzt.«

»Gut, sobald der Widerstand im Norden gebrochen ist, möchte ich eine Mauer an Panzern und Soldaten in Richtung Süden sehen.«

»Jawohl, mein Prinz.«

Ein weiterer Blick in die Runde. Auf die wenigen Generäle, die noch im Raum waren.

»Wer sind eigentlich diese Trauergestalten?«, witzelte er in Richtung der Ecke.

Ein sichtlich verwirrter Blick traf den Kronprinzen.

»Wie ... wie meint?«

»Wieso stehen sie da so hinten in der Ecke?«, fragte er und deutete in die Runde im Dunklen des Bunkers.

»Habt ihr etwas Angst vor eurem Prinzen?«

Etwas zögerlich traten sie dann auch aus dem Schatten hervor. Fünf weitere Gestalten im Anzug des Reiches traten hervor.

»Da sind sie ja meine Generäle«, kam es gespielt, überrascht von ihm.

»Weitermachen«, mit diesen Worten drehte er sich um und verließ den Raum.

Er hackte sich bei seiner Frau ein und trat durch die Türen.

Kaum war die Tür ins Schloss gefallen, rammte Seraphina ihren Ellbogen in die Seite ihres Gatten.

»Ahh ..., was soll das?«, fragte Damian verwirrt, als er auf sie hinab blickte.

»Was für eine Scheiße hast du da abgezogen?«

Ein Schmunzeln des Thronfolgers.

»Was denn? Man muss sich doch auch seinen Respekt verschaffen.«

Seraphina schüttelte fassungslos den Kopf.

»Du bist einfach unverbesserlich.«

Seraphina schlug ihre Augen auf. Konnte durch die Bullaugen des Jägers nach draußen sehen.

Schwerer Regen prasselte von Himmel.

Die Prinzessin schlug die Decke zurück und erhob sich langsam aus dem Bett.

Sie trat an den Schrank.

Ein Zucken durchfuhr die Tigerin. Die Hand des Prinzen glitt über ihre Seite, fuhr langsam nach oben an ihre Brust, ehe sie sich dort zusammenzog.

Ein Kuss auf ihren Hals folgte.

»Du alter Charmeur«, kam es von ihr, als ihre rechte Hand an seinen Kopf fuhr.

Er musste sich lautlos aus dem Bett erhoben und an sie getreten sein.

Während Damian sie immer noch in seinem Griff hielt und sie weiter küsste, suchte sie im Schrank nach etwas zum Anziehen.

Als sie sich gerade dachte etwas Passendes gefunden zu haben, fuhr auch die zweite Hand des Prinzen nach vorne, auf ihren Bauch und sein Kopf legte sich auf ihre Schulter.

»Daraus wird nichts«, waren seine einzigen Worte.

»Warum nicht?«, fragte die Tigerin und drehte ihren Kopf in Richtung des jungen Mannes.

»Heute geht es an die Front, in Giganten. Den Neuen«, sagte er mit einem Zwinkern.

»Zieh den Anzug dafür an, das Kleid könnte etwas unpraktisch werden.«

»Ach was«, winkte Seraphina belustigt ab.

Mit diesen Worten löste er sich von der Prinzessin, griff sich schnell seinen Anzug und trat zurück.

Als beide eingekleidet den Jäger verließen, prasselte der Starkregen auf die beiden ein. Mit gewaltiger Kraft fielen die Tropfen auf das Hohe Grass und drückten es zu Boden.

Dazu noch ein starker Wind und das Schlechtwetter war

perfekt.

»Verdammtes, Scheißwetter«, zischte Seraphina und lehnte sich an Damian.

»Einen wahren Veserianer hält auch das nicht auf«, war seine Antwort und legte ihr einen Arm um die Schulter.

Etwas später waren die Kaiserlichen in einem der Giganten Container.

Zwei der neusten Giganten standen in dem Container.

Seraphina kletterte den Rücken des Mechs hinauf.

Wie ein Organismus öffnete sich der Rücken und Seraphina stellte sich hinein.

Bald schon schloss sich die Masse um den Körper der Prinzessin. Das Display des Mechs aktivierte sich.

Blaue Anzeigen waren an den Seiten zu sehen. Sie machte den ersten Schritt, der gesamte Gigant bewegte sich wie eine Erweiterung ihres Körpers.

Kurz darauf machte sich auch Damian in seinen Giganten und trat an ihre Seite.

»Dann los, oder?«, ertönte die Frage über die Com Verbindung.

Ohne ein Wort zu sagen, machte sie den ersten Schritt.

Die beiden verließen den Container, einige andere Giganten wie Soldaten in Berserkerrüstung schlossen sich ihnen auf ihrem, Weg an die Front an.

Kurz hinter dem Rande des Lagers begann es schon. Stellungen von Artillerie, einige Löcher und provisorische Befestigungen.

Überall standen Geschütze und Panzer, dahinter die Soldaten des Reiches.

Als sie weiter über die Frontlinien traten, konnten sie sehen, wo der Kampf zum Erliegen gekommen war.

Eine große Ebene zwischen zwei Waldstücken, in den Wäldern lagen die Soldaten, Panzer und Geschütze der zwei Seiten. Jeder

Angriff wurde von der anderen Seite bereits mit einem Feuerhagel erwartet.

Damian und Seraphina betraten das kleine Waldstück, bahnten sich ihren Weg durch das Dickicht.

Mit einem Knacken brachen die Zweige unter dem Gewicht ihrer Giganten.

Neben einem der Kampfpanzer, die am Rande des Waldes Stellung bezogen hatte, baute er sich auf.

Heulen von oben.

Artilleriegranaten zogen über den Himmel und schlugen mit einem Knall in den feindlichen Linien ein.

Damian klopfte an die Außenseite des Panzers.

»Kommt mal raus da.«

Bald schon klappte der Deckel mit einem Knarzen auf und landete mit einem Klopfen auf der Außenseite.

»Ja?«, kam es von einem Soldaten, der im schwarzen Ganzkörperanzug aus dem Panzer hervorschaute.

Er drehte sich und erblickte den Giganten.

»Wen habe ich vor mir?«, fragte er.

»Damian Wenzel, Kronprinz des Reiches.«

Der Soldaten zuckte etwas ungläubig zurück.

»Verzeiht, mein Kronprinz«, rechtfertigte er sich schnell. »Was kann ich für euch tun?«

Seraphina blickte auf die beiden und wussten, dass ihr Gatte gerade unter der Titanpanzerung lächelte.

Während Damian sich etwas mit dem Panzerkommandanten unterhielt, blickte sie über das Schlachtfeld.

Auf der Ebene lagen Panzerwracks, tote Soldaten, alles umrandet von Artilleriekratern.

Ein metallischer Knall ließ ihren Blick wieder auf den Panzer gleiten.

Die Faust des Giganten hatte ihren Weg auf die Außenhülle des Gefährts gefunden.

»Also, sobald die Jägerstaffel das Bombardement

abgeschlossen hat, werden die Panzerdivisionen über das Feld rollen, gefolgt von den Truppen.«

»Jawohl«, war die Antwort des Soldaten, ehe er sich auf die Brust schlug.

Langsam wandte er sich ab und der Kommandant verschwand wieder im Panzer.

Mit einem Winken folgte Seraphina ihrem Gatten.

Etwas weiter in Richtung Norden konnte man eine Schlucht durch den ganzen Wald sehen.

Überall lagen abgebrochene und umgefahrene Bäume.

Ein neues Monstrum erhob sich zwischen der Vegetation und feuerte ein Geschoss nach dem nächsten in die Reihen des Feindes.

Einige Schüsse kamen von der anderen Seite zurück, Geschütze, Panzer und Raketenwerfer.

Doch, sie richten kaum Schaden an.

Blieben in den äußeren Schichten des Panzers stecken oder prallten daran ab.

Kaum hatte ein Angreifer seine Stellung enthüllt, war bereits ein Geschoss auf diesen Weg.

Der Prinz ging etwas am Panzer entlang, strich mit seinem Arm darüber.

Ruckartig blieb der junge Löwe stehen und drehte sich zu Seraphina am.

Auch sie stellte ihre Bewegung ein und blickte auf den Giganten vor ihr.

Den grauen Titankoloss.

»Lass uns wieder gehen«, sagte er und drehte sich um.

Gerade als sie den Wald wieder verließen, raste die nächste Jägerstaffel über den Himmel.

Explosionen in der Ferne und kurz darauf das Heulen einer Sirene.

Antriebe wurden gestartet, Geschütze gezündet und der Angriff des Reiches begann.

Seraphina blickte einmal zurück, sah die fallenden Bäume.

»Willst du nicht ...?«, fragte sie, als sie selbst nach hinten blickte.

Der junge Löwe drehte sich zu ihr, nahm einen ihrer Arme und zog sie weiter von der Front weg.

Nur ein Kopfschütteln war die Antwort.

Eine laute Explosion, ein Rauschen wie ein gigantischer Windstoß.

Die Bäume des Wäldchens knackten und brachen ab.

Einige wurden sogar über ihren Köpfen hinweg katapultiert.

Als Seraphina ihren Kopf wendete, zurückblickte, konnte sie einen gigantischen, gelben Atompilz sehen.

Eine riesige gelbe Lichtsäule mit grau-orangen Kopf.

Eine Feuerwalze breitete sich bis kurz vor die feindlichen Linien aus.

Ein weiteres Ziehen Damians ließ sie weitergehen.

Schnell traten sie an den Jäger, kletterten aus den Giganten und eilten in den Jäger.

Erst als sie sich wieder von der Front erhoben, begann Damian zu reden.

Der Atompilz toppte immer noch da draußen und in all dem Chaos bewegten sich die veserianischen Soldaten in Richtung Feind.

»Das war ein direkter Befehl meines Vaters. Es war nicht mehr abzuwenden und niemand wusste davon.«

»Aber ... Aber warum?«, fragte die Tigerin fassungslos, als sie weiter aus dem Fenster in Richtung des Feuersturmes blickte.

»Dort, wo die Bombe eingeschlagen ist, war eine der größten Militärkomplexe des Feindes, eine gigantische Bunkeranlage, darüber eine Festung, deren Belagerung wahrscheinlich Monate gedauert hätte.«

Kurzes Schweigen, Seraphina überlegte.

»Und warum die Truppen bereits so nahe? Und warum uniformiert?«

»Überraschungsmoment, der Vormarsch unserer Truppen und Abschreckung.«

»Wie Abschreckung?«, fragte sie nach.

»Die Moral der Soldaten sinkt, mein Vater hat Angst vor Deserteuren, denkt mit der Darstellung von Macht könnte man sie bei Stange halten.«

Seraphina schüttelte fassungslos den Kopf.

»Wie kann er nur so etwas befehlen.«

Darauf ging der Prinz nicht mehr ein, blickte steinern nach vorne.

39 – Veseria in Brand

»Sie ist entrüstet, weiß nicht ganz, was sie damit anfangen soll. Und ich kann es ihr nicht übel nehmen. Sie wird es vielleicht nicht offen zeigen, aber deine Meinung zu dir hat sich sicher geändert«, hörte Seraphina, als sie am Türschlitz des Kinderzimmers stand, in dem die beiden Prinzen lagen.

»Ich denke, ich werde mal mit ihr reden müssen. Die Tat war zwar nicht ehrenvoll, aber notwendig.«

Langsam begann die Tigerin durch den Spalt zu blicken. Erst vor wenigen Stunden waren sie wieder angekommen, nun schon die Diskussion. Adrian stand über der Wiege und blickte auf seine Enkel, während ihr Gatte auf einem Sessel saß.

»Ich weiß nicht, ob das eine gute Idee ist, aber du kannst es gerne versuchen«, sagte Adrian.

Es folgte nur ein Nicken des Kaisers, bevor er in Richtung der Tür ging. Seraphina zog sich schnell auf Zehenspitzen in ihr Zimmer zurück, als der Monarch die Tür vollständig öffnete und auf den Gang trat. Sie schloss langsam die Tür und ließ sich erschöpft auf das Bett fallen.

Etwa zwei Minuten später hörte sie ein Klopfen an der Tür.

»Herein«, sagte sie, als sie auf einem der Sessel saß und schnell ein Buch aufschlug. Die Tür öffnete sich, und der Kaiser betrat den Raum in einem dunkelblauen Anzug.

»Mein Kaiser«, grüßte sie ihn etwas trocken.

»Seraphina«, erwiderte er und stellte sich vor ihr auf, die Arme hinter dem Rücken verschränkt. »Ich wollte etwas mit dir besprechen. Über das, was du an der Front gesehen hast.«

Sie blickte kurz von ihrem Buch auf und sah in das Gesicht des spitzbärtigen, alten Löwen. »Ich weiß alles, was ich wissen muss. Damian hat mir bereits alles erklärt«, antwortete sie scharf. Ihr Blick senkte sich wieder auf das Buch. Sie verstand den Kaiser, sein Vorgehen, wollte es aber nicht gutheißen, obwohl ihr tiefstes Inneres es sehr wohltat.

»Damian hat mit mir gesprochen, wegen der Bombe und ...«, begann der Kaiser, als plötzlich die Tür aufgerissen wurde. Der junge Löwe stand da, mit weit aufgerissenen Augen und schwer atmend.

Adrian drehte sich um und fragte besorgt: »Sohn, was ist los?«

»Die Nachricht, der Atomschlag, das ganze Reich weiß es. Angeblich sind die ersten Aufstände im Gange«, antwortete Damian mit beängstigtem Gesicht.

Das Gesicht von Adrian wurde kreidebleich, jegliche Emotionen verschwanden wie ein einstürzendes Gebäude. »Bitte, was?«, fragte der alte Löwe ungläubig. »Das ist doch nicht dein Ernst, oder?«

Damian blickte zu Boden. »Leider doch. Die ersten Garnisonen mobilisieren sich. In den Städten jenseits des Gebirges und in den besetzten Zonen braut sich etwas zusammen.«

Der ältere Herr griff sich kopfschüttelnd an den Kopf. »Und das ausgerechnet jetzt, wo wir kurz vor dem Endsieg stehen. Was denkst du? Reichen unsere Truppen in der Heimat?«

Damian zuckte mit den Schultern. »Ich kann es dir nicht sagen.«

Seraphina wusste nicht, wie ihr geschah. Sie konnte das Ganze noch nicht so begreifen.

Natürlich mussten die Söhne des Reiches darunter leiden, ihr Leben lassen. Doch es war Krieg, warum all die Zeit zuvor keine Aufstände, aber jetzt.

Ein Piepen vom Arm des Prinzen. Ein kurzer Blick auf den Bildschirm.

»Nein ... Nein, das darf nicht sein.«

»Was ist los?«, fragte Adrian panisch nach.

»Die Widerstandskämpfer verbreiten auf dutzenden Kanäle angebliche Beweise und Belege für unsere Schuld.«

Er blickte wieder etwas auf seinen Bildschirm, seine Augen weiteten sich.

»Willst du mir nicht vielleicht etwas sagen?«, fragte er aggressiv.

Der Kaiser schüttelte nur den Kopf.

Man konnte sehen wie etwas im jungen Löwen aufstieg und aus ihm herausplatzt.

»Wir haben diesen gottverdammten Krieg angefangen? Du hast die feindlichen Raketen auf unsere eigenen Truppen abfeuern lassen?«

Kurzes Schweigen, ehe er versuchte, sich zu rechtfertigen.

»Ich ... das ist ... eine«

Ein Schnaufen.

»Lassen wir es gut sein, ja ... es ist wahr. Unser Team hat sich in die Systeme des Feindes gehackt.«

»Warum?«, brüllte ihm Damian entgegen, als er aggressiv einen Schritt nach vorne tat und mit den Händen fuchtelte.

Adrian schreckte etwas zurück, ehe er wieder zu sprechen begann.

»Sie waren dabei aufzurüsten, sie hätten eine ernste Gefahr dargestellt. So konnte ich sie früher bannen.«

»Und warum nicht einfach so angreifen?«, fragte die Tigerin.

»Erstmal konnten wir ihre Raketen kontrollieren und dazu waren wir nicht die Aggressoren, so kann die Bevölkerung nichts sagen, noch die anderen Nationen.«

»Du ... du bist ein ... ein gigantisches, gemeingefährliches Monster. Was hast du getan?«

Das Entsetzten machen sich auf dem Gesicht des Prinzen breit.

»Ich habe versucht, das Beste daraus zu machen. Für unser Reich, für dich, für deine Kinder.«

»Ich habe versucht, unser Reich zu retten«, seine Stimme

hörte sich verzweifelt an, ging fasst ins Weinerliche, als er sich seine Hände über den Kopf warf.

Das Einzige, was von Damian kam, war ein Kopfschütteln.

»Raus ... verschwinde.«

»Aber ... Sohn ...«

»Nein«, schrie er nur noch, als er auf die Türe zeigte.

Als die Türe ins Schloss fiel, blickte Seraphina in Richtung ihres Gatten.

»Bist du sicher, dass das eine gute Idee war?«

»Bitte was?«, fragte er nach und machte ein paar Schritte auf uns zu.

»Er hat uns vielleicht alle in den Ruin getrieben, das ganze Reich in den Ruin getrieben.«

Die Tigerin erhob sich, näherte sich langsam dem Prinzen und schlang ihre Arme um ihn.

»Das wird schon langsam alles wieder werden.«

Während Damian immer noch aufgewühlt war, drückte ihn seine Gattin in Richtung des Betts. Als sie dann über die Bettkante fielen und im weichen Bett landete, entfuhr Seraphina ein leichtes Lachen, auch Damian konnte sich ein Grinsen nicht verkneifen.

Als sie da so langen, die Gesichter aufeinander gerichtet, konnte sie das erste Mal so wirklich Angst in den Augen des Prinzen ausmachen.

Langsam fuhr sie ihm mit ihrer Hand über die Haare.

»Mach dir keine Sorgen, das werden wir schon wieder hinbekommen.«

Damians Gesicht blieb gleich.

»Ich weiß es nicht, doch ich hoffe es.«

Ein Kuss auf ihre Stirn und er erhob sich wieder vom Bett.

In den nächsten Monaten sollte sich eher das Gegenteil beweisen.

Aufstände, immer mehr in den Städten des Reiches und die

Bewegung an der Front stand still.

Viele Truppen wurden abgezogen, um die Aufstände im Reich niederzuschlagen.

Vor allem hinter der Front, aber auch in einigen Großstädte bildete sich Bewegungen, die teilweise die Kontrolle über Bezirke, ja ganze Städte bekamen.

Die Türe wurde aufgerissen.

Seraphina erschrak, riss sich im Sessel zusammen.

Auf ihrem Schoß Aurelion.

Damian stand in der Tür.

»Es ist so weit, die Meute ist in den Hauptstraßen.«

Die Tigerin konnte nicht glauben was sie hörte. Sollte es nun wirklich so weit sein, der Mob die Hauptstadt stürmen und alles zugrunde richten.

»Du bleibst hier, der Palast sollte sicher sein. Ich werde mich mit einem Giganten in die Straßen machen.«

Die Tigerin blickte vom Sohn in ihrem Arm auf.

In die Augen des Prinzen, die von Hass gefüllt waren.

»Bist du dir sicher, dass das eine gute Idee ist? Ich möchte keine Halbwaisen alleine großziehen.«

Damian grunzte nur, als er aus dem Raum trat und die Tür ins Schloss fiel.

Der junge Prinz ließ seine Frau im Kinderzimmer zurück.

Trat durch den weißen Gang an den Aufzug heran.

Mit einem Zischen öffneten sich die Türen und kaum war er eingetreten, ging es bereits hinab in den Keller.

Dieses Mal ging es nicht in die langen Korridore der unterirdischen Fabriken, sondern in einen dunkles, großes Gewölbe. Als der Löwe in die Dunkelheit trat, sprangen die LED Lichter der Decke an.

Zwischen dutzenden Säulen der Halle standen die neuen Giganten.

Damian trat an eine der Kampfmaschine heran, kletterte hinauf und ließ sich von ihr ummanteln.

Das blaue Display im Inneren des Sichtfeldes öffnete sich.

Dutzende Nachrichten und Meldungen erschienen vor seinen Augen.

»Gottverdammt ...«, zischte er.

»Befehl 34«

Sirenen heulten und rote Lampen sprangen an.

An den Seiten des steinernen Raums öffneten sich mehrere Türen und Soldaten in engem Ganzkörperanzug liefen heraus.

Bald schon war die gesamte Armada der Kampfmaschinen besetzt.

Ein Knarzen und die Verbindung zu all den anderen Giganten öffnete sich.

»Es geht raus, vorerst wird nicht geschossen, keine scharfen Waffen.«

Kaum hatte Damian mit einem Surren den ersten Schritt mit seinem Giganten gemacht, taten es ihm seine Männer gleich.

Als sie alle unter dem Ächzen ihrer Maschinen in Richtung Wand stapften, öffnete sich eine gigantische Klappe nach oben und gab eine Rampe frei.

Die Kampfmaschinen waren gut bewaffnet, viele hat MGs, Flammenwerfer und eine Klinge an ihren Mechs.

Ein paar andere hatten Granaten und Plasmawerfer.

Der Prinz selbst hatte einen der Paladinklasse.

Rechts ein plasmaverstärktes Schwert, links ein MG wie einem Flammenwerfer.

Auf der Schulter ein automatisches Geschütz.

Die ersten Sonnenstrahlen brachen sich, fielen durch eine sich gerade öffnendes Tor.

Dahinter, der große Platz. Die Steinernen standen nach wie vor unbeugsam dort oben.

Es schien, als seien die Zeichen gegen sie. Graue Wolken zogen sich über dem Himmel zusammen, als die Giganten sich durch die stehenden Soldaten marschierten.

»Steinerne«, ertönte es laut und metallisch aus den Lautsprechern an der Oberseite des Mechs.

»Rührt euch, folgt uns. Schlagen wir die Aufständischen nieder«, der rechte Schwertarm riss nach vorne und deutete in Richtung der Hauptstraße.

Die Soldaten in der Berserkerrüstung schlugen sich mit der rechten Faust auf die Brust und begannen in einer Bewegung mit ihren Brüdern in die Mitte ihrer Formation zu marschieren.

Während die ersten Reihen der Giganten sich vor den Steinernen aufgebaut hatten und die Formation aufgestellt war, bewegte sich die gesamte Armee in Richtung des Aufstandes.

In Formation marschierten sie in die Prachtstraße herab und über die Straße.

Ein Donnern, langsam prasselten schwere Tropfen auf den steinernen Boden, auf die Soldaten, die sich in Richtung des Tumults bewegten.

Während Regentropfen über den Bildschirm des Giganten lief, konnte Damian in der Ferne all die Aufregung sehen. Eine große Menschenmenge hatte sich auf dem Platz der Reichshalle wie der Prachtstraße versammelt. Um sie herum einige Soldaten, die versuchten das ganze unter Kontrolle zu halten.

»Wir gehen nach vorne, durch die Grenzen der Menge und versuchen das Ganze von innen etwas aufzulösen«, waren die nächsten Befehle über das Com-Netz.

Bald schon glitten sie durch die Frontlinien des Aufstands und bewegten sich durch die Menschenmenge die Platz machte.

»Hier spricht der Kronprinz. Diese Versammlung spricht gegen das veserianische Rechte. Begeben sie sich alle wieder nach Hause oder es werden Konsequenzen folgen.«

Doch das, was aus den Lautsprechern Damians kamen, wurde von der Menge vollständig ignoriert.

Schüsse, Schüsse in die Luft. Ein erschrecktes Schreien aus der Menge.

»Diese Veranstaltung ist hiermit aufgelöst«, tönte es laut schreiend und leicht übersteuert einmal mehr von der Kampfmaschine.

Stille, die erste Aufständischen bewegten sich etwas von Giganten weg, als plötzlich ein Knall ertönte.

Der Gigant erschütterte und ein Geschoss prallte ab. Schnell riss Damian herum, aus der Richtung aus der das Geschoss kam, immer mehr und mehr der Rebellen waren dabei Waffen auszupacken.

»Jetzt fangen die hier auch schon wieder an«, zischte Damian über die Verbindung. »Waffen einsetzen, scharfe Munition.«

Damian hob den Arm und setzte eine MG-Slave auf die Aufständischen, von denen die Schüsse kamen.

Nur Sekunden später begann das Blutbad. Dutzende Giganten traten mit den Flammenwerfern in die Menge und verbrannten die Rebellen. Schreie, Tod. Der Geruch von verbranntem Fleisch.

Während der Widerstand aus den eigenen Reihen ein paar der Soldaten an den Grenzen zu Fall brachte, konnten die Waffen und Steine nur wenig gegen Berserker und Giganten ausmachen.

Immer mehr und mehr der Bürger fielen.

Damian sah rot.

Er aktivierte sein Schwert, eine blaue Photonenschicht bildete sich über der Klinge.

Sie mähte nur so durch den Ansturm der Verräter, Blut spritzte, Körperteile fielen und Schreie ertönten. Langsam hatten sich ein kleiner Kreis um ihn gebildet und er hielt ein.

Am Boden lagen Tode und blutüberströmte Menschen.

Während weiter Schüsse auf die Hülle des Giganten trafen, blickte er nach unten.

Ein roter Oberkörper lag röchelnd am Boden, während seine Innereien nach unten hinausliefen.

Ein Schmunzeln lief über das Gesicht des Prinzen, ehe er seinen Fuß mit gigantischer Wucht auf seinen Schädel sinken.

Der Kopf platzte unter der Wucht des Aufpralls auf, die Gehirnmasse verteilte sich auf dem Boden.

»War es das was ihr wolltet?«, schrie er und blickte in die Menge. Der Oberkörper des Giganten bewegte sich mit einem Surren über die Fronten des Feindes.

Ein paar wichen zurück, ehe mit einem zischen der Flammenwerfer aktiviert wurde.

Auch um ihn bildete sich nun ein Ring der verbrannten Leichen.

»Hoch auf den Platz.«

Kaum war der Befehl erteilt, stiegen die Giganten durch die Reihen. Die Flammen schlugen Wege durch die Menge und die verbrannten Knochen brachen unter den schweren Schritten der Maschinen.

Die Treppe waren nach dem ersten Mech gesäubert.

Als sie auf den großen Platz kamen, konnte Damian seinen Augen nicht trauen.

Es war kein Vergleich zu den Aufständen unten.

Die Rebellen hatten schwere Waffen, Rüstung, teilweise sogar ein paar stationäre Geschütze. Der Platz war gefallen, die Soldaten abgeschlachtet und man war gerade dabei, die Türen der Reichshalle aufzubrechen.

»Beim Kaiser ... mein Vater ist da drin«, entfuhr es Damian, als er fassungslos am Aufstieg zum Platz verblieb.

Die Giganten hinter ihm quetschten sich an seinem vorbei und ließen die Flammen auch auf den Platz niederließen.

Doch dieses Mal war es nicht so leicht. Schwere Geschosse trieben sich in die Außenhülle der Giganten, ein Raketenwerfer brachte den ersten Mech zu Fall.

Eine Explosion an der Brust, eine weitere aus dem Inneren der Maschine. Einer der beiden Arme fielen herunter und Flammen schlugen aus der Maschine, ehe sie über den Aufständischen zusammenfiel.

Erst durch den metallischen Knall des Giganten wachte Damian wieder auf.

Wut machte sich in ihm breit.

Gerade als er sich daran machte seine Brüder im Kampf zu unterstützten, waren die Tore gefallen.

Die metallenen Rechtecke brachen aus der Verankerung auf die Stufen des Eingang herab.

Ein stummer Schrei des Prinzen. Während die Menge in die Halle stürmte, begann auch der Prinz durch die Menschen zu sprinten. Sein Schwert mähte durch die Aufständischen und der Flammenwerfer ließ nur noch verbrannte Toten zurück.

Immer weiter und weiter kam er an das umgestürzte Tor, in das nun die Menschenmasse stürmte.

Als Damian gar nicht mehr so weit weg vom Tor war, sah er etwas. Ein leuchtender Punkt auf ihn zukam.

Zu spät merkte er, dass es sich um eine Rakete handelte.

Sekunden später ein gigantischer Knall, ein Aufschlag auf der Brust und alles vor seinen Augen wurde schwarz.

Als er sie wieder aufmachte, hatte er ein helles Piepsen im Ohr. Sein Kopf dröhnte und alles drehte sich.

Langsam erhob er sich wieder, brach kurzzeitig zusammen, der linke Fuß war beschädigt.

Der junge Löwe blickte an sich hinunter und sah ein großes Loch in der Brust des Roboters, Blut und Maschinenöl floss heraus.

Erst jetzt merkte er, dass auch er ein Loch in seiner Seite hatte. Irgendetwas steckte darin.

Auf dem Rest des Platzes lagen nur noch verbrannte Leichen, Blut und zerstörte Maschinen.

Das Tor stand nach wie vor, offen und Kampflärm war daraus zu hören.

Unter Schmerzen zog er sich langsam in Richtung der Reichshalle.

Langsam füllte Gas die Kammer, in der sich sein Kopf befand. Nanobots waren dabei die Rüstung zu schließen und die Wunde etwas zu verschließen.

Das Gas begann zu wirken, der Schmerz ließ langsam nach und Wut stieg in ihm auf.

Das langsame Trotten wich einem schwerfälligen Lauf. Metallische Tritte hallten über den Platz als er bald im Tor stand. Auch dort lagen dutzende Leichen und Zerstörung herrschte.

Der junge Löwe ließ die Schlacht, die auf dem großen Saal tobte, links liegen und marschierte über die Treppen in Richtung Büro des Kaisers.

Hier und da traf er auf einige Feinde.

Einmal das MG aktiviert und es waren nur noch von Kugeln gespickte Leichen am Boden.

Bald konnte er sie sehen, die goldene Tür mit dem silbernen Löwen darauf.

Kratzer und andere Beschädigungen an der Tür. Eine Seite stand offen.

Als er an der Tür ankam, befreite er sich schnell aus dem Giganten, er passte nicht durch die Tür. Das Schwert aus der Scheide gezogen, trat er in den Raum, Verwüstung. Der Schreibtisch war umgeworfen, die Gemälde und Statuen von den Wänden gerissen.

Das Fenster an der Seite war eingeschlagen.

Doch, der Kaiser war nicht zu sehen.

Schnell kletterte er wieder auf den Giganten und aktivierte seine Verbindungen.

»Hier Damian, gibt es Neues zu meinem Vater, ist er noch am Leben?«

Lange Stille, nichts während Damian sich wieder in Bewegung setzt.

Dann endlich die Stimme eines Kommandanten: »Wir hatten kurzzeitig Kontakt mit seiner Hoheit. Er hatte sich mit einigen

Silberlöwen in den Gängen der Halle.«

Damian wusste nicht, was er tun sollte. Planlos rannte er durch die langen Gänge, schlachtete alles ab, was nicht bei drei auf dem Baum war und suchte nach seinem Vater.

»Der Kaiser befindet sich auf dem Dach, er ist von Feinden umstellt«, kaum hatte Damian die Nachricht gehört, machte er kehrt und rannte in Richtung der Treppe.

Über die hohen, gigantischen Säle rannte er die Halle hinauf.

Einen Stoß später war die Tür aufgebrochen.

Starker Wind wehte ihm entgegen und in der Ferne konnte er seinen Vater sehen. Fast an der anderen Seite der großen Glaskuppel stand Adrian mit mehreren Soldaten. Immer mehr und mehr seiner Silberlöwen fielen.

Der junge Löwe begann zu sprinten und rannte zu seinem Vater.

Nach und nach starben die Soldaten.

Plötzlich ließ Adrian seine Waffe sinken und trat an den Rand des Vorsprungs.

Ein Schauder lief Damian über den Rücken.

»Er wird doch nicht ...«, kam es über seine Lippen.

Die Blicke der beiden Löwen trafen sich, ein letzter veserianischer Gruß und die letzten seiner Silberlöwen waren gefallen.

Nur wenige Sekunden später prangten große, verbrannte Löchern durch die Brust des Kaisers. Er streckte seine Arme zur Seite aus und ließ sich nach hinten fallen.

Damian schien wie eingefroren. Sein Vater ... er war? ... Tod. Ja ... er war tot.

Bald wich die Verwirrung der Wut. Flammen lief er in Richtung des Feindes, begann zu schießen, bis ... bis sein gesamter Körper zu zittern begann. Langsam wurden seine Glieder taub. Ein leichter, verbogener blauer Lichtstrahl schien sich vom Rand des Gebäudes direkt in seine Richtung zu bewegen. Er spürte eine mythische Kraft in sich. Die Augen begannen zu brennen, zu drücken. An der Spiegelung seines Bildschirms konnte er sehen, wie sie blau zu leuchten begannen.

Das MG begann zu schweigen und nach und nach begannen auch sie blau zu glühen.

Ein lauter Schrei entfuhr dem Prinzen, die Vögel wurden aus dem Himmel gerissen und das Glas der Kuppel splitterte.

Blaue Blitze fuhren aus den Armen des Prinzen, zersetzten die Rüstung des Giganten und warfen sie auf den Feind.

Sofort fielen ihnen die Waffen aus den Händen, zuckten am ganzen Körper, bis sie wimmernd am Boden lagen. Wenige Sekunden später waren es nur noch von Blitzen durchströmten Leichen. Die Rüstung begann zu schmelzen, die Leichen verbrannten.

Als das Ganze langsam wieder abkühlte, stellte der Gigant die Funktion ein, brach zusammen und fiel zur Seite.

Ein paar Minuten blieb er noch so liegen, ließ seinen Gedanken freien Lauf, bevor er sich aus den Ruinen der Maschine schälte.

Mit einer Wunde an der linken Leiste und einem beschädigten Anzug trat er in Richtung des Aufstieges.

Eine Hand packte ihn an der Schulter.

Ein Kommandant der Silberlöwen hatte ihn aufgehalten.

»Wo ist der Kaiser?«, fragte er ihn schwer atmend.

»Er liegt von mehreren Schüssen durchlöchert vor dem Eingang der Reichshalle.«

Das Gesicht des Kommandanten hinter dem durchsichtigem Visier wurde bleich.

»Ist das euer Ernst?«, fragte er ungläubig nach.

Damian riss sich nur von seinem Griff los und bahnte sich weiter durch die Menge der Soldaten.

Wenige Minuten später stand er an der Leiche seines Vaters. An seiner Seite der Kommandant.

Der Kopf der Leiche war an der Unterseite aufgeplatzt. Eine Blutlache hatte sich um den Schädel in den Trümmern gebildet.

Damian ging in die Knie, blickte über das Gesicht des Kaisers, vom Schrecken geprägt, das langsam grau werdende Haar im Wind wehend.

Er nahm die rechte Hand und zog seine Ringe vom Finger.

Ein silberner Siegelring wie ein Goldring mit einem schwarzen, glänzenden Stein darauf, beides Erbstücke, die bis auf Vincent den Großen zurückgingen.

Ein Seufzen entfuhr es ihm, als er sich mit den Ringen in der Hand wieder erhob.

»Kaiser«, ertönte es aus weiter Ferne dumpf.

»Kaiser«, einmal mehr.

»Damian«, schrie es plötzlich und ein Rütteln trieb ihn aus seiner Welt.

»Ich bin kein Kaiser«, waren seine Worte, als er seinen Blick den Ringen zuwarf.

»Euer Vater ist tot, ihr seid nun Kaiser.«

Ein Kopfschütteln des Prinzen.

»Was wollt ihr?«

»Was sollen wir mit ... ihm machen?«

»Bart ihn auf und lasst ihn in die Halle der Toten bringen. Ich werde mich um die Beerdigung kümmern.«

Mit diesen Worten wandte er sich ab, als die Sanitäter mit einer Trage kamen und seinen Vater wegbrachten.

40 – Das Ende ist nah

Seraphina hatte von den Schüssen gehört. Es sollten Soldaten und Partisanen des Freistaats unter den Aufständischen sein. Einige Krieger waren gefallen und das neuste Gerücht war der Kaiser ermordet.

Nein, das konnte nicht sein.

Endlich öffnete sich die Tür, Damian trat mit einem Verband an seiner linken Seite in das Zimmer.

Seraphina fiel die vor Schreck fast Aurelion aus der Hand.

»Alles ... alles in Ordnung?«, sagte sie und rannte sofort an die Seite ihres Gatten, begutachtete seine Wunde.

Nur ein kaltes Nicken des Prinzen.

»Ist ... ist ... es wahr, dass dein Vater gefallen ist?«, war die nächste Frage, zittern in ihrer Stimme. Sie hatte Angst vor der Antwort.

Damian öffnete leicht seine Hand und sie konnte die zwei Ringe in seinen Händen sehen.

»Ja ... ist es«, sagte er mit einem Nicken. »Wie es aussieht, bin ich jetzt Kaiser.«

Schrecken machte sich auf ihrem Gesicht breit.

»Und das gerade jetzt, wie sollen wir das alles nur schaffen?«.

Damian drückte Mutter samt Kind an seine Brust.

»Erst die Beerdigung, dann unsere Krönung. Dazu werde ich einen neuen Befehl erlassen. Alle Aufstände dürfen mit absoluter Waffengewalt niedergeschlagen werden. Wenn es sein muss, können sie meinetwegen in den Randregionen auch Brandbomben über den Städten abwerfen, Hauptsache das Ganze hört auf.«

Seraphina drückte sich fester an ihren Mann. Sie wollte das alles nicht wahrhaben.

Warum musste es nur so kommen? Es hätte doch alles so schön sein können.

Bereits einen Tag später war es so weit.

Damian stand in einem absolut schwarzen Raum, auf einem Podest in der Mitte stand der neue Kaiser.

Seraphina blickte mit ein paar Technikern aus einer kleinen Kammer, die mit einer Glasscheibe verbunden war.

Dutzende kleine Drohnen flogen um den nun alten Löwen.

Das Zeichen und die Aufnahme begann.

Auf allen Projektoren wie an großen Plätzen in gigantischen Hologrammen wurde er gezeigt.

»Mein Volk, sei gegrüßt. Mein Name ist Damian Wenzel, die meisten werden mich kennen, neuer Kaiser Veserias. Mein Vater, ist den Aufständen zum Opfer gefallen, auch mich haben sie erwischt«,

er klopfte sich auf den Verband an seiner Seite.

»Ich sage euch ... es ist genug. Der Befehl Nummer 53 tritt in Kraft. Das Militär hat ab nun die Autorisierung, mit jedem denkbaren Mittel gegen die Aufständischen vorzugehen.

Dies ist ebenso eine Aufforderung an all meine Brüder und Schwestern. Helft uns, das Reich, welches gerade in Flammen steht, wieder zurechtzurücken. Meldet euch bei der Armee, meldet Terrorgruppen. Tut euren Dienst.

Auf dass wir das Erbe meines Vaters erhalten.

Heil dir Veserias«, schrie er mit einem Schlag auf die Brust.

Damian trat vom Podest herab und die Übertragung endete.

»Wo soll das noch hinführen?«, redete Seraphina mit sich selbst, als sie kopfschüttelnd im Studio saß.

Die Techniker saßen an ihren Pulten und mixten an der Aufnahme herum.

»Zur Rettung des Kaiserreichs«, ertönte es plötzlich und

Damian, der in die Tür trat.

Seraphina wurde Rot. »Wie? … Ich meine … was?«, war sie verwirrt.

Nur ein Schmunzeln auf dem Gesicht des alten Löwen, als er an sie herantrat und ihr Aurelion aus dem Arm nahm.

Gerade als er noch auf seinen Sohn blickte, griff dieser an den schwarzen Ring seines Vaters.

Sein Arm zuckte, als würde Strom darüber laufen.

Die Augen färbten sich tiefblau, während sich die Luft im Raum bewegte. Ja zu einem Wirbelstrom an der Decke wurde. Die Haare seiner Mutter hoben sich. Blätter begannen zu schweben und durch die Luft zu wirbeln.

Schnell zog Damian seinen Ring weg.

Seraphina blickte ihn mit großen Augen an.

Ein besorgter Blick war seine Antwort, mit einem Kopfschwenken deutete er ihr aus dem Raum zu gehen.

»Was war das?«, fragte Seraphina, als sie vor der Tür standen.

»Nicht hier …, kommt mit.«

Schnell stürmten sie durch die Gänge und kaum war die Tür des Gemaches ins Schloss gefallen, packte Damian aus.

»Er ist der Auserwählten, Wiedergeburt Vincents. Er ist einer der Gesegneten, beherrscht die Künste so mächtig wie kein anderer.«

Seraphina konnte das Ganze nicht ganz glauben.

»Nein …«, schüttelte sich die Tigerin ungläubig. »Du verarschst mich.«

Ein energisches Kopfschütteln.

»Nein, niemals. Er muss es sein. Wie in den Prophezeiungen.«

»Und was bedeutet das?«

»Er wird das Reich, die Menschheit als mein Nachfolger zu neuer Größe führen.«

Ein weiter kritischer Blick Seraphina.

Damian zog sich den Ring vom Finger und drückte ihn in die Hände Aurelions.

Schnell klammerte er seine kleinen Finger darum und bald schon wiederholte sich alles wieder.

Die Augen wurden blau, schwarze Ringe bildeten sich darum. Ein Luftwirbel an der Decke.

Er wurde immer und immer größer und stärker.

»Ich hab schon verstanden.« Zischte Seraphina und nahm ihrem Sohn den Ring aus der Hand.

»Was ist das für ein Teil.«

Ein Schmunzeln zog sich über das Gesicht des Löwen.

»Der Ring Vincent des Großen, der hatte ihn aus alten Ruinen der Aiochean. Er hatte die alten Golems damit gesteuert und seine Künste verstärkt.«

»Und mein ... unser Sohn soll nun seine Wiedergeburt sein?«

»Sieht ganz danach aus.«

»Sollen wir es öffentlich machen? Ich meine, wenn wir uns sicher sind.«

Ein Ziehen zog sich auf dem Gesicht Damians.

»Ich weiß ja nicht. Das könnte einmal die Motivation steigern, aber auch absolut ins Auge gehen. Ich denke, wir sollten es fürs Erste geheim halten.«

»Gut«, war die Antwort der Prinzessin mit einem Nicken.

Wenige Tage später war es soweit. In einer bedrückenden, kalten Zeremonie sollte der Kaiser beerdigt werden. Wieder im Palastgarten, wieder die Schüsse in den Himmel.

Seraphina bekam gar nicht so viel mit, sie sah nur ihre Schwiegermutter in Tränen aufgelöst und fühlte mit ihr.

Das Einzige, was ihr für immer im Gedächtnis bleiben sollte, war die Grabrede des neuen Kaisers.

»Auch, wenn er schon viel zu früh aus dem Leben gerissen wurde, sein Tod nicht vergessen sein. Er wird nicht umsonst gestorben sein. Wir werden sein Andenken beibehalten und seine Mörder, die Aufständischen unter unserer Faust zerquetschen. Für ein großes Reich.

»Heil Veseria.«

Die Menge klatschte bedrückt, sprach dem neuen Kaiser ihr Beileid und ihre Unterstützung zu.

Und die Worte des Prinzen sollten nicht umsonst sein.

Während der Altkaiser gerade in einem Sarg auf der Bühne lag, der Manian und Vincent über ihm, war das Reich in Aufbruchsstimmung.

Abertausende Bürger meldeten sich freiwillig. Freiwillig um die aufständischen niederzuschlagen damit die Truppen an die Front zurückkehren konnten.

Noch während der Sarg Adrians gerade in die Wand der Familiengruft gefahren wurde, war die erste Kompanie der Freiwilligen auf dem Weg in die Grenzregionen.

Seraphina konnte sehen, wie sehr ihr Mann trauerte.

Er saß auf dem Bett und blickte auf die Hülsen der Geschosse der Salutschüsse.

Sein Gesicht hatte sich zu einer Maske verzerrt.

Langsam ließ sie sich neben Damian auf das Bett fallen. Aurelion und Karel krabbelten auf einer Decke am Fußende.

Ihr Kopf landete auf der Schulter des Kaisers.

»Wie du immer gesagt hast. Alles wird wieder gut«, ein Kuss folgte.

»Morgen ist es so weit. Der große Tag. Der eine Kaiser ist begraben, dann wird der andere gekrönt.«

Ein leichtes Schmunzeln war die Antwort Damians.

»Mein Vater wäre stolz auf mich.«

Er erhob sich vom Bett und setzte sich zu seinen zwei Söhnen.

Fleißig krabbelten die zwei Prinzen auf der Decke. Als er sich zu ihnen setzte, begann Aurelion zu lachen.

Er streckte die kleine Hand nach seinem Vater aus.

»Wenigstens ihr bleibt mir noch.«

Er legte seine Hände auf die beiden Söhne.

Plötzlich versteifte sich sein gesamter Körper, noch leiser, mit einer noch dunkleren Stimme kam aus seiner Kehle: »Zumindest ihr werdet bestehen, wenn ich auch vergehe.«

»Was sagst du?«, war die verwirrte Frage seiner Gattin.

Langsam drehte sich der Kopf des Kaisers zu ihr, ohne dass sich sein Oberkörper auch nur einen Millimeter bewegte.

Die Augen schimmerten milchig blau, ja leuchteten direkt.

»Damian«, kreischte die junge Frau durch den Raum und er schreckte auf.

Augenblicklich verschwand das Leuchten.

»Was sagst du?«, fragte er verwirrt als er die Stirn.

»Was ... was, war das? Was ist da mit dir passiert?«

»Was meinst du?«, kam es von Damian zurück, als sei rein gar nichts passiert.

»Du ... Du hast gerade ... wie Aurelion ... die Augen ... und ...«, mehr brachte sie nicht heraus.

»Bitte?«, fragte Damian verwirrt nach. »Was meinst du?«

»Du ... hast gerade auch so was gemacht. Die Künste.«

Verständnisvolles Nicken vom Löwen.

»Möglich ...«,

»Du hast aber auch gesprochen, du meintest etwas von wenigstens besteht ihr, wenn ich vergehe.«

»Oh, das sind ja schön Zukunftsaussichten. Mal schauen, was da auf uns zukommt.«

Das Gesicht der Kaiserin verzerrte sich ins Wütende.

»Was soll das? Wie kannst du dabei so gelassen bleiben? Du hast noch vor einer Minute deinen eigenen Tod verkündet.«

»Hab ich gesagt, wann oder wie?«

Seraphina schüttelte den Kopf.

»Siehst du, alles mit der Ruhe. Eines Tages werde ich sterben müssen und eines Tages werden meine Söhne mich hoffentlich überdauern.«

Weites Kopfschütteln. »Und was, wenn es nicht erst eines Tages ist, wenn du mich mit unseren Söhnen allein lässt?«

»Wenn es mein Schicksal ist, dann werden wir es auch nicht

verhindern können«, sagte Damian mit einem Seufzer.

»Du machst mir Angst«, kam es aufgelöst von der Tigerin, ehe sie weiter nach hinten rutschte.

In genau eben jener Position saßen sie einen Tag später.

Auf dem Himmelbett, eng aneinander.

Der neue Kaiser, in einem blau-goldenen Anzug. Das Wappen seiner Familie groß auf seiner Brust.

Seraphina in einem langem blauen Kleid, das hinter ihr auf dem Boden schleifte.

Die beiden Prinzen auf der Decke, dahinter an der Wand ein Holoprojektor.

Das abgebildete Szenario war an Militärgewalt nicht zu überbieten.

Um den Palast gigantische Truppenstärke, die Steinernen mit zweifacher Belegschaft.

Auf dem großen Platz vor der Reichshalle war ein gigantischer Holoprojektor wie an vielen anderen Plätzen, das Spektakel sollte dort übertragen werden.

»Heute ist unser großer Tag«, flüsterte Seraphina.

»Nicht nur unserer. Auch die zwei da unten werden heute gekrönt.«

Seraphina seufzte.

»Muss das wirklich jetzt schon sein? Sie sind doch noch so klein.«

»Ihr Vater wird Kaiser, das muss jetzt sein«, kam es vom bald neuen Kaiser entschlossen.

Seraphina erhob sich und trat an ihre Söhne heran, setzte sich zu ihnen.

»Na ihr zwei Kleinen, ihr keine Ahnung, was heute auf euch zukommt, nicht?«

Wie zu erwarten keine Antwort des beiden. Nur ein leichtes Grunzen von Karel.

Ein Klopfen an der Tür.

»Herein«, verlautete Damian und ein Diener im blauen Anzug trat an ein.

»Mein Kaiser, meine Kaiserin, die Zeremonie wäre so weit vorbereitet.«

Damian nickte und erhob sich, Seraphina tat es ihm gleich.

»Jahara, schnapp dir die zwei Kleinen«, kam der Befehl von der Kaiserin. Schnell erhob sie sich aus der Ecke und nahm erst Aurelion und dann Karel auf die Arme.

Wortlos folgte ihnen die Sklavin mit den beiden Prinzen.

Einen Moment später traten sie in den Aufzug.

Nun spürte Seraphina wieder das wilde Klopfen ihres Herzens.

Ein etwas verzweifelter Blick der Tigerin hinauf zum Kaiser.

Er nickte nur und schloss einmal kurz seine Augen.

»Keine Sorgen, du brauchst dir keine Sorgen machen. Niemand wird es wagen, dich blöd anzumachen. Und wenn doch, habe ich die Macht ihn verschwinden zu lassen.«

Ein Schmunzeln bildete sich auf dem Gesicht der Tigerin und langsam fuhr ihre Hand an die seinige.

Ein leises: »Danke«, war die Antwort.

Der Aufzug ruckelte und ein Surren ertönte und die Türe öffneten sich.

Der polierte Marmorboden, die steinernen Hallen öffneten sich vor ihnen.

Die kleine Gesellschaft trat durch den Gang in Richtung Halle.

Langsam konnte man Reden und Geräusche hören.

Bald erreichten sie den Thronsaal. Einmal mehr waren die Seitenschiffe und Emporen voller Adeliger.

In der Halle an sich standen Soldaten und Silberlöwen an den Seiten und Säulen. Kaum hatte das Paar die Halle betreten, verstummte das Geplauder und alle Blicke richteten sich auf sie.

Mit hohem Kopf und selbstbewusster Gangart trat Damian durch die Halle, gefolgt von den zwei Frauen. Es ging in Richtung des schwarzen Doppelthrons.

Das eingebaute Gold glänzte im Licht der Kristallkronleuchter. Inmitten des Glanzes stand Marnian.

Seraphina konnte schwören, dass er ihr zugezwinkert hatte.

Damian trat rechts und Seraphina links über die Treppe auf den Thron hinauf.

Die Sklavin folgte ihr über die Treppe.

Das Kaiserpaar stellte sich neben dem Priester auf, Jahara kauerte hinter ihnen.

»Na, ihr beiden ...«, flüsterte Marnian. »Aufgeregt?«

Die Tigerin schmunzelte und nickte leicht, während Damian keine Miene verzog.

»Nun denn, dann beginnen wir, oder?«, fragte er in die Runde.

Zustimmendes Gemurmel aus der Menge.

Als der Priester in die Hände klatschte, kamen zwei vollständig schwarz verschleierte Diener hinter dem Thron hervor.

Langsam unter dem Blick der hunderten Zuschauern erklommen sie die Treppe und stellten sich hinter Kaiser und Kaiserin.

In ihren Händen ein schwarzes Kissen mit jeweils einer Krone und einem Diadem.

Er trat er an den Löwen heran.

»Knie«, war der Befehl.

Schnell folgte er der Anweisung und sank auf den schwarzen Boden des Thronpodests.

Marnian nahm die Krone vom Kissen einer der vermummten Gestalten.

»Du, Damian aus dem Hause der Wenzels, Sohn des Adrians und alter Löwe, wirst hiermit in den Stand des Kaisers erhoben.«

Er setzte ihm die Krone auf den Kopf, fuhr mit seinem Daumen über die Stirn.

»Erhebt euch, Damian Wenzel, Führer des Hauses Wenzel, Kaiser Veserias und Vater des Reiches.«

Langsam stieg er auf ein Bein, dann auf das andere.

»Das alt kannst du noch weglassen«, zischte er mit kaum

merkbarer Mundöffnung.

Der Saal tobte, das Publikum applaudierte und jubelte.

Während Damian sich immer noch im Licht der Aufmerksamkeit sonnte, trat Marnian hinter Seraphina. Auch dort war: »Knie«, der Befehl, ehe er das Diadem vom Polster nahm.

»Du, Seraphina aus dem Hause Wenzel, Frau des Damians und Löwin des Reiches, wirst du hiermit in den Stand der Kaiserin versetzt.«

Auch sie spürte, wie das Diadem sich langsam in ihre Haarpracht absetzte.

»Erhebt euch, Kaiserin, Mutter des Reiches.«

Seraphina sich wieder aufrichtete, zischte es erneut von Damian.

»Bei ihr sagst du nichts von alt oder wie?«

Seraphina musste schmunzeln.

»Dann kommen wir noch zu unseren jüngsten«, mit diesen Worten trat er zu Jahara und wandte sich den beiden Prinzen zu.

Erst Aurelions Stirn, dann die seines Bruders wurde vom Priester gesegnet.

»Hiermit seid auch ihr beide offizielle Kronprinz und Prinz des Reiches.«

Erneuter Jubel unter den Zuschauern, während die Prinzen nur verwirrt glucksten.

»Damit wäre es getan«, schrie Marnian in die Menge.

»Wir haben einen neuen Kaiser, eine neue Kaiserin wie zwei Prinzen. Wenn das nicht ein Grund zur Freude ist in unseren düsteren Zeiten.«

Plötzlich trat Damian vor, drückte an etwas am Halskragen seines blauen Anzugs.

Nun war auch er mit den Lautsprechern verbunden.

Seraphina blickte ihn überrascht an, als er das Wort erhob.

»Geehrte Volksgenossen und Genossinnen, es freut mich heute nun, als frischgebackener Kaiser meine erste Rede zu halten.

Nun ... was soll ich sagen ... erst einmal Danke für euer zahlreiches Erscheinen.

Und wenn ihr mir versprecht, weiter tapfer an meiner Seite zu stehen, verspreche ich euch, ich werde mein menschenmögliches tun, um das Blatt zu wenden. Unsere geballte Kraft, wieder gegen den Feind zu wenden, und unseres Zeichens wieder siegen.«

Schweigen unter der Bevölkerung, keiner traute sich, etwas zu sagen.

Die erste Faust wanderte langsam zur linken Brust. Dann immer mehr.

»Heil dir Kaiser«, schrie einer nach dem anderen aus tiefsten Lungen.

»Ich danke euch«, mit einem Nicken drehte er sich um und blickte zu Seraphina.

Einen Moment später hatte er sich bei ihr eingehackt und zog sie den Thron hinab.

Jahara folgte den beiden.

»Heil dem Kaiserpaar«, schrien die Adeligen, als sich die Menge im linken Seitenflügel spaltete und Platz für die beiden machte.

Kurz darauf fielen die zwei eisernen Tore zum Thronsaal zu und Seraphina atmete einmal tief aus.

»Alles gut ...«, lachte Damian. »Du hast es geschafft ... zumindest fürs Erste.«

»Wie kannst du bei sowas lachen?«, fragte Seraphina fassungslos zurück.

Der Kaiser blickte in ihre Richtung und hob seinen Finger mahnend.

»Merke dir dies, eine Weisheit meines Vaters«, sagte er, während er seine Stimme verstellte.

»Verliere nie deinen Humor, so kannst du auch in den dunklen

Zeiten die Hoffnung waren.«

Ein Ellbogen landete in seiner Seite.

»Du kannst doch nicht einen Toten so verspotten.«

Gespieltes Entsetzten machten sich auf Damians Gesicht breit, als er den Knopf drückte um den Aufzug zu rufen.

»Ich würde meinen Vater niemals verspotten …, Nein, ich sage dir, mein Vater hätte auch gelacht.«

Die Kaiserin schüttelte fassungslos den Kopf.

»Diese Kaiser«, flüsterte die Tigerin, als sie sich zu Jahara umdrehte und sich den beiden Kindern zuwandte.

Ein Ping war zu hören und mit einem Surren öffneten sich die Türen.

»Da wären wir.«

Seraphina versteckte sich nahezu in einer Ecke, als Damian am Tisch des Generalstabs mit seinen Generälen unterhielt.

Eine blaue Holokarte auf dem runden Tisch, um den die Offiziere und Generäle standen.

»Mit einer Offensive hier«, er zeigte auf einen Fluss, der am Rande des gigantischen Waldes lag, »Könnten wir die Linien des Feindes von hinten durchbrechen und wieder vorrücken.«

Die Karte war anders.

Es war zwar ein Vorstoß bis zur Schlucht gelungen, doch dies war eigentlich nun die einzige Linie, die außerhalb des Waldes aufgestellt war.

Viele andere Fronten waren kollabiert und zurückgedrängt.

»Eine schwierige Mission, wenn sie erfolgreich ist, wäre es ein gigantischer Fortschritt, doch, was machen, wenn es nicht so ist?«, fragte Arthegus nach.

»Ich denke nicht, dass wir die Gasse bis zur Schlacht so weiter halten können.«

Plötzlich ein Alarmton und eine Nachricht ploppte auf dem Tisch auf.

Fragende Blicke an den Kaiser, dieser winkte nur und gab das

Zeichen sie aufzurufen.

Das blaue Bild eines Offiziers erschien zwischen der Topografie der Front.

»Mein Kaiser«, grüßte er Damian.

Plötzlich ein Knall aus den Lautsprechern und der Soldat zuckte etwas zusammen.

»Sprecht ... was ist da los bei euch.«

»Eine ... eine neue Offensive des Feindes«, begann der Mann in Uniform.

»Sie sind an einem der abgelegenen Strände der Kolonie gelandet und greifen uns nun an. Wir haben seit dem Abzug nicht mehr genug Männer, um hier die Stellung zu halten.«

Das Gesicht Damians verzog sich wutverzerrt. Biss sich in die geformte Faust.

»Beim Reich ... das darf doch nicht wahr sein«, zischte Damian.

Ein Schlag auf den Tisch folgte und das ganze Hologramm zitterte.

Bedrückte Blicke der Anwesenden, als sie ihn in derartiger Wut sahen.

»Frontverlauf zeigen«, war der Befehl Artheguses und die Karte veränderte sich.

Man konnte den Urwald und die Steppen des Südens sehen. Dazwischen in Vierecken die Truppen Veserias.

Etwa eine halbe Million Mann waren dort stationiert, etwa vier Dutzend Schiffe und ein Regiment der Luftwaffe.

Direkt gegenüber konnte man rotes Gebiet sehen. Und die Truppen des Feindes.

Große Vorstöße, die sich wie Reißzähne weiter ins Reichsgebiet bohrten.

»Wie viele Truppen hat der Feind«, meldete sich Seraphina aus dem Hintergrund.

»Zwei ...«, wollte der Offizier beginnen und wurde dann von einem der anwesenden Generäle unterbrochen.

»Zwei Millionen Mann, tausende Panzer und schwere Fahrzeuge. Der Überraschungsmoment war ebenso auf ihrer Seite.«

»Ein Entlastungsangriff also ...«, sagte Damian leise, als er sich durch den Bart fuhr.

»Gut, zieht Truppen aus der alten Heimat und dem Westen ab. Dort sollte Ruhe herrschen.«

»Keine Gute Idee«, kam es von einer Stimme aus dem hinteren Teil des Raumes.

Ein Mann in blau-schwarzer Berserkerrüstung betrat soeben den Raum.

»Wer seid ihr?«, fragte Damian herrisch nach. »Gebt euch zu erkennen.«

Langsam griff der Unbekannte an seinen Helm, löste ein Ventil und zischen aus dem Halsbereich.

Als er sich die Kopfbedeckung vom Halse zog, war Arialds schwarze Mähne wie sein kantiges Gesicht zu sehen.

Sein Haar war lang geworden und fiel an der Seite seiner Rüstung herab.

»Ariald ... hast dich aber etwas gehen lassen.«

Nur ein verächtliches Schnauben.

»Hast du eine Ahnung«, kam es leicht hasserfüllt aus seinem Mund.

»So siehst du aus, wen du in den Ruinen der Alten gegen die Guerillakrieger kämpfst.

Und ich sage dir, Abzug im Westen ist keine gute Idee, da braut sich etwas zusammen. Ich war da. Die Rebellen bekommen nun Unterstützung des kandarischen Reiches. Ihr Eisenfürst hat es nun offiziell bestätigt.«

»Und?«, fragte Damian geringschätzig nach.

»Selbst wenn haben wir bei Weitem mehr Ressourcen als diese Affen und Metallmännchen zusammen.«

Ein Nicken Arialds.

»Nun, das ist es nicht. Schauen wir uns die Geschichte an, es war meist keine große Spalte zwischen Waffenlieferungen und Kriegseintritt.«

Ein erneutes Kopfschütteln des Kaisers.

»Und dann? Was sollen wir dann machen?«, war die aggressive Frage.

Ein Seufzer Arialds.

»Das Einzige, was uns übrig bleibt, wird ein Rückzug sein. Bis zur letzten Verteidigungslinie zurückfallen und versuchen, diese zu halten. Mit ein paar Truppen aus der alten Heimat sollte das möglich sein.«

»Gut«, kam es widerwillig vom Löwen. »Ihr hat es gehört, Offizier.«

»Jawohl, mein Kaiser«, sagte das Hologram schnell.

»Generalstab Ende«, das blaue Abbild verschwand.

»Gut, wars das dann?«, sagte Damian gereizt.

Nur ein Nicken von Arthegus.

»Befehl umsetzen, Neuigkeiten gehen direkt an mich. Verstanden?«

»Heil dir Kaiser«, war die Antwort des Generalstabs.

Damian drehte sich um, verließ den Saal schnell eilte auch Seraphina hinterher.

»Was hast du den?«, fragte sie ihren Gatten. »Warum bist du so aggressiv?«

Ein wütender Lacher entfuhr ihrem Gatten.

»Das fragst du noch? Das ganze Reich bricht aufgrund der Fehler meines Vaters zusammen, da kann man doch nur wütend sein.«

Die Hand Seraphina wanderte an die ihres Gatten, der wütend herum gestikulierte.

»Alles ist gut, irgendwie wird das schon werden.«

»Ich hoffe es.«

41 - Der Beginn des Falls

Das Schicksal war gegen die Worte der Kaiserin, wenige Tage nachdem Treffen des Generalstabs war es dann so weit, die Zange schloss sich.

Als erstes marschierten kandarische Truppen in den Gebieten der Rebellen ein und unterstützten den Kampf nach Unabhängigkeit auf voller Breite.

Und das, das sollte nicht das einzige Ereignis sein.

»Das darf doch nicht wahr sein«, hörte Seraphina, als sie aus dem Bad trat, die Haare nass, mit einem Handtuch in der Hand.

»Nein, gottverdammt, das darf es nicht sein«, schrie er weiter.

Seraphina trocknete weiter ihr Haar, als sie fragte: »Was den?«

Sie trat in den Raum und sah Damian auf einem Sofa sitzen. Als er ihre Stimme vernahm, drehte er sich zu ihr um.

»Die Gendor Föderation, selbst sie hat uns den Krieg erklärt, schau selbst.«

Schnell stürmte Seraphina hinter ihren Gatten und blickte auf das Bild, welches das Holo zeigte.

Gigantische Kriegsmaschinen, die über die große Schlucht fuhren.

Die Gendor hatten sich aus einem Nomadenvolk entwickelt. Früher hatten sie Reiterheere und Lager, nun zogen sie mit fahrbaren Städten durch die Ebenen ihrer Heimat.

Zwei ihrer gigantischen Konstrukte waren gerade dabei in Richtung Reich zu rollen.

Zwei riesige Ketten trieben eine Festung an.

Auf der Grundplatte eine sich staffelnde Metallkonstruktion

mit dutzenden Türmen, Erkern und Geschützen.

»Mutter bewahre. Was sind das denn für Maschinen?«, fragte Seraphina überrascht.

»Die Kriegsstädte der Gendor. Mit ihren Walzen und Geschützen werden sie unseren Korridor überrollen.«

Die Tigerin war geschockt, blickte fassungslos in Richtung der Abbildung.

»Bitte was? Städte? Wie groß sind diese Dinge?«, fragte sie ungläubig nach.

Damian seufzte.

Die Tigerin fasste sich an den Kopf.

»Das ist doch gerade nicht dein Ernst, oder?«

»Doch, leider schon.«

Mit diesen Worten erhob er sich und ging in Richtung Zimmertür.

»Wo gehst du hin?«, fragte sie nach.

»Etwas bereden. Ich bin am Abend wieder zurück.«

Noch ehe Seraphina etwas sagen konnte, fiel auch schon die Tür ins Schloss.

Ein Kopfschütteln ihrerseits und sie wandte sich den beiden Prinzen zu.

Als er den Blick seiner Mutter bemerkte, begann Aurelion zu schreien.

»Ja ... mein kleiner Quengler. Du hast wieder Hunger, nicht?«, redete sie mit sich selbst.

Langsam nahm sie den Prinzen von der Decke auf dem Bett, zog ihr Kleid etwas nach unten und ließ den Kleinen an ihre Brust.

Fleißig begann er zu saugen.

Seraphina saß auf einem Sessel in der Ecke, Aurelion und Karel auf ihrem Schoß, ein Buch in den Händen.

Plötzlich wurde die Tür aufgerissen und Damian stürmte in den Raum.

Ein Zucken durchfuhr Seraphina, beinahe wären ihr die Kinder vom Schoß gefallen.

»Damian ... was ist los?«, fragte sie entsetzt.

»Bei Morgengrauen werde ich aufbrechen, mit einer Truppe Elitesoldaten und einem R.I.E.S.E.N.

Ab an die Westfront.«

Seraphinas Gesichtsausdruck fiel in sich zusammen.

»Bitte was? Jetzt, wo unsere Söhne auf der Welt sind?«

»Wenn ich nichts tue, gibt es nichts, was ich meinen Söhnen hinterlassen könnte. Ich muss.«

Etwas perplex blickte die Tigerin in Richtung ihres Mannes.

»Und ich?«, fragte sie fassungslos.

»Du bleibst hier, passt auf die Kleinen auf.«

»Was, wenn du fällst?«

Ein Stöhnen des alten Löwen.

»Jetzt diese alte Leier wieder. Keine Diskussion. Ich werde nicht fallen und falls doch in Ehre und für mein Vermächtnis.«

Wortlos setzte er sich auf das Bett und blickte zu seinen beiden Söhnen. Damit war das Thema für ihn beendet.

Für Seraphina jedoch noch lange nicht.

Ihre Gedanken überschlugen sich, wie er ihr nur so etwas antun konnte. In diesen Zeiten.

Diese Gedanken sollten in ihrem Kopf bleiben, bis sie am nächsten Tag einmal mehr am Militärflugplatz stand.

Dieses Mal nur nicht in Rüstung, sondern einem Kleid.

Die beiden Prinzen waren im Zimmer geblieben, unter Jaharas Aufsicht.

Neben dem Kaiser, der in der Berserkerrüstung eine Truppe gleich gerüstet anführte, stand Seraphina im blauen Kleid.

Sie traten in Richtung eines der Frachter, der gerade aufgesetzt hatte.

Als sich die Klappe öffnete und die gesamte Kompanie auf Zeichen des Kaisers hielt, wendete er sich an sie.

Der Helm war immer noch unter den Arm geklemmt, sonst blickte nur der Kopf aus der kantigen Rüstung mit Gasflasche auf dem Rücken.

»Es ist Zeit«, sprach er und nahm ihre beiden Hände.

»Kümmere dich gut um unsere Söhne und pass auf dich auf.«

Seraphina begann hysterisch zu Lachen.

»Du bist gut, pass du auf dich auf ... und wag es ja nicht, nicht wiederzukommen. Ich ... deine Söhne brauchen dich. Lass uns nicht alleine.«

Die Emotionen kochten über, ihr stiegen fast die Tränen aus den Augen.

Damian sah es ihr vermutlich an. Drückte sie an seine Brust und gab ihr einen Kuss auf die Stirn.

»Ich verspreche es dir. Die Götter werden ihre Augen wachend und die Hand schützend über mich halten. Ich werde wiederkommen.«

Mit diesem Versprechen löste er sich von der Tigerin und trat gefolgt von seinem Regiment in den Frachter.

Seraphina blickte ihm sehnsüchtig hinterher, als sich die Klappe langsam schloss.

»Ihr solltet an den Rand gehen, hier wird es gleich zu gefährlich«, kam es von zwei Soldaten, die ihr Geleit darstellten.

Nur ein Nicken ihrerseits, als sie den beiden zum Rande des kreisförmigen Innenhofes folgte.

Langsam setzten die ersten dutzend Frachter zum Abflug an.

Zwei Zylinder an den Seiten des kastenförmigen Jägers, dessen Schnauze vorne angespitzt war, drehten sich nach unten.

Bald schon loderten blaue Flammen aus den Mündungen und das gesamte Gebilde begann sich vom Boden zu erheben.

Von einer Empore am Rande des Platzes betrachtete sie das Schauspiel.

Schwere Schritte, der Boden bebte etwas. Kleinere Teile, die achtlos auf dem Boden gelegt wurden, sprangen nach oben und beladene Container wackelten.

Mit großen Schritten näherte sich einer der R.I.E.S.E.

Er war anders, als der den sie kannte.

Vom Aufbau etwa gleich, doch an seiner linken Hand befand sich ein großes Schnellfeuer Geschütz, auf dem Rücken etwas, das sie für einen gigantischen Raketenwerfer hielt und am rechten Arm einen Greifarm. Die Finger mit Krallen und die Handmitte mit einem Impulsgeschütz ausgestattet.

Das schwarze, humanoide Ungetüm kam auf der Mitte des Platzes zum Stehen.

Schnell erschienen kleine Flugkörper, wie schon beim letzten Mal klappten Stahlseite herunter und rasteten am R.I.S.E ein.

Als der Vorgang abgeschlossen war, begannen die Jäger abzuheben und mit ihnen das schwarze Ungetüm.

Langsam setzten so auch die letzten Frachter und Jäger zum Abflug an.

Während nun auch das Schiff des Kaisers abhob, blickte ihm seine Gattin sehnsüchtig nach.

Selbst als alle Schiffe am Horizont verschwunden waren, sah ihm die Tigerin immer noch hinterher.

»Meine Kaiserin«, riss sie einer der Wachen aus der Starre.

Seraphina blickte nach hinten und sah den Krieger mit der Waffe in der Hand.

»Wir sollten wieder in den Palast gehen.«

Etwas perplex blickte sie an die Stelle, an der sie seine Augen vermutete.

Dann hatte sie endlich seine Worte verstanden.

»Ja ... Ja ... natürlich«, sagte sie langsam den Kopf schüttelnd.

Als sie sich wieder auf den Weg zurück in den Palast machten, redete sie immer noch mit sich selbst.

Von den Wachen völlig ignoriert wiederholte sie immer wieder: »Er kommt zurück, er hat es versprochen.«

42 - Letzte stolze Tage

Das Versprechen sollte er einhalten. Doch, bis auf ein paar kleine Besuche erst fast zwei Jahre später.

Anstelle des siegreichen Einzugs in die Hauptstadt sollte es anders kommen.

An drei Fronten kämpfte das Reich, die Kolonien im Süden waren bereits vor einem Jahr gefallen.

Bis jetzt konnte der Feind am Titanherz im Reichsprotektorat Bökren und Daturien aufgehalten werden.

Im Westen standen sie kurz hinter dem Grenzgebirge zum alten Vaterland.

Im Osten war es auch soweit gewesen.

Zwei Monate zuvor war die Grenzfestung am Pass durch das Zahngebirge gefallen. Dort, wo sie Damian nach der Akademie gebracht hatte.

Vor nicht ganz zwei Jahren hatte sie ihrem Mann zugesehen, wie die Truppe des Kaisers abhob, um gegen den Feind im Osten zu kämpfen, der Freistaat war so gut wie vernichtet.

Nun stand der Feind 300 Kilometer Luftlinie vor der Hauptstadt.

Ein Kreuzer landete auf dem Flugfeld. Es war ein lang gezogenes, spitzes Schiffe mit mehrere Geschütztürmen an den Seiten, wohl eine größere Version des Kampfjägers.

Langsam öffnete sich eine Klappe an der Hinterseite und einige Soldaten in schwerer Plattenrüstung traten aus dem Schiff.

Darunter auch ein gerüsteter Mann mit dem Zeichen des

Kaisers auf der Brust.

Seraphina wusste sofort Bescheid, es war ihr Damian.

Die Tigerin riss zwischen den beiden Soldaten neben ihr los und lief ihrem Mann entgegen.

Über den großen Betonplatz, an den abziehenden Soldaten vorbei.

Einen Moment später hing sie an ihrem geliebten Löwen.

Während sie sich an seine metallische Brust drückte, ertönte ein Zischen, Gas trat aus dem Helm aus, Damian nahm ihn ab und klemmte das Ungetüm unter seinen Arm.

»Na du ...«, waren die ersten Worte, die er zu ihr sprach.

»Wird das Kleid nicht dreckig?«, erst bei diesen Worten spürte die überglückliche Kaiserin Feuchtigkeit an ihr.

Als sie erschreckt zurückwich, konnte sie es erkennen. Die Rüstung des Kaisers war von Blut und Schlamm umgeben.

Gerade als sie noch an Damian heruntersah, gab er ihr einen Kuss.

»Freut mich wieder hier zu sein.«

Seraphina seufzte: »Ich wünschte, die Umstände unserer Wiedervereinigung wären anders.«

»Nicht nur du. Wenn es so weitergeht, wird der Feind binnen eines Monats hier sein.«

Entrüstung machte sich auf dem Gesicht der Tigerin breit.

»Sag das nicht. Wir schaffen das.«

Vincent schüttelte ungläubig den Kopf, als er dabei war das Feld zu verlassen.

»Mhmm«, sagte er und wandte seinen Blick von ihr zum Boden.

Ohne ein weiteres Wort machte er sich weiter in Richtung der Magnetschwebebahn.

In dem großen Betonkasten des Flugplatzes war eine Einbuchtung, in der eine steinerne Treppe hinab in das unterirdische System führte.

Ein Rauschen und ein durchsichtiges Gefährt stoppte vor ihnen und eine Tür ging auf.

Das Kaiserpaar stieg mit den zwei Wächtern, die Seraphina mitgebracht hatte, in die Kapsel ein.

Damian drückte auf der Konsole vor ihnen etwas herum und die Kapsel schoss durch das Röhrensystem, welches sich unter der Stadt befand.

Wenige Minuten später kamen sie an einer weiteren Station an.

Kaum war die Gesellschaft aus der Magnetschwebebahn getreten, zischte sie auch wieder ab.

Die Station am Palast war ein großer, runder Zylinder, die Wände weiß, mit dutzenden Brücken durch die Leere.

Fenster und Balkone an den Seiten.

In der Mitte erhob sich ein großer Kasten bis zur Glasdecke durch die Lichtstrahlen brachen.

Damian ging schnurstracks zum Aufzug, der im Kasten thronte.

Eine Metalltür öffnete sich bereits, als der Kaiser in der Berserkerrüstung im Anmarsch war.

Als die vier Veserianer in der Metallbox standen, drückte Damian an der Steuertafel herum.

Ein Ruckeln und der Aufzug bewegte sich nach oben.

Seraphina stand an der Seite des Aufzugs, hin und wieder passierten sie ein Glasfenster in dem Mauerkasten, das durch den Aufzug zu sehen war.

Sie blickte hinab in den Zylinder und auf die Brücken, die durch den freien Raum führten.

Doch nur kurz.

Einen Moment später ertönte ein Pingen und der Aufzug kam zum Stocken.

Die Türen öffneten sich und Seraphina fand sich außerhalb des Palastes, in den Gärten wieder.

Als sie gerade an der Seite ihres Mannes aus der Kasten stieg, kam ihnen jemand entgegengelaufen.

Ein Bote in der Kommunikationsuniform des Reiches.

»Mein Kaiser ...«, schrie er aus vollen, leeren Lungen.

»Mein Kaiser«, einmal mehr, als er vor ihnen nach Luft röchelnd zu stehen kam.

»Der Feind, er hat das Gut der Meandans passiert. Sie haben sich dem Feind angeschlossen. Das Reich verraten.«

Nur ein Nicken des Kaisers. Er hob seinen linken Unterarm. Aus der Plattenrüstung öffnete sich ein Bildschirm. Damian tippte auf dem Pad herum, bis sich ein Kanal öffnete.

»Befehl Meandan ausführen.«

»Jawohl«, ertönte eine metallische Roboterstimme aus den Lautsprechern.

Ohne ein weiteres Wort ging er weiter.

»Was war das jetzt?«, fragte Seraphina, als sie sich leicht vor ihren Gatten stellte.

»Die Meandans existieren nicht mehr.«

Ein Stirnrunzeln auf ihrem Gesicht.

»Wie meinst du das?«

»Ich habe bereits schon kurz vor unserer Hochzeit zwei Atombomben unter dem Palast platziert. Diese sind nun nicht mehr dort, genauso wie das Gut und die Adeligen.«

Erneutes Melden der Lautsprecher.

»Erste Satelliten bestätigen die Detonation. Verlust der Meandans liegen bei etwa 300.000. Die des Feindes bei 1,2 Millionen.«

»Beides sind Feinde«, kam es kalt vom Kaiser, auch wenn ein Schmunzeln auf seinen Lippen tanzte.

»Das war gut ein Fünftel der Armee des Feindes. Vielleicht wird es ja doch noch«, sagte Damian, als er Seraphina durch die Haare fuhr.

Besorgt lag ihr Blick auf ihrem Mann, der im Gemach gerade

dabei war, die Rüstung abzulegen.

Die zwei Söhne, nun bald schon drei Jahre alt, waren in einem Zimmer nebenan und spielten mit vielen, der Spielzeugen, die sie bekommen hatten.

»Ich weiß, dass du nicht darüber reden willst«, begann sie.

»Doch, was machen wir, wenn der Feind vor unseren Toren steht und wir wirklich flüchten müssen?«

Ein Stöhnen des Kaisers.

Wortlos zog er sich die letzten Panzerteile seiner Rüstung vom Körper und setzte sich in seinem Ganzkörperanzug neben sie auf das Bett.

»Nun, wie gesagt, in den Norden, ins ewige Eis, dort können sie uns nichts.«

»Und was machen wir da?«, kam die Rückfrage.

»Kräfte sammeln, forschen, so dass wir eines Tages wieder zurückkommen können.«

»Und was ist mit unseren Atombomben?«

Ein leichtes Lachen vom Kaiser.

»Was bringt es uns, wenn wir den Feind zwar aufgehalten haben, aber unser Land verstrahlt ist? Die nehmen wir mit.«

Ein verständnisvolles Nicken kam von der Kaiserin.

»Die Bomben sind bereits dabei, auf Schiffe verladen zu werden. Zwei der Luftschlachtschiffe sind ebenso auf dem Weg hierher. Irgendwie bekommen wir das schon hin.«

Seraphina schluckte und nickte zustimmend.

»Du gehst also davon aus, dass wir verlieren?«

Alles wurde vorbereitet. Auf das Eintreffen des Feindes. Gräben, Bunker und andere Verteidigungsanlagen wurden um die Hauptstadt errichtet.

Die letzten der gigantischen Giftgasgeschütze des alten Kaisers wurden an den Stadtgrenzen montiert, während der Feind der Hauptstadt immer näher und näher kam.

Die Maschinen standen nicht mehr still.

Mechs, Bagger und Lader waren damit beschäftigt, dutzende Gräben und befestigte Anlagen wurden errichtet.

Verschiedenste Minen, Selbstschussanlagen und andere Fallen wurden entlang des Niemandslandes hinter den Anlagen aufgestellt.

Nur eine Brücke auf Betonstelzen führte über das verminte Land.

Sprengladungen sollte sie im späteren Verlauf vernichten.

Seraphina blickte von einem Balkon über die Stadtmauer hinab.

Langsam kamen schwere Schritte hinter ihr und Damian trat an ihre Seite.

Küste sie auf den Hals.

»Selbst wenn all das hier verloren ist, wir haben immer noch und die zwei kleinen da unten. Selbst wenn die Vergangenheit hier untergeht, sie sind unsere Zukunft.«

Ein Seufzen der Tigerin.

»Hoffen wir es, ich weiß wirklich nicht, wie das ganze weitergehen soll. Was wenn Alysian fällt?«

»Das Reich und unsere Familie wird dennoch überdauern«, folgte es mit fester Stimme von Damian.

»Wenn du das sagst ... dann glaube ich daran.«

Als sie dies gesagt hatte, ertönten plötzlich Sirenen.

»Nicht schon wieder«, kam es zischend vom Kaiser, als er angestrengt in die Ferne sah.

So etwas Ähnliches ging auch im Kopf der Kaiserin vor.

Wie und wann sollte das Ganze nur enden, fragte sie sich selbst.

Da, in der Ferne blitzte es, sie konnte sie sehen. Die Jäger des Feindes.

Schnell starteten die Jäger des Kaiserreiches, erhoben sich in die Lüfte und versuchten den Feind zurückzuschlagen.

Automatische Flakgeschütze wurden aktiviert, schossen die

Bomber vom Himmel.

Der größte Teil der Soldaten außerhalb des Schildes der Stadt zogen sich in Bunker und Unterstände zurück, während die Feinde ihre Bomben über das Niemandsland regen ließen.

Doch es dauerte nicht lange, bald schon waren die Jäger des Feindes nur noch brennenden Fracks die zu Boden stürzten.

Das Blitzgewitter der kämpfenden Jäger, die Detonationen auf dem Boden erleuchtete die Gegend.

Explosionen, auf der Erde und in der Luft.

Während die Jäger in der Luft abgeschossen wurden und auf den Boden stürzten, konnte es sein, dass sie am Grunde noch einen Bunker oder eine Mine mit in den Tod zogen.

»Verdammte Dreckskerle«, zischte Damian, als er dem Ganzen von der Ferne zusah.

Während die Bomber in der Hauptstadt zurückgeschlagen worden war, stand der Feind an der Danu. Dem Strom der Maevdean, das Land vor dem Bergpass vom Land der Hauptstadt trennte.

Sollte nun auch die Brugmark, die Grenzfestung am einzigen Übergang, fallen, wären es nur noch wenige, etwa 200 Kilometer zur Hauptstadt.

So sollte es kommen.

In der Ferne war die Streitmacht des Feindes an der Festung.

Zwei gigantische Anlagen auf beiden Seiten des Flusses.

Ein großer, futuristischer Bergfried, umgeben von einigen Mauern mit Geschütztürmen auf den Türmen.

Auf der anderen Seite nur eine gigantische Festung mit dutzenden Erkern und Emporen.

Überall mit Artillerie und Geschützen versehen.

Einer der letzte R.I.E.S.E.n stand an der Seite der Armee, die Festung zu verteidigen.

Ein gigantisches Geschwader der Luftwaffe und dutzende Einheiten der Reichswehr.

Es sollte eine gigantische Schlacht werden. Noch Jahrtausende in Erinnerung bleiben.

Der R.I.E.S.E gab sein Bestes, mähte sich durch die ankommenden Feinde, stapfte durch ihre Reiche, zerquetschte die Soldaten unter seinen Füßen.

Die Salven des Ungetüms kombinierten sich mit den Schüssen der Festung.

Sie regneten mit den Geschossen der Jäger auf die ankommende Arme nieder.

Hunderte Panzer, eine unendliche scheinende Menge an Soldaten und zwei der Kriegsstädte.

Der R.I.E.S.E gab sein Bestes. Schlachtete sich durch die Mengen der Soldaten und Panzern, bis er vor einer der Städte stand.

Tapfer stellte sich der gigantische Roboter in den Weg der kettengetriebenen Anlagen.

Ein Schuss aus seinem Armgeschütz traf inmitten des Herzes der Kriegsmaschine, während die Haubitzen weiter auf die Außenhülle des Roboters einschossen.

Wenig später ging das gesamte Konstrukt in Flammen auf.

Langsam erhob sich der schwarz-blaue R.I.E.S.E von brennenden Frack und wandte sich an den Zweiten.

Auf vier Ketten, zwei außen, zwei in der Mitte, stand die Stadt noch einmal größer als die letzte.

Ein Grundgerüst das schief nach oben ging. Darauf dutzende Türme und Kuppeln. Er stellte sich einmal mehr in den Weg. Doch die neue Maschine war größer.

Schwarzer, dicker Rauch stieg aus den Schlotten an der Hinterseite der Maschine auf und langsam bohrten sich die Füße des R.I.E.S.E.n in die Erde, als er langsam nach hinten gedrückt wurde.

Plötzlich öffnete sich eine Klappe auf der Schieflage der Stadt und ein gigantisches Rohr, ein riesiges Geschütz kam zum Vorschein.

Noch bevor die Besatzung des Roboters reagieren konnte, war es zu spät.

Rotes Leuchten, ein Knall und ein Energiestrahl durchflutete das Ungetüm.

Als es wieder zu Erliegen kam, zeigte sich ein gigantisches Loch in der Brust der Kriegsmaschine.

Die Lichter gingen aus, langsam brach das gesamte Ding auf der Stadt zusammen. Der Kopf schlug im oberen Teil ein, während der Rest auf der Kanone lag.

»Selbstzerstörung einleiten«, schrie der Pilot, der sich im blinkenden, von rotem Licht erfüllten Kontrollraum der Maschine befand. Seine Besatzung huschte panisch umher, ehe er Steuermann den Befehl ausgeführt hatte.

»Selbstzerstörung eingeleitet«, war das Letzte, was der Pilot hörte, während er durch den gigantischen Bildschirm zufrieden nach draußen blickte.

Während die Stadt nach hinten fuhr, explodierte der gesamte Roboter.

Die Maschine war vernichtet, doch er nahm seinen Gegner mit in den Tod.

Aber auch der Märtyrer Tod der Besatzung konnte die Invasion nicht aufhalten.

Die Städte gingen mitsamt dem Roboter in Flammen auf, doch die Truppen marschierten weiter.

Die Gasse, die das Ungetüm in die Reihen des Feindes geschlagen hatte, füllte sich bald wieder und während die Jäger ihre Bomben über den Ansturm fallen ließen, feuerten die Geschütze des Feindes unaufhaltsam in Richtung der Mauern Veserias.

Die Geschosse schlugen auf den reich verzierten Mauern ein. Steine bröckelten, Türme brachen in sich zusammen.

Bald schon war die Festung unhaltbar. So ramponiert, dass sich die Veserianer zurückziehen mussten.

Die wenigen Geschütze, die den Feuersturm überlebt hatten,

wurden zurückgelassen. Noch bevor alle die zweite Festung erreichen konnten, war der Feind bereits hinter ihnen.

Sie hatten es nicht einmal mehr geschafft, die Brücke zu sprengen.

So kam es, dass auch die zweite Festung bald gefallen war.

Eine Botschaft des Kaisers.

Man sah ihn in blutverschmierter Rüstung, den Helm unter dem Arm geklemmt und das Haar verschwitzt auf der Stirn klebend.

»Ein Befehl an alle Mitglieder der Reichswehr. Zieht euch in die Hauptstadt zurück. Dort wird die letzte Schlacht stattfinden, dort werden wir den Feind schlagen. Sobald die Hauptstreitmacht des Feindes geschlagen ist, werden unsere Offensiven wieder Erfolg haben, das Kaiserreich wird einmal mehr auferstehen.«

Bereits wenige Stunden hatten sich die Truppen, welche an der Südfront versammelt hatten, geordnet und machten sich auf den Weg nach Alysian. Gemeinsam die Hauptstadt zu verteidigen.

Eine gigantische Streitmacht hatte sich vor den Toren versammelt.

Die Mauern der Stadt waren vollbesetzt und auch die Gräben waren voller Soldaten.

Zwei Landkreuzer der Monstrum Klasse, ein letzter R.I.E.S.E und zwei Schlachtschiffe waren anwesend.

Ansonsten noch tausende Stücke Artillerie, Panzer und Jäger.

Über dem Niemandsland erhoben sich die Hochebene, darauf die gigantische Mauer.

Dicke, hohe steinerne Befestigungen mit hunderten Türmen, bestückt mit Geschützen, MGs und Artillerie.

An den Seiten der großen Mauer waren die Rohre der Giftgasgeschütze seines Vaters montiert.

Alles sollte bereit sein. Für die letzte große Schlacht.

Die Sonne war bereits untergegangen und die drei Monde waren aufgegangen.

Der dritte Mond, Ombrin hüllte die Prachtstraßen der Hauptstadt in rotes Licht.

Damian stand auf dem Balkon, die weißen Vorhänge wehten vom Nachtwind ins Zimmer und Seraphina trat von hinten langsam in seine Richtung.

Sie war bloß in ihr leichtes, weißes Schlafkleid gehüllt, festhielt sie es vor ihre Brust zusammen. Es fröstelte im kalten Herbstwind.

Langsam trat sie an den Kaiser, an seine Seite.

»Kannst du nicht schlafen?«, fragte sie, als sie mit den Händen über seine Schulter fuhr.

»Du offensichtlich auch nicht, was?«, fragte er, als er gerade die letzten Patrouillen über die Prachtstraßen marschierten.

Sie schritten durch das fahle, blaue Licht, welches die wenigen Laternen spendeten.

»Wie sollte ich?«, antworte die Kaiserin.

»Ich wünschte, ich könnte so ahnungslos wie unsere zwei Söhne sein. Unwissend, dass der Feind jederzeit an die Tür klopfen könnte.«

»Am liebsten würde ich das Ganze vergessen. Wenn es auch nur für eine Nacht wäre.«

»Nun ...«, begann Seraphina und stellte sich auf die Zehenspitzen, legte ihr Kinn auf seine Schulter.

»Damit könnte ich dienen«, säuselte sie ihm ins Ohr, als ihre Hand unter das leichte Hemd ihres Gatten fuhr.

Ein Lächeln huschte leicht auf seine Lippen.

»Du kennst mich«, sagte er, als er sich umdrehte und Seraphinas Arme packte.

»Du meinst wohl, ich kenne uns«, war die Antwort, als sie ihn mit einem verschmitzten Grinsen anblickte.

Ohne ein weiteres Wort zu sagen, bückte sich Damian leicht

und packte sie.

Ein leichter Schrei entfuhr seiner Gattin, als sie in seinen Armen lag und nach drinnen getragen wurde.

Ein Gefühl der Aufregung machte sich in ihr breit, aber auch Geborgenheit flackerte in ihr auf.

Nur einen Moment später lag sie auf dem großen Himmelbett des Kaiserpaares.

Damian thronte über ihr, riss schnell das Schlafgewand von ihrem Körper, bis sie völlig nackt unter ihm lag.

Einen Moment später lag auch sein langes Hemd in der Ecke.

Damians Kopf ging nach unten, gab ihr einen Kuss, ehe er ihr immer näher und näher kam.

Langsam drang er ihn sie ein.

Rhythmisches Stöhnen kam von ihr. Immer schneller und lauter.

Als sie erschöpft auf der Brust ihres Gatten niedergesunken war, machte sich das erste Mal seit langer Zeit wieder ein Gefühl der Glückseligkeit.

Langsam blickte Damian auf sie hinab. Als auch sie ihren Kopf nach unten wandte und auf den Gatten blickte, konnte er sich ein Schmunzeln nicht verkneifen.

Auch Seraphina stimmte ein.

»Was ist denn so lustig?«, fragte sie provokant.

»Ach ... nichts .... Darf ich jetzt nicht mehr lachen?«, kam es genau so provokant zurück.

Ein böser Blick.

Nur kurze Zeit.

»Natürlich, vor allem in dieser Zeit«, bereit, als sie es ausgespuckt hatte, bereute sie ihre Worte.

Augenblicklich fiel das Gesicht des Kaisers in sich zusammen.

Er hat wirklich all den Trubel und die Belagerung außerhalb der Hauptstadt vergessen.

»Tut mir leid«, kam es von ihr und sie drückte sich näher an die Brust ihres Mannes.

Dieser schüttelte nur leicht den Kopf.

»Alles gut ..., ich sollte so etwas nicht vergessen.«

Kein Wort mehr zwischen den beiden.

43 – Der Fall

Als Seraphina am nächsten Tag die Decke nach hinten warf, konnte sie sehen, dass Damian bereits fort war.

Schnell stieg sie aus dem Bett und warf sich ein blaues Kleid über.

Als Erstes ging es zu ihren Kindern.

Ein kleiner Raum, neben dem Zimmer der Eltern. Ein kleiner Schrank an der Seite, Spielzeug auf dem Boden und rechts davon die zwei kleinen im Bett. Jahara saß in der Ecke und wartete, dass die beiden aufwachten.

Langsam trat sie das Bett, blickte auf die zwei schlafenden Engel.

Seraphina fuhr Aurelion leicht über die Haare, als sie voller Sorge auf ihn hinabblickte.

Langsam regte sich etwas im kleinen Prinzen. Er drehte sich um und schlug leicht die Augen auf.

»Mama«, kam es aus seinem Mund.

Kaum hatte sie dies gehört, konnte sie nicht anders als zu schmunzeln.

Sie hatte sich früher immer gefragt, wie sich eine Mutter fühlen musste, jetzt wusste sie es.

»Guten Morgen, kleiner Prinz.«

Kurz darauf begann auch Karel aufzuwachen.

Seraphina saß etwas bei ihren Söhnen, kleidete sie an.

Einige Zeit später ging die Tür auf und Damian trat ein.

Schnell sprangen die beiden von der Bettkante auf und in Richtung ihres Vaters.

»Papa«, riefen die Prinzen.

Binnen Momenten hingen sie an seinen Füßen.

»Na ihr zwei?«, sagte er lachend und wuschelte ihnen durch die Haare.

Während seine Jungs immer noch an ihm hingen, blickte er Seraphina durchdringend an.

Als wollte er ihr etwas sagen.

Seraphina wusste nicht ganz, was sie davon halten sollte. Es hatte sicher nicht Gutes zu bedeuten.

Langsam ging er in die Knie, blickte zwischen den beiden Hin und Her.

»Ihr beiden, ich muss mal mit eurer Mutter reden, geht ihr beiden etwas spielen?«

Die zwei nickten nur und gingen an ihr Spielzeug.

Nur ein Wink mit dem Kopf und Seraphina erhob sich und folgte ihm aus dem Raum.

»Setz dich hin«, sagte er, als beide im Zimmer waren.

Seraphina war verwirrt.

»Hinsetzten? Wieso?«, fragte sie nach.

»Setz dich hin, hab ich gesagt«, im herrischen Ton.

Seraphina verzog kurz das Gesicht und tat schnell wir ihr geheißen.

»Was ist los?«

Ein Seufzer Damians.

»Es sieht schlecht aus. Die Löwe der Lüfte ist heute angekommen, die Adler Veserias ist auf dem Weg. Und wir werden sie bitter brauchen. Auch wenn wir alle restlichen Truppen zusammenziehen, der Feind hat dreimal mehr Soldaten als wir.«

Seraphina schluckte.

»Was ..., was machen wir dann?«

»Vielleicht schaffen wir es, die Stadt zu halten. Aber ich denke nicht. Sobald die Stadtmauer erreicht ist, sollten wir uns in die Schlachtschiffe begeben. Mithilfe der Marine sollten wir die

Truppen abziehen.«

»Und dann?«, fragte Seraphina unsicher.

»Sind wir am Nordkap.«

»Und dort ist es sicher?«, kam es unsicher von der Kaiserin.

Ein Nicken Damians.

»Das ewige Eis ist eine gigantische Festung. Niemand wird es wagen, sie anzugreifen. Und falls doch, werden sie scheitern.«

Ein Schlucken der Tigerin.

»Wo soll das alles nur hinführen.«

Damian blickte sie ernst an.

»In ein Wiederauferstehen unseres Geschlechts.«

Plötzlich wurde die Tür aufgerissen.

Ein Bote stand im Türrahmen.

Der schwarzhaarige Mann schlug sich mit der geschlossenen Faust auf die Brust.

»Heil dir Kaiser.«

Der Blick Damians war erfüllt von Sorge.

»Was?«, fragte er kalt.

»Die ... die ... die Feinde. Si ... Sie kommen. Man sieht sie bereits in der Ferne.«

Kälte breitete sich auf dem Gesicht des Prinzen aus.

Wortlos trat er in Richtung der Wand.

Legte seine Hand auf die blaue Fläche.

Türkisfarbene Streifen zogen sich über die Mauer, bis sie die Form des Wappens der Wenzels gebildet hatten.

Mit einem Zischen öffnete sich dieses in der Mitte. Dahinter kam ein Waffenschrank hervor.

Damian schnappte sich sein Schwert.

Währenddessen, wollte sie sich ihr Kleid zurechtrücken, doch als der Kaiser es gesehen hatte, schüttelte er den Kopf.

»Nein, der Anzug muss her.«

Seraphina nickte nur, zog an einer Schlaufe und das Kleid fiel von ihr ab.

Nackt trat sie an den Schrank und holte den engen, schwarz

blauen Kunststoff Anzug heraus.

Während die Tigerin langsam hineinschlüpfte, blickte dem Diener mit hochrotem Kopf in eine Ecke des Raumes. Als wäre dort das interessanteste Schauspiel der Welt.

Das ganze trieb ihr doch noch ein leichtes Lächeln auf das Gesicht.

Als sie dann jedoch wieder ihren ernsten Gatten sah, verging es ihr sofort.

Kaum war sie in ihrer Kampfbekleidung, nickte Damian.

Auch er trug nicht mehr den Festanzug.

Sein Gewand war eine Mischung aus Uniform und leichter Panzerung.

In eine Berserkerrüstung passte er so vermutlich nicht, aber ein Gigant sollte kein Problem sein.

»Dann los«, waren seine Worte, als er hinter dem Rücken der Tigerin auftauchte, seine Hände auf ihre Schulter fallen ließ.

Ein Zucken durchfuhr sie, als die schweren Pranken auf ihre Schulter trafen.

Sie nickte nur, als sie langsam nach hinten trat, sich an ihren Gatten drückte.

Hand in Hand verließen sie das Zimmer, folgten dem Boten.

Bereits eine halbe Stunde später kam ihre Magnetschwebebahn an den Randbezirken der Stadt an.

Kaum hatte sie die Treppe verlassen, standen sie im Schatten der großen Mauer.

Die Menge stürmte um sie herum.

Von der Ruhe und der Gelassenheit von einst war nicht mehr zu spüren.

Überall rannten Soldaten in Rüstung und Giganten umher.

Lastenfahrzeuge transportieren Munition und Geschütze, die an der Mauer bereits mit Kränen nach oben gehievt wurden.

Auch auf der Mauern wurde alles vorbereitet.

Als die Krieger ihren Kaiser erblickten, machten sie den Weg frei.

Der Gruß war zeitlich nicht mehr möglich, aber die Menge machte zumindest Platz für seinen Herrscher.

Damian griff nach Seraphinas Hand.

Auch in dieser, bedrohlichen, unsicheren Zeit schien Wärme von der Hand durch ihren Körper zu fließen.

Die Tigerin fasste wieder etwas Mut und Hoffnung.

Die Gruppe hielt auf einen der Türme zu.

Die Mauer war groß, aus grau-dunklem Gestein. An der Oberseite ein Unterstand unter dem Geschütze standen.

Auf der Rückseite konnte man noch leicht die eingebauten Geschütze sehen, die auf der anderen Seite herausschauten.

Die Türme waren noch größer mit Generatoren und Geschützen nur so gespickt.

Auf dem offenen Dach eine der Flakgeschütze.

Ein Zischen und eine doppelte Eisentür öffnete sich am Fuß des Turms.   Dahinter kam ein metallener Kasten, ein Aufzug zum Vorschein.

Als sie diesen betreten hatten, blickte Seraphina auf ihr eigenes Abbild.

Ihr langes, schwarzes Haar, das den Anzug hinunterfiel.

Schwarz gefärbt auf der Brust und Gelenken wie blau am Rest.

Ihre Hand in der des Kaisers in seinem gepanzerten Anzug.

Sekunden später drückte er auf einen der Knöpfe an der Wand und die Reise begann.

Als er sich wieder öffnete, standen sie auf dem Dach, vor ihnen eines der Geschütze, an den Seiten des Aufzugs die Schildgeneratoren.

Damian riss sich von Seraphina und stürmte an den Soldaten vorbei an den Rand des Turmes, blickte über die Zinnen.

Schnell stürmte auch Seraphina hinterher.

Beim Anblick der Ebene konnte sie nicht verstehen, wie Damian so ruhig bleiben konnte.

Ihr fiel die Kinnlade herunter.

Unter der Klippe, die sich auftat, lag das Niemandsland.

Totes, abgestorbenes Land.

Das, was einmal grün und lebendig war, war von den Planierraupen plattgemacht und von Minen übersät worden.

Dazwischen schlängelten sich Schützengräben und Bunkeranlagen. Hunderttausende Soldaten waren darin stationiert. Lage auf der Lauer warteten auf den nächsten Angriff.

In der Ferne konnte man ihr Ziel sehen.

Eine gigantische, schwarze Flut an Soldaten, nur von Kriegsmaschinen unterbrochen.

»Beim Kaiser«, entfuhr es Seraphina.

»Und das Ding sollen wir abwehren?«

Damian schüttelte den Kopf.

»Nein, nicht abwehren, so lange standhalten wie möglich. Wir müssen so viele Menschen evakuieren, wie es geht. Alles mitnehmen, was nicht Niet- und Nagelfest ist.«

Seraphinas Blick schweifte ab. Als wäre sie weit, weit entfernt. All das nun, vor zwei Jahren waren sie noch kurz davor den Krieg zu gewinnen. Nun waren nur noch einige Küstenabschnitte im Westen und der Norden im Osten übrig.

Natürlich das Nordkap.

»Seraphina ...«, ertönte es stumpf aus weiter Ferne.

»Seraphina« ... noch einmal.

»Seraphina«, nun mit etwas Nachdruck und einem Rütteln an ihrer Schulter.

Sie riss zur Seite und blickte in das Gesicht Damians.

Er schüttelte den Kopf.

»Was soll das bloß werden, wenn du jetzt schon geistesabwesend bist.«

Ein gekünsteltes Lächeln entfuhr ihr.

Es war mittlerweile Abend geworden.

Sie waren immer noch auf dem Turm. Hinter ihnen in der Stadt wurden gerade die Schiffe am Hafenturm beladen.

Der Befehl, den Hofstaat und die Prinzen auf die Adler

Veserias zu bringen, war bereits erteilt.

Als Seraphina gerade dabei war an der Schulter ihres Gatten einzuschlafen, wurde sie von einem Rauschen aus dem Schlaf gerissen.

Ein feuriges Geschoss schoss neben dem Turm in den Himmel. Viele weitere folgten ihm.

Damian sprang auf, Seraphina fiel fast um, konnte sich aber gerade noch fangen.

Wenige Sekunden später standen beide an der Brüstung.

Der Feind war kurz vor der Hauptstadt.

Die Geschütze und Artillerie des Niemandslandes hatten bereits zu feuern begonnen.

Feuerbogen zogen über den Himmel und schlugen in den Reihen der ankommenden Feinde ein.

»So sieht also das Ende aus?«, fragte Seraphina, als sie am alten Löwen hochblickte.

»Nichts ist am Ende. Unsere Familie, unser Reich wird fortbestehen und eines Tages wieder die Sonne scheinen.«

Mit diesen Worten drückte er etwas an seinem Unterarm herum.

Mit einem Piepen aktivierten sich die Lautsprecher, auf den Mauern und im Niemandsland aber auch in der Stadt.

»Meine Brüder und Schwestern, Bürger des Reiches, Krieger. Die letzte Schlacht ist gekommen. Unser letzter Widerstand .... An alle Soldaten. Kämpft, kämpft so lange ihr könnt. Für jede Minute, die ihr da draußen aushaltet, können wir zehn Leben mehr retten. Die Stadt wird fallen, ja ... das Reich jedoch nicht.«

Die Ansprache endete. Wenige Minuten später schlugen die ersten Geschütze des Feindes im Niemandsland ein. Die Truppen rannten auf die ersten Reihen zu.

Das Feuer mehrerer Geschütze, MGs und Plasmawerfer erwarteten die Feinde bereits.

Die ersten Reihen fielen, starben. Leblose Truppen landeten im Schlamm.

Tausende fielen, bevor die ersten die Gräben erreichten. Während im ersten der Stellungen die Kämpfe ausbrachen, die Geschütze weiterhin über die Köpfe hinweg schossen, packte Damian Seraphina an der Seite.

»Wir sollten gehen, zum Turm.«

Die Tigerin nickte nur und ließ sich vom Kaiser mitziehen.

Über den Aufzug ging es hinab in die Katakomben und in das Innere des Turms.

Der Turm war ein wahres Wunder.

Die Grundfeste eine alte baut. Früher hatten an dem gestaffelten Gebäude Luftschiffe geankert.

Doch seitdem diese nicht mehr in Nutzung waren, wurde der Turm anders verwendet.

Mit dem Aufkommen der Schlachtschiffe kam jedoch wieder Bewegung in die Sache.

Der Bogenbau wurde erneuert, erhöht und mit neuster Technik ausgestattet.

Vier der gigantischen, schwebenden Festungen hatten angedockt, zwei weitere flogen über der Stadt.

Als die beiden im gläsernen Kasten den Turm hinauffuhren, blickte Seraphina durch das hohle Innere des Turms.

Drohnen mit Last und einige Kräne und Roboter waren zu sehen, wie sie alles vorbereiten.

Ein Ruckeln und sie kam an einer stählernen Brücke an.

Damian deute ihr, den Aufzug zu verlassen. Als sie heraustrat und von zwei Soldaten in Berserkerrüstung in Empfang genommen wurde, drehte sie sich und sah, dass ihr Gatte im Aufzug blieb.

»Kommst du nicht mit?«, fragte die Prinzessin verwundert.

Er schüttelte mit einer traurigen Miene den Kopf.

»Nein, ich gehe zur Löwe der Lüfte. Sie wird noch etwas die Schlacht sehen.«

Seraphinas Miene zog nach unten.

»Ist das dein verdammter Ernst?«, fragte sie wutentbrannt

und machte wieder einen Schritt in Richtung Aufzug.

»Ich muss meine Truppen in die Schlacht führen. Mit einem Schlachtschiff sollten wir den Angriff noch etwas länger abwehren können.«

Kopfschüttelnd trat Seraphina mit einem Bein nochmal in den Aufzug.

»Komm mir ja wieder. Was nützt mir der ganze Norden, wenn du nicht an meiner Seite bist.«

Damian nickte nur mit einem Lächeln und die Aufzugtüren begannen sich zu schließen. Schnell zog Seraphina ihr Bein heraus und die Kammer war verschlossen. Seraphina drehte sich um und ging mit den beiden Soldaten in Richtung der Verbindungsbrücke.

Unbeugsam peitschte der Wind durch die Bögen an den Seiten. Die Tigerin hatte Mühe, ihr Kleid unten zu halten, während die Soldaten an ihrer Seite, in den mechanischen Rüstungen unbeirrt vorschritten.

Eine metallische Verbindungsbrücke war an einem Anschluss des Schiffes angebracht.

mehrere Soldaten stand in Formation davor und im Tunnel.

»Heil dir, Kaiserin«, schrien sie und vollführten den veserianischen Gruß.

Seraphina glaubte nicht ganz, was sie hörte. Sie wurde noch nie so begrüßt.

»Was geht hier vor sich?«, fragte sie verwirrt den Soldaten in seiner schwarz-blauen Panzerung.

Mit einem Surren bewegte sich der Kopf des Soldaten langsam in seine Richtung.

Ihr Antlitz spiegelte sich im goldenen Visier der Rüstung.

Doch ohne ein weiteres Wort richtete der Krieger seinen Blick wieder nach vorne.

Erst jetzt erkannte sie, dass es sich bei ihm um einen Silberlöwen handelte.

Die silberne Kralle umgeben vom Siegeskranz auf seiner

Schulter zeigte seinen Status.

Ihr war das Ganze unwohl. Was ging hier bloß vor sich.

Die beiden zungenlosen Soldaten führten sie durch die kragen, metallenen Gänge. Leitungen und Kabel spiegelten im schwachen, blauen Licht der Neonröhren wider.

Der kleine Gang endete in einem größeren Saal.

Die Decke mit Fresken und Bildern verziert. An den Seiten Statuen, Büsten und Gemälde. Der Boden aus poliertem Stein.

Ihr schwarzen Lackstiefel machten ein leises Geräusch, doch die Rüstung der Silberlöwen brachte den Boden nahezu zum Beben.

Ein Silber-goldenes Fallschott öffnete sich zum Kontrollraum hin.

Die zwei Soldaten blieben an den Seiten der Türe stehen.

Positionierten das Gewehr an ihrer Seite und blickten starr an die Wand gegenüber.

Unsicher trat Seraphina ein. Auf eine Erhöhung etappenweise nach vorne unten ging.

Vor der Tür war ein großer Metallthron, auf diesem saß der Befehlshaber des Schiffes.

Ein blauer Anzug mit goldenen Schulterstücken, silbernen Ornamenten an seinem Körper.

Auf seinem Kopf eine Mütze mit dem Zeichen der Luftwaffe. Ein goldener Ring mit zwei Flügeln an der Oberseite. Eine Art Speerspitze stach durch den Kranz.

Er blickte auf eine gigantische Glasfront am Boden des Schiffes.

Vor den Fenstern waren mehrere Meter Konsole mit Dutzenden Bildschirmen, Knöpfen und Lampen, mehrere Soldaten bedienten sie.

An den Seiten waren weitere Konsolen.

»Kaiserin an Deck«, schrie einer der Offiziere am Rande des Cockpits.

»Heil dir Kaiserin«, ertönte es im Chor und alle schlugen sich die Faust auf die Brust.

Irgendwas stimmt hier doch gewaltig nicht.

Seraphina trat vor, blickte aus dem Fenster.

Geschosse und Feuerbälle zogen über den Himmel. Jäger lieferten sich über dem Schild Luftschlachten während, die Lichtblitze auf der Kuppel einschlugen.

Damians Schiff durchbrach gerade die Hülle an der Oberseite des Schildes, eröffnete das Feuer.

Auch die Adler Veserias stieg unter Kommando des älteren Herren mit grauem Stoppelbart nach oben.

Als auch sie die Oberfläche durchbrach, konnten sie den Hafen an den Klippen sehen.

Hunderte Kreuzer, Fregatten und Jägerträger verließen gerade den Felsenkessel.

Plötzlich rauschte ein brennender Jäger an ihnen vorbei. Stürzte mit einer schwarzen Rauchfahne auf dem Schild ein und explodierte.

»Feuer eröffnen«, schrie der Kommandant.

»Schilde aktivieren. Zeigen wir diesen Bastarden, was es heißt, das veserianische Reich zum Feind zu haben.«

Während die Offiziere wie wild auf den Plattformen herumdrückten und der Kommandant auf seinem Stuhl Befehle in eine Bedieneinheit tippte, war Seraphina recht ratlos.

Sie stand neben dem Thron und blickte auf das Schlachtfeld.

»Batterien geladen und Feuerbereit«, ertönte es von einem der Offiziere.

»Seitengeschütze bereit«, ein anderer.

»Frontkanonen in Position.«

Der alte Mann nickte.

»An Taktikum übermitteln und Ziele brechen. Auf Automatikfeuer stellen.«

Die Reaktion waren Eingaben in ihre Konsolen. Lampen blinkten auf, eine Sirene ertönte und man konnte Schüsse hören.

An den Seiten feuerten Batterien ganze Salven auf

vorbeiziehende Jäger in Reichweite.

Die Frontgeschütze erfasst die Bomber und rissen die Angreifer zu Boden.

Langsam trat Seraphina an den Stuhl des Kommandanten.

»Was soll ich hier?«, fragte die Kaiserin.

Ein Zischen und der gesamte Stuhl drehte sich zur Seite, in Richtung Seraphinas.

Sie musste etwas zurücktreten, um nicht vom Fußständer erfasst zu werden.

Der alte Mann beugte sich etwas vor.

»Also, erst einmal ... es ist mir eine Ehre, eure Majestät auf meinem Schiff begrüßen zu dürfen«, er neigte leicht seinen Kopf und gab ihr einen Handkuss.

»Zu eurer Frage, euer Gatte hat es angeordnet. Er wollte, dass ihr seht, was hier vor sich geht ..., seht ihr?«, sagte er und zeigte nach vorne in Richtung des anderen Schiffes »Dort vorne ist er, feuert auf die Feinde im Niemandsland.«

Nur ein Nicken der Tigerin.

»Wie lange wird sich das Ganze hier noch ziehen?«, fragte Seraphina und blickte nach draußen.

Ein Seufzen des alten Mannes, er schloss seine großen Hände um der Kaiserin.

»Ich kann es auch nicht sagen. Unsere Luftschiffe haben nun bald alle abgelegt. Doch im Seehafen ist noch einiges los. Es kann schon noch eine Weile andauern.«

Nur ein Nicken der Kaiserin.

Als nichts mehr folgte, drehte der alte Mann seinen Stuhl wieder in Richtung der Front.

Die Kaiserin blickte, wie die Löwe der Lüfte Salve um Salve, Granate um Granate in die Reihen des Feindes bohrten.

Löcher in die Formationen rissen.

Doch, bald schon wichen die veserianischen Soldaten zurück. Graben um Graben wurde aufgegeben. Die Krieger zogen sich hinter das Tor zurück, während das Schlachtschiff das gigantische Geschütz am Rumpf des Schiffes aktiviert.

Plötzlich erschien das Abbild eines anderen Cockpits an einem Teil der Scheibe.

Damian saß auf dem großen Sessel in der Mitte.

»Heil dir Kaiser«, schrien die Offiziere, als sie ihren Herrn sahen.

»Heil Veseria«, war seine emotionslose Antwort.

»Die Evakuierung hat stattgefunden, die letzten Soldaten fliehen gerade auf die Schiffe. Wir ziehen ab.«

»Jawohl«, bestätigte der Kommandant und mit einem Handwinken änderte das Schiff die Rute.

Drehte sich langsam um die eigene Achse.

Seraphina blickte Damian über den Bildschirm in die Augen.

»Mein Kaiser«, schrie einer der Offiziere des anderen Schlachtschiffes.

»Energieflanke in einer großen Kriegsstadt vor den Mauern der Stadt.«

Damian riss den Kopf umher, in die Reihen des Feindes.

Er sah sie die Graphen auf den Bildschirmen an. Den Scan auf der Stadt.

»Das ist ein verdammtes Geschütz, ein riesiges Geschütz.«

»Es zielt auf uns«, rief einer der Offiziere.

»Abdrehen«, war die Antwort des Kaisers.

»Alarm auslösen, Düsen aktivieren.«

Seraphina konnte draußen sehen, wie das Schiff sich drehte, versuchte zu Wende.

Angst stieg in ihr auf.

Das Geschütz würde das Schiff doch nicht treffen. Und wenn ja doch nicht ernsthaft beschädigen können.

Die Kaiserin war sprachlos.

»Es wird doch nicht ...«, flüsterte sie.

Doch sie verstummte sofort, als sie den ersten Blick des Kommandanten sah.

Wenige Sekunden später registrierten auch die Sensoren der

Adler Veserias eine gewaltige Energieentladung und ein blauer Strahl brach aus dem Rohr und traf das Schiff am unteren Bug.

Ein hoher Schrei entfuhr Seraphina, als die Energielanze in die Verkleidung traf.

Rauch stieg auf, ein Loch war zu sehen und glühendes Metall.

Im selben Moment ging ein Ruck durch das Schiff, Damian wackelte in seinem Stuhl und die Crew wurde fast von ihren Beinen gerissen.

»mehrere kritische Schäden, 60 % der Betriebsfähigkeit verloren. Wir können uns nicht mehr lange in der Luft halten«, kam es von einem der Offiziere.

Damian blickte auf die Anzeigen am Bildschirm, blickte kurz darauf und ging an die Kamera.

»Tendar ... hör mir jetzt gut zu, bring Seraphina, die ganze Flotte ins Eis. Bis ihr dort angekommen seid, übersteht dir die Reichsleitung, danach geht sie an meine Gattin.«

Sein Blick war ernst, Seraphina wusste nicht ganz, was los war. Sie verstand alles noch nicht ganz.

Die Flammen breiten sich immer weiter auf dem Schiff aus, während Damian sich an Seraphina wandte.

»Meine Geliebte, halte durch. Kümmere dich um Reich und Söhne, sag ihnen, ihr Vater hat sie geliebt, sag ihnen ... ihr Vater hat alles für sie gegeben, für sie gekämpft.«

Langsam sammelten sich Tränen in Seraphinas Augen.

»Du wirst doch nicht ... ihr werdet doch nicht ...?«

Damian nickte. Rauch stieg aus der Tür in die Kommandobrücke.

Langsam begannen die Düsen abzuschwächen, das Schiff zu sinken.

»Wir stürzen ab«, waren die Worte Damians kurz bevor ihm der erste Huster entfuhr.

Das Hinterteil des Schiffes sackte ab.

»Ich liebe dich, ich werde dich immer lieben«, sagte Damian in die Kamera.

Nur Momente später stürzte das Schiff nach unten.

»Leb wohl«, schrie er, als ihn die Gravitation nach unten in den Gang zog und er in das Flammenmeer der Gänge fiel.

Ein Kreischen aus Seraphina Mund.

Plötzlich aktivierte sich ein neues Schild, teilte das Schiff in zwei.

Das Hinterteil brach über der Stadt zusammen, riss die Gebäude zu Boden.

Die andere brennende Hälfte rutschte langsam am Schild nach unten, gefolgt von einer Rauchschwade.

Während Seraphina die Tränen über die Wangen liefen und Trauer ihr Herz erfüllte, fragte der Kommandant: »Was ist das für ein Schild ...«, keine Antwort.

»Was ist das für ein verdammter Schild?«, fuhr ein Schrei durch den Raum.

Wieder keine Antwort.

Bis eine Durchsage auf alle Frequenzen lief.

Die Stimme des Alten war verzerrt zu hören.

»Hier spricht Kaiser, Adrian Wenzel. Herr des veserianischen Reiches. Wenn ihr diese Aufnahme hören, wurde das Projekt Ewige Stadt aktiviert. Die gesamte Hauptstadt wurde versiegelt, sie kann nur von einem meines Blutes wieder aufgelöst werden. Und nun, nun beobachtet den Lauf der Dinge.«

Die Verbindung brach ab und die Geschützrohre an den Seiten aktivierten sich.

Damian hatte sich strickt geweigert, die Gasgranaten einzusetzen, doch jetzt konnte er es nicht mehr aufhalten.

Die Rohre richteten sich auf die Ebene vor der Stadt aus und die metallene Gehäuse flogen aus den Rohren, schlugen mit einer Explosion inmitten der Arme des Feindes ein.

Krater waren die Überbleibsel und Giftschwaden, die über das Niemandslandes waberten.

Bald schon sollte der Großteil der Feinde im Sterben liegen.

»Kommandant, Reichsführer, eure Befehle?«, schrie der Pilot.

»Abdrehen, wir folgen dem Befehl in Richtung des ewigen Eises.«

Seraphinas Gesicht fiel in sich zusammen, wurde kreidebleich.

»Das können wir nicht, was ist, wenn Damian überlebt hat, was wenn er noch da unten ist.«

Das Teil oberhalb des Schildes lag nun am Boden, es war nur noch ein brennendes Wrack.

»Vergesst es, innerhalb des Schildes können wir ihn nicht holen, und außerhalb kommt das Giftgas und der Feind. Wir fliegen in den Norden.«

»Das könnt ihr nicht tun ... wir ... wir müssen nach unten ... Nein«, schrie sie das letzte hysterisch.

»Wachen«, war das Einzige, was vom kurzzeitigen Reichsführer kam.

Die zwei Soldaten traten durch die sich öffnenden Tür und packten die Kaiserin an der Seite.

»Bringt sie auf ihr Zimmer, zu ihren Kindern, sie warten sicher schon.«

Die Tigerin versuchte sich, mit Händen und Füßen zu wehren, aber gegen die zwei Soldaten, dazu noch mit der verstärkten Kraft hatte sie keine Chance.

Sie wurde von der Halle wieder durch die Gänge geschleift. Dieses Mal etwas prunkvoller wie die im Palast.

Wenige Sekunden später fiel die Tür hinter ihr zu.

Ein Geräusch und die Tür war verschlossen.

Seraphina fand sich in einer kleinen Kabine wieder.

Links eine Koje, direkt gegenüber ein eingezäunter Bereich für die zwei Prinzen.

Ein Wandschrank, eine Tür ins Bad und eine Stuhlgruppe.

Plötzlich fiel ihr etwas in die Augen.

Etwas lag auf dem gemachten Bett.

Sie konnte ihren Augen kaum glauben. Sie konnte den silbernen Löwenkopf am Knauf sehen.

»Nein ... das darf doch nicht ...«, sie nahm das Schwert in die

Hand und zog es aus der Scheide.

Es war Löwenklaue, das Familienschwert der Wenzels.

Daneben ein Brief. Als sie ihn geöffnet hatte, fielen ihr zwei Glaskartuschen mit Blut entgegen, beide an einem Lederband befestigt.

Langsam klappte sie das Papier auf und begann zu lesen.

»Liebste Seraphina, kümmere dich gut um unsere Kinder, gib ihnen die Ampullen. Gib Aurel das Schwert, wenn er so weit ist. Pass gut auf euch auf. Ich liebe euch.«

Am Boden war eine schwunghafte Unterschrift und der Fingerabdruck des Kaisers daneben.

Sie brach in Tränen aus, als sie zu Ende gelesen hatten. So saß sie da auf dem Bett, das Papier fest in der Hand. Dicke Tränen tropften darauf und verfärbten es.

»Hat er es gewusst?«, entfuhr es ihr. »Wie?«

»Mama«, hörte sie plötzlich von der Seite.

Aurelion war aufgewacht und stand neben ihr.

»Mama«, kam es erneut.

Schnell drückte sie ihren Sohn fest an sich, fuhr ihm über den blonden Kopf, während weiter die Trauer aus ihr sprach.

Während sich die gesamte Flotte auf den Weg ins ewige Eis machte, war die Seele des Kaisers dabei zu seinen Vorvätern aufzusteigen.

Die Seele sollte dortbleiben, der Geist jedoch nicht.

Eines Tages sollte sich sein Geist aus dem Grabe erheben und die Welt sollte sehen, dass er recht hatte.

Seine Söhne sollten sein Vermächtnis fortführen.

Epilog

Alles passierte, wie der Kaiser es prophezeit hatte und irgendwie auch doch nicht. Der Krieg ging weiter fort, die feindlichen Artillerie versuchten lange Zeit das Eis zu erobern, tausende Schiffe und Jäger langen am Grund der Eissee. Nach langen Jahren des Krieges wurde das Abkommen von Vesdan abgeschlossen.

In einer Versammlung der Eismetropole Vesdan verzichtete das veserianische Reich auf all seine Territorien außerhalb des Kaps, gleichzeitig wurde ihnen die Kontrolle über die Monde, die sie bereits leicht besiedelt hatten, gegeben.

Mit diesem Abkommen wurden die nun sogenannten vedanischen Kriege beendet.

Granaten flogen über den verdunkelten Himmel, Jäger schossen hintereinander her. Schüsse donnerten über das Schlachtfeld.

Während die Krieger des Reiches, Deckung hinter den Felsen der Küsten suchte, rannte eine kleine Gruppe die Anhöhe nach oben.

Die Soldaten feuerten aus den Bunkern der Steppe, doch die Schüsse prallten nur an einer unsichtbaren Kugel um die Krieger herum ab.

Ein MG ratterte, tausende Kugel flogen auf den Anführer der Truppe. Leicht bohrten sich die Spitzen in die Mauer, ehe sie wieder zu Boden fielen.

Der Mann zog sein Schwert, wunderschön verziert, ein

Löwenkopf am Knauf.

Einen Knopfdruck später aktivierte sich die Photonenklinge mit einem Surren. Die Augen des Krieges waren durch den Sichtschlitz zu sehen, sie glühten blau und eine schwarze Umrandung zierte sie.

Einen Sprung später schwebte er über dem ersten Graben, ein ohrenbetäubender Schrei, grelles Licht aus dem Helm und Blitze aus den Armen.

Die feindlichen Soldaten sahen ihr Leben an ihren Augen vorbeiziehen, als diese Schreckensgestalt über ihnen erschien.

Es war der Kronprinz, der Auserwählte, der Wiedergeborene, Aurelion Wenzel, der Schrecken der Union.

Die Zeit war gekommen, Rache zu nehmen.

Milton Keynes UK
Ingram Content Group UK Ltd.
UKHW010730080823
426520UK00004B/275

9 783757 823665